隐秘的回响

东君 著

ZHEJIANG UNIVERSITY PRESS
浙江大学出版社

图书在版编目（CIP）数据

隐秘的回响 / 东君著. -- 杭州 ： 浙江大学出版
社,2022.4
 ISBN 978-7-308-22275-4

 Ⅰ．①隐… Ⅱ．①东… Ⅲ．①文艺评论－世界－文集
Ⅳ．①I106-53
 中国版本图书馆CIP数据核字(2022)第005588号

隐秘的回响

东　君　著

责任编辑	牟琳琳	
责任校对	吕倩岚	
封面绘画	车前子	
封面设计	春天书装	
出版发行	浙江大学出版社	
	（杭州市天目山路148号　　邮政编码　310007）	
	（网址：http://www.zjupress.com）	
排　　版	杭州林智广告有限公司	
印　　刷	杭州宏雅印刷有限公司	
开　　本	710mm×1000mm　1/16	
印　　张	19.5	
字　　数	253千	
版 印 次	2022年4月第1版　2022年4月第1次印刷	
书　　号	ISBN 978-7-308-22275-4	
定　　价	58.00元	

目 录

第三辑

第四辑

第一辑

中国古代那些经典诗文，不光是极难翻译成外文，连翻译成白话文都会丢失原味。它是经过高度压缩的，是要精确到每一个字的，稍有疏失，则谬以千里。

在古代汉语写作中，一个汉字，如果经由一个诗人或文章家的精心拣择，恰到好处地用在某一个句子里面，它就会自然而然地散发出此人的独特气息。

隐秘的回响

——从《永州八记》说起

一

"文章"二字在中国古代原指花纹：青红二色成文，红白二色成章。后来转义，变成现在我们所知道的文章，它可以涵盖小说、散文、戏剧、公文等多种文体。日本有"文章读本"一说，据翻译家李长声先生考证，"文章读本"这个说法是小说家谷崎润一郎创造，或源自中国的"文章轨范"。既然有文章读本之类的入门书，自然就有工于文章的人。在中国古代，这一类人称作"文章家"。我们通常认为，"文章家"这个词最早见于柳宗元的《与杨京兆书》："丈人以文律通流当世，叔仲鼎列，天下号为文章家。"但我以为，这种称法或许还可以往前推。西方亦有"文章家"一说。布鲁姆在《文章家与先知》一书中把蒙田、德莱顿、鲍斯威尔、哈兹里特、佩特、赫胥黎、萨特、加缪称为风格独特的文章家，把帕斯卡尔、卢梭、塞缪尔·约翰逊、卡莱尔、克尔凯郭尔、爱默生、梭罗、罗斯金、尼采、弗洛伊德、肖勒姆、杜波伊斯这些人称为酷似先知的智慧作家。如果我们效仿布鲁姆把中国古代的文章家罗列一下，柳宗元完全可以进入那个"风格独特的文章家"的行列。木心先生曾经评价柳宗元是古代"最具现代感"的一位作家。他在某处所说的一句话恰好替这个说法作了注脚。他的原话是这样的：古典的好诗都是具有现代性的。在文学手法、美学取向上，柳宗元的散文与现代散文是接近的，就像他的某一部诗与现代诗同样也很接近。具备这种现代感的要素，恐怕与他那种"辅时及物"的文学主张有关。辅时而不趋时，及物而不溺于物。这是文章的正道，在今日依然管用。好的文章会把一个诗人与作家推到时代前面，让人铭记。我们都知道，莫里哀是福楼拜所称的第一位资产阶级诗人，而波德莱尔是本雅明所称的发达资本主义时代的抒情诗人。任何一个优秀的诗人，他不仅是"神的代言人"，还是"时代的代言人"。我对柳宗元的诗与文章有过交叉阅读，作为诗人的柳宗元我们不妨称他是"神的代言人"，作为文章家的柳宗元则不妨称之为"时代的代言人"。

柳宗元写得最好的诗是山水诗，写得最好的文章是山水记。可是如果我们觉得，柳宗元写的不过是一些模山范水之作，那就错了。柳宗元的才华是与器识相配的。唯其如此，他的文章显示出不同一般的格调。读他一些论述性质的文章，我们就能感受到他的文字里浸润着一种思想。他的核心思想是什么？说出来会吓我们一跳。那就是民主自由的思想。他曾经在《送薛存义序》中这样阐明自己的观点：民众纳税，是让官吏做仆役的，如果官吏无道，民众可以黜罚他。这句话就意味着，民众对执政者具有合理的监督权。这些话不是即兴说的，而是与他在《贞符》一文中的民本主张一以贯之的。柳在永贞革新事败后被贬到永州，壮心瓦解后的憋屈与疲惫，因了山水带来的抚慰，略得平复，文气也渐渐归于平静。可是，平静的文字底下又藏着一股不平之气。就在他谪官南裔这段时期，他见到烟火围困的小桂树、风霜欺凌的木芙蓉，都会拿来自比。他把衡阳移栽桂树、湘岸移栽木芙蓉的事写进诗中，实则就是写自己移居永州的寂寞心境和那一点尚未泯灭的心志。

柳宗元的身份、履历、命运、读过的书、交往过的人（包括政敌）等，构成了他的文化视野与整体诗学，如果他能在仕途上更进一步，则有可能成为一名踔厉风发的改革派官员；天命让他退一步，他也就顺应人事，索性让自己回归平淡隐忍的生活，做一个纯粹的诗人和文章家。他一生很多重要的诗文，大都是在被贬之后写就的。他的诗歌成就已经是很高的了，没想到，文章的成就还会更高一层。

柳宗元的文章有重的一面，也有轻的一面。如《永州八记》，看似率性而为，其实有一种自由精神在里面，这就使他的写作与那种追求小情趣的轻型写作区别开来。从柳宗元那里，我看到了一种朝向现代性的写作方式。"千山鸟飞绝，万径人踪灭。孤舟蓑笠翁，独钓寒江雪。"寥寥二十字，横跨古今，也足以抵抗一切古今之变与时间带来的销蚀。与之匹敌的一首诗则是陈子昂的《登幽州台》："前不见古人，后不见来者。念天地之悠悠，独怆然而涕下。"前者只有客观描述，而后者羼入了主观情感。因此，我更倾心于柳诗所营造的那种意境。绝、灭、孤、独。这四个字重若千钧，压得人透不过气来。然而，一个"钓"字，却是举重若轻，把那种加诸己身的沉重感突然化解掉了。应该说，柳宗元是一个内心深处无比孤独的诗人。只有孤独到极点，才有这孤绝的诗篇。记得某个寒夜，我独自一人驾车穿过一座荒无人烟的浙南山谷，其时乌云合拢，仿佛一道门慢慢地合上。车灯的冷光与寒气交织着在地上冉冉爬行，仿佛会一点点伸展到石头或枯枝里面去。前面是一圈又一圈盘陀山路，我开到略显平旷的地方，停下车，摇下车窗，静静地望着与黑夜融为一体的山谷，忽然被一种弥天漫地的孤独感所笼罩。那一刻，我想，我跟一千年前坐在孤舟之上独钓寒江雪的渔翁是没有什么区别的。

　　很多年前，我读到盖瑞·斯奈德的诗《松树的树冠》：

　　　　蓝色的夜

　　　　有霜雾，天空中

　　　　明月朗照。

　　　　松树的树冠

　　　　变成霜一般蓝，淡淡地

　　　　没入天空，霜，星光。

　　　　靴子的吱嘎声。

　　　　兔的足迹，鹿的足迹

　　　　我们知道什么。

（赵毅衡 译）

　　之后，我在偶然间读到柳宗元的一首诗《秋晓行南谷经荒村》：

　　　　杪秋霜露重，晨起行谷幽。

　　　　黄叶覆溪桥，荒村唯古木。

　　　　寒花疏寂历，幽泉微断续。

　　　　机心久已忘，何事惊麋鹿。

就发现了二者之间似乎有一种同构关系，这两首诗都写到了树、霜、鹿这些意象。"我们知道什么"这一自省式的句子与"机心久已忘"有着内在的相似性；而"兔的足迹、鹿的足迹"，也让人想到"何事惊麋鹿"这句诗。斯奈德的意思是说，我一旦察见兔与鹿的行踪，它们就会识破我的机心，逃遁而去。而柳宗元的意思则是：自己已经忘掉机心，却不明白麋鹿见他为何还会受惊而远遁。在中国古典文学作品中，麋鹿总是与高人逸士并论。鲁迅的小说《采薇》就用了《列士传》中伯夷叔齐的典故，借小说中一个叫阿金姐的虚拟人物讲了这么一段话："……那老三，他叫什么呀，得步进步，喝鹿奶还不够了。他喝着鹿奶，心里想，这鹿有这么胖，杀它来吃，味道一定不坏的。一面就慢慢地伸开臂膊，要去拿石片。可不知道鹿是通灵的东西，已经知道了人的心思，立刻一溜烟逃走了。老天也讨厌他们的贪嘴，叫母鹿从此不要去……"如此看来，柳宗元说"何事惊麋鹿"，只是说说而已，其潜台词大概已教阿金姐之流道出："鹿是通灵的东西，已经知道了人的心思。"不过，这一句诗是用反问的语调写出来的，自有一种冷冽的幽默感。斯奈德在诗中提到鹿，也只是借用一下中国古典诗歌中颇为常见的意象，并没有打算袭用那个与鹿相关的典故。但"兔的足迹，鹿的足迹"这句诗显然有着不同寻常的隐喻意义。斯奈德在这一点上与柳宗元保持着高度的一致：清明的省思，点到即止，不作留驻。

就我阅读所及，年纪稍长于盖瑞·斯奈德的法国诗人博纳富瓦也曾写过一首类似的诗《麋鹿的归宿》：

> 最后一只麋鹿消失在
> 树林，
> 沮丧的追随者的脚步
> 回响在沙地。
> 小屋里传来
> 杂沓的话语，
> 山岩上流淌着
> 薄暮的新醒。
> 恰如人们所料
> 麋鹿蓦地又逃走了，
> 我预感到追随你一整天
> 也是徒劳。

（葛雷 译）

将博纳富瓦这首诗与柳宗元的诗并读，我们不仅可以感受到它有唐诗的意味，也能感受到柳宗元的诗有一种强烈的现代感。

柳诗的超逸之气，在山水记中也时有发露。要知道，柳宗元被贬到南方瘴疠之地后，不仅内心苦闷，身体状况也在不断恶化，以致行走的时候膝盖颤栗，坐在家中的时候大腿麻痛。他既会忧于所思，也当欣于所遇。人与山水，偶成宾主，或有所得，就把那一瞬间的心境，溶解到那些描述山水的文字里。他写《至小丘西小石潭记》这篇文章的心境与《中夜起望西园值月上》这首诗的心境应当是一样的。按理说，柳宗元身为"僇人"（受辱之人），明明心中忧愤，却时不时地在文章里提到"喜""乐"二字："孰使余乐居夷而忘故土者"（《钴鉧潭西小丘记》）；"李深源、元克己同游，皆大喜"（《钴鉧潭西小丘记》）；"心乐之"（《至小丘西小石潭记》）…… 这喜乐的背后，有着一种不言自明的苦涩，也有一种阅尽世情后的淡然。在山中，他不仅与山相融，还与山中的时间相融。而时间也以山的形状将他融入了自己的怀抱。

二

正是《永州八记》，确立了柳宗元的文体，我们可以称之为"柳体"。柳体既出，后人争相追摹。元代的李孝光就是其中一位。

元代的诗文成就，远远不如书画。但李孝光却是一个异数。即便把他的诗文放在宋朝，也丝毫不见逊色。他是乐清人，家住雁荡山下，家学与山水的浸润，使他的诗文别有奇气。他的《雁山十记》显然是受《永州八记》的影响，但他的确是一个很懂文章之道的人。陈增杰先生做《李孝光集校注》时，举了几个句式，我这里就不作赘述了。《永州八记》第一记题为《始得西山宴游记》，而《雁山十记》第一记则为《始入雁山观石梁记》。光看题目，就有相似之处。文中写山水，写饮酒，也是抱同一情怀。

柳的第一记，类如古琴中的《流水》，有一股沛然而下的气势：

　　日与其徒上高山，入深林，穷回溪，幽泉怪石，无远不到。到则披草而坐，倾壶而醉。醉则更相枕以卧，卧而梦。意有所极，梦亦同趣。觉而起，起而归。

　　苍然暮色，自远而至，至无所见，而犹不欲归。心凝形释，与万化冥合。然后知吾向之未始游，游于是乎始，故为之文以志。

这两段文字里，不停地穿插顶针句。古诗如《西洲曲》中就有这样的句式，古文如《礼记》也在多处运用过这种句式。流动不居的文字与流水的忽然契合，让人不难感受那颗自由而激荡的诗心。柳宗元的文字像是从地底自然涌出的，他写景，无一字不是往内心深处写。即便是写斗折蛇行的山路，也能写出一种周回曲折的意致来。李孝光写流水，虽说不如柳宗元那样恣肆，却也是舒畅自如，有些片段甚至能让人想到书法中的一笔书，绘画中的一笔画。

流水与酒，是野逸文人的标配。没错，二人都写到了"酒"。柳文：引觞满酌，颓然就醉，不知日之入。李文：梁下有寺，寺僧具煮茶醑酒，客主俱醉。

有人问我，寺庙里为何藏着酒？现在看来这是个很有意思的话题。其实在元以前，有些高僧是不拘门规的，像东晋时期，在庐山结莲社的慧远和尚曾沽酒招待过陶渊明；北宋时期云门宗僧人佛印也曾烧猪肉款待苏东坡。元之后，类似的事其实也多有记载。翻看叶绍袁的《甲行日注》，也读到了这么一条："舟即在寺门后河耳，买寺僧酒浇寒，夜宿寺中。"这些虽然都是闲话，但也颇可一说。看柳文与李文，一提到"酒"或"醉"，文字里就飘出仙气了，继而凌虚蹈空，渐至缥缈之境。但他们并没有滥用自己的才华，一段文字在空中作短暂的自由滑翔之后，他们有本事"接佛落地"。也就是说，文字在他们手里，可以撒得开，也可以收得拢；可以上接仙气，也可以下接地气。

柳宗元的"八记"中，时常可见漂亮的比喻。而李孝光的"十记"中也能看到一些随手拈来的比喻："岁率三四至山中，每一至，常如遇故人万里外。""客行望见山北口立石，宛然如浮屠氏；腰隆起，若世之游方僧自襆被者。""时落日正射东南山，山气尽紫。鸟相呼如归人。""石梁拔地起，上如大梯倚屋檐端，下入空洞，中可容千人。""设应真像悬崖上五百，然皆为人缘取持去，空遗士坐，如燕巢栖崖上。岩罅泉水下滴，唧唧如秋雨鸣屋檐间。""月已没，白云西来如流水。"

需要注意的是，李孝光是雁荡山人，与家门口的山，要么朝夕相处，要么朝别暮见。除了《始入雁山观石梁记》一文中他把雁山喻为朋友，其他文章里面，也时有类似比喻：出得林中，忽见明月，说是"宛宛如故人"；外出回来，见了门前的山，也说是"如与故人久别重逢"。雁荡山之于他，是一种及于人心的浸润。因此，他写的雁荡山，与外人不同。他的比喻，用现在话来说，有一种在地性，读来也很亲切自然。

柳擅长写水，李擅长写山。柳写的"八记"，篇篇有水，篇篇有情；李写的山是眼中的山，也是心中的山。他们把目之所遇与心之所感写出来几乎是不着力气的，写到极致时，便透着一股清冷之风。柳文：坐潭上，四面竹树环合，寂寥无人，凄神寒骨，悄怆幽邃。以其境过清，不可久居，乃记之而去。李文：风吹橡栗堕瓦上，转射岩下小屋，从瓴中出，击地上积叶，铿镗宛转，殆非世间金石音。灯下相顾，苍然无语。

同样写静。柳宗元这一段，是写视觉中的静；李孝光则是写听觉中的静。李孝光的静，是以动衬静。风吹橡栗，先是堕落瓦背，继之是岩下小屋，从瓦沟中滚落，最后落在积叶上。橡栗落在三处，把寂静分出三个层次，可说得上是造微入妙。这样的写法，是把自然物象与潜意识心象结合在一起，是很有现代感的。

古人写文章，大至章法，小至用字，均极讲究。在章法上，如前所述，李孝光有意套用柳文；在用字上，他也是有意或无意地受柳宗元的影响。如"布"字，柳的《至小丘西小石潭记》中就有这样一句"日光下澈，影布石上"；而李的《始入雁山观石梁记》中也有"冬日妍燠，黄叶布地"一语。一个"布"字，使静态的事物忽然有了动态的效果。他们对文字的讲究，很大程度上缘于对细小事物的敏感。

在中国古代，诗歌的确像汉学家们所说的，是一门"选字"的艺术。如果一个人把文章当作诗来写，则不免也要费一番苦吟。只有像庞德、斯奈德、布罗茨基这样翻译过中国古典诗歌的诗人才能体味到，每一个字里面都包孕着异常丰富的内在含义与想象空间，这在他们看来简直是一件不可思议的事。从这个意义上来看，中国古代那些经典诗文，不光是极难翻译成外文，连翻译成白话文都会丢失原味。它是经过高度压缩的，是要精确到每一个字的，稍有疏失，则谬以千里。在古代汉语写作中，一个汉字，如果经由一个诗人或文章家的精心拣择，恰到好处地用在某一个句子里面，它就会自然而然地散发出此人的独特气息。后人即便重复使用，他也不怕被人夺去。贾岛写出"僧敲月下门"这一句之后，"敲"字仿佛就归他所独有了；王安石写出"春风又绿江南岸"这一句之后，"绿"字仿佛就归他所独有了。

柳宗元就是这样一位"选字"的高手：选一个简单的字，即能让人洞见纷繁。而李孝光在写作《雁山十记》时也在"选字"，他选中了一个柳宗元用过的字，用得巧妙，让我们仿佛听到了一声幽细而邈远的回响。在中国古典诗文里就有这样一种做法：一篇诗文里出现前人用过的字句，既不是表明作者才力不及，也不是意在炫耀学问，而是为了在某一个句子里，以古人之心为心，以古人之意为意，让自己的心意与古人暗合。

三

李孝光之后，又有何白作《雁山十景记》。

何白又是何许人？他是与李孝光同乡的晚明诗人、散文家、文论家，书画也很了得。有人说他"文宗韩柳"，但从《雁山十景记》来看，他更偏于柳。古人作文，就像学书法一样，以追摹古人笔致为务。用时下流行的话来说，是"致敬"。才气相近，敬意弥笃；才气不够，这敬意也仿佛显得浮薄了。

李孝光写过灵峰、灵岩、石梁洞、大龙湫、能仁寺等，何白亦复写之，他有大才，因此敢与古人较劲。这个古人，当然包括乡党李孝光与更早的柳宗元。

我曾有意把李孝光的"十记"与何白的"十景记"放在一起读，并做了比较。在我看来，何白的文采很足，但才气毕竟是略逊一筹。李孝光的《始入雁山观石梁记》《大龙湫》有点像写老朋友或自家人。有时会写一些局部细节，有时则会一笔宕开去，如写意画。而何白连工带写，用力有点猛，文字间不免见到斫琢痕迹。但何白毕竟也是大才，他能透过自己的目光看山水，看山水之间包含的万物。

李孝光写鱼，何白也写鱼。鱼的出现，使静止的空间突然有了时间的流动，使重的那一部分突然变轻。他们都是诗人，在文章中都很注重意象的经营。读到这样的文字，我可以感受到：鱼的动感愈强，则其境愈清。

李孝光是这样描述大龙湫中的鱼的："潭中有斑鱼廿余头，闻转石声，洋洋远去，闲暇回缓，如避世士然。"何白笔下的鱼则是这样的："斑鳞文雄，上下若乘空。信如白地明光，五色纂组耳。"

斑鳞，就是李孝光所说的斑鱼。"上下若乘空"这一句就有点像柳宗元的句子"皆若空游无所依"。可以看得出，他写鱼时，心里是存着柳宗元与李孝光的影子的。在他的文章中，流水、鱼所呈现的时间性与山、树所构成的空间感是如此和谐地融合在一起。

柳宗元八记中有多处写到了鱼。《石渠记》写的是："潭幅员减百尺，清深多儵鱼"。儵鱼是什么鱼？读过庄子《秋水篇》的人大概不会忘记，庄子与惠施在桥上看到的鱼就是这种鱼。他们所谈论的，就是"鱼之乐"的问题。

柳在《至小丘西小石潭记》中写到的鱼最是传神：潭中鱼可百许头，皆若空游无所依。日光下澈，影布石上，怡然不动，俶尔远逝，往来翕忽，似与游者相乐。

我在学生时代初读《至小丘西小石潭记》，不免疑惑：这篇文章为什么要花那么多篇幅写一些无关紧要的鱼？现在我弄明白了，他写的是鱼，心底里渴望的是一种自由的生命状态。"日光下澈，影布石上"，同时也投射在他内心深处那个幽暗的部分，鱼与整个水潭乃至整座山由此而构成了一个斑驳的内心景观。在何白的笔下，鱼已着我之色彩；在李孝光的笔下，鱼已着我之姿态；在柳宗元的笔下，鱼已着我之灵魂。不错，这是一个渴望自由的灵魂。"似与游者相乐"，就是两个灵魂进入了静默的对望，忽然有了相通之意。那一刻，"我"仿佛就是鱼，鱼仿佛就是"我"。"我"曾经是网中之鱼，而现在复归于自然。这也意味着"我"已复归于"我"。就这一点来看，李孝光与何白只是停留在表面的意趣上，而柳宗元进入了更深的层面。

我在胡兰成的一篇文章里无意间读到这样一段文字：

> 我想着谢灵运，他的被杀亦非不宜。此刻我伫立溪桥看浅濑游鱼，鱼儿戏水，水亦在戏鱼儿，只觉不可计较。

一千多年前的谢灵运与"我"有什么关系？鱼与水有什么关系？鱼与"我"有什么关系？鱼与谢灵运有什么关系？水与谢灵运与"我"又有什么？读至此，我就更明白柳宗元看潭中游鱼的心境了。

一个人在写作中是否沉潜下去，在文字里亦可隐约察见。何白写石梁洞时，把上下左右里外都写了个遍，泛泛而言，未见沉潜，但他写灵峰洞就有感觉了，因为他二十年前有过一次游历，旧地重游，就有话好说了。后来写到了李孝光的家门口——石门潭，笔调则近于李孝光：

> 中有巨鲤长丈余，每遇风日和煦，辄从容扬鬐水面，小鱼景附者以千计。土人常夜见赤光上烛，潭水尽紫，盖神物窟宅也。地方干识夫云：曾于月夜刺两艇，以缧联束之，与客携酒具轰饮。令小童吹紫箫一再弄，箫声夹秋气为益雄，殊有穿云裂石声。夜半古泓闻殷殷若雷鸣。客惧而散，嗣后无有继其游者。

李孝光写家门口的诗文殊为少见，仿佛是故意留给别人来写。好了，后生何白来了，他写石门潭，文笔不让前人，总算是跟李孝光握了一回手。

四

到了清代，又出了一个试与同乡李孝光、何白较劲的人。他就是施元孚。施的主要作品有二志一集，即《雁荡山志》《白石山志》《释耒集》。他在编山志之余，写了《雁山二十八记》，在数量上压人一头。二十八记的第一篇即是《始入雁荡山宿能仁寺》，看题目，也能大致知道他的路数。

古人作文，讲究脉承。竟陵派有竟陵派的作法，桐城派有桐城派的作法。他们以为，只有把自己的文章放进某一脉中，才能获得认可、流传。李孝光的《雁山十记》可以归入柳宗元这一脉，何白的《雁山十景记》与施元孚的《雁山二十八记》则可以归入李孝光这一小脉，自然地，也与柳宗元这一脉远接。

在施元孚的文章里，已经有某种我们可以称之为"习气"的东西出来了。柳宗元的《至小丘西小石潭记》末尾部分这样写道："以其境过清，不可久居，乃记之而去。"在施元孚的《雁山二十八记》中，凡是写到水处，时常可见类似的句式。如："心异之，然脚跟踉踉若浮，不敢留，急渡而西下。"（《入北阁登仙桥记》）；"恍若潭底神物，乍为惊扰。余心动，遂至下流，舍桴而去。"（《泛石门潭记》）。

不过，施元孚总算也能得几分柳氏笔意。柳宗元写钴鉧潭时，开头部分有这样一个句子："钴鉧潭在西山西，其始盖冉水自南奔注，抵山石，屈折东流，其颠委势峻……"这里用了一"抵"一"屈"，水的动感就出来了。施元孚则是这样描述大龙湫的："风入障中，郁不得畅，与湫斗，湫力不能胜，则役于风。"文中一"斗"一"役"，也颇能显示出一种冲夷之中的激荡。当然，施元孚也会对前人的文章轨范稍作偏离，让自己笔下的文字随着心性跑开去。他写大龙湫就有一种日常化的诗意，能把人融入景里面，把景融入某种情境里面。比如这一段："湫随风作态，雨雪烟雾。初无定质。目之所击，其态即变。有顷，风益劲，变态更奇。攸斩中断，而上段断处，横舞空中数十丈，缭绕如游丝，久而不下。"

施元孚写到这里笔法忽然一转，又写到了人："余与客皆笑呼起舞。客蹈空，跌阶下。"行文至此，以人跌落的姿态为瀑布作张本，笔锋一转，接着写景："湫倏自潭面倒卷而上，蜿蜒翔舞，飞入天际，不知所之。"再转而写人："余拍手大呼，客亦蹒跚而起，忍痛而视，相顾诧异久之。"

在视点的切换之间，人与景构成了某种富于戏剧化的情境。不过，这种活灵活现的文字在施的文章中并不多见。

施元孚《雁山二十八记》中，我看到更多的是李孝光与何白的影子：

> 余之东游雁山也，从丹芳岭入西谷，即所谓四十九盘岭者也。既度岭，沿涧行。涧水淙淙，作金石声（案："作金石声"四字，容易让人想

起李孝光那句"殆非世间金石音"），若鼓乐以迎客者。会日薄暮，朔风萧萧，黄叶满径（案：李孝光文中也有"黄叶布地"一语）。

近阅四山合翠，岩门飘瀑，寒猿升冈，文雉出谷。天然之趣周环凑合，入山未深，已翛然非复尘世。余不觉欣然而喜。未几，日没，风吹山谷，飒飒如暴雨至，肤发侵人，遂入寺，宿西舍。（案：这一段很容易让人想起李孝光那种清冷的散文意境来，其诗意的发散与绾合也多有暗合之处。）

鼠大如狸，多兔多野豕，无豺虎熊黑。（案：李孝光的文章中也有"山鼠来与人相向坐，如狐狸大"之类的句子）

余之游湖也，升于荡阴，晨则就道，薄午而至湖。仰瞻红日，晃然悬于人上；俯瞩白云，悠悠然远浮于下。斯时也，寒威未杀，而湖高风厉，瑟瑟如也；日中湖游，冷冷如也；惊宿雁之遁逝，眺海天之苍茫，骇目动心，懔懔如也。（案：李孝光则有云："日初出时上山，正中仅可到山颠。望见永嘉城下大江，如牵一线白东面海气苍苍，如夜色。"）于是群集湖曲，漱湖流，啖干糒（案：糒即馅肉的米饼，在李孝光文章中也有这个词），寻沉钟之迹。（案：李孝光《雁名山记》云："湖旁有比丘尼塔寺，一夕沉湖中，至今五百余岁，然犹余遗地败址。"）

类似的文句还能找出一些，这里就不作胪列了。

在用字上，也能见出施元孚所受的影响。施写到自己乍见大龙湫时用"白光射人"四字状其奇险，之后又写到自己"走至潭右，水又射至，遂退而止"。这个"射"字用在这里按理说是很有动感的，但我不知道为什么就是觉得它平淡无奇。之后忽然想起，我在李孝光、何白等人的文章里就曾看到过这个铿锵有力的动词，如"山风横射"（李孝光《大龙湫记》）、"忽劲如万镞注射"（何白《大龙湫记》）。与何白同时代的旅行家徐霞客的《游雁荡山后记》中说"风蓬蓬出，射数步外"，也是以"射"字凸现风水相搏的动感画面。在《永州八记》中我不曾发现柳宗元使用过这个动词。但柳宗元那一代诗人中，倒是有人喜欢用这个动词，如李贺的《金铜仙人辞汉歌》就有"东关酸风射眸子"的诗句。这种动词使用频率过多，很容易让读者发现"人巧"之处，作者如能自觉规避，选用一些陌生化的字，或许能得"天工"。

山水记本无轨范，但柳宗元写了《永州八记》之后，它就有了轨范。后人写山水，往往是参照《永州八记》的结构、声调、修辞形式。这种用文言写成的山水散文，在行文上多持简洁，并且始终恪守一种古典的克制。文章合乎轨范了，"八记"与"二十八记"就没有什么区别了。

《永州八记》的好，就在于它是没有刻意去写。从写作时间来看，前四记与后四记相隔三年。这三年间他流连于山水之间，有感而发，才把后四记补上。身处那个时代的政治环境，柳宗元知道，眼前没有更好的去处，只能在转圜之间尽量免受身心的摧折，从而在山水中保存一个完整的自我。山水的抚慰人心，有甚于经书的指引。这八篇堪称治愈系的山水记至少让柳宗元的内心平静了些许。而在扰扰尘世间奔逐的人突然读到这样的文章，也能略得一丝抚慰吧。

对李孝光、何白、施元孚来说，柳宗元的《永州八记》就是源头性文本。他们无法绕开，更无法超越。但我相信，他们在状态最好的那一刻里，是与柳宗元走到了一起。通过山水记，元代的李孝光、明代的何白、清代的施白孚与唐代的柳宗元构成了一种对话关系。另一方面，他们与后人构成了另一种对话关系。每至雁荡，我就会感觉自己与他们更近一层了——这些古人，与我在空间上相近，时间上相远——及至我读到他们的作品时，时间的阻隔也就随之消失了，代之以一种"宛宛如见故人"的感觉。

　　今日，我们与自然之间的亲密接触往往通过一张门票变成了一种消费行为，而消费的对象便是自然风景区。我们已经无法像柳宗元他们那样直接面对山水，进入物我两忘之境。我们的山水记里面，已经不可避免地出现停车场、检票口、电线杆、水泥广场、地方特产、塑料制品，以及无比粗砺的噪声……

2018年3月

从戎州到宜州

　　去李庄，带上了一本旧书《日记四种》。里面收录的是宋人黄庭坚、陆游与明人袁中道、叶绍袁的日记。在飞机靠窗的位置坐下，书摊开，光线透进来，不浮不散。温州至成都的飞行距离大约是一千八百公里，飞行时间近三小时。此间的闲读是逆向加速度入古，渐渐地，也就有了一种时空错位感：脑袋沉浸在古代某个时刻，身体却被现代航空器悬置云端。阅读的速度是陆游坐船穿过赤壁矶的速度，它偷换了飞机的飞行速度，却在不知不觉中缓解了机身颠簸给我带来的不安。旅行包里还有一本小书，每次出门坐飞机我都会随身携带，我没想到要翻看，但它放在那里，心就稳静。有这么一种说法：一只不到半公斤的小鸟与时速八百公里的飞机相撞，会产生一百五十多公斤的冲击力。小鸟与飞机相撞的可能性极其微小，可是，谁能确保这只小鸟不会在什么时辰冷不丁地冒出来？还有这么一种说法：坐飞机的风险极低，一个人如果每天要坐一次飞机，依照飞机失事的概率来计算，他需要连续乘坐八千年才有可能遇上一次空难。可是，谁能确保你就是那个侥天之幸躲过一劫的人？有一次，我从拉萨坐飞机返回，飞机刚起飞不久，就遭遇强劲的扰动气流，机身陡地向下一沉，仿佛要坠落地面了，随后又猛地一颤，奋然向上振拔，一座壁立千仞的雪山从眼前掠过的一瞬间，我感觉飞机就是从死神的唇边擦过去的。此行有惊无险，不过，事后回想，越发觉得这世上有很多事冥冥之中都是安排好了的。比如，在拉萨的机场过安检时，安检人员曾从我背包里检出一块玛尼石，视作钝器，不许我随身携带。时间仓促，再打包托运已来不及，我只好割爱。当飞机在高原上空遭遇强劲气流，又回复平稳之后，我就想：如果安检人员允许我把玛尼石带上飞机，结果会怎样？这架飞机也许就因为多出一块玛尼石的重量，引发不可预测的事件。这么寻思着，我就把手紧紧地攥住那本放在口袋里的小书。然后，我又想，这本书也许就是一块压舱石，飞机的一侧因为多出这样一本书，它才不至于在高空中倾斜。

陆游的《入蜀记》还没读完，人已入蜀。飞机在成都的机场降落，前不见古人，之后就见到前来接机的人，之后就坐上一辆小车循高速公路贴地而行，车速一百二十码。那时候，我并不知道宜宾的机场那边还有十六位从北京过来参加颁奖典礼的作家，正坐着一辆大巴赶往一个名叫李庄的古镇，而我们将会于七点二十分左右在那里的一家酒店门口相遇。

天色已暗。站在古韵轩门口，看着一辆车缓缓驶来。人影散乱，不知道该向谁打招呼。那一刻，有人刚踏上李庄地面，就瘫软在地；不是饮李庄白干醉倒了，而是心脏病猝发支撑不住了。晚些时候，我们就听到了他在医院里停止心跳的噩耗。怎么说走就走了？那个想要跟他握手却没握成的朋友叹息一声：他在李庄还没吃过一顿饭、留下一串脚印呢。听者怃然，纷纷感叹：这人世也真够无常的。是晚，酒在桌上，大江在一旁流淌。一桌人喝得有些索落，有些伤感。深夜时分，我跟几位朋友一道沿着长江散步。江风一吹，很多话题也就弥散开来。有人谈董作宾，有人谈梁思成和林徽因。总之，都是一些作古的人。说话间，我们已经从几栋民国老建筑前经过。我们离民国只有几米远，但双脚就是跨不进去。有位同行者问我，如果你要写宜宾的历史人物，你会选择谁？我毫不犹豫地回答：黄庭坚。

是的，黄山谷。后世的人通常这样称呼他。在四川这地方，黄山谷还有另一个为人所熟知的称呼：涪翁。涪翁与涪州有关，正如东坡居士与黄州的东坡有关。

后世的人多将他与苏轼放在一起谈，不仅仅是因为他是"苏门四学士"之一，或是他跟苏东坡并称"苏黄"什么的，而且他们的性情与命运的确有不少相同之处。有关他的逸事也多。像钱钟书这样的学者，还从一些冷僻的书中了解到黄山谷"曾患腋气（狐臭）"、五十六岁那年"得了个疽刚好"什么的。山谷好谈，是因为很多人谈过他；山谷不好谈，也是因为很多人谈过他。

绍圣二年，黄山谷以一句"铁爪治河，有同儿戏"，被新党的人抓住把柄，斥为"犯上"（相当于我们现在所说的"妄议中央"）。尽管黄山谷上书条陈，但仍然无济于事。贬为涪州别驾、黔州安置的消息很快就从京城传来，他身边朋友都为之唏嘘，而他却若无其事地躺在床上，大放鼾声。一本由黄山谷的从孙编写的《黄山谷年谱》上这样写道："先生是岁拜黔州谪命。"他知道自己逃不过这一劫。认命了。对他来说，官可以不做，但诗不可不写，字也不可不写。那些长到肌肉记忆中的文字是想甩也甩不掉了。

《黄山谷年谱》卷之二十七还有这样的记载："元符元年戊寅。先生是岁在黔州，是春以避外兄张向之嫌，迁戎州。"看到黔州与戎州两个地名，我便想起涪翁日记中提到的宜州。起初，我以为宜州就是宜宾的旧称，后来一查资料，才知道，宜州在广西，是黄山谷的终老之地，而宜宾就是他谪居的戎州。我不知道古时候宜宾为什么叫作戎州，也许是因为这里有过一段兵戎相争的历史。"戎"字从十从戈，"十"是盔甲，"戈"是兵器。"戎州"二字，写到诗里面多少还是会生出一股寒气的。相比之下，宜宾这个地名就带有一种化干戈为玉帛、以万象为宾客的意思了。黄山谷第一次来到戎州，正好是春天，一片烂熟的春光里兵气全消，但他的内心想必是还有一丝从北方带来的余寒吧。

车过宜宾。岷江北岸天柱山下的流杯池不去也罢，滨江公园那个著名谪客的雕像不看也罢。窗外一抹新绿间杂着高低错落的屋舍，春天总是没有什么新意的。人来人往的街市也没有什么新意。无聊的时候，望着路牌或店招上频频出现的"宜宾"地名，脑子里浮现的却是长江、竹、酒——三个与宜宾这座城市有关的名词组合在一起，让人无端端想到了一本旅行手册上涪翁写的一首诗："井边分水入寒厅，轩竹南溪仗友生。来酿百壶春酒味，怒流三峡夜泉声。"（《从陈季张求竹竿引水入厨》）会后微倦，独自一人沿长江堤岸散步。眼前铺开的，依旧是民国那些过客曾经见过的古老风景：不动的山的高古，和永在流动的水的静穆。绕一圈，见到几株在温州很常见的桂树与榕树，如遇故人，感觉自己只是坐着瓯江的小船，转了个弯就瞥见了这些熟悉的风物。天阴，也不知道太阳是几时落山的。眼前这条被老杜、涪翁吟咏过的江流把一条看不见的时间轨道联结起来，在暮色中静定成一幅颜色有些暗旧的青绿山水。那一刻，一片竹叶飘坠，足可以想象"无边落木萧萧下"的意境；一滴水落入掌心，也能感受"不尽长江滚滚来"的气势。

这就是宜宾，处于金沙江、岷江、长江三江汇流地带，西南高而东北低的地势使它看起来就像黄山谷那些左低右高的辟窠大字。假如我是一个时间旅行者，坐着隐形航空器穿越宋朝，把时间对准元符元年，然后把地理坐标对准四川盆地南缘，或许就会看到山野间尺马寸人的悠然；离地面再近些，看到的或许就是路长人困的景象；再近些，或许还会看到几张焦虑的面孔，听到数声粗重的喘息。那时节，一个叫黄山谷的老人在哪里？没错，他就在舟中，正望着去马来船，口念指划，若有所悟。

> 山谷在黔中时，字多随意曲折，意到笔不到。及来僰道，舟中观长年荡桨，群丁拨棹，乃觉少进，意之所到，辄能用笔。（《山谷题跋》卷九《跋唐道人编余草稿》）

如果一颗敏感、坚韧的心没有对抗过现实的压力，他如何能从荡桨、拨棹这种与水对抗的动作中悟得笔法？我之前读到"僰道"这个地名，就把它有意无意地忽略过去了。及来宜宾，知道"僰道"就是当年的戎州，我就对这个地名有了新的体认。谪居戎州之后，黄山谷的书风有了变化。他的长撇大捺比往日多了些波折，横竖也变得直中有曲。他那曲折的笔法对应的是曲折的道路，正如他诗中的隐晦表达对应的是一个隐晦的时代。对他来说，写字就是用手走路。脚所能感受到的曲折困顿，同样可以由一只手上的神经末梢来感受。

黄山谷被贬这一年，苏东坡谪居儋州，他被人逐出了官舍，只能在城南一座桄榔林里搭建茅屋。黄山谷六月至戎州，先是住一座寺庙里，后来僦居城南，他把自己的寓舍命名为"槁木庵""死灰寮"。可以想见，他当时的确是身如槁木，心如死灰。"死灰"这个词也许会让我们自然而然地想起苏东坡当年被贬到黄州后在一首《寒食雨》中写下的一个句子："死灰吹不起。"黄山谷不仅读过此诗，还曾用一种近乎诙谐的口吻写过跋语。因此，他把自己的贬所称为"死灰寮"，恐怕跟苏东坡那首诗对他的心理暗示不无关系。从年谱来看，黄山谷每每到一个贬所，似乎都要病一场。元符元年，黄山谷就在写给朋友的信中说："区区西来，以多病，所至就医药。"而他在《经伏波神祠》一诗的跋语中也曾写到自己的病况："建中靖国元年五月乙亥，荆州沙尾水涨一丈，堤上泥深一尺，山谷老人病起，须发尽白。"水涨一丈、堤上泥深一尺与须发尽白固然没有什么关系，但这两件事放一起谈，就让人想起苏东坡那句"何殊病少年，病起头已白"。

黄山谷在戎州除了留下一些诗与逸闻，还留下一幅《戎州帖》（当然，戎州帖是后人的称法）。彼时正是元符三年，徽宗即位，黄山谷即将履新。七月廿一日，一个自称涪翁的人坐船自戎州出发，三日后抵牛口庄，宿廖致平（养正）家，此间喝了点酒，下了几盘棋，有了快意，就在自己抄录的唐懒残和尚诗卷后用正书大字写了一段跋语。这段行程，我猜想涪翁也记到了自己的日记里，但他有关这段生活的日记没有留存，我们只能凭《戎州帖》中寥寥数语见其仿佛。涪翁写下这一幅字后，似乎有些自得，否则他不会在跋后附带一句：此字可令张法亨刻之。张法亨是谁，廖致平是谁，这些都已经无关紧要了。我们从这幅字里读到的，是涪翁的豁达、平实、幽默。这一年，涪翁五十五岁，离苏东坡病死常州不到一年，离他病死宜州还有五年。

谁也不知道自己有一天会死在哪里。比如那个穿上一双新皮鞋、打算参加颁奖典礼的小说家，他从家中出发的那一刻，会预感到自己就将止步于李庄？

小说家送到医院救治的时刻，我们就在李庄的某家饭馆喝酒。我们都在等待着他平安无事地回到众人中间来。席间上了一道菜，是苦笋炒五花肉。一位本地人告诉我，这就是宜宾的苦笋，这个时节（春末）出土的苦笋最佳。我吃了一口，淡定的舌头突然像是受了一点惊扰，往里收缩了一下。那种滑过舌尖的微苦，延宕片刻，还没等到回甘，就迅速湮没于从四面八方包抄过来的麻辣。本地人又问我，吃出回甘的味道了？我未置一辞。那位本地人接着介绍说，这苦笋要用加点盐的水煮一下才能化去一点苦味，如果沥干后清烩，你更能品尝到原滋原味了。后来读到黄山谷的《苦笋赋》，始知自己那晚吃的，就是山谷老人吃过的苦笋。那年冬天，他谪居黔州，心里奇苦，某日在山中掘得苦笋，才二寸许，味如蜜蔗，大喜。之后来到戎州，正是春天，他又吃到了苦笋，苦而有味，竟一连吃了四十多天。现代人也把苦笋叫作甘笋。苦笋之苦，只是微苦而已，据说"其呈苦味的糖甙有刺激巨噬细胞生成之效"。黄山谷当然不知道什么"糖甙"或"巨噬细胞"，他喜欢吃苦笋只是因为他当时已戒酒戒肉，实在没有更多的东西可以吃了。另一方面，我以为黄山谷作为一个诗人，在无意间把吃苦笋当作苦吟来接受了——苦中之乐，也不是一般人可以体味的。我在于非闇先生画的青菜萝卜图中曾见过这样一句跋语："昔黄山谷题画菜云：不可使士大夫不知，不可使天下之民有此色。"士大夫中吃菜吃出这种小情趣与大情怀的，大概只有坡翁与涪翁。坡翁是四川人，也喜欢吃苦笋，也写过苦笋诗。其中有一首诗就是《和黄鲁直食笋》。黄山谷在政治立场、文学趣味上与坡翁引为同调，在饮食口味上，或有同嗜也不奇怪。借用他《跋子瞻和陶诗》里的一句话来说就是"出处虽不同，风味乃相似"。

山谷命运多舛，说起来还是跟这位东坡兄有关。三十五岁那年，他受"乌台诗案"牵连，就注定他命运的走向。黄山谷写过这样一句诗："莲生淤泥中，不与泥同调。"他追随苏东坡，作为一名元祐党人，与新党不唱同调，因此也就难免要得罪一些人，这便有了猝然临之的"党祸"。五十岁之后，他参与编纂的《神宗实录》一书变成了政敌攻击他的口实，给他带来了可想而知的麻烦，这便有了无故加之的"史祸"。我们站在苏、黄的立场谈论这场党争，新党固然可恶。事实上，新党中也有可敬可爱之辈，旧党中也有可憎可鄙之徒。黄山谷卷入其中，说不清是"党祸"带来了"史祸"，还是"史祸"带来了"党祸"。在哲宗那个时代，他可以接受贬谪外放的惩罚，同样，在徽宗的时代，他也可以拒绝恩加的任命。他有自己的政治立场，不随人是非强作态度。用现在的话来说，他就是那个时代的异见人士。这样的人，皇帝不喜欢，新党（甚至包括旧党的一部分人）也不喜欢。但黄山谷就是黄山谷。他的为人，正如名字所示：鲁直，就是忠厚、正直的意思；庭坚的庭，据一位学者考证，也可作"直"解。中国有句古话：人贵直，文贵曲。这句话同样可以显明黄山谷做人、为文的一个特点。他曾在一篇诗论中主张"长篇须曲折三致意，乃可成章"，这与他书法中那种"随意曲折"的审美取向不无暗合之处。因言获罪之后的黄山谷在诗风上更侧重一种曲折有致且充满隐喻的表达，这就难怪钱锺书说"他的诗给人的印象是生硬晦涩，语言不够透明，仿佛冬天的玻璃窗上蒙上一层水汽、冻成一片冰花"。"一片冰花"，这是一个多么贴切的比喻，它让我想到黄山谷藉以自况的那朵莲花。五十七岁之后，黄山谷已经离开四川，日子过得更加不堪，他想远离污泥，保持一朵莲花的素净，已是不可能的事了。这朵莲花的命运跟东坡诗中的海棠花一样，无非是堕入污泥，被污泥所欺。

暮年。老身。一次又一次地被命运抛入异乡。白发欺人。疾病欺人。异地的寒气欺人。时间也欺人。九月九日，欺独在异乡的人；八月十五日，欺月下独坐的人；十二月三十日，欺炉火边打盹的老汉。但，山谷老人不自欺。他善待自己，也善待自己所遇到的每一个人。

"祇应瘴乡老，难答故人情。"这是他就将远赴宜州贬所时写下的一句诗。崇宁三年十二月十九日夜中，山谷将行，一些亲旧与邻里携酒追送。他为此写了一首诗，题目有点长，这里就不作照录了。不过，这首纪事诗一点儿都不像黄山谷其他诗作那样晦涩费解，首句写来，平实如话，结尾一句来看，诗人对此行已心怀不祥的预感。这是他生命中的最后一次远行，也是他最后一次退缩。"做梦中梦"，竟落得个噩梦；"悟身外身"，竟落得个戴罪之身。

他是以戴罪之身来到宜州，当地自然不作官舍安排。不仅没有官舍，甚至连像样的住所都没有。杨万里在一篇文章中带着一股愤愤不平的口吻描述了他的境遇：有村民留他暂住，太守罪之；有和尚留他暂住，太守又罪之；有客栈老板留他暂住，还是要治罪。太守让他住哪里？就住在一座撂荒的戍楼里面，这意思就是让他活受罪。那么，太守为何对他如此苛刻？原因就在于，黄山谷这人不知好歹得罪了当时的宰相。太守当然是听命于当朝宰相的，按照这种行政关系，黄山谷得罪宰相就是得罪太守。其实，太守完全可以放黄山谷一马，但他羞辱黄山谷，无非是为了讨好宰相。所以，杨万里感慨说："先生饥寒穷死之地，今乃为骚人文士伫瞻之场。来者思而去者怀。而所谓太守者，犹有臭焉。"世远人湮，真相如何，我们已经无从知道了。

我们所知道的是，黄山谷贬官至黔州时，尚有一庙可以暂且容身；到了宜州，贬所破陋得让人不可想象，洗个澡据说也要借民家浴室。我没研究过宋代官僚制度，不知道当时朝廷如何处置那些接受羁管的官员。黄山谷住在黔州时，曾在诗中感叹"居屋终日如乘船"。这就有点近于苏东坡当年住黄州长江边上的情形："小屋如渔舟，濛濛水云里。"他们都把破屋比喻成木船，也许跟那些动荡不安的日子有关。"乌台诗案"发生之后，山谷与东坡其实都在同一条船上，都有一种随时可能遭遇没顶之灾的忧患感。相比黔州，宜州的生活条件更其恶劣。那地方处于边陲，苗瑶杂处，民风犷戾，黄山谷在诗中更是将它视为"瘴乡"——瘴乡，就是瘴疠之乡，古时候的贬客但凡写到这个词，都不免哀叹——他带着老病之身至此，能得苟活已经算是不错了。按照当时羁管条例，他不得擅离宜州。但他想混迹渔樵、隐身藏名也难，因为他毕竟是犯官，名字曾三度列入元祐党籍黑名单。

所幸的是，他每次被贬，哥哥与弟弟总会过来送他一程。宋哲宗绍圣二年，山谷贬斥黔州的时候，哥哥一路相送，途经一百八盘和四十八渡；次年，弟弟带着山谷的家眷来到黔南贬所与之团聚。山谷老人流放宜州的时候，弟弟已殁，而哥哥依旧在寒冷的冬天赶过来看望他。《宜州家乘》第一日记的便是此事："四年春正月庚午朔，元明自永州与唐次公俱来。"兄弟情笃，让人想起苏氏兄弟。苏东坡贬到黄州之后，苏辙也是带着哥哥的家眷过来，与他团聚。那个年代，交通极不便利，邮路也不是很畅通，隔着关山重重，就是生死茫茫。有时候，两个人见上一面，就有可能成为永诀。苏轼与苏辙是在广西藤州（也有人认为是在雷州）见了最后一面，而黄山谷与黄元明则是在广西宜州见了最后一面。

将《宜州家乘》与《山谷先生年谱》卷三十并读，既能看到他在横逆之境所持的忠直本性，也能看到他在展促之间的从容把玩。有两件事，他终生没有放弃：一是写诗，因为他觉得来自杜甫的诗歌传统可以在他手中延续下去，从他的诗里面，我们依稀可以听到唐诗的回声；二是写字，他在最困顿的时候也会以三钱买鸡毫笔写字，从他的荡桨笔法里，我们甚至可以听到浩荡江流的声音。

黄山谷如果活在这个自媒体时代，或许会在微博或微信朋友圈晒晒诗、晒晒字。这部《宜州家乘》，我不知看了多少遍。它的确有点像时下的微文，排日纪事，着笔不多，记的只是风雨晦明、出入起居。在日记里，时常可以看到山谷老人谈到饮酒的事。他四十岁时做过的一篇《发愿文》——发愿要戒酒戒色戒肉食——并不妨碍他在晚年打破禁忌，从心所欲地喝一点小酒。不过，他不喜欢独酌，而是喜欢跟二三知己对饮，兴致来了，坐而论道，兼以抒情。对他来说，这种酒桌上的逸乐远胜于官场的酬酢，未尝不是涪翁失意之后的一种精神代偿。读黄山谷的诗，我总觉得他比苏东坡多了一些庄重之气。也许只有喝了点酒之后，他身上那种东坡式的幽默才会被激活。于是，他就可以像苏东坡那样：眼前见天下无一个不是好人。

黄山谷的日记里倒是真的没有一句怨天尤人之语。即便那位明哲保身、不敢与他多有接触的郡守党明远，他也只是轻描淡写地提及。比如三月二十七日那一天："大雷雨。郡守杀鹅于城南之龙泓，于是三日矣。"八月初三日又记："晴。宜守党明远是日下世。"从日记来看，他对郡守党明远未置贬词。而他所记的，大都是亲朋好友和当地人的馈赠与照顾。黄山谷的日记止于九月二十八日，那天先是小雨，及晚大雨，一个叫积微的人送来了糯米三担、八桂四壶。听着淅淅沥沥的雨声，山谷老人不知道自己会在两天之后死去。

他就要死了，可他一点儿都不知道。山间的一棵古松不能把自己的年寿借他一点。正如那个北京过来的小说家，当他坐在飞机上的时候，他也不能把天外的时间偷得一点。

他下车那一刻，我伸出手，要跟他握一下，可他的手捂着胸口，怎么也伸不过来。一位小说家谈到那位猝死的小说家时这样描述道。

然后，我就走过去，轻轻地拍了一下他的肩膀。他又接着说。

"风流犹拍古人肩"，这是黄山谷贬谪黔中后写下的一句诗。彼时，他大概觉得自己只要伸出那只写诗的手，便可以拍拍古人的肩膀了。

有时候，一个人的肩膀是不能随意拍的。一拍，他就作古了。

一拍，他就做了彻头彻尾的"外乡人"。

黄山谷的日记记到三月十五日那天，一个神秘人物出来了。他就是范寥。

如果不是范寥，黄庭坚的日记或许就此湮没。范寥是何许人？在黄庭坚的日记中只记了一笔：他是成都人，是个好学之士。事实上，此人远比我们想象的要复杂。范寥，字信中，据说早年叫范祖石。他显然是一个有故事的人，一个上天派来注定要为山谷老人料理后事的人。

那么，黄山谷又是怎么死的？史书上没有记载。有人从他二月二十日的一段日记"累日苦心悸，合定志小丸成"来推断，他很有可能死于心脏病突发。看到那位患有心脏病的小说家"说走就走了"，我越发认定，这种推断是不无道理的。

陆游在《老学庵笔记》中援引了当年的见证者范寥的一段话，似乎可以视作山谷老人的谢幕致辞：

一日忽小雨，鲁直饮薄醉，坐胡床，自栏楯间伸足出外以受雨，顾谓寥曰："信中，吾平生无此快也。"未几而卒。

"吾平生无此快也"。其生也快，其死也快。范寥做梦也没想到，自己逆长江而上舍舟洞庭取道荆湘直奔八桂，原来就是为了给山谷老人送终。而山谷老人跟这位素不相识的忘年交居然也玩得很好，他曾对范寥说："有朝一日我回北方去，将把这部日记赠送给你。"从这句话可以看得出，他虽然预感到自己时日无多，但他仍然寄望于一次来自北方的赦免。

富于戏剧性的是，山谷老人死了之后，他的日记却莫名其妙地失踪了，据说后来辗转传到宋高宗手中。这位年轻的皇帝读了之后，轻轻地叹息一声。同样富于戏剧性的是，若干年后，这部日记的手抄本又传到了范寥手中。

最后把这部日记整理出版的人，还是范寥。我们理当感谢这位饱受争议的"好学之士"，他毕竟为后人保存了中国第一部传诸后世的私人日记。至于后世有人把它称作《宜州家乘》也好，称作《乙酉家乘》也好，无非是因地而名或因时而名。地方志学者或许更注重"宜州"作为一个地名的地理空间意义，而年谱编撰者——比如黄山谷的从孙——或许更注重"乙酉"这个年份的时间意义。

这部日记从正月初一那天一直记到九月二十八日，历历分明。需要注意的是，山谷老人的日记中极少写到自己的病况。我这里使用"极少"这个词是因为他在这一年四月中旬确实患过一场腹泻，九天之后大腑始和。他只是以"不兴"这个词略略带了过去。更多的时候，他记下的，都是琐碎日子里的诗意与善意。事实上，他经历了种种丧乱、挫败和迁播，内心渴望的是一块向阳的山坡，而不是被阴影笼罩的山谷。处江湖之远，他努力让自己忘掉那些纷争、那些仇恨，而身魂所受，是时光馈赠的柔情蜜意。我很奇怪，在宜州那样一个被唤作"瘴乡"的地方，为什么会有那么多人远来相访？为什么他常常可以收到老朋友从远方寄来的礼物（包括美食）？

从黄山谷日记中，我们不仅可以看到他晚年的朋友圈，还可以看到一份饶有风味的物品清单。别人赠他什么东西，他总是不惮其烦地记录下来：

正月二十四日，癸巳。雨不已。得曹醇老书，以元明至宜，予暂开肉，故寄一羊及子鱼，虾脡、蛤蜊酱、蟹螯、醋蟹酱、金橘三百……

二月七日，丙午，晴。……得李仲牖书，寄来建溪叶刚四十銙，婆娄幽四两，蜀笺四轴，鲎桶赤鱼鳔五十枚……

二月二十五日，甲子。晴。不可挟纩。蒋侃送蛮布坐荐四，絮以蕃花、金铃子、雪菌一箬。

三月初二日，己亥。丁酉、戊戌中夜皆澍雨。德谨砦寄大簟一床，又寄大苦笋数十头，甚珍，与蜀中苦笋相似，江南所无也。

一路读下去，我便想起弘一法师的断食日记：

十二月一日，晴，微风，五十度。断食前期第一日。疾稍愈，七时半起床。是日午十一时食粥二盂，紫苏叶二片，豆腐三小方。晚五时食粥二盂，紫苏叶二片，梅干一枚。饮冷水三杯，有时混杏仁露，食小桔五片。

一物之微，都要细录，或示感念，或示惜福。山谷与弘一都是惜物之人。惜物者必敬人，敬人者亦必敬天。

四月十三日，李庄归来。李庄人赠白酒一壶、黑花生、白糕、黄粑各一。不赘。

2019年5月

长情与深意

——读《赠卫八处士》与《在酒楼上》

量子物理学家研究发现：人死之后，一切物质元素虽处于停顿状态，但人的意识信息依旧运行不止，这种超越肉身、神妙难测的东西，世人或谓"灵魂"，科学家则称之为"量子信息"。当我们读完一本书，把它扔到一边，它不过是一堆纸，处于一种"停顿状态"，但它的"量子信息"依然在不知不觉中释放出来，不同层次的读者或同一个读者随着心智的不断成长在不同时期内都会接收到不同的"信息"。据说有位诗人时常把某位心仪的外国诗人的原版诗集放在床头，虽然不懂原文，但闲来摩挲一番，也能得其仿佛。这里头，想必也有一种无法形诸文字的"信息"吧。有些文学作品就是这么奇妙，我们即便把它放在书柜里，不去碰它，它也会在某些时刻向你释放这样一种看不见的能量。原因呢？是这些文字已经变成一种非物质的东西进入我们的潜意识，我们很有可能会在别的书里面与之会面：原来读过的文字里面的灵光与眼前的文字交相辉映，在同一时刻突然照亮我们的眼睛。我少年时期就开始读杜甫与鲁迅的作品，读了也就读了，心尚朦胧，谈不上有多少心得。后来读多了就慢慢觉出，杜甫最好的诗、鲁迅最好的文章，大都是在中年时期写就的。现在，我重读那些伤于中年哀乐的作品，似乎可以更敏锐地接收文字里面透出的"信息"，并且也能或多或少地找到一种对应的感觉。

杜甫一生写过不少好诗，但好诗之于每个读者自有不同的"好"。我在青年时期曾试着读了一些杜诗，但始终觉得他离我很远，于是放下。到了中年，再读，杜甫就离我近了些。有一回，送走一位朋友，无意间读到《赠卫八处士》这首诗，感觉杜甫就在眼前。之后我读了鲁迅的短篇小说《在酒楼上》，内心还有一些余绪，又接着读了此诗，觉得那个吕纬甫仿佛就是杜甫了。《赠卫八处士》是唐肃宗乾元二年（759）杜甫从东都洛阳回华州途中访友后所作的一首五言古体。之前一年，杜甫由左拾遗贬为华州司功参军。华州这地名屡经更改，杜甫出任期间，华州已从华阴郡改回来。这意味着，朝政已经发生了变化。杜甫出任华州司功参军一职始于唐肃宗乾元元年（758）六月，终于唐肃宗乾元二年（759）秋天。司功参军是什么官职？用现在的行政职务来看，相当于教育局局长吧。而事实上，这位"唐朝的教育局局长"不是一般的忙人。冯至在《杜甫传》里面把他的职责罗列了一下，主要是负责祭祀、礼乐、选举、医筮、学校、考课等事，可见，教育还只是其中一块。时逢战乱，单位薪俸微薄，家中存粮不多，这位"教育局局长"眼看是当不下去了。759年春，杜甫回洛阳老家看望亲朋故旧之后又急匆匆返回华州。这一路上步履不停，写诗不辍，所见所闻，有诗为证，行迹宛然。从《钱注杜诗年谱》来看，杜甫这一年写了不少像《三吏》《三别》《赠卫八处士》之类的以记事为主的五言古体。五言古体与七言古体均属古风，有别于那种格律诗。值得我们注意的是，杜甫在动荡不安的境遇里每每喜欢采用一种修辞相对简单、形式趋于自由的五古来写，一旦生活安定下来，他通常喜欢写那种修辞讲究、形式整饬的格律诗。按照冯至的说法：759年是杜甫一生中最困苦的一年，也是他的"进步性"达到顶点的一年。前半年，他大部分时间是在洛阳道上奔波，后半年则跋涉于陇蜀途中。然而，一个被饥饿与梦想所驱的诗人即便在苦旅恶道中也要坚持写诗，其中就有这首貌古言朴的《赠卫八处士》。卫八是谁，住在哪里，杜甫在诗中没有明言，注家也没有考证出来。杜甫何以要拐一个弯去拜访卫八，我们也不得而知。也许是连日阴雨，引人犯愁，他要跟老友一诉衷肠；也许是旅途奔波，身心俱疲，他要找个地方暂驻。我们知道，杜甫一生喜欢广交朋友，也写了不少类似的"社交诗"。他在春天拜访卫八处士是有意的，这叫相见；在落花时节遇见李龟年则是无意的，那叫相遇。相见是我来结缘，相遇是缘来找我。见与不见，遇与不遇，都是缘份。丧乱之年，很多朋友说散就散了，说走就走了，每见一面，都有可能是最后一面。能在这样的日子里与老友相遇，喝上一杯酒，说上一席话，自然是值得珍念的一件事。

也不知为什么，我每回读到鲁迅的小说《在酒楼上》时，也会把杜甫的《赠卫八处士》拿来与之对读。读着读着，我就能对诗与小说体味更深。一诗一文，有着相似的主题：杜甫写的是春日访友，而鲁迅写的是冬日与老友在一家小酒馆相遇。人生最美好的三件事就是：与离散多年的亲人团聚，与所爱的人相遇，与老友对饮。他们写的就是与老友对饮。

杜甫是"我们的诗圣"，而鲁迅是"我们的文豪"。但我们探讨文本时，最好是避开"诗圣"与"文豪"的万丈光芒，把他们还原到那种自然的日常状态中去，从细微处谈起。

人生不相见，动如参与商。

安史之乱后，杜甫的诗日见凄苦，即便是在春天，也没有什么好景可看，花开的是愁颜，鸟叫的是秋声。一个来到春天的人，身上似乎还带着冬天的寒气。这本是一首相见欢的诗，但诗人起头便是写"人生不相见，动如参与商"。参星在西，商星在东（严格地说，是一个在西侧，一个在东侧）。如果参照西方的星座来看，参星即猎户星座中一颗最亮的星，商星即天蝎座中一颗最亮的星。此星上升，彼星沉落，两不相见。张岱的《夜航船》一书卷一"天文部"就谈到了参商二星：

> 高辛氏二子，长阏伯，次沉实，自相争斗。帝乃迁长于商丘，主商，昏见；迁次于大夏，主参，晓见。二星永不相见。

在参商二星之后，张岱又谈起了金星。金星，民间叫太白金星，只不过，它在黎明之际闪耀于东方的天空，人们称之启明星，在黄昏之际则闪耀于西方的天空，人们称之长庚星。正如澹台灭明不是两个人，启明长庚亦非两颗星。读过中国文学史的人大概都知道，鲁迅幼时曾得法名长庚，而周作人得法名启明。于是就有论者认为，长庚与启明这两个名字便预示着周氏兄弟之后不复相见。有意思的是，鲁迅曾多次把自己的法名或笔名借给小说中某个人物，比如《在酒楼上》那个顺姑的伯父就叫长庚，此人虽然只是一笔带过，但那副毒舌却令人难忘，鲁迅如是描述，好像是跟自己开了一个玩笑。一九二三年，周氏兄弟失和之后，鲁迅从自具一看到搬出去居住，再到辗转各地，乃至最后迁居上海，与周作人之间相隔的距离越发遥远。他后来出杂文集，在题记后曾用过"宴之敖者"这个笔名。假如说他当初取名"长庚"并非出自本意，那么，取名"宴之敖者"则可见出他的用意。鲁迅本人后来也曾与许广平这样解释："宴从宀（家），从日，从女；敖从出，从放；我是被家里的日本女人逐出的。"正如他把"长庚"这个名字借给了《在酒楼上》这篇小说中的一个次要人物，他也把"宴之敖者"这个笔名借给了《铸剑》中的一个黑衣人。鲁迅后来写了一篇小说《弟兄》，似乎在向周作人示好，但他们终究还是没有握手言和。东有启明，西有长庚，就好比东有商星，西有参星，这仅仅是一种天文现象，而我们往往把这种现象视作某种天意的物质表达。离，是天意；聚，亦是天意。天意不可明违，人情犹可暗系。周氏兄弟虽然至死不相来往，但他们还是时常在文字里面相见，鲁迅无论到哪里，总会不忘读一读二弟的文章。而周作人晚年，也写了大量与鲁迅或鲁迅小说有关的文章。不相见，有不相见的理由。同一枝上的花与叶可以相忘于春天，出自同一母体生的鱼与鱼可以相忘于江湖，有时也许比相见更好。

今夕复何夕，共此灯烛光。

上面写到天象，下面就带出人事。这种手法，在杜诗中是较为常见的。略有不同的是，从星光忽尔转到烛光，仿佛有点像电影里的蒙太奇手法。这两束光一远一近，交替在一起，映显出一个幽暗、空阔的背景。"参与商""灯烛光"作为空间表象，有相同的特点——发光。两物相照，意味已是深了一层。但细细寻绎，二者又有不同的隐喻。前者让人感受到两不相见的寂寞，后者却让人感受到相逢的喜悦。时代的荒凉，人世的荒凉，内心的荒凉，使我们的诗人在旅途中益发渴望"共此灯烛光"的温暖。"灯烛光"是可见可感之物，在那样的夜晚虽然显得那么幽微、短暂，却能让漂泊者略得一丝安慰。

这句诗，也让我想到了海明威一篇小说的题目《一个明亮干净的地方》。在那个短篇小说里，只有独饮，没有共饮。餐馆里独饮的老人叫什么名字，那位年长的侍者叫什么名字，我们都不得而知，饮者不留其名，但留下了一片空白，也因之给我们提供了更多的想象。事实上，在小说的空白处，我们看到的是一种缥缈难凭的"虚空"的感觉。在深夜两点餐馆打烊之后，小说由外焦点叙事转向了内焦点叙事，年长的侍者开始自说自话，这时候，人称也发生了变化，短短一段文字里交替出现了三种人称：你、他、我们。从表面看，侍者的独白显得有些混乱，实则是叙述者故意使用的一种手段。三者指向的是同一个人——侍者。与之对应的一个词就是虚空。在这里，作者故意戏仿《主祷文》《传道书》的句子，跟我们聊聊虚空为何物。因为虚空，侍者在长夜漫漫无以打发之际还要去别人的酒吧喝上一杯，由此我们可以知道，他当时为什么会对年轻的侍者说出这样的话："我同情那种不想睡觉的人，我同情那种夜里要有光亮的人。"生活诚然需要光亮，但光亮所及之处皆为虚空。如果说《一个明亮干净的地方》写的是虚空，那么，《在酒楼上》写的就是无聊。这篇小说弥散着一股无聊的调调，跟文字间透出的冷色调融混在一起，这大概就是周作人所说的"鲁迅的气氛"了。鲁迅的小说，用笔虽简，却喜欢一层又一层地营造一种气氛，用鲁迅本人用过的一个词就是"氛围气"。林斤澜谈到《在酒楼上》这个短篇时，认为它的结构是回环的："从无聊这里出发，兜一个圈子，回到无聊这里来，再兜个圈子，兜一圈加重一层无聊之痛、一份悲凉。"《赠卫八处士》没有提到什么虚空呀无聊呀，但我们隐隐能感受到那样一种"氛围气"。世界被万物充盈，但处处都是虚空。我们的肉身化为虚空之前也曾见证虚空，但我们至少在今夕、此刻，还拥有一点灯光、一杯酒。这就足够了。

少壮能几时，鬓发各已苍。

每每读到这一句，我就会想起《在酒楼上》中的一段对话：

"阿，——纬甫，是你么？我万想不到会在这里遇见你。"

"阿阿，是你？我也万想不到。"

周作人读了《在酒楼上》，一眼就看出，小说中的主人公吕纬甫身上有范爱农的影子。鲁迅写范爱农的文章里就有这样一段多年后相遇的对话：

"哦哦，你是范爱农！"

"哦哦，你是鲁迅！"

这是鲁迅在革命的前一年春末，在故乡做教员时，有一回参加朋友的聚会与范爱农相遇的情景。鲁迅是这样描述范的容貌变化："他的眼睛还是那样，然而奇怪，只这几年，头上却有了白发了，但也许本来就有，我先前没留心到。他穿着很旧的布马褂，破布鞋，显得很寒素。"而在小说中，多年不见的老友吕纬甫的面貌也变得分外憔悴："细看他相貌，也还是乱蓬蓬的须发；苍白和长方脸，然而衰瘦了。精神很沉静，或者却是颓唐；又浓又黑的眉毛底下的眼睛也失了精采，但当他缓缓的四顾的时候，却对废园忽地闪出我在学校时代常常看见的射人的光来。"

黑发变白，韶颜变老，不变的是友情。杜甫给很多老朋友写过诗，篇篇不同，篇篇有情。梁启超称"诗圣"是"情圣"，这个"情"字当然不指狭隘的男女之情。事实上杜甫写男女之情的诗作极少，但就我阅读所及，他那首赠内的《月夜》，质朴，含蓄，倒是胜过很多唐人的情诗。

衡之鲁迅，在情感表达方面也多含蓄。鲁迅毕竟不是新月派诗人，也不是鸳鸯蝴蝶派作家，他的笔调，真的不太适合写爱情小说或情诗，他的《伤逝》也许可以算得上是爱情小说，但也有人说是别有寄托的。这一点，他跟老杜有些相似，他们写情，不着眼于男女。概言之，他们写的是人，是人性，或人之常情。他们写得最好的作品大都超乎男女之情，但又是很深婉的。

访旧半为鬼，惊呼热中肠。

这两句诗极容易让人想到鲁迅的一句诗：忍看朋辈成新鬼。也容易让人想到鲁迅另一首悼范爱农的诗中的句子：旧朋云散尽，余亦等轻尘。"散尽"有两种：一种是生离，一种是死别。一半还是人，一半已成鬼。生离死别带来的伤感，《古诗十九首》有之，《赠卫八处士》亦有之，人虽不同，其情则一。那个"常怀千岁忧"的人与"惊呼热中肠"的人也可以说是异代而共情。

孙康宜、宇文所安主编的《剑桥中国文学史》谈到安史之乱后（756—791）的一种文学现象时认为：除了王昌龄被一名地方官杀害死因不详外，没有任何知名的文学人物死于安史之乱本身。从中我们也约略可知，所谓"访旧半为鬼"，大都是一些"无名鬼"，他们活着的时候，寂寂无名，住在陋巷、茅屋里。但有些"无名鬼"即便没有录入唐诗史的"录鬼簿"里，也有可能被写到杜甫的诗里面。这样的人物实在太多了，我们无法一一昇录。

《在酒楼上》里面，"我"寻访了几位原本可以会见的旧同事，但他们早不知散到哪里去了；而吕纬甫过年回乡，也曾寻访亲故。两个访旧不遇的人就这样在酒楼不期而遇。此间，吕纬甫主要讲述了两件事：一件事是迁葬，亦即把一个早夭的弟弟的骨殖迁葬至别处；一件事是拟将回乡途中所买的一朵剪绒花送给邻居的女儿顺姑，结果发现她已得痨病去世。这两件事，或近或远，互不相属，但通过细节的勾连，就有了某种内在的联系。这里说的是两件事，其实都是与死者有关的一件事。"死者已矣"，但生者还是要继续。问题就在这里：如何继续？有些人虽然活着，却没有多少活气，"简直像鬼一样"，这是鲁迅常常慨叹的。

"惊呼热中肠"，这个"热"字亦是冷到极处的一种心理反应。在杜甫的诗中时常出现这个"热"字，如"飘蓬逾三年，回首肝肺热"，"穷年忧黎元，叹息肠内热"。"肠内热"与"肝肺热"，就是把感觉转变成触觉来写，有点近于我们常说的"五内俱焚""忧思如焚"。

在杜诗中，常常可见物理与人情的交替叙写——细推物理，却又说出一些很近人情的话。"人生不相见，动如参与商。今夕复何夕，共此灯烛光。少壮能几时，鬓发各已苍。访旧半为鬼，惊呼热中肠"这八句诗，难免会让人想起《古诗十九首》中几乎可以对应的诗句，如"人生天地间，忽如远行客""昼短苦夜长，何不秉烛游""生年不满百，常怀千岁忧""出郭门直视，但见丘与坟"。

参与商的相违、幽与明的相映、人与鬼的相隔、今与昔的相对，在这八句诗中一一呈现，而我们也能隐隐觉出人与物之间的关系、人与人之间的关系、人与鬼之间的关系。

焉知二十载，重上君子堂。

这首诗前面部分采用比兴手法，至此，是采用赋体（平铺直叙的手法）来写，有点像古典小说中常用的那种白描手法，叙事状物都很直接。也就是说，诗人只是把一件事简简单单、明明白白地讲述一遍。"焉知"二字下面悬着沉沉的"二十载"，但诗人在随后的段落里，纯以白描式、口语化的句子来写，一下子就让整首诗化重为轻，连节奏也变得明快起来。杜甫与卫八已有二十年没相见，而"我"与吕纬甫也相别经年。对杜甫来说是重上"君子堂"，对"我"与吕纬甫来说，则是重上"一石居"酒楼。老友相逢，大可以从记忆的稠密褶皱里翻找出一些有得聊的话题。吕纬甫大概是压抑得太久了，一见面就是大吐苦水，甚至用自嘲的口吻说了这么一段话："我在少年时，看见蜂子或蝇子停在一个地方，给什么来一吓，即刻飞去了，但是飞了一个小圈子，便又回来停在原地点，便以为这实在很可笑，也可怜。可不料现在我自己也飞回来了，不过绕了一点小圈子。又不料你也回来了。你不能飞得更远些么？"而"我"的回答是："大约也不外乎绕个小圈子罢了。"

杜甫一方面抱持"致君尧舜上，再使风俗淳"的宏愿，一方面也在梦想着这样一种安稳的小日子：有一间属于自己的茅屋，身边围绕着自己的亲人和鸡犬。可是遭逢乱世，身为一个地方官员，即便不必征伐，可免租税，其生计也十分艰难。他所依仗的朋友要么被贬到很远的地方，要么处于失联状态。他在虚幻的理想与具体的困境之间所做的种种努力和挣扎，丝毫无法改变国运和个人的命运。759年春天，他已经动念辞职，可是，哪里又有他的容身之处？就是在这样的情境之下，他拜访了自己的老朋友卫八。我们可以想象，杜甫"重上君子堂"那一刻，头发和胡子定然是乱蓬蓬的，面色定然是憔悴的，衣着定然也是破旧的，总之《在酒楼上》的吕纬甫是怎样的，他大致上也是怎样的。

前面说过，吕纬甫的原型就是那个也曾寄食于朋友家，也曾"在各处飘浮"的范爱农，他期待的是：有一天，收到电报，说是鲁迅让他去某地赴任。杜甫在最困顿的时候，也曾这样等待老朋友严武或高适哪一天给他回信，让他过去做幕僚什么的。杜甫也确乎等到了"重上君子堂"的那一天，可他穿州越府、腿为口忙，"大约也不外乎绕个小圈子罢了"。

昔别君未婚，儿女忽成行。

卫八与杜甫相别之后都发生了什么事？结婚、生子，无非这两件事。这是人生的两件大事。

吕纬甫呢？与"我"阔别多年，从对话中可知他在太原一位同乡家里教书。之前做过什么事我们不得而知，却也可想而知，用他自己的话来说是"无非做了些无聊的事情，等于什么也没有做"。吕纬甫年轻时，也曾意气风发，比如到城隍庙拔掉神像的胡子，比如连日来议论些改革中国的方法，之后随着境遇发生变化，整个人的面貌与思想也随之改变，不仅让老朋友见了惊讶，连他自己都深觉讨厌。套用时下流行的说法：他的生活中已经没有"诗与远方"，只有"眼前的苟且"。吕纬甫谈的是过往之事，但作者时常会描述一下酒楼周边的环境，以近景来烘托那种悠远的意绪，仿佛是把读者的目光从近处拉到远处，又从远处拉到近处。

在杜甫这首诗中也可见出或远或近的时空层次：从空间来看，"参与商"是远，"灯烛光"是近；与之相对应的是时间的远近，"昔别君未婚"是远，"儿女忽成行"是近。从总体来说，这首诗是以远见近，到了后面则以近见远，写到明日、山岳、生死，就仿佛有一个镜头，由远而近，再由近而远。试看前面六行诗，每一行都有一个相同的特点：前面一句与时间有关，后面一句则与空间有关。一、二句"人生不相见，动如参与商"，"人生"关乎时间，"参与商"则关乎空间；三、四句"今夕复何夕，共此灯烛光"，"今夕复何夕"与时间有关，"灯烛光"则与空间有关；五、六句"少壮能几时，鬓发各已苍"，"少壮"与时间有关，"鬓发"则与空间有关；七、八句"访旧半为鬼，惊呼热中肠"，"旧"指旧日的朋友，与时间有关，"惊呼热中肠"指人的一种异常表现，与空间有关；九、十句"昔别君未婚，儿女忽成行"，"昔"与"忽"与时间有关，"君"与"女儿"则与空间有关。这样的句式连续出现，想必是诗人有意为之，让人读来有一种时空腾挪、愁肠翻转的感觉。

怡然敬父执，问我来何方。

杜甫写朋友聚首，是从"不相见"写起，语调凄然，及至"怡然敬父执"时，语调忽尔一转，字里行间也见怡然之色。我们可以想象，卫八家的孩子一大堆，高低错落地站着，正用好奇的目光打量着这位远道而来的客人，我们仿佛还可以看到其中一个拖着鼻涕"问我来何方"的孩子的可爱模样。

"问我来何方"。杜甫写到这一句时，也许会摇笔苦笑一声，也许还会自问：我究竟来自何方？来自洛阳？洛阳已无亲人；来自华州？华州终究不是久留之地；来自长安？长安已非昔日的长安。但这些话，杜甫不会向这些未谙世事的孩子们吐露。他会说一些让人高兴的话，一问一答，都应该是欢快的。诗与小说毕竟不同，诗中不必把那些琐屑的话一一和盘托出。不说，自有不说的妙处。

问答乃未已，驱儿罗酒浆。

759年春天，那位被称作卫八的处士并不知道，他家的茅屋迎来了"中国最伟大的诗人——杜甫"。在他眼里，老杜还是老杜，他一直把他当老朋友看待。老杜当了高官，他没有仰视；老杜混得很不堪，他也不会轻看。他见老杜那副情状，就知道这官当得很不顺，日子也过得不怎么好，因此，未及细问，先招呼儿女上酒。上什么酒，并不重要，有了畅饮，就有了畅叙。

《在酒楼上》里面，"我"在"一石居"刚坐定，就对着堂倌嚷道："一斤绍酒。——菜？十个油豆腐，辣酱要多。"照周作人的理解，"一斤绍酒"是北方说法，绍兴本地人只叫做"老酒"，数量也是计吊、计壶，不论斤两的。可鲁迅为什么要那样写？这是因为小说中的"我"在北方待久了，日常用语、口味也北方化了，回到故乡，反倒把故乡当作了异乡，"一斤绍酒"冲口而出，也难免带着外方客人的口吻。这好比一个人同家人、邻里经常是抬头不见低头见，见了面，直呼其名，如果连名带姓喊必是显得生分。反过来说，只有外人见了面，才会郑重其事地喊出姓名来。当"我"说"一斤绍酒"时，"我"是不知不觉把自己当作故乡的"异客"的。"一斤绍酒"对应的是后面出现的一句话："客人，酒……""我"被堂倌当成客人，是合乎情理的，但"我"难道没有从中觉出一丝异样？在小说中，一个人回到故乡，本来就有一种"客中的无聊"，此时突然间破空传来一声"客人，酒……"还是让人微微一惊。如果说"梦里不知身是客"，此时打了个激灵，方知此身是客。

夜雨剪春韭，新炊间黄粱。

卫八处士招待老杜的，是寻常的下酒物。诗中写到的下酒物唯有韭菜与米饭，也许还有别的，但诗人写的是诗，不是菜单，无须一一罗列。在那个年头，在那样的普通人家，韭菜摆上桌也不会显得寒碜。要知道，凶年恶岁，百姓被官兵与叛军"割了韭菜"，家中已是别无长物，这一晚能吃到一盘韭菜，也是难得之至（你也别指望人家卫八会用韭菜做一盘全麦韭菜盒子什么的）。759年下半年，杜甫避居陇右，一位朋友曾送他三十束薤菜，杜甫欣喜之余写了一首诗表达谢意；后来他向一位族人求取薤菜，也写了一首诗。古时，薤菜与韭菜列为五菜，在今天看来实在微不足道，但在那时也算得上是救荒之物。杜甫既能写花花草草，也能写寻常的蔬菜。因此，他比起同时代诗人有一个了不起的地方：他写高远之思，总是从身边的细小事物写起。他把乡间一些带有贫寒气息的东西写出来，也能带出几分暖意。

"夜雨剪春韭"，这五个汉字里面尽是颜色与声音。有一回，我在村口看到老理发师给一个孩子剪头发时，忽然间莫名其妙地想起"何当共剪西窗烛，却话巴山夜雨时"和"春雨剪春韭"这两句诗。这两首诗里出现这个"剪"的动词时，为什么都要写到雨？是否剪东西时发出的沙沙声跟秋雨或春雨发出的声音有着什么微妙的联系？这种感觉是不能坐实讲的，一坐实，诗意就毁了。有注家说，"夜雨剪春韭"是用了郭林宗冒雨剪韭的旧典。由此，我们可以推断，那晚老杜并没有真的吃到春韭，只是借用了旧典，烘托一下氛围而已；可是，我们也很难说卫八没有去剪韭菜，杜甫写诗时忽然回想春韭的味道，就顺口道出，用典云云，不过是注家的附会之言。注家解诗，常常是唯恐杜诗无一字无来处，喜欢把实有之事也臆断成一段带有隐喻意义的故实。比如某个诗人恰好在诗中写到一个农民只种糯稻不种粳稻的事，注家就说，这诗句是用了陶渊明"种秫不种稻"的典故，不这么说似乎就不能显示其渊博的学识。

"新炊间黄粱"，在那个年头，能饱饱地吃上一顿饭，能与老朋友长相见，对诗人来说简直就是一件近乎奢侈的事。十多年后，当杜甫躺在湘江的一条破船上，他的脑子里也许还会浮现出这样一幅春夜对饮的温暖画面。"新炊"就是新煮的米饭，如前所述，杜甫写诗可以从日常生活中随手拈来，毫不费力，连寻常米饭入诗也能见出体物之精微。他在另一首诗中，也曾以米饭入诗："饭抄云子白"。云子是什么？就是一种细长而圆的白色石子。这里的"黄粱"就是黄小米，白米饭中何以间杂黄小米？是因为家中米不够，还是因为加点黄小米显得米饭更香？我们大可不必细究，甚至，我们也不必细究"黄粱"一词是否为了物色之美凑个韵或音韵之谐押个韵。"夜雨剪春韭，新炊间黄粱"。工稳的句式、清丽的修辞使前面那些散漫道来的诗句忽然也有了异样的声色。"春韭"与"黄粱"，都是极度视觉化的意象，有着小地方的庸常氛围。杜甫把两个词随手拈来，就勾勒出一幅乡间小饮的图景。作为一位"日常生活的诗人"，他能把一些日常生活中看起来没有什么诗意的东西写得很有情味，我们读了很温暖，如同在阳光下听人说一些诗意的废话。

《在酒楼上》写到"我"一人独饮，是为破孤闷，所以点的菜也简单：只点了"十个油豆腐"，然而，油豆腐"辣酱要多"。这意味着，我久居北方，连口味也变了；如今回到故乡，反倒吃不惯老家的菜了。口味的异化也暗示了身份、思想的变化。吕纬甫来了，氛围变得有些不一样了，叙谈间，又添了四样菜：茴香豆，冻肉，油豆腐，青鱼干。这四样菜是地道的绍兴菜，由此可见，见了故人，仿佛找到了一点点回到故乡的感觉。当然，酒是不能少的。老朋友相遇，酒是最具暖意的问候，因此，"我"又立马要添二斤"绍酒"。

杜甫写到了夜雨，而鲁迅写到了冬雪。南方的雪天，"从惯于北方的眼睛看来，却很值得惊异了"。接着我们就可以读到这样一段文字："几株老梅竟斗雪开着满树的繁花，仿佛毫不以深冬为意；倒塌的亭子边还有一株山茶树，从暗绿的密叶里显出十几朵红花来，赫赫的在雪中明得如火，愤怒而且傲慢，如蔑视游人的甘心于远行。我这时又忽地想到这里积雪的滋润，著物不去，晶莹有光，不比朔雪的粉一般干，大风一吹，便飞得满空如烟雾。""我"的心思在那里无以表达，作者便通过某些事物呈现出来，这便有了核心意象：老梅与山茶花。"雪中明得如火"，红色与白色有着强烈的对比关系。如果说白色隐喻冷酷的现实，那么，红色毋宁说是一种残存的希望。雪天里的花，是生命力的象征，也隐喻失败人生中的一丝希望。后面还有一个核心意象：剪绒花。红色的剪绒花与梅花、山茶花之间又有着一种隐秘的呼应关系。这种对物象的描述，臻于精微，正是小说之为"小"的一个特点。杜甫在诗中写到了"春韭"与"黄粱"，我们能隐隐觉出两种对比强烈的颜色：青、黄。夜雨中的春韭每一片都是鲜碧的，刚煮好的米饭每一粒都是饱满的，经由两句诗来表现，历历如在目前，字词表面不仅有色，还抹了一层湿润的、仿佛触手可及的光。细细体味，杜甫的诗行间有暖意，鲁迅的文字里则见阴冷，这是一种"安莱特夫式的阴冷"。然而，鲁迅毕竟不同于安莱特夫。雪天之冷，老梅、山茶花之艳，使这篇小说又有了一种冷艳的文风。

主称会面难，一举累十觞。

这首诗藉由参星与商星之间的一种天文现象来观照人生的离合，一切分离皆可视为人之常情，而会面则是一件不寻常的事。今夕的会面与二十年的睽隔相比，显得何其短暂，而今夕短暂的会面之后，又将是不知多少年的睽隔。所以，"主称会面难"，是真的很难。

乾元元年（758）冬至乾元二年（759）年春，杜甫很忙，忙些什么，我们尚不十分清楚，但约略可知他大部分时间是在路上奔走。参看其时所作诗篇，有送别、赠友、忆弟的诗，而民间种种疾苦，亦有与目。他在旅途作诗，索性以"客"自称，比如《新安吏》开头就写"客行新安道"。与"客"相对应的一个词是"主"。在《赠卫八处士》这首诗中的"主"当然是卫八处士，而诗人依旧是"客"。《在酒楼上》这篇小说中，"我"与吕纬甫都是客，这里的"客"有双重意思：一石居的酒客，S城的过客。

杜甫这次回乡探望亲人，很是不顺，独在异乡，无法将旅途的跋涉转换成林间的悠游。他在酸风苦雨里，也曾几度寻找一个可以庇身的地方，当他找到卫八，亲近灯火与酒那一刻，其欣喜为何如？"一举累十觞"。是的，什么也别说，先痛痛快快地喝上几觞。我只知道觞是古代的一种酒器，至于十觞有多少，我也不甚了了。有一回在北京听扬之水先生聊古代酒器，谈到觞字，却没有记在脑中。但我想，一晚喝十觞，应该不少。酒喝得愈多，愈能见出老朋友会面之难。二十年时间换成了十觞酒，也不算多。

从第一觞喝到后面，他们都谈了些什么？诗人没有写出来的那一部分对话也许是最叫人悬揣的。有时我想，如果把《赠卫八处士》铺衍成一篇小说，再把《在酒楼上》吕纬甫和"我"的一段对话放进去，也许会产生一种奇妙的时空错位感和无厘头式的杂拌效果。从对话到对饮，话催生了酒兴，酒也催生了谈兴。在那样的情状下，酒喝高了，是难免的事。我每每听人吟诵到"一举累十觞"这一句，音调都会不自觉地调高一些。诗至此，由"怡然"而变为"陶然"了。喝酒固然是一件痛快的事，可是我们不要忘了，杜甫与卫八对饮之际正是战乱的年代，《杜甫传》中就曾胪列两京收复之后的物价：米一斗七千钱，长安市上的水酒每斗要三百青铜钱。卫八尽管没有住在洛阳城里，物价略低一些，但彼时能混个吃喝也非易事。能让老友吃上韭菜和米饭，喝上十觞酒，对卫八来说是已尽觞客之道了。也许就在杜甫离开之后，他们一家就开始喝稀粥了。卫八不会对老杜说，酒足饭饱后，你要留下一首诗。但杜甫不声不响地写了一首诗，这首诗卫八也许读到了，也许一辈子都不曾读过。杜甫从艰难时世中撷取了一个片段，虽然时隔千年，还是带着一种即时性的现场感。有人或问，老杜吃了人家一顿饭，怎么也没留下卫八的名字？这一说，就小看老杜与卫八二十年的交情了。卫八款待酒饭，是一件平常之事；杜甫写诗赠卫八，亦是一件平常之事。这首赠诗，就是在平常的交往间见出长情与深意。

十觞亦不醉，感子故意长。

从杜诗中，我们可以知道，老杜好吃，也好酒。好吃，是因为在那样的年代，实在是没什么可吃；好酒，一半是性情所致，一半是借酒消愁。传说他是饿慌了之后大啖牛肉痛饮白酒，结果把自己撑死了。这种说法虽然没有多少根据，但也足以证明杜甫晚年的生活是如何困顿。杜甫的酒量如何也许可以在这里求证一下。李白爱喝酒，也爱吹嘘自己的酒量。杜甫不然。"何时一尊酒，重与细论文"，注意，是一尊酒，而不是千杯酒或三百杯什么的。杜甫作为李白的朋友（诗友兼酒友），他不但解饮，而且也时常与李白共饮。能与李白共饮的，酒量不会差到哪里去。"十觞亦不醉"。十是整数，未必实指，但我们约略可知，那晚杜甫与卫八的确喝了不少酒。

我们现回过头来看《在酒楼上》的"我"和吕纬甫喝酒的情状："他也问我别后的景况；我一面告诉他一个大概，一面叫堂倌先取杯筷来，使他先喝着我的酒，然后再去添二斤。"而堂馆搬上新添的酒菜之后，"酒楼气"就来了，谈兴也来了。吕纬甫开始讲他给一个早殇的弟弟迁葬的故事，作者接着写道："我忽而看见他眼圈微红了，但立即知道是有了醉意。他总不很吃菜，单是把酒不停的喝，早喝了一斤多，神情和举动都活泼起来，渐近于先前所见的吕纬甫了。"之后，吕纬甫又喝了多少酒，小说里没有仔细交待，反正再添的两斤绍酒也都喝光了。"他满脸已经通红，似乎很有些醉，但眼光却又消沉下去了。"鲁迅在《哀范君》三章中就谈到了他与范爱农对饮的场景："把酒论当世，先生小酒人。大圜犹茗艼，微醉自沉沦。"这里所谓的"沉沦"，也同上面所说的"消沉下去"。

可以想象，杜甫与卫八对饮时，也是时而"神情和举动都活泼起来"，时而又"消沉下去"。杜甫早年一直渴望通过出仕一途实现自己的政治抱负，但贬官之后，一挫再挫，他已经渐生弃官远走之意。当我读到杜甫在759年所写的几首诗时，我就感觉，坐在一石居酒楼上的人不是吕纬甫，而是杜甫。他曾经想改变什么，但他什么也不能改变。他连改变一下自己的艰难处境都是那么无力。

是的，吕纬甫就是那样深深地陷入一种无力感。他教书，教的是自己极不愿意教的那些"子曰诗云"。一个人仅仅是为活着而活着，他就开始对自己的人生产生怀疑，进而会自问：我连自己身边的人都无法改变，还奢谈什么"改革中国"？因此，他除了说一句"然而，我现在就是这样"，还能说什么？

由此可知，《赠卫八处士》这首诗痛快有之，痛亦有之。有些话，饮酒时可以说，诗里却不能说。不能说的那一部分就留在文字与文字的相接处。杜甫把对饮的场景写得越是欢愉，那种莫名的痛感就越见深刻。

明日隔山岳，世事两茫茫。

"访旧半为鬼"的哀景与"一举累十觞"的乐景在一首诗中交织，生发出的是一些复杂的、无以名之的情绪。诗写到乐极之处，又有哀意复生，如同山谷间的烟云，你以为它已飘走了，转眼间它又飘到眼前。杜甫毕竟是大手笔，他把对饮一事往小里写的时候，忽尔又将它往宽阔处摆放，自有一种把个体生命放在大时代里的寥落感。杜诗格调高，格局也阔大。有时他会把一只沙鸥与"天地"放在一起，有时会把一个人的名字与"宇宙"放在一起，把一座草亭与"乾坤"放在一起。在这首诗的后面部分，他把一杯酒与山岳放在一起。这一晚，他们在灯下饮酒，诗人想到的却是明日。酒杯相碰之后，就是山岳相隔，从此唯有通过书信相问，然而，世事无常，或许连音书也将归于寂寥。这一首诗写到这里，没有一句谈到战乱，却能让我们感受到战乱之苦；写的是朋友间的欢聚，却能让我们感受到一种别离之苦。

"明日隔山岳，世事两茫茫"，跟他那句"悠悠洛阳道，此会在何年"一样，流露出天意难测、世事堪哀的况味。如前所述，参星与商星，标示的既是时间上的距离，亦是空间的距离。时空转换在结尾部分也来得很自然，明日如何？"明日隔山岳"。明日指向时间，山岳指向空间。明日复明日，犹如重山叠嶂，再会之日何其渺茫，时间的遥遥无期在此化为空间的绵延无尽。这里的一个"隔"字，既是时间之隔，亦是空间之隔。我每每读到"新炊间黄粱"那一句，就会莫名其妙地想到"明日隔山岳"这一句。

吕纬甫也不知道如何预备自己的"明日"。他是这样说的："以后？——我不知道。你看我们那时豫想的事可有一件如意？我现在什么也不知道，连明天怎样也不知道，连后一分……"

说到底，人在乱世，活着就是慢慢地死去。但在这个奔向死亡的过程中，是可以喝上几杯酒的。有时候，死亡跟你不是隔几座山，而是几杯酒。这一杯酒喝了，死亡就在酒杯那一头了。在李白的诗里就有这样一种无常的感觉，杜诗也有。

末句呼应了首句，诗人写到这里，以"茫茫"二字作结，仿佛云烟陡起，弥散于天地间，有些未说出的话就包含在这一片云烟里。世事茫茫，心事茫茫，何由说得？从中，我们也可以感受到诗人在相反的事物中嵌入了相成之理：明日与今夕虽然隔着山岳、生与死虽然音讯渺茫（正如参与商虽然两不相见），但人与人之间只要有情，偶或系念，岂是山岳可以阻隔？

《在酒楼上》的结尾是这样的："我们一同走出店门，他所住的旅馆和我的方向正相反，就在门口分别了。我独自向着自己的旅馆走，寒风与雪片扑在脸上，倒觉得很爽快。见天色已是黄昏，和屋宇和街道都织在密雪的纯白而不定的罗网里。"

在凄暗的天色、白茫茫的雪地里，"我"与吕纬甫就此别过，也是给人一种"世事两茫茫"的感觉。至此，我们不妨说，杜甫用诗的语言写了一篇《在酒楼上》，而鲁迅用小说的语言写了一篇《赠卫八处士》。

鲁迅写《在酒楼上》的年龄是四十四岁，恰好是他与二弟断交的次年，那种离情别绪在小说中表现得尤为浓烈。而杜甫写这首诗的年龄是四十七岁，跟我现在的年龄相同。因此，我写此文的同时，仿佛也能体味到一千二百六十二年前一个四十七岁的诗人的心境。

如果说《闻官军收河南河北》是杜甫一生中难得一见的快诗——这个"快"字里面也含有快节奏的意思——那么《赠卫八处士》真可以说是慢节奏的温暖之诗。中国诗歌发展至今，表达方式虽已发生巨变，但这样的诗一字一句地读过来，仍然可以触摸到原初的温度。再往深处读，这温暖的背后又隐藏着怎样一种无奈而又无力的人生境遇：微弱的灯光，无边的黑暗；有限的生命，无常的命运。

这首诗通篇以民间口语入诗，写的是日常，但我们感受到的，却是一种无常；人世的无常令人畏怖，但人世的日常也足以令人沉浸一番；那些过往的日子与日子是没有区别的，但杜甫访卫八处士的日子一经书写，就有别于千万个普普通通的日子，这个日子有没有确切的日期并不重要，重要的是它在杜甫的生命中发生过，而且还会在别人的生命中重叠。

2021年7月

芥川龙之介来到中国以后

芥川与中国文学

永井荷风的《断肠亭日志》1927年7月24日一节中有这样一段文字："归途于电车中不时见有乘客捧读《东京每日新闻》的晚报，中有小说家答芥川龙之介自杀的新闻。说是患神经衰弱症而服毒自尽的，终年方三十六岁……我内心悄悄地追想我三十岁的往事，对自己无事活到今天感到不可思议，唯此而已。"

在日记中曾感叹芥川之死的永井荷风活到了八十余岁，在芥川去世前一阵子曾就"没有情节的小说"与之发生过笔仗的谷崎润一郎也活到了八十岁。而芥川龙之介，这位日本大正时期的鬼才、20世纪初的短篇圣手在人世间仅仅活了三十六个年头。

如果我们注意的话，就会发现芥川去世那一年写的两部重要小说《某傻子的一生》与《河童》都谈到了自杀这一话题。《某傻子的一生》中有两句话让我记忆犹新。一句是："人生比不上一行的波德莱尔。"照我的理解，这句话应作如下两种解释：一是，人生像波德莱尔的诗一样短；另一种解释是，人生湮没无闻，到底还不如一行波德莱尔来得有名。如果把这句话跟芥川短暂的一生联系起来，那么我更倾向于前面一种解释。可以说，《某傻子的一生》通篇氤氲的一种颓废、虚无、甚至绝望的气息就是从这一句话里面生发出来的。写到第四十二节，小说里面又冒出了一句充满反讽意味的话：我最同情的是神不能自杀。这话与其说是跟神开玩笑，不如说是一种自嘲。口吻清淡，内心也是一片通透。生呀，死呀，反正就是这样子过来的。彼时的芥川氏，于死，无所畏，无无所畏；于生，无所恋，无无所恋。大致如此。

另一篇小说《河童》简直就是一个厌世者的叙谈。芥川在一次虚构的对话中借幽灵之口，提到了德国作家克莱斯特、哲学家迈兰德、奥地利思想家魏宁格尔等。如果我们再稍加注意的话，就会发现他们都是自杀者。从芥川的小说里我们可以见出芥川性格峻烈的一面：一个终日被创作激情驱策的天才作家无法容忍一个被疾病拖垮，连"动物的本能"都没有的病夫苟活于世。

我在各种版本的芥川文集里面见过芥川不同时期的照片。其相貌，可谓清瘦，带着病态的脸是窄而长的，眉头总是紧锁的，表情总是忧深郁结的。他那只细弱的手要么是支着下巴，要么是撑着脑门，仿佛他那脑袋里有什么沉重的东西需要一只手来支撑。他若是穿和服的话就会露出一副窄肩膀来，一根岌岌可危的细长脖子使他的肩膀与脑袋一直保持着一种脆弱的关系。我在芥川一篇介绍自己的小文章里看到，他一般来说每隔三个月理一次发，因此他的乱发就像是一团黑色的火焰，而他那双眼睛如同燃烧之后行将熄灭却犹带火星的炉炭。芥川的形象在黄昏时分看来定然是十分清苦的，也很容易让人想起中国唐代的苦吟诗人，想起"郊寒岛瘦"四个字来。

芥川是受中国古典文学影响颇深的作家，反过来说，他的文学作品给中国现代文学也带来某种程度的影响。我们现在谈到芥川，就会有一大群日本近现代作家连带而出：泉镜花、国木田独步、夏目漱石、菊池宽、永井荷风、谷崎润一郎。他们有一个共同的特点便是：自幼就经受过汉文学的陶冶。中国作家读他们的作品往往会有一种微妙的既视感。

古代日本引入汉语，始有丰赡、典雅的书面语。但明治维新之后，西风东渐，日本开风气之先，自铸新词，这就有了语言文字的"返流"现象——日本文化输入中国之后，大量日语词汇随之返流，也融混到汉语词汇的长河之中。我们现在所用的汉语词汇据说不下三千种来自日本，只是百姓日用而不知。藤井省三所著的《华语圈文学史》在前言部分即指出："现代汉语中的'文学'一词，借用的是明治时期日本译介'literature'时所创造出来的译语。"事实上，"现代"这个词何尝不是从日本引入？

有时我想，没有我们这位东邻，中国的现代文学也许要滞后许多年才会开枝散叶。中国第一部现代白话文小说《狂人日记》的作者鲁迅曾留学日本，中国第一部现代白话文小说集《沉沦》的作者郁达夫也曾留学日本，中国第一个现代主义小说流派新感觉派的催生者刘呐鸥也曾留学日本。他们通过日本接触西方现代文学，正如日本人当年通过荷兰接触西方文化。

然而，有时我又想，如果没有汉文学的滋养，明治以来的日本文学恐怕又是另一番景象。我很喜欢日本汉学家吉川幸次郎所写的一篇文章的题目——"对中国文化的乡愁"。这种乡愁，恐怕是浸透在骨子里、流入血液里的。在吉川幸次郎看来，明治以降，日本作家中汉文学造诣最深的，首推夏目漱石，其次是永井荷风（也许还要外加一个森鸥外）。夏目漱石之爱陶渊明、王摩诘，谷崎润一郎之爱高青丘、吴梅村，永井荷风之爱香奁体诗人王彦泓，都不是摆摆样子的。他们不仅爱读中国古诗文，也都能写一手不输中国诗人的汉诗。现在看来，日本大正时期出道的作家在汉学功底方面虽则不如明治时期的作家，但他们的汉学毕竟也是幼时习得，终身受用的。如果说芥川曾经在文章中对中国古典文学有过什么不敬的说法，那也是爱之深责之切。正如谷崎润一郎所言，他们的血管深处有一种被称为中国趣味的东西，因为浸润太深，也就难免有了恐惧。这种心理有时候会让他们在本能上做出一种排斥汉文学的姿态。无论怎么说，日本作家仰承中国古典文学的沾溉与中国现代文学接受日本现代文学的反哺都是不争的事实。

我把日本明治、大正时期的作品一路读下来，居然发现那个时期的日本作家好像都有一种写作历史小说的偏好。有学者认为，这跟日本当年发生"大逆事件"之后形成的一种紧张的政治气氛有关。森鸥外本人就承认，他是受此事件影响转而着手写历史小说，其中有一部分是直接取材于唐传奇的；而芥川刚出道的时候就直奔这条路子，其中一部分也是取材于中国的笔记小说。现实的逼仄，带来的是想象的自由。芥川来到中国之前，对中国的想象大概还附丽着唐诗宋词、明清小说里所描述的诸般风情。每每有朋友自中国归来，他就喜欢打听一些带有异域风情的故事，以便铺衍成小说中的某个情节。据说他的《杜子春》就是根据日本学者石田干之助提供的素材写成的。还有一篇《南京的基督》，发表于芥川中国之行前一年。他本人在文末附记中特地作了说明：起草本篇时，仰仗谷崎润一郎所作的《秦淮一夜》之处不少。也就是说，他写了那么多中国题材小说均非来自现实生活的体验，而是通过二手材料获取的。及至他来到中国，处处但见灰暗、破敝的景象，脑海里原有的唐风宋韵一下子就搅散了。这情形颇有点像多情公子跟一个姑娘家隔海通信多年，一直以来为之魂牵梦绕，待到真正见了面，却发现对方是个粗皮糙肉的老姑娘，扫兴的话自然难免。芥川对中国的好恶，主要反映在中国题材的小说与一本《中国游记》的纪行文里。尤其是《中国游记》，谈得更直观。这一点，芥川跟夏目漱石、谷崎润一郎一样。漱石谈满洲见闻，谷崎谈中国饮食，芥川谈中国人文，虽然各有侧重，但从总体来看，他们对中国的现状有诸多不满，文字里时常出现"肮脏""愚昧"等刺目字眼。

这是一个很有意思的现象：芥川未到中国之前，写了十几篇中国题材的小说，但到中国走了一大圈之后，除了一部《中国游记》，我们几乎没有看到他再写这类小说了。时隔五年，他写了一篇小说《湖南的扇子》，其中一些情节大概是他在湖南亲历亲见的。光是从题目来看，就很容易让人回想起他之前所写的《南京的基督》——这也是芥川喜欢干的一件事：在不同的小说之间开凿一条秘密通道，以供细心的读者去发现。

《南京的基督》与《湖南的扇子》

大正十年，也就是1921年3月下旬，芥川龙之介受大阪每日新闻社之命，坐船赴中国，作了长达一百二十天的考察。其路线与谷崎润一郎之前的中国之行大致相仿。此次中国之行，他走了很多大城市，看了不少场戏，还拜访了诸如章炳麟、郑孝胥、辜鸿铭之类的名人。在他眼中，章炳麟"那个突兀高耸的额头，直令人觉得会否长了个瘤"，"不知出于何种爱好，壁上趴着一条硕大的鳄鱼标本"；辜鸿铭有一张"酷似蝙蝠的脸"，留一条"灰白的长辫"，言辄"大骂基督教，大骂共和政体，大骂机械万能"。总之，这些人在他眼里都仿佛是些畸人异士，言语间也颇多谐谑。有些中国作家或学者觉得芥川为文近于猖狂，但我以为，这正是他一贯的文风，譬如他写自己的老师夏目漱石时，就用一种调侃的口吻说，他一点儿也没感觉漱石先生的书房有多"宏伟"，诸如"天花板看得出有耗子洞""那高窗户很像监狱或精神病院的窗户，有很粗很粗的栅栏"之类的话，他都不加掩饰地写出来。这从另一方面也可以看出他对待中国的鸿儒宿耆也像老朋友一样坦诚、率真。很奇怪，芥川拜访的人物里面大多是一些深谙国粹、精通国学的学者或诗人，没有一位新文化运动的代表人物。另一份资料显示，他跟新文化运动的一位主将胡适也见了面，大致了解了一些小说和诗歌创作的状况。可我在《中国游记》里面不曾见过这方面的文字记载。这本书里，也没有提及鲁迅其人及其小说。在胡适还没有发表第一首白话诗、鲁迅还没有发表中国第一篇白话小说之前，中国文学与日本现代文学相隔着一座欧洲。

通过史料，我们或可发现，就在芥川访华那段日子里，鲁迅翻译了他的两个短篇《鼻子》和《罗生门》发在北京《晨报副刊》上。芥川即便没看到那份报纸，也当有所耳闻。当时，芥川知道作为译者与同行的鲁迅？这是一个值得探讨的话题。鲁迅在1918年之后就已经写出了《狂人日记》《孔乙己》《药》《风波》《故乡》等短篇小说。（芥川龙之介《中国游记》译者之一陈生保在他的导读一文里面罗列得更仔细，把鲁迅的小说创作时间都标上，仿佛是一件彰彰可考之事）。我翻看了一下《鲁迅全集》，《故乡》这篇小说的创作时间是1921年1月，在《新青年》杂志上发表的时间则是1921年5月，也就是说，芥川龙之介来到中国后，如果留意当月的《新青年》杂志，就能读到鲁迅的《故乡》。事实上，芥川访华之后也应该知道鲁迅其人。《华语圈文学史》有这样一笔记载："一九二〇年代初期，中国以言文一致为目标而创制的'国语'，借以现代文学为教材的国语课程而得以普及，日本的芥川龙之介、佐藤春夫及武者小路实笃等著名作家对于已开启了现代化进程的中国都抱有浓厚的兴趣，开始介绍作为同时代的中国文学旗手的鲁迅。"因此，以我的推测，芥川来到中国之后，或许读过鲁迅的小说。不过，鲁迅出版第一部小说集《呐喊》要比芥川的中国之行晚两年时间。因此，也可以推断，芥川当时即便读过鲁迅小说，也是极其有限的。时隔多年，芥川写了一篇短文《日本小说的中国译本》，提到了鲁迅与周作人合译的《现代日本小说集》，文中一段话是对鲁迅——他的记忆有误，翻译芥川氏作品的应该是鲁迅，而非周作人——的赞赏，他说："至于翻译水平，以我的作品为证，译得十分精准，且地名、官名与器物之名均附注释。"写下这段话，也算是跟鲁迅隔海握手吧。

　　芥川写作《湖南的扇子》是1926年1月。距他访问中国已逾五年。有人从这篇小说里面读出了人道主义思想，而我却读出了一种宗教感。关于这个话题我会在后面谈到。

　　1921年5月30日，芥川从汉口出发，去湖南长沙走了一圈。长沙城比他想象中还要破旧，跟长江沿岸的一些城市几无二致。在芥川的《中国游记》里面，他这样描述长沙："这是一座在大街上执行死刑的城市，一座霍乱和疟疾肆虐的城市，一座能听得见流水声音的城市，一座即便是入夜之后石板路上仍暑气蒸腾的城市，一座连公鸡报晓声'阿苦塔额滑丧'（与日语'芥川先生'发音相近）都像在威胁着我的城市……"《湖南的扇子》从表面上看像是一篇纪行文，实则是小说。里头的叙述时间亦作调整，变为1921年5月16日。从开头部分来看，他对长沙这座城市照例是没有一点好感，在他眼中"除了猪以外就没有什么可看的东西了"，在这种近乎嫌恶的语言氛围中他讲述了一个貌似风雅、谐谑却暗含残忍与愚昧的故事。长沙之行接待"我"的，是一位曾留学日本的中国医生谭永年。谭指着狗走过的一块地方告诉"我"，之前本城有五个人就在这里被砍了头，外国人没有见识这一场景的确可惜。因为，谭说，唯独斩首杀头在日本是看不到的。而后谭带着"我"乘坐汽艇饱览了湘江、橘子洲，以及岳麓山的风光。那天晚上，谭还带"我"进了一家妓馆。与三两妓女聊天时，谭从老鸨手里接过一个小纸包，打开一层又一层，里面便露出一块巧克力色的脆薄干点一样的东西。"我"问这是什么。谭说，是一块饼干，上面沾了几天前一个被砍头的土匪头目的血。又问，作什么用？答道：吃了可以除病消灾。座中的妓女玉兰与含芳都曾是那个土匪头目的情人，此时见了这饼干，虽说反感，却不敢表露出来。谭把人血饼干递给大家吃，无人敢接。最后，谭把它递给了一直不动声色的玉兰。玉兰说了几句话，就接了过去。谭把玉兰的话翻译给"我"听："我非常高兴地品尝我深爱的……黄老爷的血……"

读到"人血饼干",我们或许会想起鲁迅早年的一个短篇小说《药》里面的"人血馒头"。这篇小说写于1919年4月,同年5月发表于《新青年》杂志第六卷第五号,两年后芥川到中国访问,这个时期即便没有读过鲁迅这篇小说,至少在之后几年里应该也曾与闻。《药》里面有这样一个情节:"他的母亲端过一碟乌黑的圆东西,轻轻地说:'吃下去罢,——病便好了。'小栓撮起这墨东西,看了一会,似乎拿着自己的性命一般,心里说不出的奇怪。"而在《湖南的扇子》里,老鸨手里那个小纸包里包着的,便是"已经发干了的巧克力色的奇怪的东西"。不同的是,小栓不知道自己吃的是人血馒头,而玉兰明知这是人血饼干却依旧吞了下去。芥川写到这个细节时,一种宗教感就出来了。这是在鲁迅的小说《药》中所没有的。谭把饼干递给了一直微笑动也不动的玉兰,原本是要羞辱她的,但玉兰却像领取圣餐一般领取这份羞辱。她还怀着敛抑的语调对众人说:"但愿你们也像我一样……把你们所爱的人……"想我在此重复引用这句话,因为它让我忽然想起《哥林多前书》中谈到圣餐的设立时所说的一段话:"我当日传给你们的,原是从主领受的,就是主耶稣被卖那一夜,拿起饼来,祝谢了,就劈开,说:'这是我的身体,为你们舍的。你应当如此行,为的是纪念我。'饭后,也照样拿起杯来,说:'这杯是用我的血所立的新约。你们每逢喝的时候,要如此行,为的是纪念我。'你们每逢吃这饼,喝这杯,是表明主的死,直等他来。"因此,就凭这一点,我以为,芥川的《湖南的扇子》与鲁迅的《药》走的是全然不同的路子,倒是跟他自己之前所写的《南京的基督》有一种暗在的精神联系。这种精神就是芥川一直寻求的宗教精神,更深入一点说,这种宗教精神跟他受西方作家影响,"从艺术的角度喜欢基督教,尤其是天主教"不无关联。

我们都知道,芥川跟其他一些和洋汉三才兼备的日本作家一样,在创作上奉行的是"拿来主义",无论东方西方,明着借鉴,暗中较劲。毫无疑问,鲁迅作为同时代作家，曾进入芥川的视野，但尚未触及他的思想内面；芥川对鲁迅小说的素材有无借鉴尚难论断，即便有之，也只是一两个情节上的相近——有些作家就是这么奇怪：他们相隔迢遥，生活中没有交集，精神上没有共振，但就在某个点上突然相遇，彼此欣赏，点头致意，然后迅速分开，各走各的路。鲁迅与芥川之间的关系大概就是这样的。

芥川自杀那年，1927年2月，他完成了一部重要的作品《河童》。这部小说的开头部分，极像鲁迅写于1918年的开山之作《狂人日记》。两篇小说前面都有一篇小序，讲述的都是一个精神病人的简单病况。如果不能视之为巧合，那也是跟鲁迅一样，意在向果戈里的《狂人日记》致敬。《河童》中这名"第二十三号病人"大概有三十多岁，而鲁迅《狂人日记》中的狂人（不能简单地归类于精神病患者当中）从年龄来推算，也有三十多岁。《狂人日记》第一章中有这样一句话："我不见他，已是三十多年；今天见了，精神分外爽快。"日本学者伊藤虎丸注意到了"三十多年"这种时间表述。他认为，如果作者文中使用"三十多年"这个数字具有特别意思的话，那么中华民国成立那一年，鲁迅刚好三十。这样的推论也许不无道理。在《铸剑》里面，鲁迅曾十分明确地告诉我们：眉间尺背着宝剑踏上复仇之路的年龄正好是十六岁。为什么鲁迅要凸显这个时间节点？有考据癖的人认为这个数字之于鲁迅别具深意，十六岁，正是他离开绍兴去南京洋式学堂读书的年龄。三十，是而立之年，有所作为的年龄。但鲁迅笔下的狂人与芥川笔下的"第二十三号病人"非但一事无成，在外人看来他们的脑子也是一塌糊涂的。芥川写这篇作品时，精神状态已经越来越糟糕，他常常担心自己会像母亲那样疯掉。因此，内心那一点稳静失去后的茫然不安在他的文字间随处弥散着。

《某傻子的一生》从表面（包括题目）来看有点近于《狂人日记》，但细读之下，就会发现二人的叙述风格与路数都不一样。芥川这篇小说虽然没有采用第一人称的叙述手法，但仍然带有"私小说"的某些特点。《某傻子的一生》散漫写来，都无伦次，却又仿佛有一根线把散乱一地的珠子串了起来。他所写的大都是日常生活中属于个人的寂寞的心境、无聊的状态和厌世的情绪。他就这样无所忌畏地写出来，也不管读者能否懂得。芥川自杀前一个月给小说家久米正雄的一封信中就曾不无审慎地写道："稿（即《某傻子的一生》）中所出现的人物你大概都知道。但是发表之后，希望你不要加上注解。"为什么"不要加上注解"？因为这一类文字很可能会坐实自己或别人的隐私，于人于己，都不太好。

我以为，作为小说家，芥川作品里面的表现手法较之于鲁迅显得更幽隐。他总是能从"瞬间危机"发现人性的暗区，从现实的缝隙切入，一步步迫近事物的本质，因此，他那种近于幽暗的叙述里面总有什么东西如同水光一样微微晃荡着，使人产生隐约不安，却又仿佛有所期待。芥川小说的魅力，大概就在这里。

芥川与鲁迅

把中国作家来跟国外某位作家做比较研究，是批评家们通常喜欢干的活。依例，把芥川与鲁迅放在一起谈也能谈出一些话题来。但这样做就好比早些年周作人把郭沫若拉来跟谷崎润一郎作比较，把郁达夫拉来跟永井荷风作比较，只能是就某一相似点而论。夏目漱石有两撇胡子，鲁迅也有两撇胡子，但我们不能就此说，鲁迅像夏目漱石；芥川一生只写短篇小说，鲁迅一生也只写短篇小说，但我们也不能就此说，鲁迅像芥川。鲁迅终究是鲁迅。就像芥川终究是芥川。

芥川比鲁迅小十一岁，小说创作的起步时间却比鲁迅早四年。芥川着手写小说之前，日本现代文学已经走过了近三十年的历程，在芥川之前，有夏目漱石、泉镜花、国木田独步、谷崎润一郎等，他们都给芥川带来了或多或少的影响。而鲁迅不同，在他之前，中国现代文学的园地还是一片荒芜的。他所能参照的，大多是日本或西方的小说家。因此，鲁迅在尚未找到小说叙事方法之前，一直不敢轻易下笔（这就是他早年写过一篇文言小说之后难再赓续的一个原因）。鲁迅做什么事，都是十分谨慎的。他要看了百来部外国小说，翻译一些域外小说之后才敢动手。打一个或许不太恰当的比方：芥川就像一个带足了本钱杀入赌场的赌徒，因此他可以放开手脚赌一把，而鲁迅不同，他口袋里的本钱不多，因此他赌得格外小心翼翼。在鲁迅那个年代，现代派小说已经在西洋与东洋大为盛行，但鲁迅的创作多取现实主义修辞，其态度也是多取传统的人道主义精神。这条路子已经在此前被西方作家视为正途，而他循此走下去不会因为陷入旁门左道而人仰马翻。

多年前，我曾与研究中国现代海派小说的日本学人木村泰枝聊起过鲁迅与芥川。我们得出的结论是：在日本，没有像鲁迅那样的作家；在中国，同样也没有像芥川那样的作家。可是，我们为什么能从芥川身上发现鲁迅的影子，从鲁迅身上同样能发现芥川的影子？

我以为原因有三：

其一是影响过鲁迅的作家也曾影响过芥川。反之亦然。像法国诗人波德莱尔、日本"国民作家"夏目漱石，都是影响过他们的诗人与作家。鲁迅的《野草》与芥川的小说中不乏对人性之恶的书写，从中能感觉到他们或多或少受到波德莱尔的影响。波德莱尔在《恶之花》的题辞中说："你如果没有从撒旦那里学过修辞，你就扔掉此书。"鲁迅早期有一篇雄文《摩罗诗力说》，可以直译为：论撒旦派诗歌的力量。他也正如波德莱尔所说的那样，试图从撒旦派诗歌那里获取一种反抗的力量。而芥川无论在文章或书信中都曾谈到过波德莱尔，也曾借他的诗引申开来，抒发一些对善与恶的看法。他的《蜘蛛之丝》《烟草与撒旦》《地狱图》写到了撒旦、地狱，说到底写的就是人性之恶，因此也不免带上一种"波德莱尔式"的阴冷调子。至于说到夏目漱石，更是他们二人无法绕过去的一位前辈作家。芥川与鲁迅虽然未曾谋面，但他们的文字因缘说起来与夏目漱石不无相关。1908年4月，鲁迅曾租住夏目漱石住过的老宅。1915年12月，芥川由一位同学介绍正式成为夏目漱石的入室弟子。从这两件事来看，夏目漱石都是他们内心追慕的作家。周作人说，鲁迅日后所作的小说"虽然不似漱石，但嘲讽中轻妙的笔致实受漱石的影响"。我们再来读芥川龙之介的小说，有时候也会有"漱石先生也曾如此这般写过"的感觉。

其二是鲁迅翻译过芥川小说，由于个人风格过于强烈，就易使读者脑子里早存了一个"鲁迅味的芥川"。如前所述，中国最早把芥川龙之介作品翻译成汉语的是鲁迅。不过，除了《罗生门》与《鼻子》，鲁迅似乎再也没有译过芥川其他作品，但因为译笔好，人们提起芥川小说，就会自然而然地想起鲁迅的译作。有人据此认为，鲁迅的《故事新编》有几分芥川的笔调。这实在是一种误解。鲁迅当年翻译芥川用的是自己的笔调，这就容易给人造成一种错觉，以为芥川的小说风格就是这样子的。因此鲁迅那些从古代神话或史料中拾取的小说也自然被人误读成了"芥川味的鲁迅"。事实上，二人的心眼手法大不相同。鲁迅早年也曾用自己的笔调翻译过契诃夫的小说《省会》，也有人据此断定，鲁迅的《故乡》模仿了契诃夫的《省会》。现在我们把两篇作品放在一起就可以发现：鲁迅的确从自己翻译的《省会》中得尝异味，但他所写的《故乡》却散发着浓重的"鲁迅味"。

其三是芥川与鲁迅都读过大量中国与日本的古代典籍，善于从旧书里面获取写作资源，他们的来路与去向都是历历分明的，其间或有重合也是难免的。芥川最为人所称道的，是他的历史小说。就题材而论，主要分三部分：日本古代的、中国古代的、西方古代的。本国的题材大部分取自《古事记》《今昔物语》之类；中国题材则大部分取自唐传奇与明清笔记小说，在他的小说集里面所占份额较大。鲁迅也写历史小说。在题材上，鲁迅显然是要故意避开芥川驾轻就熟、"老手气息太浓厚"的那类东西。他给自己设定了一道门槛，仅限于秦汉以上的神话与历史。而且，他也没有像芥川那样拾取别国历史或神话入小说，他还是写中国，不及其余。这跟他写《中国小说史略》时只关起门来谈自家古代小说拒绝跟外国小说做比较研究的作风大致相同。鲁迅翻译芥川的历史小说时，曾在附记中十分坦率地谈到两点不满之处，其中一点便是"多用旧材料，有时近于故事的翻译"。这也恰恰是后来文学史家夏志清诟病《故事新编》的地方："说的有现代白话，也有古书原文直录。"（见《中国现代小说史》）较之于鲁迅其他小说，《故事新编》的写法就更自由了，有些地方或许还保留了早期小说的阴郁气息，但从总体来看，它有一种现代小说的"自在性"，心中无碍，文字间即是一派水流花放，白云涌现。它不是什么"主义"或"流派"所能框得住的。这一系列作品虽然不讨夏志清等学者所喜欢，但我们不得不承认它是有"新意"的，甚至是可以与芥川的历史小说并称于世的。

我们需要注意的是，芥川是写了一系列历史小说后，转而在私小说的影响下写起了一些现实题材的小说；而鲁迅则是写了一系列现实题材的小说之后，开始写一系列历史小说。他们取道有别，但通过这两类小说呈现出了各自的历史意识与现代性，以及现代作家不可或缺的个人主体精神。

芥川与鲁迅的区别是显而易见的。芥川是一个急迫的天才型作家。他出生于1892年，卒于1927年，而他真正开始小说创作的年龄是二十二岁。在短短的十三年间，他居然发疯般地写了一百五十余部中短篇小说（其中不少短篇放在当下依旧粲然可观）。鲁迅于1923年出版第一部小说集《呐喊》的时候，他已经出版了第六本小说集《春服》；鲁迅于1926出版第二部小说集《彷徨》的时候，他已经在两年前出版了第七本短篇小说集《黄雁风》；而他的第八本小说集也将在次年出版。

相比之下，鲁迅应该算得上是一位从容的学者型作家。在小说家鲁迅尚未诞生之前，他已经不声不响做了十几年的学问，日本学者伊藤虎丸称之为"原鲁迅"，这个"原鲁迅"就是写《中国地质略论》《中国矿产志》的科学者鲁迅，写《文化偏至论》《摩罗诗力说》的思想者鲁迅，翻译《地界旅行》《域外小说集》的译者鲁迅，地方志研究者鲁迅。他身上有着多重方向，但真积力久，最终还是选择小说创作作为爆发点。这个爆发点是在他三十六岁那年方始找到的。这方面，鲁迅倒是有点像另外两位日本作家夏目漱石与森鸥外，他们都是早年留学，知识结构庞杂，文学储备也足，从事小说创作的年纪也相对较晚。换一种说法，如果鲁迅只活到芥川那个年纪，我们就无法看到他那些最为后人称道的小说了。因此，我们也可以为之捏把汗说，幸好鲁迅能活到五十六岁。

芥川龙之介好像就是为写小说而生的。他生前出了八本小说集，三本随笔集。此外，还有若干小品、游记、日记、书信、俳句等零星作品。小说之于他，最为倚重。而鲁迅去世后整理出版的二十卷《鲁迅全集》中，只有两卷属于严格意义上的创作，这里面自然包括他为数不多的短篇小说。从二人的作品类型来看，芥川一生，几乎是以写小说为志业的，而鲁迅的小说创作则是阶段性的。有一段时期，兴致来了，就写上几篇。鲁迅第一本小说集《呐喊》的写作时间集中于1918年至1922年间，第二本小说集《彷徨》的写作时间在1924年至1925年之间，中间有十年，他几乎没写什么小说，《故事新编》里面的作品大多是晚年写的。鲁迅研究中国古籍所耗费的时间与精力，远远在芥川之上。周作人把鲁迅的作品分为甲乙两部分，其中甲部大部分为古代典籍的搜集辑录与校勘研究。由此可见，鲁迅在三十六岁之前是没有想过做小说家的。

芥川的目标是很明确的：不停地写，做一个世界一流的小说家。不幸的是，芥川在前半程用力过猛，以致健康问题出来后影响了创造力，反过来说，创造力的衰竭对一个作家来说是最为致命的。疾病带来的痛不欲生往往会伴随着写作过程中的力不从心。问题就在这里，芥川是靠创造力写作的作家，一旦无所依恃，他就会有一种毁灭感。芥川研究者发现：芥川在最后几年里，虽然有作品不断问世，但从总体质量来看大不如前了。别人可以感受的，芥川本人当然是比任何人都更为敏锐、也更为深切地感受到这一点。

鲁迅不同，他身上固然有创造力，但这种创造力之外还有一种他早年所信奉的"摩罗诗力"。从鲁迅晚年所写的文章来看，虽说是满纸凄凉，但骨力依旧，他的创作欲丝毫未见衰竭，且不说他去世前一年完成的《故事新编》，单是像他后来病中所写的《女吊》，也还可以看出他写《朝花夕拾》时的平和心境。不过，即便如此，夏志清教授还是迫不及待地发表了自己的看法，认为这个时期的鲁迅"显示出一个杰出的（虽然路子狭小的）小说家可悲的没落"。

事实上，写作就像是跑步。跑步的能量来源主要有两种：一是肝醣，一是脂肪。有些人一开始就跑得快，是因为调用了肝脏里的肝醣带来的能量，但这种能量在短时间里很快就耗掉了；而另一些人不然，他知道肝醣转换成能量比脂肪转换的能量更大，但持续时间不长，如果要跑马拉松，就得均衡地分配二者，尤其是增强脂肪转换为能量的效率。像芥川这样的作家显然属于前者，他更适合做一名短跑运动员。鲁迅没有芥川那样的爆发力，但他有一种持久的耐力。他原本是可以做长跑运动员的，但很可惜，他也只是比芥川多跑了一程路就倒下了。

如果非要说鲁迅与芥川之间有什么相似之处，我以为，那就是体质。我们甚至还可以比较一下鲁迅与芥川身上的疾病。

芥川在自杀那一年身上有多种病症：肠胃炎、神经衰弱症、心悸、失眠、痔疮等。对芥川而言，神经衰弱症是最为致命的，他的老师夏目漱石也一直为此病所苦。一位翻译家谈到夏目漱石时说，神经衰弱症能导致神经绷紧，触发创作激情。这实在是站着说话腰不疼。神经绷紧，在短时间内可能对写作者有所助益，但长此以往，神经就会变得像拧了又拧殆无余沥的毛巾一样，激情既告汩没，灵性亦告销歇，给生活与写作带来的影响是可想而知的。芥川所忧者，正是这一点。因此，我们可以说，芥川不是死于神经衰弱症，而是死于对创作欲衰退的恐惧。

鲁迅身上的疾病有以下几种（这是一位日本医生在他临终前诊断的）：胃扩张、肠松弛、肺结核、右胸湿性肋膜炎、支气管喘息、心脏性喘息及肺炎（详见伊藤虎丸《鲁迅与日本人》）。对鲁迅来说，病痛自然难免，人之将死的预感也曾有过。但他似乎没有像芥川那样想到以自杀的方式终结自己的生命，相反，他每每在深夜醒来之际，还会打开电灯，要看来看去看一下，看什么？看人世间但凡能看得到的与看不到的一切。鲁迅说："外面进行着的夜，无穷的远方，无数的人们，都和我有关。"鲁迅的笔调是冷的，但对这个终将告别的世界始终是深爱着的。

在芥川晚期作品中，我们可以看到，他的创作欲日益枯竭之后，他的厌世情绪也日甚一日。1927年6月，也就是离芥川服药自杀只有一个月的时间，他完成了短篇小说《某傻子的一生》。在结尾处，他这样写道："他执笔的手颤抖起来了，甚至还流口水。除非服用0.8毫克的佛罗那，他的头脑没有一次清醒过。而且也不过清醒半小时或一小时。他只有在黑暗中捱着时光，直好像将一把崩了刃的剑当拐杖拄着。"

这一段话大概就是芥川在生与死之间苦苦挣扎的写照了。芥川去世时，枕边放着一本打开的《圣经》。他很想借助宗教信仰化解内心的苦闷，然而，他一直未能如愿。芥川氏若能奉神之召上天，那么，我想，他大概会坐到神的左边吧。

初稿写于2016年7月24日芥川龙之介忌辰

7月30日深夜改讫

从但丁到叶芝

一

弗罗伦萨人曾干过两件不可宽恕的蠢事：第一件事是判决但丁永远不得回弗罗伦萨，永远不得回故乡；第二件事是，当那些读过《神曲》的人强烈呼吁市政厅允许但丁回来时，"弗罗伦萨的主子们"却再度给这位流亡诗人判了死刑。事情就这么荒谬：但丁活着的时候，曾三次被判死刑。晚年的但丁依然带着诗稿在"美丽的羊栏"外继续着痛苦的流亡生活。那时他体味到：吃人家的面包心里是如何辛酸，在人家的楼梯上上来下去，走的时候又是多么艰难。我听说过这么一句话：流亡就是长期的失眠。我也听说过另外一句话：天才就是长期的忍耐。在流亡中忍耐，在沉默中书写，在不幸中回忆幸福时光，这就是但丁，一个沉默寡言的流亡者，羞于说出自己的痛苦。而对于那些曾在流亡期间帮助他脱离困厄的人，但丁总是满怀感激，在适当的时候他会把他们的名字写进自己的书中。在比萨的流亡者中间，但丁就结识过一位律师，他也曾帮过但丁的忙，因此但丁经常会到这位律师的家里做客。每回见到律师的孩子，但丁总要抚摩一下他那颗小脑袋，并且还不忘夸奖几句，这个孩子就是后来成为诗歌巨匠的彼特拉克。意大利人称但丁与彼特拉克、薄伽丘为城邦时代的三位文学大师。但与后者不同的是，但丁既是中世纪的终结者，又是新时代的诗歌先驱。在但丁那个时代从未出现与他相当或高于他的人。《圣经》中曾这样评价施洗约翰：凡妇人所生的，没有一个兴起来大过施洗约翰的；然而天国里最小的比他还大。我想这话同样适用于但丁。

谈到但丁，就不能回避他那部用弗罗伦萨方言写成的长篇巨制《神曲》。美国的大卫·丹比认为，这部长诗提供了向下的剧烈转折：下至方言，下至肉身，下至普通感情和普通的生活。但从总体来看这部诗是由下而上的：由肉体之爱上升到精神之爱，由地狱到天堂，由世俗之徒上升到圣徒的行列。正如人们常说的那样，"苏格拉底把哲学从天上带到人间"，但丁却是把诗歌从人间带到天堂。而引领但丁上升的，便是一位名叫贝亚特丽采的女人。

假如没有这位"降福的女子"，但丁也许就不是现在这样的但丁，也许他只能像那些普罗旺斯的游吟诗人那样小有名气，却不会在文学史上留下那么多的篇幅。读过但丁传记的人都会发现：在他即将达到人生这座穹门的顶点（也就是他说的35岁）之前，他还没有写出特别重要的作品。那么在这之前他都干了些什么？但丁在20多岁时，被弗罗伦萨人称为"金发美男子"（意大利传记作家马里奥·托比诺的《但丁传》的原书名就叫《金发美男子》）。但丁像所有爱赶时髦的弗罗伦萨青年一样，喜欢修饰打扮，喜欢追逐声色，喜欢向漂亮的女人献诗。他的容貌和才气允许他这么做。那时但丁经常跟一群朋友出入酒馆寻欢作乐，并且还写了一些下作的十四行诗，与一位原本非常要好的朋友相互谩骂。这些骂街诗出自后来写出《神曲》这样一部杰作的大诗人之手，简直有点不可思议。现在我们读到这些十四行诗就可以知道：这只爱唱歌的夜莺曾经也是爱斗嘴的。然而，但丁并不希望自己以浪荡行径和骂街诗在弗罗伦萨城闻名。那个时期他也正在着手写《新生》。他与那些擅长用拉丁文写情诗的风流骑士一样，把女性比作女神，把女性之爱称为令人神往的奥秘。但丁作过一首道德诗，诗中提到弗罗伦萨城最美丽的六十名女子的名字，题目为《六十》，其中有一位便是贝亚特丽采。为何贝亚特丽采在《六十》中排在第九位？我以为这大概与但丁九岁那年第一次遇到贝亚特丽采、九年后再度与她相遇有关。大卫·丹比谈论但丁时犯了一个常识性的错误：认为但丁是在八岁的时候遇到贝亚特丽采。显然，他忽略了"九"这个数字的重要意义。

读到《神曲》时，我注意到：但丁对"三""七""九"这三个奇数怀有某种偏好（反过来说，也可能是对"偶数魔力"的恐惧）。我们知道：一切人间的悲剧都源于"二"这个数字，而一部"神的喜剧"却建立在"三"这个数字上。《神曲》整部诗分三篇，每篇有三十三章，每节三行，通篇以格律严谨的三韵句构成，而里面主要写的也是"三位一体"的三个人。此外根据乌纳穆诺的分析，在但丁身上，政治、宗教和诗就是亲密的三位一体。"三"与但丁已结下了不解之缘，在《地狱篇》里他写到了三头野兽、三仙女，《天堂篇》里写到了三个圈环、三种颜色，皆具象征意义。在《天堂篇》第二十八歌中，但丁更是集中讨论了"三"这个数字的特殊意义。读过西方音乐史的人也许会知道，在但丁生活的那个时代，西方一些研究分节体系的音乐家们也是按照一种怪诞的形而上学思考方法，把"三"作为完美的数字来写，三拍子据说是唯一能被接受的。但丁精通音乐，在这一点上可能也深受影响。西方传统秘术认为"五"（"二"加"三"）具有特殊的魔力，因为它含有第一个偶数二（象征男性）和第二个奇数三（象征女性），但丁也常常会把"三"这个数字运用到女性身上。这种以数字"三"为基础的形式原型是从整部长诗的内部分泌出来的，而不是从外部强加于它。至于"七"，在但丁的诗中也时常被提到，因为它是吉祥的象征（诗人里尔克在致茨维塔耶娃的信中也曾声称自己喜欢"七"这个吉祥数字），《地狱篇》第四章中提到一座宏伟的城堡：它由七堵墙围住，内设七重大门（按照博尔赫斯的说法，它象征七种自由艺术或者三种智力功能和四种精神功能）。《炼狱篇》中又写到了环绕山腰的七层圆路，每层圆路上可以洗炼七种罪恶中的一种。"九"是三的倍数，这个数字在西方也极富象征性和神秘色彩。按照中国《易经》的说法，"九"为阳数，而阳九是吉利的。《以弗所书》和《哥罗西书》中，天使以团体或以等级归类时主要突出"七"或"九"这两个数字。但丁在《诗句集》中写道："太阳在我头上的天空刚刚旋转了第九圈，我已经萌生了爱意。"而在《新生》中他又这样写道："有一天，约在九点钟的光景，我的眼前又出现了幻觉，这即刻惩罚了我那个理性的仇敌。我在幻觉中看见了贝亚特丽采：她依然和第一次跟我相逢时（注：但丁九岁时）一样……"但丁对于九岁时初遇贝亚特丽采的情景一直记忆犹新，未能释怀。"九"对于耶稣来说意味着终结的时刻（据说耶稣就死于罗马时间"第九个小时"），而对于但丁来说却意味着新生的时刻。在《神曲》中我发现了但丁那种不易被人察觉的用意：他所提到的那个意大利最伟大的战士甘·格朗德在《神曲》的理想时代也只有九岁，"天轮环绕他运行只有九年时间，人们对他还没有给以应有的注意"。但丁说这句话其实也影射九岁时的自己。天使般美丽的贝亚特丽采让九岁的但丁产生了贯透全身的"伟力"，可是没有人"给以应有的注意"。这种"伟力"在九年后第二次与贝亚特丽采相遇时再次出现了。他在《新生》中描述这一事件时三次提到"九"这个数字："整整九年过去了……这一天的九点钟……正是夜间最后九个小时开始的时刻……"

　　在但丁的内心深处始终存在着贝亚特丽采（代表崇高的爱情）和一头毛色斑斓的豹子（代表低级的淫欲）。但丁了解自身秘密的爱，仿佛黑暗中隐匿的无名之物，他要把它唤出。然而有一天，有人告诉但丁，贝亚特丽采已嫁给一名商人，但丁听后十分伤心。这意味着，贝亚特丽采从此对但丁来说，只能是一朵永远无法采到的蓝色花，一个遥远的圣杯。但丁只能从别的女人身上寻找贝亚特丽采，就像彼特拉克通过别的女人寻找劳拉，薄伽丘通过别的女人寻找菲亚美达。他们在某个女人身上的具体操作是一回事，抽象地爱一个女人又是另一回事。对于贝亚特丽采，但丁仅仅是"从概念上去恋爱"。然而，世情无常，生死巨量。但丁于此后不久生了一场大病，迷迷糊糊间，开始产生了可怕的幻觉：他惊讶地看到了贝亚特丽采之死。后来，贝亚特丽采果然因病去世了，年仅25岁（但丁在《飨宴篇》中认为25岁仅仅是人生的第一个时期）。在长时间的悲痛中但丁写下了一首首感人的悼诗。在诗中，贝亚特丽采变成了美德、神学、哲学以及精神的象征。贝亚特丽采死了，但她以更加完整、美好的形象出现了。但丁的记忆和诗延长了她的生命。也就在那个时期，但丁开始研究神学和哲学，他把哲学称为"心灵的女主人"，以此寻求心灵的抚慰。后来他发现：在自己的新生时期就蕴藏着如此巨大的潜力，在他的内心，一切良好的才能都有神妙的增长。我们应该感谢这位弗罗伦萨的小妇人，正是她使但丁立下誓言，要为文学史树立一座丰碑。这就是后来我们所看到的《神曲》。

整部《神曲》就是围绕贝亚特丽采这个名字展开的。为了这个女人，但丁请出了拉丁诗人维吉尔、修辞学大师拉丁尼、牧师圣伯纳特以及众多弗罗伦萨的公民和《圣经》中的人物等等；为了这个女人，但丁还借用亚里士多德的学说描绘地狱、借用托勒密的学说设计天堂，向我们打开了陌生的魔幻世界和启示世界；为了这个女人，但丁将自己储备的学问和才智全部倾注在这部书中，里面涉及了天文、历史、地理、神话、神学、自然科学、伦理学、音乐等各个领域的知识。因此，研究但丁的雅克·马利坦这样惊叹道：没有人能使用比他更重型的装备和弹药了。

但丁创作《神曲》的十几年时间就是他自我净化的一种缓慢过程。《地狱篇》第一章就写到了但丁在人生旅程的中途误入一座昏暗的森林，忽然发觉自己已迷失了正确的道路。继而他写到了途中出现的三头野兽——豹、狮、狼，分别代表淫欲、骄傲、贪婪。这时维吉尔出现了，他给但丁指出另一条道路，并且告诉他，假使他愿意上升，将有一位更高贵的仙灵来引领他。在这里维吉尔（其实是作者但丁）故意留了一手，不说出这位"高贵的仙灵"的名字。直到第二章维吉尔才说出自己之所以离开林菩狱引领但丁是受了贝亚特丽采的差遣，因为她在天堂听到了关于但丁在荒崖的路途上受阻的消息，那时她是多么担心但丁会深入迷途。但丁听完维吉尔的转述后突然感到身上洋溢着勇气，于是他开始跟随着维吉尔游历地狱。在地狱中，当但丁由于惊慌、疲倦或焦虑而徘徊不前时，维吉尔就会适时地提到"贝亚特丽采"这个名字，那时但丁突然间又感到一股力量回到了自己身上。但丁在《地狱篇》与《炼狱篇》（前面二十九章）中，反复提到了贝亚特丽采的名字，但她的真身却迟迟没有出现。这种手法在长篇叙事诗中无疑是一种大胆尝试（后来西方一些小说也曾有意识地模仿过这种手法，譬如《大师与玛格丽特》）。在《炼狱篇》第三十章中，但丁向我们描述了象征精神界向导的北斗星、宣说真理的二十四位长老、纷纷复活的众圣徒以及圣洁的百合花和明净的苍穹，那时我们可以预感到之后将会出现一位我们期待已久的人物。因为在前面的诗章里一旦出现重要人物时，但丁总要预先不惜笔墨地营造一种气氛。正是在上述那样一种神圣、庄严的气氛中，经过一番精心铺陈，这部书的女主人公贝亚特丽采才赫然出现在但丁面前，让他感到身体里面没有一滴血是不剧烈震动的。而我们读到这里时也同样感受到了内心的剧烈震动。那一刻，我们的诗人第一次（也是仅仅这一次）借贝亚特丽采之口喊出了"但丁"这个名字。一万四千行诗中，但丁特意安排了这样一个场面让自己的名字出现一次，这并非因为他觉得自己的名字有多悦耳，而是因为它出自贝亚特丽采之口。这让我想起柏拉图的《斐多篇》，在这部长篇对话录中柏拉图也是仅仅一次借苏格拉底之口提到自己的名字。这一次胜过千百次，让我们难以忘怀。这里我们要特别注意的是：但丁一方面表达了与贝亚特丽采相逢时的喜悦之情，一方面又为维吉尔的离去黯然神伤。在《炼狱篇》末尾的诗章中写到贝亚特丽采拉着但丁的手将要飞往天堂时，相对凝滞的语言突然变得明快起来，那时躲在文字后面的兴奋终于跳出来了，但丁忍不住要喊道："读者啊，若是容许我有更多的篇幅来书写，我要歌唱，即使部分也罢。"于是他们来到了受光最多的天体，这符合但丁写作《新生》时期的想象：好女子来自天堂，也要归于天堂。

升到天堂就意味着回到了故乡。贝亚特丽采在哪里，但丁的故乡就在哪里。换句话说，但丁有两个故乡：一个在地上，一个在天上。《天堂篇》第二十五章第三节中有这样一句诗："作为一个诗人归去，在我受洗的泉边戴上我的桂冠。"这句诗是有案可考的：1318年，有人曾邀请但丁去波伦亚为诗人举行加冠礼，但他婉言谢绝了。但丁在另一首诗中作了与《天堂篇》第二十五章第三节相类似的回答："等我万一回到故乡的阿诺河边的时候，在我头上戴起桂冠，把我一度是金色的白发藏在交织的树叶下面，这不是更好么？"然而如前所述，但丁终生没有回阿诺河畔的弗罗伦萨。贝亚特丽采就是他的故乡，他爱贝亚特丽采就像爱整个弗罗伦萨，或者说，整个天堂。这种爱，宫廷里的贵族不能理解，白党和黑党不能，弗罗伦萨酒馆里那些色情的追逐者不能，他的老师拉丁尼也不能。这种爱，使但丁更热烈地向往美德，渴望上升。

现在我们又绕回到了这篇文章开头谈到的那句话：《神曲》是由下而上的。我发现，《天堂篇》比《地狱篇》《炼狱篇》更频繁地谈到"上升"这个具有梦幻性质的词。歌德在《浮士德》的结尾说："永恒的女性引领我们上升。"而贝亚特丽采无疑就是这样一位引领但丁上升的"永恒的女性"，这里的"永恒的女性"象征宽容、仁慈与爱，"引领上升"是指达到一种无可名状的灵界。浮士德的灵魂终获净化，成为灵界高贵的成员；而在《天堂篇》中，贝亚特丽采引领但丁也到达了那样一个境界。另一部《但丁传》的作者梅列日科夫斯基对二者作了十分微妙而恰当的区分：永恒的女性在但丁那里是"从下往上吸引"，在歌德那里则是"把我们引向自己"。

二

现在，让我稍稍偏离一下话题，谈到另外一位俄罗斯诗人布罗茨基。与但丁一样，布罗茨基也是一位被迫流亡的诗人，而且也只活到56岁。1972年，32岁的布罗茨基在一首并不算长的悼亡诗《波波的葬礼》中，满怀深情地写下了这样的结尾诗句：

> 今天是星期四。我信虚空，
>
> 它像座地狱，可我知道，比地狱还坏。
>
> 而新但丁，满腹神示，
>
> 弯身在白纸上写下一个词。

（傅浩、黄亚锋译）

正如布罗茨基所尊崇的英国诗人奥登在一首诗中渴望成为"大西洋的小歌德"，从布罗茨基的诗中我们也可以感受到他要成为"满腹神示"的"新但丁"。有新但丁，就意味着有新贝亚特丽采。

循此，我想到了爱尔兰诗人叶芝与毛特·岗的一段恋情。在叶芝的一生中有三个女人对他影响至深。就像但丁在《三个女人来到我身旁》中赞美了三位象征正义和美德的女人，叶芝也在《朋友》中赞美了三个女人：一位是戏剧的支持者与合作者格雷戈里夫人，一位是与他初尝性爱之欢的奥丽维亚·莎士比亚，第三位则是叶芝终生苦恋却一直追不到手的毛特·岗。1889年，23岁的叶芝第一次遇到毛特·岗，一见钟情，觉得她是一位女先知，一位光彩照人的女神，是波提切利（弗罗伦萨画家）的《春天》的古典化身。自此，叶芝的一生始终无法绕过毛特·岗。在之后的两年时间里，叶芝一直羞于向毛特·岗表露情感。正如布罗茨基所说："爱，作为一种行为，缺少一个动词。"爱首先是一个能愿动词，而叶芝一直到1891年7月才开始付诸行动。他第一次向毛特·岗求婚，却被拒绝了。那时毛特·岗对这个又高又瘦、衣着寒酸的爱尔兰青年诗人并没有特殊的好感。只有在情绪恶劣的时候，她才会来到叶芝身边寻求抚慰。只是，这种抚慰不是借助于手，而是借助语言，发自灵魂深处的语言。其实，爱情并不仅仅是灵魂与灵魂相碰撞的简单过程，它也必然加入一种俗称为"性欲"的东西；在两颗灵魂相碰撞之际，肉体也会同时发出秘密的火花。叶芝向毛特·岗示爱时，并不排除生理上的性冲动（与一般单身汉的求偶冲动几乎没有什么区别）。这一点毛特·岗是不会不明白的，有好几次，她都没有放弃与叶芝私下接触的机会，但叶芝一旦给抽象的爱加上"一个动词"时，毛特·岗却像一个无辜而纯洁的孩子那样突然退缩了。叶芝一次又一次地向毛特·岗求爱，而毛特·岗总是一次又一次地拒绝。但毛特·岗的每一次拒绝都显得不够冷漠，而心灰意冷的叶芝还不至于彻底绝望。在老练的毛特·岗面前，年轻的叶芝到底是显得太单纯了。1892年，26岁的叶芝带着无望之爱蹒跚伦敦街头，感到自己是一个可怜的、无家可归的流浪汉。他看到一些朋友带着情妇或妓女回家过夜，也产生了这方面的强烈冲动，但他的脑中立刻闪现出这样一句话："不，我爱的是世上最美的女人。"而这个女人就是正在为暴力革命奔走的毛特·岗。崇高的爱情带给叶芝宗教般的约束力，使他最终放弃了献身给妓女的想法。那段时期，叶芝也无法沉湎于广泛的爱情，毛特·岗是他唯一倾心的女人。1894年3月，叶芝写完《心愿之乡》之后就跑到了法国巴黎，主要是为了看望生病的毛特·岗。见到她之后，他觉得彼此虽然还十分友好，但没有以前那样亲密无间了。一个月后，他就满怀沮丧地回到伦敦。1896年，为了毛特·岗，叶芝加入了当时思想激进的秘密组织——爱尔兰共和兄弟会。事实上，叶芝对政治缺乏足够的热情，他不会像但丁那样狂热到由于政见不同而向人丢石头。他加入组织目的只是为了追随那"红玫瑰镶边的长裙"。然而，很不幸，毛特·岗已把自己献身给政治了。也许让叶芝迷恋的，恰恰就是她身上表现出来的那种意识形态激情。1898年，叶芝与毛特·岗订结"灵婚"，他们把自己设想为通灵者，搜神抉异，搞一些神神叨叨的秘术活动。那时他们沉浸在爱欲中，却排除了生殖欲望，不让肉体参与灵魂的交合。叶芝常常会像精神分裂症患者那样产生幻觉。有一次，他在靠近拉特兰广场的旅馆里醒来时，突然产生了一种幻觉：毛特·岗的脸正俯在他的脸上，好像刚刚吻过。奇妙的幻觉后来一直伴随着叶芝，有时他在睡着以前努力地用灵符把自己的灵魂送到毛特·岗那里，醒来后就发现梦见下了一场宝石雨。而让他感到惊讶的是，远在巴黎的毛特·岗有时在同一天晚上也会梦见相同的景象。因此，他认为他们在情感世界里已经合为一体。这种沉浸在幻觉中的"灵婚"排除了性交的可能，更倾向于一种不通过感官的爱欲。他们这样做不是为了满足爱欲而是为了有效地延长它。"爱欲是人走向神的内在动力。"这句著名的格言同样可以在但丁身上得到印证。但丁在《新生》中多次提到自己病后产生的幻觉，有时他在幻觉中看见贝亚特丽采全身赤裸地站在床前，有时又看见她穿着红色衣裳来到他面前，最可怕的就是上面提到的那一次：他在幻觉中看见了贝亚特丽采之死。每次清醒之后，但丁就会觉得自己已与贝亚特丽采的灵魂合二为一。叶芝利用幻觉来迷惑毛特·岗，其实也是求爱策略中的一种。那时他可以以此为借口，时常跟毛特·岗厮守在一起。每一个走近毛特·岗的男人都会让叶芝感到妒忌，即使他们不是来求爱，而是企图在某些事情上影响她的思想，他也会恼怒不堪，因为他认为那里本应由他单独来发挥影响，他甚至觉得自己就是她心灵的主宰者。1899年，叶芝再次跑到巴黎，向毛特·岗求婚，遭拒绝。1900年，叶芝又跑到伦敦，向毛特·岗求婚，遭拒绝。1901年叶芝在都柏林向毛特·岗求婚，遭拒绝。蠢汉犯傻，一至于斯，亦可谓"痴绝"。从1891年到1901年，整整十年过去了，叶芝的年龄已达到但丁所说的"穹门的顶点"，那时他还没写出最好的作品，但他像但丁为心目中的贝亚特丽采写诗一样，也曾为毛特·岗写出了不少动人的情诗，这些诗作大部分收录在《玫瑰》（1893年）与《苇间风》（1899年）中。从他那伴随着羞怯感的个人独语中我们可以发现，他对毛特·岗的爱是那么固执，那么不可逆转。1903年，当叶芝听闻毛特·岗与一名他所不齿的少校结婚时，他痛苦地写下了《寒冷的天穹》："突然我看见寒冷的、为白嘴鸦愉悦的天穹，那似乎是焚化的冰，而又显现更多的冰……"叶芝描述了当时寒冷的天气状况之后，很自然地以"冰"作为心理对应物，也许他觉得一个"冰"字还无法准确地传达出自己那种最具悲剧性的感受，于是就用"焚化"这个带有强烈反差色彩的词来修饰、加强这两行诗的寒冷效果。"更多的冰"所要显现的是混乱的情绪，而不是要我们见识统计学意义上的冰块。那时，连理智都无法对付神经系统的混乱，叶芝表现得完全像个打摆子的病人："哭着喊着、哆嗦着、前后摆动"。这里面尽管不乏文学上的夸张，但我以为这种不太真实的抒情想象恰恰能传达出一种真实的感受。被视为"叶芝传人"的爱尔兰诗人希尼认为，《寒冷的天穹》是一首极富幻象性的诗。在但丁的《新生》中我也发现了一首性质颇为相近的诗，诗的题目与叶芝那首也很相似，叫《寒冷的闪光》。我有一种错觉，认为这首诗也是写但丁当时听闻贝亚特丽采嫁给银钱兑换商后的悲伤情形："欧罗巴乡土的天穹之上，北斗七星发出寒冷的闪光，鸟儿纷纷逃离，飞往暖处……"我们不妨作一下比较：两首诗写的都是寒冬的自然现象，而且都涉及了寒冷的天空、飞鸟。这些意象浸透了孤寂与悲伤，但丁当时感受到的，六百年后同样被叶芝所感受。1906年，毛特·岗与丈夫麦克布莱德因感情不和分居，叶芝又开始与她恢复通信。也许是出于妒忌，叶芝一直瞧不起毛特·岗的丈夫，这一点从他后来的诗作《读颇帕修斯有感》中也能隐约察觉得出来，他认为毛特·岗与丈夫是两种完全不同类型的人，毛特·岗身上有着高贵的血统，而麦克布莱德身上只有让人蔑视的

"卑贱的血统"。在麦克布莱德的眼中，年过不惑的毛特·岗不过是一个成熟的子宫，而在叶芝的心目中，她仍然保持着女神的高贵形象。叶芝曾拉来历史上最漂亮的女人比喻毛特·岗，如特洛伊的海伦、古代法兰西传奇中的归内维尔皇后、胡里汉的凯瑟琳等等。1908年12月，叶芝以学习法语为借口来到巴黎与毛特·岗会面，他们之间很快又恢复了"灵婚"，但据叶芝的研究者考证，叶芝在那一年曾与毛特·岗有过一段为时不长的性爱关系，而且有诗为证。要知道，自从毛特·岗离开他结婚之后，叶芝一直沉浸在悲伤和怨恨中，多年来没有任何女人进入他的生活。叶芝意识到，他与毛特·岗俱已步入中年，既遇美人，亦云暮矣，实不该为求得一时之欢而不计后果。然而，他依然希望自己在法定的意义上得到她。结果是，毛特·岗依然没有同意。1916年，毛特·岗的丈夫死于一次政变，叶芝认为机会再一次降临到他的头上，他又厚着脸皮跑到了法国，继续向她求婚。那时的叶芝是胸有成竹的，他为此还在那儿购置了巴利里塔堡，准备与她白头偕老。可是，毛特·岗再次用冷静的口气告诉他：他们之间是不可能的。那时，毛特·岗的脸上已出现了痛苦的皱纹。叶芝感到自己"已精疲力尽，不想再作任何努力了"。1917年，五十多岁的叶芝竟做出了一项出人意料、逸出常伦的决定：向毛特·岗的私生女伊秀尔特·岗——一位熟悉但丁所有作品的姑娘求婚。那时的叶芝几乎已经修炼成了一名鲁莽而富于激情的老汉，他再也没有年轻时代的那种拘谨和腼腆了。但一树梨花终究压不住海棠。叶芝企图以学习法文为借口亲近伊秀尔特的做法并没有行得通。即使伊秀尔特同意了，毛特·岗也会从中作梗。结果，他与毛特·岗之间闹得十分不愉快。叶芝这么做，也许是出于两种想法：一是想以此刺激毛特·岗（为了这事，他还真的去征求毛特·岗的意见）；另外一种想法依然是他对毛特·岗的爱的一种延伸，因为他从伊秀尔特身上看到了年轻时期的毛特·岗。伊秀尔特最终没有答应叶芝的求婚。我们的诗人再次被抛掷到婚姻的大门外，孤身蹒躅于巴黎的街头。然而,这个世界就是这样残酷:人们不会同情一个上了年纪的失恋者。难道他要仿效英国文艺复兴时期的诗人迈克尔·局雷顿,为了一位爵士的女儿终身不娶?显然不能。就在同年10月份,叶芝回到伦敦,与一个名叫乔吉·海德-李斯的年轻姑娘结了婚。那年他已经52岁了。事实上,叶芝对毛特·岗的爱一直未曾变质,它是坚韧绵长的。渐入晚境的叶芝已不想再外在地拥有毛特·岗了,但他还是把她当作最亲密的朋友或者是哲学观照的对象来加以默默地关注,就像他早年在诗中所写到的:"多少人爱慕你青春欢畅的时辰/只有一个人,爱你那朝圣者的灵魂/爱你衰老的、脸上痛苦的皱纹。"(《当你老了》)1928年,叶芝已经63岁了,他给毛特·岗寄了一本诗集《钟楼》,在信中他提示毛特·岗要特别注意其中的一首诗《在学童中间》,原因是里面有毛特·岗的影子。他还告诉她,写这首诗之前他曾参观过那所沃特福德中学。1938年,叶芝73岁,他的哮喘病复发,但他仍然希望身体好些后请毛特·岗来吃一顿饭。后来,也就是8月22日,他又给毛特·岗写了一封简短的信:"我想请你和你的朋友来我这儿喝茶,星期五下午四点半,四点或稍晚些会有车去接你们的。我一直想见你,但——"但为什么?叶芝担心她没有空或不愿意让他看到自己脸上痛苦的皱纹? 1939年,叶芝临终之时,写了一首带思辨色彩的诗《人与回声》,在诗中他回顾了大半个世纪以来在爱尔兰这块土地上发生的若干历史事件,以及更为隐秘的肉体与精神事件,"例如一个年轻诗人的精神失常以及毛特·岗,一个带着一半罪孽感热恋的舞者"(希尼语)。但丁在临终前还会发出一声叹息:我为名叫贝亚特丽采的女人而死。叶芝临终时,不知是否还记得年轻时自己曾一遍遍地重复过兰斯洛特的临终自白:我曾许久深深地爱过一个皇后。而这个"皇后"就是毛特·岗。无论怎样,被叶芝挚爱过的毛特·岗有福了,被毛特·岗拒绝的叶芝也有福了。毛特·岗曾说过,正是她的拒绝造就了一位伟大的诗人。叶芝死于一个寒冷的月份,诗人奥登说他将

"在另一片树林里寻找幸福/按异方的道德律接受惩罚"（《悼念叶芝》）。此处的"另一片森林"就是指但丁《地狱篇》开头部分说的那片黑森林。在那里，叶芝是否最终将被一个"新贝亚特丽采"引领？我们现在用仰望的目光看待叶芝，仿佛他已置身天堂。

三

在我们之前有许多人读但丁和叶芝，在我们之后仍将有许多人读他们。而大部分读者几乎都会有这样一份好奇心：他们想知道，当一位诗人近乎疯狂地迷恋心目中的一个女子，他的妻子、家人以及身边亲近的人会如何看待？而他们又会如何处理这种微妙的情感问题？

但丁在现实生活中接触的是妻子杰玛的肉身，在精神世界里接触的却是贝亚特丽采的灵魂。也就是说，但丁在实体世界之外还营造了一个梦幻世界，以便安排自己和贝亚特丽采栖居其间。这使但丁变得像一个充满淫欲的花花公子。薄伽丘在有关但丁的传记中认为他其实并没有真心实意地爱自己的妻子，甚至还会对杰玛这种嫉妒成性的女人深感厌烦。我们现在可以猜想当时的情形：当但丁在餐桌旁忘情地吟咏着赞美贝亚特丽采的诗句，杰玛就会在厨房里把杯盘碟碗弄得乒乒响。有时为了让妻子免于嫉妒，但丁非常巧妙地使用了障眼法，他在诗中杜撰了另外一些女人的名字，比如圭多、拉波、拉吉娅、万娜等等，就像昆德拉小说中那个流亡者托马斯，他在做爱时不慎说漏了一个秘密情人的名字，就立即改口像课堂点名一样喊出一大群女人的名字，试图以此来消除自己身边那个女人的猜忌。但这种掩饰又显得多么脆弱无力。杰玛深知，贝亚特丽采是但丁全部生活的中心，而活生生的她反而变得无足轻重了，这几乎就是一种讽刺。但丁心中那个美丽的幻影在她眼中却是邪恶的阴影。她不希望这个女人作为"第三者"来干扰自己的夫妻生活。按理说，地上的杰玛毫无必要为天上的女子争风吃醋，可是她仍担心丈夫最终会把自己的名字划入《地狱篇》。有些书上说，杰玛后来与但丁分居了。

除了杰玛，但丁的儿女们对自己的父亲都非常崇敬。但丁在写作《神曲》的过程中，偶尔会向他们谈起贝亚特丽采。有时他用俗语谈起弗罗伦萨或阿诺河时，其实也是在间接地谈论贝亚特丽采。对但丁的儿女们来说，读父亲的诗几乎就是一种日常的生活仪式，而贝亚特丽采就仿佛生活在他们之中。但丁的女儿安托妮娅深为《神曲》所感动，后来她进修道院当修女时，就向父亲申请用"贝亚特丽采"作为自己的教名。但丁的另外两个儿子彼得和雅谷伯后来则成为《神曲》最早的传抄者和诠释者。

叶芝的情感世界比起但丁，也许更为复杂，因此我必须用更多的篇幅写他身边的女人。整整二十多年中，毛特·岗的多次拒绝让叶芝心灰意冷，他已经感到身上的激情在一点点耗散。假如有人问上帝：怎样让一个优秀的抒情诗人持续一种创作的激情？上帝一定会说：让他失恋，然后派给他一个壮实的姑娘。像所有沉湎于恋爱中不能自拔的青年一样，叶芝的爱情是具有排他性的。但性欲却可以把他引向另一个女人——奥丽维亚·莎士比亚。在她身上，一个男性被唤醒了。他们同居了整整一年，但后来奥丽维亚发现叶芝对毛特·岗始终念念不忘，于是哭泣着准备离开了。叶芝为此感到无奈、怅惘、束手无策。他的一首短诗《恋人哀悼爱的失去》，写的就是这件事。叶芝或许以为，奥丽维亚带给他的温存可以暂时让他忘掉毛特·岗，但这只是在哄骗自己，他没有理由说服自己不去想念毛特·岗。这种隐秘的情感会在与奥丽维亚的接触中不经意地流露出来。对于奥丽维亚来说，爱情同样是排他性的：一个男人把头埋进她的发丛间，却悄悄念叨着另一个女人的名字，岂可容忍？

1913年，在一次降神会上，一个"神灵"告诉叶芝，现在是结婚的时候了，但他推迟到四年之后才与乔吉·海德–里斯结婚。在写作上，乔吉充当了诗歌助产士，利用扶乩术帮助叶芝进行"自动书写"；而在生活中她对叶芝也是体贴入微。这使叶芝深感灵魂的不安和愧疚，他意识到自己必须妥善处理好情感纠缠的问题。因此他非常坦诚地把早期写给毛特·岗的情诗拿给乔吉看。当然，他还会给她看写给奥丽维亚和伊秀尔特的情诗。这样，乔吉只要稍稍掂量一下，就可以知道他对毛特·岗的情感是最重的。而现在，毛特·岗已经老了，奥丽维亚也已经老了，她不会担心叶芝再度被老女人的魅力吸附过去。至于毛特·岗的女儿伊秀尔特·岗，也早已被乔吉当作亲妹妹一般，叶芝也只好把伊秀尔特当作自己的女儿来看待。乔吉帮助叶芝进行自动书写，其实是在无形中掌握了他内心的一些隐秘想法，而叶芝也乐于把自己的隐私和盘托出。自毛特·岗结婚后一直郁郁寡欢的叶芝开始变得开朗起来。

两年后，叶芝与乔吉生下了一个女儿。他写了一首诗《为吾女祈祷》。在诗中他希望上天赐给她美貌，但不要美得令人神魂颠倒，也不要像毛特·岗那样"为美丽本身所愚"，以至晚年孤独无伴。在这首诗中隐隐透露出他对毛特·岗的怨恨，这种怨恨里面夹杂着一点酸溜溜的成分。他爱毛特·岗有多深，怨恨也就有多深。他曾在信中对毛特·岗说："我怨恨许多事情，但我力求控制。"一个曾经为爱情的荒谬逻辑大哭大喊过的诗人，进入中年以后就变成了具有自我控制能力的斯多葛式诗人。这从他的诗中可以反映出来，他早年诗中那种个人化的情感宣泄消失了，代之以充满玄思的克制陈述。偶尔写到毛特·岗，他的情绪和语气也都是平和的。艾略特谈论到叶芝的诗与诗剧时认为："如果一个人作为诗人成熟了，这意味着他作为一个完整的人成熟了，他能体验同其年龄相同的新情感，而且像往日体验青春感一样强烈。"一切优秀的诗人都是情感诗人，叶芝也是。在叶芝晚期有关毛特·岗的诗中，我们所读到的是希尼所说的"进入感情的文字"和"进入文字的情感"。在叶芝身上，这种持久的情感力量一直伴随着一种控制力。应该说，叶芝之所以能进入一种冷静、克制的写作状态，不仅与年龄有关，还与乔吉给他所创造的安宁、适意的生活环境有关。

我们通常用"老而弥坚"这个词赞叹叶芝晚年日臻纯熟的诗艺，这个词同样可以形容他在晚年（尤其是动了输精管切除手术之后）性能力方面的惊人表现。假如说，早年对毛特·岗的爱确保他写出了几部优秀的作品，那么到了晚年又是谁支撑着他的写作？仍然是毛特·岗。即使她已年老色衰，但这种爱仍然会在别的女人身上延续。像但丁一样，叶芝一生中曾与多个女人有过性爱关系。"所有的女人只是一个女人。"这是艾略特在《荒原》218行的注解中有感而发的一句话。对于叶芝来说，所有的女人只有一个名字——毛特·岗。奥丽维亚是金发碧眼的毛特·岗，梅波儿是肌肉健美的毛特·岗，爱丽克是美丽而乏味的毛特·岗，玛戈特是个疯狂的毛特·岗，爱迪丝.希尔德是最后的毛特·岗。叶芝先后与多种多样的"毛特·岗"保持性友谊，有时他会把这些风流韵事作为炫耀的资本跟真正的毛特·岗谈起。而作为他的妻子，乔吉对此总会流露出毫不宽容的微笑。以她一人之力，怎能对付得了那么多的"毛特·岗"？叶芝疯了，他不知道自己的一条腿已经跨入了布尔本山下的坟场里，却依然像年轻人那样在女人身上尽情挥霍自己的力比多。他追逐了一个"毛特·岗"之后又追逐了另一个"毛特·岗"。冬行春令，斑白冶游，莫非是以此转移、延续对毛特·岗的爱？从这个意义上说，叶芝终生所爱的不是毛特·岗，而是这"一次"本身。他要从众多的女人身上回味这"一次"。

从表面看，晚年的叶芝有点像浮士德，穷尽人类的知识之后，突然感到迷惘，于是开始想诱惑少女。叶芝在给毛特·岗的信中说，他也曾像浮士德那样说："时间啊，停下吧。"但他觉得毫无用处。因此他要用年轻女性的爱缓解时间给一个老男人带来的恐惧感。浮士德受欲望的驱使坠入了地狱深渊，歌德说这种堕落"犹如往下直泻的瀑布"。晚年的叶芝却不是"浮士德式"的人，他也没有成为必然性的罪人，我想最重要的一点是因为他能保住自我世界的中心。在叶芝内心深处，不是与魔鬼签约的浮士德，也不是与天使搏斗的雅各，而是引领他上升的"永恒的女性"。叶芝在晚年的一首诗中写道：

> 你认为这是可怕的：情欲与愤怒
>
> 向我的老年频频诱引；
>
> 在我年轻时它们还算不上什么祸害；
>
> 那么还有别的什么激发我歌唱？

答案只有一个，那就是爱。爱激发但丁歌唱，爱也激发叶芝歌唱。

无论是贝亚特丽采或毛特·岗都只是一种理想化的女性，一面"爱狄亚的镜子"。正如黑暗较之于光明更能让人接近神灵，失去较之于赢得更能让人接近一个完美的幻影，使人的一生处于某种敬畏、崇拜和缅怀之中。在此，我们不妨用克尔凯戈尔的一句话来总结但丁："天国将会由于但丁得到了她而损失累累；换句话说，由于但丁失去了她而使天国增添了一笔财富。"而假定让叶芝真的得到了毛特·岗，他也许会说："那又怎样？"

1998年冬

第二辑

　　一个人写作经年，恐怕就会思考这样一些深层的关系：我与母语之间的关系，我与世界之间的关系，以及这个世界与我的母语之间的关系。

在雅俗有无之间

事实与虚构

《青鸟故事集》的作者注定是李敬泽，《咏而归》的作者也注定是李敬泽。如果他生在古代，就有可能是《酉阳杂俎》或《陶庵梦忆》的作者。

这两本书，我是交叉阅读的。有时慢慢读，翻几页，放下，再拿起，再放下，这就有了一种"陌上花开，可缓缓归矣"的感觉；有时读得痛快，一口气读完三四篇，则又油然生出"一日看尽长安花"的快意。《青鸟故事集》篇幅较长，《咏而归》多为短制，亦文亦史，亦新亦旧，在趣味上有同一的归趋，读完之后，二书就仿佛并为一书了。

《青鸟故事集》在文体策略上，似乎比《咏而归》有更多的讲究。此书有历史的隐形结构，但作者却更愿意选择一种超然的视角看历史，将"已然"之事写成了"或然"之事。因此，他写历史故事，感觉像是写小说（恰恰相反，他的小说有点近于历史故事）。有时他也用小说笔法描摹一个场景，写着写着，就会忍不住掉个书袋，或是讲些题外话。就小说叙事学而言，这当然是忌讳，但他居然可以置之不顾。我想，根本的原因就在于他没有把自己定义为小说家或历史学家。在我看来，他是一个介于历史学家与小说家之间的自由写作者。

这样的定义也许还不够宽泛。确切地说，他是在历史学家之外写历史，在小说家之外写小说，在评论家之外写评论，在散文家之外写散文。他看起来什么都不像，却又把什么都做得有模有样。

比利时汉学家李克曼作了这样的概括：小说家是现世的历史学家，而历史学家是过去的小说家，二者都在发明真理。因此，我们可以说，李敬泽是以小说家的视角看历史，以历史学家的目光审视现实，从中发现一个意义世界。较之于李敬泽，历史学家们在专业知识方面或许做得更深透，在田野考察方面或许做得更琐细，但他们通常不会在某个时空的节点上来回跳宕，附之以推理、想象；也不太会从历史语境的一团乱麻中抽出一根细节，放大了看，颠来倒去地看。李敬泽没有将自己归类，也没有将文章归类，故能乘兴肆笔而流宕若此。有时候，我甚至觉得，他就像自己笔下那位"把一个假货混进历史的考古学家"，可能会把一个虚构的人物放到一个真实的场景，或者是把一个真实的人物塞进一个虚构的场景；在那些如此冷彻又如此温暖的文章里我们还可以看到，他谈论一碗面条或别的什么微不足道的事物之后，总会把一些历史问题与个体问题（包括个人情志）放进来。他不断地"让'现在'侵入'过去'"的同时，也不断地让虚构与现实同构。他写古代的日常生活，不是为了玩味乃至沉湎过去；面朝过去说话，恰恰是为了让现在或未来的人们也能听到当下的声音。

> 那天晚上，我和老四站在"芬必得"下面，等老熊。不时有出租车停下，一两个人从车里钻出来，羚羊一样跳，溅起的雨水发出脆裂的声响。

这是《雷利亚、雷利亚》的开头。无论从题目，还是叙述语调来看，我们都可以确定它是一篇小说。可是，看着看着，叙述语调徒然一转，谈起了明朝的那些事儿。两个时空，两个故事，或显或隐，交错发生，到了后面，就出现了电影里惯用的"转场"：四百年前生活在大运河边的雷利亚与哈瓦那酒吧里的雷利亚终于相遇了。没错，他写的是两个都叫雷利亚的女人。一个小人物，一件喝酒聊天的小事（个人生活场景）忽然与大历史、大时间（历史场景）发生了莫名其妙的联系，但这联系又存在着那么一种不确定性。我不知道现实生活中有没有雷利亚（包括那个介绍雷利亚的老四）。事实上，这些并不重要。他们即便是从博尔赫斯小说中跑出来的，也不值得我们大惊小怪。重要的是，作者已经把自己的发现与疑惑都一股脑儿交给了读者。如果你喜欢读小说，可以把此文当作一篇小说来读，如果你觉得小说不应该是这样子的，也可以把它当作散文来读。进一步说，如果你仍然固执地认为，散文不应该是这样写的，那么它就是非散文的散文，非小说的小说。有人说，李敬泽创造了一种"李敬泽体"。不错，面对这种无以名之的文体，我们只能如此称呼。而且，你不得不承认，这种"李敬泽体"只能由李敬泽本人来写。

"李敬泽体"的一个重要特点就是他可以把小说的"小"与散文的"散"发挥到一种极致，可以合而观之，也可以分而观之，更重要的一点是，他没有打算在虚构与事实之间划出一道清晰的界限。他的魅力来自于他的出格：他义无反顾地打破了文体的界限，打破了时空的界限，打破了古今的界限；在叙事方面，他又打破了人称的界限——在"我"退场之后，一个似我非我的"他"出现了。

"我"和"他"

李敬泽说："《会饮记》中，我想做一个实验，一开始不是那么清晰，后来就是有意的了。那就是把'我'对象化，把我变成'他'。这是避免'我'的自恋，也是为了避免'我'的主观和独断。"多年来，他作为一名批评家，习惯于谈论别人的作品，对文章中所动用的那个"我"表现出一定程度的审慎。

他甚至用一种近乎决绝的口吻向读者宣称：我不希望自己写一本关于"我"的书。"我"离"我"足够远之后，就变成了"他"——主观的"我"变成了客观的"他"，有限的"我"变成了无限的"他"，单向度的"我"变成了双向度的"他"。一个俗称李敬泽的人要让这个"他"变得更陌生，陌生得就像某篇小说里的人物，或者说得更诗意一点，"他"要变成自己的陌生人。我们知道，很多作家喜欢在小说中使用第一人称叙事，据说这样可以缩短人物与读者之间的间隔。而李敬泽恰恰相反，他要在自己的文章中采用第三人称，以此产生一种适度的间隔效果（用他自己的话来说，是出于一种"间离自我"的需要）。当"他"突然站到读者面前，批评家们也免不了要慌乱一下，他们一时间不知道该怎样面对这个"他"，玩味久之，他们就顺理成章地玩起了命名的游戏，有人称之为"第三人称的自我"，也有人称之为"我的他者化"。这样一命名，敬泽先生或会犯嘀咕：这真的是我的发明专利？在一次访谈中，李敬泽毫不避讳地谈到诗人卞之琳曾有意识地运用过类似的人称叙事方法。不过，据我所知，卞之琳主要是在《圆宝盒》这首诗中尝试性地使用第二人称，他后来谈到诗中的"你"时这样写道："写小说的往往用第一人称'我'来叙述故事，而这个'我'当然不必是作者自己，有时候就代表小说里的主人公。其所以这样用者，或者是为了方便，或者是为了求亲切，求戏剧的效力……写诗的亦然，而且为了同样的目的，也常有'你'来代表'我'，或代表任何一个人，或只是充一个代表的听话者，一个泛泛的说话对象。"（见卞之琳致刘西渭的一封信）。卞之琳后来有没有把这种手法运用到他的散文中我不得而知，但我以为，李敬泽之用第三人称叙事实则是开辟了别样的新境，我也确实找不出哪位散文写作者像他这样有意识、高频率地运用此法。

值得注意的是，此法在《青鸟故事集》中就已露过一手。读过《会饮记》，再去看《青鸟》，不难找出二者之间的隐秘联系。这本书里面有一篇写马尔罗的文章，作者先是用"我们"的口吻谈论马尔罗，及至中间部分，忽然出现了这样的句子："1999年，曾有人在百无聊赖中从书架上抽出这本书——"，这时候，人称已经发生了变化。也就是说，行文至此，"我"与"我"之间的对话产生了一个"他"。这个"他"既是第三人称，又仿佛是"道生一，一生二，二生三"中的那个"三"（"他"已经隐含了三种人称）。这个"他"后来又频频出现在《会饮记》中，有时候，"他"也像小说里面的人物，撒起野来什么也不管不顾，作者索性让"他"去自作主张，触绪引申间，不断地切换生活场景，把现实无法描述的事件放到虚构的世界中来说；有时候"他"还会反过来带动作者，一次次地突破叙述畛域，自由无碍地往来于此疆彼界。我有时甚至觉得，待"他"回到"我"这里时，作者是不是会有一种"渠今正是我，我今不是渠"的迷惑？

有意思的是，在李敬泽的文章中，"你""我""他"三种人称都有可能指向同一个名叫李敬泽的人，但他也可以很吊诡地回答：这些都不是我。

马格利特曾经在一张画中画了两个烟斗：一个小烟斗画在画板上，画板支在画架上；一个大烟斗，悬置于画板的正上方——我不知道马格利特为什么会那么喜欢画一些既沉重又轻逸的悬空物体——不过，需要注意的是，他在小烟斗下面写了一行字：这不是烟斗。

这不是烟斗，又会是什么？好在，这幅画是送给福柯的。因此，我们可以请福柯来回答这个问题。但福柯的解说或许会把我们绕晕。这里不妨把福柯的解说归结为一句话：画里的烟斗不是实际的烟斗。按照这种说法，《会饮记》中的"他"也不是李敬泽本人。李敬泽不过是借用"他"来谈论自己对这个世界的认知、想象和思考。所以，我们不必去确认《会饮记》中的那个"他"到底是李某某还是张某某。

李敬泽在文章中使用第三人称谈论自己，与其身份固然是不无关系。说起来，他的身份有些复杂：他曾任《人民文学》杂志主编，曾因奖掖后进而被人称为"青年作家教父"，他还是重要的文学批评家和众多文学奖的评委，现在的主要身份则是中国作协副主席。这位一年三百六十天大部分时间都浸泡在会场中的中国文化官员，居然还能保持如此丰沛的创作力，对一个坐在巴黎左岸呷着咖啡写点东西的作家来说简直是不可思议的。然而，这就是李敬泽，他并不乐意做那种被人贴上各种标签的人物。他在会议室与山丘之间，既守既望，一己之身，由是而分出仙凡——写作使他得以"羽化"，他的写作就是从这些身份中退出来，把一个头戴光环而又动弹不得的"我"变成一个得享自由之身的"他"。这个"他"包括：会议室内的言者与思想者、城市间的游荡者、故纸堆里的拾垃圾者、灯下的书写者……这个"他"，推远了看，实则更接近那个真实而又复杂的"我"。

有了"他"之后，李敬泽就索性把自己的身份抛到身后几公里外的地方。同样地，他也不要什么学理或体系感，他只想在文字里放浪一回。他要告诉散文家，他不是散文家；同样，他要告诉小说家，他不是小说家。

《会饮记》是坐着的李敬泽和四处游荡的李敬泽合撰的一部梦游之书。读这样的文字能让人感受到作者"走心"之后的"走神"：他"走"的时候，"神"也在走；他不"走"的时候，"神"也在走。他把"形"拆散了，"神"却游走其间。这就是他为什么在描述各种重要人物时，目光会作旁逸，突然关注到一个翻译家或速记员；这也是他为什么谈论卢卡契与布洛赫所构成的那个"庞大的总体性"时，会把话题突然转移到范宽的故乡和那幅《溪山行旅图》。你一路读下去，也许会惊觉眼前一切仿佛桃花林，如此眩目，如此惊艳，即便"不复得路"，也能觅见芳草鲜美、落英缤纷。你也许还会感叹：文字那么美，偶尔"走神"又算什么。且慢，《会饮记》的作者是否真的不讲章法？读到后面，你就会发现：他的"走神"也是自带强大逻辑的。

如果说李敬泽的文章有瘦金体的气息，那么，他的《会饮记》简直就是用瘦金体的笔法作狂草，信手点画，纯任一己之逸兴。我听一些书法家说，他们即便写狂草也是用正书笔法的。敬泽为文亦如此，之所以写到狂放处不会散掉，端在于他能守住一点。这个点，是文章的逻辑起点，能将一切打散了之后又重新聚合起来。有无之间，形断意连，这不正是中国书法的笔法？

"有"或"无"

记得李敬泽曾在某处说过这样一句话："我们只可以无限的实，但我们却不知何为无限的虚"。实之为有，虚之为无，是可以相与生成的。诗与小说之道如此，文章亦如此。李敬泽是文章家，他可以把某事某物写得很具象，也可以写得很抽象。因此，他的文字里既有会议室的局促与冷静，也有山丘的波峭与放达；既有凌波微步，也有罗袜生尘。他谈有形之物，能见背后无形之物；谈无形之物，能见有形之物。《会饮记》中所书写的生活场景犹如他所引用的一句话：假作真时真亦假。而他不断变化的手法可说是"无为有处有还无"。如此，那个速记员被他从观众席中拔离出来，放到另一个可能的世界里；21世纪的梁鸿会与12世纪的宋徽宗突然并置。一些似真似幻、若有若无的场景如同烟花般蓦地腾空而起又在瞬息间归于黑暗，让我们看到了绚烂，也看到了绚烂过后的冷寂和空无。

李敬泽写出了这个世界的"有"，也写出了背后更为庞大的"无"。这个"无"，我不知道该如何描述。我有时候甚至在这个"无"里面觉出了其中的无聊。无聊？的确有点无聊。然而，这就是一个人的真实境况。岁末读《会饮记》诸篇，寒气拂荡而至，我仿佛看到了一个老男人兀自坐在长椅上，背对着漫天大雪，抽着烟，帽子压得很低，而他的无聊就呈烟状一点点散入背后的空无。

《会饮记》里面的文字充满了沉重的时间感和历史感，以及由此带出的现实感，它所对应的，却是一片巨大的空无。因此，与其说他写的是古代与当下、东方与西方的对话，不如说是"有"与"无"的对话。面对空无，他总是有话可说，而且，他总是那么喜欢谈论一些沉重的话题，但他的文章实在是很轻盈的，就像一只鸟，背负青天而能御风飞翔。我记得他谈论一位作家"选择巨兽还是飞鸟"这个话题时，曾经把村上春树、博尔赫斯、卡尔维诺等归入"轻"的作家行列，事实上，他本人也可归入此列。"轻"之于文学，并非语言甲板上的轻俏一跃，它也隐含着某种诗思的瞬间放逸。从李敬泽的文字里似乎可以察见这样一种行文运事的习惯：他每每发现自己的文风显得有些沉重，就会另起一行，随后，他的语言又开始贴着水面飞了起来。避"实（重）"就"虚（轻）"的写作技法使他练就了一种飘逸的文风。然而，他又不是一味飘逸的。

他写沉重的话题可以藉由轻灵的形式表而出之；他写轻灵之"无"，同样是藉由丰实之"有"来表现。《青鸟故事集》里有一篇文章，谈香。香是什么？香是"无"。怎么谈？李敬泽可以谈。他可以在文字里玩一种"无中生有"的把戏。法国有位学者，从中国美学思想里抉发出一个"淡"字，他就用淡字写成了一本《淡之颂》，这活儿，我是服的。当然，敬泽先生若是写出一本《香史》，我也不觉得有什么奇怪的。

在那篇题为《沉水、龙涎与玫瑰》的文章中，他提到了冒辟疆《影梅庵忆语》中品香一节。从中我们可以读到冒氏一段香艳四溢的文字："余多蓄之（指"蓬莱香"），每慢火隔纱，使不见烟，则阁中皆如风过伽楠，露沃蔷薇，热磨琥珀，酒倾犀斝之味。久蒸衾枕间，和以肌香，甜艳非常，梦魂俱适。"紧接着，就可以读到敬泽式的现代阐释——诚然，有趣而又带点冷僻的历史掌故能给他的文章增添不少魅力，但我仍然觉得他的魅力源于他的文风——冒辟疆的一段文字被他引用之后，自然而然地就带上了"敬泽风"，而无可名状之

"香"，至此落到了实处，仿佛是真切可触的。他这样写道："这是一部长时段的、烟雾迷蒙的历史。当我想象着撰写一部《香史》的可能性时，我感到那纷繁如麻的线索足以牵动整个沉重的世界。比如，当冒辟疆感受着风过伽楠时，大片的伽楠林正沐浴着南洋群岛的海风，活跃艰险的海外贸易和隐秘的资本网络支撑着17世纪风流公子甜艳的梦。"

雅与俗

"活跃艰险的海外贸易和隐秘的资本网络"同样支撑着18世纪末叶苏州一对佳偶沈三白与芸娘的浮生之欢。读到冒辟疆与董小宛的闺帏韵事时，我也禁不住想起《浮生六记·闲情记趣》一段类似的文字：

> 静室焚香，闲中雅趣。
>
> 芸尝以沉速等香，于饭镬蒸透，在炉上设一铜丝架，离火半寸许，徐徐烘之，其香幽韵而无烟。
>
> 佛手忌醉鼻嗅，嗅则易烂；木瓜忌出汗，汗出，用水洗之；惟香圆无忌……

这里提到的"沉速等香"，也就是沉香与速香。原来，像沉香、速香这种雅致的东西是可以像番薯、土豆那样搁在饭镬上蒸的，原来，世间的一切俗物也是可以制造雅气的。

在《浮生六记·闺房记乐》中，沈三白与芸娘耳鬓厮磨时，说了这样一句极有见地的话："想古人以茉莉形色如珠，故供助妆压鬓，不知此花必沾油头粉面之气，其香可爱，所供佛手，当退三舍矣。"由此我想，好的文章，不能一味高雅，须像助妆压鬓的茉莉一样，略沾一些"油头粉面之气"。也就是说，其香可爱，在于有世俗之气。

敬泽先生是雅人，但他不避俗。他能把"雅得要命"的东西哗啦一下消解变成"俗得要死",也能把"俗得要死"的东西摆弄一番变成"雅得要命"。近年来,人们谈敬泽其人,是一定要谈他的书法的,而且是一定要大谈其雅的。说句老实话,敬泽的文章是带有"敬泽风"的,但他的字就谈不上了,早期他临过"瘦金体",人家一看就知道是"赵家人"的。他写字,其实是入乡随"俗"。书法之于他,不是日课,而是日常生活的一部分,他可以化雅为俗,把酒后写字变成一件与文友同乐的俗事。诗人作家扎堆的地方,老是谈文学,固然会谈出好气氛来,但一不小心也会谈出问题来,谈出坏脾气来。好吧,那就跟你们谈谈书法。口谈不足,就用手"谈"。把写字当作俗事来做,也就有了俗趣。敬泽写字,私意以为,是闲玩。用文雅的说法是:博学之余,游艺于斯。游和玩,在他那里,是同一个意思。以其天资,写文章可以写到无我之境,若是分点心力写字,也能达到那个境界,但他想必是尚无余力为之的。写字,在世俗生活中,他取的是好玩一途。

> 俗物。成为一个不知羞耻的俗物原来是容易的。给你一支大笔,横冲直撞只管写去,杀猪杀得黑猪满院子跑,有人围观有人尖叫,好吧,你会对着你制造的废墟顾盼自雄。(《杂剧》)

是呀,写字是那么好玩的事,为什么就不能有一份世俗之心?

因为有一份世俗之心,他能把正史讲得跟野史一样诙谐有趣,也能板着脸把野史讲得跟正史一样庄重不俗。因为有一份世俗之心,他能把一些沉重的知识变轻,正如魔术师能教空中的坠物陡然变成一抹白烟。他喜欢把历史人物、事件往"俗"里写。说到兴头上,就暂且把中国历史的大叙述撂在一边,专讲他的小故事。这些小事件跟批评家们天天挂在嘴边的"宏大叙事"有什么关系?好像没什么关系,又好像有点关系。看到后面,你就会发现,这些细小的事件一旦汇入历史的大叙述中,就有了澎湃之声——历史原来是不捐细流的。

人们谈论李敬泽时,总会谈到一个词:文雅。的确,他是一个文人——用他自己的话来说，他更倾向于本雅明意义上的文人——他知道什么是"文雅"，但他也知道"文雅肯定不是文学的唯一标准"。他在"古"与"时"之间游走：尊古而不一味地雅下去；趋时而不一味地迎合俗趣。雅与俗，到他手里，是统统可以打成一片的。《笑话》里，那个老卫、母亲、总是问个不休的记者小耳，跟胡兰成、本雅明、远藤周作之间有什么关系？好像没有半毛钱的关系。可是，你读到后面，就会发现作者把话圆兜圆转地绕了一圈，又似有若无地把他们绾到了一起。你甚至会觉得那个老头儿和种菜的大妈跟本雅明与阿斯娅之间似乎可以构成一个平行的故事。然后，作者可以告诉你：他们之间的确是有点关系的……

李敬泽的文章的确是隐含雅人深致的。但我以为，读他的文章，不解俗味，是很难体味其雅意的。

二三事

一般人写文章，都是先说其人，再谈其文的。我在这里随意谈了点李敬泽的文章之后，忽然又想说说敬泽其人。

李敬泽担任《人民文学》主编的时候发过我的散文与小说。后来他调到中国作协，我不曾与闻，还是照样给他寄稿，他看了，也照样推荐给《人民文学》杂志发表。近二十年间，我跟他见过几回面，但很少交流。有一年我在北京，他请我与几位小说家吃饭。见了面他就说，你们太过分了，到了北京也不给我打电话。你们以为我每天都很忙？其实到了晚上，我也寂寞，也挠墙。席间，他跟黄孝阳等小说家侃侃而谈，我照例沉默寡言。过了几天，他突然给我发了一个短信，告诉我，他写了一篇文章《认识东君》，介于印象记与评论之间。写此文的缘起据说是他读了我发表在《文学港》上的一个短篇小说《约伯记》。听《文学港》杂志编辑雷默说，他在会场上读了我的小说，出门抽了一根烟，回来后就对杂志主编说，他想写篇文章，谈谈我的小说。

李敬泽在《认识东君》的文章中说："东君我是认识的，也曾温州喝过酒，也曾西湖饮过茶。但想了想，东君长什么样子，想不起来。实际上，有几次，当面见了，一时竟认不出来。"这是真的。多年前，他跟我在一次笔会上见面就说，你们浙江几位小说家的面孔看起来好像都有点相似。然后，他谈到浙江小说，也曾有过类似的说法。再后来，浙江人的小说读多了，他又仿佛觉出了每个人的不同面目。

我不敢确定他是不是轻度脸盲症患者，但我几乎就是个脸盲症患者。如果让我记住一个打过照面的人，通常是要取其一点。如果此人恰好没长痦子，或是脸部没有什么特征，我几乎无从追忆。读小说，我也通常是读过就忘。有些小说，多年过后，我只记住几个词，一句话，一个细节。若干年后，让我复述，几无可能。

李敬泽的识别度高，不在他那张脸，自然也不在他的特殊身份，而是在他身上那两件必不可少的标配：围巾与烟斗。如果是在民国，他手上还应该有一根文明棍的。闻一多先生有没有手持文明棍我不清楚，但他的标准形象就是围巾与烟斗。我说这话的意思不是说，敬泽先生是闻一多先生的当代版。也许，在精神上，他与民国文人有一脉相承之处，但在气质上，他还是当代人的。《青鸟》《咏而归》里面的文章，题材偏古，语言趋新，绝少民国气。他的谈吐也是。他好像不喜欢玩那一套。跟闻一多比，他少了一部可以明志的胡子；跟路易士（纪弦）比，他少了一根文明棍。但他保留了围巾与烟斗，就像他在写作中保留了一部分属于个人的表达偏好。

近年来，李敬泽每有新书出来，我就会看到有人在微信朋友圈晒一下，有时晒的是书影与文字，有时晒的是他参加某个新书发布会或分享会的照片，由此知道他依旧保持着良好的写作状态，依旧是那么健谈。

　　我在不少人的文章里都见他们说，跟李敬泽聊天是一件愉快的事。说这话的人，当然不是像我这样笨嘴笨舌的人。他们能聊得开，聊得嗨皮，至少证明他们的口才与学识是大致相等的。李敬泽跟我也聊过天，但他三言两语之后就莫名其妙地陷入尬聊。这等于是在酒桌上，一个海量的人碰到了一个滴酒不沾的人，实在是没法子痛饮一番。不过，我倒是喜欢听他跟别人聊天的。听完敬泽一席谈，再读他文章，我就明白什么叫"明白如话"了。他的文章就像谈话一样，总是慢条斯理的。但有时候他写到兴头上，也会在突然间加速，给人一种雄辩滔滔、圆转自洽的感觉。而且，无论谈什么话题，他都有自己的独到见解。我由此相信，即便让他谈肯德基与中国书法之关系，他也能谈得很好的。

　　文学圈里评论写得好不好，时常以李敬泽作标准。

　　文学圈里谈话谈得好不好，也时常以李敬泽作标准。

　　甲说，某某谈得真好，今天的风头恐怕盖过了敬泽先生。

　　乙说，不然，敬泽先生若是带上了围巾，还是更胜一筹的。

　　如果是在冬天，敬泽先生的围巾在脖子间那么一绕，就仿佛有了某种精神氛围与他的舌头作了呼应。

　　当然，烟斗也不能少……

2019年3月讫
2019年4月改定

马是名词，叙是动词

一

马叙不是马，这么说可以？

当然可以。

你是怎样理解的？

马是名词，叙是动词。马不是指马叙，叙也不是指马叙。因此马叙不是马。

二

有一种画我们称为文人画，还有一种画我们称为画家画。马叙是文人（准确地说，是一个不把自己当文人的文人），因此，他的画大致可以归入文人画一路。先有文人，然后有文人画。先有马叙，然后有马叙式的画。有时我想，马叙如果不叫马叙，他的画可能就是另外一番样子。

论笔墨，很多专业画家较之马叙在这方面所下的功夫恐怕更深。不过，话说回来，有些画家画得貌似"很专业"，可就是没什么趣味可言。马叙不把自己当画家，不把自己当画家而去画点画，笔下就有了更多的游戏精神。我们都知道，水墨画与油画不同，它是即时即兴的，一笔既生，不可修改（尽管中国画中也有复笔之说，但复笔是有意为之的，不是重复修正自己的线条）。画家用笔，有意在笔先的说法，有时候，意随笔转，可能连自己也无法掌控。得念失念，破法成法，在下笔的一瞬间也就管不得那么多了。这种笔墨游戏，考验的往往是一个人的灵气与胆气。我以为，马叙是靠一种文学的感觉画画的。他在文学创作中积累的审美经验移之于画，就多了一层文学性的表述。这是他的灵气之所在。他曾说过一句很有意思的话：诗人，就是常常犯错的人。犯错，在他看来就是对"正确"的另一种理解。他在绘画中敢于"犯错"，则是对"正统"的另一种回应。这又是他的胆气之所在。

再说题材。马叙的画好像不太讲究什么能画，什么不能画的。中国画里，多见月亮，鲜见太阳，这大概是因为太阳光芒四射，过于眩目，不如月亮那般可以表现文人的幽隐之气。植物类的，古人多画梅兰竹菊，大概也是如此，鲜见有人画仙人球、向日葵什么的。动物中，画鹤最多，有仙气嘛。很少见谁画猪，大约是以为这东西很不雅。古代的中国画与中国诗一样，框框有了，意境也有了，但发展到后来，耽溺于小情趣，表现力就弱了。在中国古代，诗画本为一体。因此，旧体诗也有这种自设的限定和由此带来的弊病。自古以来咏竹多，咏猪就少，一咏再咏，连竹也俗了。马叙用水墨处理现实题材，不避俗人俗物，也不乏对现实问题的介入。这种做法，殆同藉旧体诗的范式，让阿斯匹灵之类的药名、伊万诺维奇之类的人名入得诗来。

总之，马叙的画，也旧，也新。

三

马叙的诗因偏于抽象而近于他的画。马叙的小说因偏于写实而近于他的摄影。

　　较之于绘画，摄影是现代人与世间万物打交道的一种更为便捷的方式。早些年，我偶尔会上马叙的博客浏览一些摄影作品。就我所知，这位生于大山、长于海滨、浑身充满了山海气息的诗人似乎是不太喜欢走动的，但摄影让他找到了"走动走动"的理由。从马叙的散文中我发现，他跋山涉水逛了许多地方。此间不仅留下了文字，还留下了影像。常言道，诗以言志。志，以我理解，在这里就是一种文字记录，而摄影则是一种影像记录（它记录的是复数的真实）。摄影者从世象或大自然中发现的不仅仅是光与影，还有隐藏在光背后与阴影深处的东西。这些东西一旦被作家或诗人捕获，便会自然而然地注入一种文学的目光。马叙的摄影同样有别于专业摄影家，因此也带有更多的个人印记。我不敢说我能从马叙的摄影作品中看到什么伦勃朗光，但我能从那些图像看到一种与他的文字相对应的力量。马叙喜欢独自一人边走边拍。无论是摆拍或抢拍，他都能以他在小说或散文中惯常使用的微观叙事的方式加以记录。我想，这就是一个艺术家对物的自性的一种尊重。我所喜欢的日本摄影家山本昌男就是如此，他时常专注于寻常物事的拍摄，且懂得如何向"普通的石头与食物致敬"。更重要的一点是，从他的摄影作品中我们能感受到日本俳句的味道。所以，有人称山本昌男是一位具有诗人气质的摄影家也不为过。喜欢携带小幅作品放在口袋里的山本昌男讲过这么一句只有诗人才讲得出来的话："小幅作品可以放在掌心，它是一个东西，一个物品，是一个存在于天与地之间的万物。天与地之间是空，空即是万物。上至星宿，下至蜉蚁，诸事诸物皆在空中。"我想这句话也足以解释，一个艺术家与万物之间的隐秘关系。

　　马叙的文字里有一个看不见的取景框，经由它，各种元素、意象、物象也发生了隐秘的聚合。在他的散文中，山雾之大小与山里人发音的长短有关，一件红肚兜跟雾霾有关；在他的小说中，那个坐在南京西苑咖啡吧里的王资跟遥远的青海有关；在他的诗中，一匹马、一只蚂蚁跟一个庸常的人、平淡的生活有关。

四

无论是读马叙的文字，还是马叙的画，我都能感觉他是一个人在玩。而且，是很认真地玩。他写反游记的游记、写非诗的诗，写不一样的小说，都是由着心性去玩，至于画画、写字、摄影，也是玩文字的人玩而有味的结果。

有一个文字之内的马叙与文字之外的马叙。文字之内的马叙向我们呈现的是诗、散文、小说；文字之外的马叙向我们呈现的则是书画、摄影、篆刻之类的才艺。也可以说，文字之外的东西，都是马叙的不言之言。

从"马叙"那里还可以继续分离。如此便可以分离出一个拥有世俗身份的张文兵。20世纪80年代初，张文兵还是一家即将没落的机械厂的工人，手执冰冷的游标卡尺，但不会说出"人是万物的尺度"这种充满文艺腔的话来。不过，他那时的确已经开始写一些分行的文字。他身边的工友并不知道，那双粗壮的、沾着油污的手，居然还能写点东西。多少年过后，张文兵告诉我们："我就是那个写小说的马叙。"而马叙告诉我们："我就是那个写诗的张文兵。"事实上，他们就是那个托名为"司徒乔木"的人。而司徒乔木告诉我们："我的诗句仅仅被那个写小说的马叙和写诗的张文兵引用，除了他们，再也没有人引用过我的诗句。"

而马叙呢？我们知道，他就是张文兵与司徒乔木的合一。

五

马叙不是马。

从他的文字里，我看到的是一匹慢走的马。

2020年3月25日

"新发明的江南口音"

一个才华横溢的诗人总是会把"溢"出的那一部分转而分注其他文体。因此，散文写作，也就被很多诗人称为"诗余"。诗人邹汉明也是如此。对于一个写作者来说，如果他所使用的语言肇始于诗，那么，诗歌语言的变化往往也会带来散文语言的相应变化。跟大多数国内的诗人一样，汉明的诗历经欧风美雨的浸润，后来屡经变创，在分行的文字中自铸欧风汉骨。近十年来，他由诗而文，由文而史，骎骎进于文史领域，写了不少亦文亦史（甚至是有意打破文体边界）的文章。如果说，他的诗歌写作是一种向内的游走，那么，文史写作则是一种向上的回溯。前者偏于自由、放逸、长于想象；后者偏于严谨、缜密，着重实证。汉明在两种文体的交叉书写中，取态有异，张弛有度，是见功夫的。我没有治史的天分，却喜欢读史。尤其是野史。论文字，野史要比《史记》以降的正史更鲜活。野史的野，在于它带有民间视角。因为野，看问题的眼光便与正史判然有别。唐、宋、明、清乃至民国时期的笔记，有很大一部分可以当野史来读，有时在某种情境之下读了，会有一种数千年往事如在昨日发生的感觉。汉明写文章，也时常喜欢从野史一路打进去，从民间视角铺陈开来，显而为文史，隐而为诗——即便读那些考证的文字，也能发现他的诗心，他那种"从自身获取的视野"（帕斯）。话说回来，他尽管写了很多文史类文章，但真正着力之处，还是诗与文（包括评论）。他的诗歌可视为一个人的心灵史，一部分诗歌评论可视为一个人的诗歌史，《江南词典》可视为一个人的地方志，塔鱼浜系列文章可视为一个人的成长史。这里，我要谈的是一个诗人的散文和一种散文写作的可能性。

方言

20世纪90年代中期，在雁荡山诗会上初识汉明。印象中，他读过很多书，说话有底气，一口桐乡腔，偶尔也会蹦出几句英语。他崇拜拉金，并且像老朋友那样亲切地称之为"我的文学英雄、光头佬拉金"。作为诗人的邹汉明一度被人戏称为"中国的拉金"，大约是说他早期的诗深受拉金的影响，少不了几分洋气。而事实上，他身上也有一种可爱的土气。与飘浮的火气相反，土气是重的，往下沉的。多年来，他的文字经过一番修炼之后，慢慢地沉了下来，有一股子猛烈的静气。与我一样，他也是一个爱静的人。即便很闹的地方，也要取静，也能取静。2007年他相继出版了《江南词典》《少年游》。这两本书里面不乏古俗今说、掌故杂说，有时候也把自己搭进去，说上一说。这样的文字好比南方的夜航船，总会带着人往深处游，静处游。现在坊间有许多书也写水乡风土的，类如旅游指南。它们总能不厌其烦地告诉我们，哪里有名人故居、先贤祠，哪里还有特色美食。最终给人的印象无非是几条水路、几处旧兮兮的老房子加上一份菜谱。而诗人邹汉明却非常明智地避开了这一切。他走进了南方的腹地，走进了人迹罕至的乡野之地，走进了寻常庭院，走进了一棵树的年轮，并将沿着一片树叶的茎脉，一直走进深妙难解的掌纹：他把自身的微命揉入了整个南方乡村远为繁杂的历史与命运之中，既有深入的诗学认知，也有飞扬的诗意想象。《江南词典》让我看到了汉明的变化，一种由内而外的变化。因此，我那时就在一篇小文章中说，诗人邹汉明回来了，他搭乘散文这条大船远渡重洋之后，又回到了汉语的故乡。

我与汉明一样，小时候就被告知：讲普通话要学会跟播音员一样标准，写文章要使用大众化的语言。就像一个少小离家的人，我们远离汉语的故乡。这期间，我们经历了规范化的现代汉语训练、翻译体语言的异化操作。汉明的变化，大概是从《江南词典》这本书开始。读到这本书，我就相信，他已找到了一种切身的、可以供自己后半生受用的语言表达方式。一个在写作中已经形成文体自觉的作家或诗人，有选择地使用方言，在某种程度上就是对时尚话语的一种疏离，对普通话的一种谨慎的冒犯，有时则是对历史与现实的一种亲近（同时也是对遗忘的反抗）。在这一点上，汉明竟与我不谋而合。十多年前，我搜集了一些颇有意思的温州方言词条。对于一个语言贫乏的写作者来说，它们已经转换成个人的隐秘资源，换一种诗意的说法，它们已经融入了我的血液。是它们让我一下子血气充溢，双目明亮，由此而明确了今后的写作方向。因此，当我看到汉明的书中出现那么多方言，我就有一种说不清的亲切感。我没有研究过吴越语系，但我发现很多方言（包括一些汉明提到的"老古话"）都有相通或相似之处：汉明笔下的老乡把"我们"称作"吾拉"、"他们"称作"伊拉"，与温州话都是同一个念法，"拉"字是句末助词，念来悠长，听来亲切；又譬如，"下雨天"在我们这儿与汉明那儿都一律叫作"落雨天"，一个"落"字，有着滴沥不尽的南方意韵；"年底"叫作"年脚边"，就仿佛我们这儿的人把"临近黄昏"称作"黄昏边"，多了一个"边"字，那股村野气味就出来了；汉明那儿的人把喝茶称作"吃茶"，类如我们这儿管喝酒叫作"吃酒"；问菜贩子"几钿"，与温州话"几厘番钿"的叫法很相近，只是"省脱"两个字而已。我把这些方言土语拎出来，倒不是说这些词看来十分"尖新"，非要鼓励一些人故意去标新立异，在语言上玩杂技什么的（方言有助于在文字描述中增添一点地方性色彩，但它并不足以构成严格意义上的方言写作），而是要在这里特别指出，方言与普通话、欧化语言、文言、语体（即白话文）已经构成了我们日益丰富、驳杂的现代汉语。我们从方言中能寻找新的汉语表达的可能，反过来说，新的汉语表达也能激活一部分已经沉寂的方言。由此我们可以感受到，一些沉寂的方言经由语言学家发现，却常常被作家或诗人发明。

2017年，汉明将《江南词典》与《少年游》合为一部，仍以《江南词典》名之——这是他为了寻求内部的完整性而在外部形式上所做的一种努力——他沿用的体例，是《米沃什词典》式的。此种体例，即按英文字母检索。有些文章是先写好了，再按秩序塞进去；有些则是先列好相关词条，然后再作补充。循此体例，好处是其间有些情境藕发莲生，可以在各个章节之间任意穿插；难处是要让每篇都写开去，写透。说实话，这样一本词典，如果不是靠作者的语言才华来支撑，是很难写下去的。比如写池塘，他引譬连类，把池塘喻为一面液体的镜子、饱满的镜子、魔幻的镜子、饥饿的镜子，由此展开一连串的词语想象，如果分成行，作为一首诗想必也可以成立。写"弄堂口"这个词条时，他的笔法则近于某篇小说的开头，纯以白描，不事雕琢，情节尚未展开，就戛然而止，仿佛是怕写多了溢边。新版《江南词典》中的文章近一百五十篇，篇幅大致相同，笔法却富于变化。如上面提到的两篇文章，前者近于赋体散文，而后者近于笔记体小说。二文写法不同，若不是靠一种方言带出的氛围统摄，其整体风格或许就会走样。

一个人写作经年，恐怕就会思考这样一些深层的关系：我与母语之间的关系，我与世界之间的关系，以及这个世界与我的母语之间的关系。这些问题，作为小说写作者的我在思考，作为诗人的邹汉明也在思考。有一次在微信上，我发现他转发了一篇刊于《读书》2016年第11期的文章《言文分离与现代民族国家："白话文"的历史误会及其意义》（作者商伟）。我告诉他，这篇文章我也曾读过，大致上认同文中所持的观点。事实上，汉明很早就关注到现代汉语

（包括方言）写作的问题。他重新修订《江南词典》，很大程度上是对汉语写作有了新的体认。在此过程中，他很自觉地限制使用"吾""亦""颇"等时过境迁的词汇。但我作为小说写作者对此仍有保留看法。这些词并非不能用，而是视其具体语境而定。"乡谈"里面用文绉绉的话固然是打酸腔，"绅谈"里面却未尝不可用。在我的小说对话里面，我偶尔也会使用几个方言词语，在不懂温州方言的读者看来这些词语虽然不无陌生，却带有几分可以意会的古质，它们一旦用惯了，也就像商伟先生说的那样，变成了"一种超越了方言差异的、想象出来的口语，而且同样重要的是，它凭借书写而产生效力"。

在通往现代汉语的途中，诗歌总是走得最远的。汉明在写作上的变化缘于诗歌观念的变化。也就是说，一个本质上是诗人的写作者，如果文风发生变化，首先可以从他的分行文字中找到一些显而易见的迹象。在散文写作中，当他发现描述的对象与自己的诗歌观念吻合、与某个方言词语匹配时，他就可以满有把握地行使自己的语言意志。有些事物我们很难以普通话表述出来，但它一旦与方言对应，就立马变得鲜活起来。说出一个"伊"字，过去的人物就会突然拉近，如在目前。一个方言词语会带来另一个方言词语，带来一连串方言，方言与方言之间会产生近亲繁殖，乃至带来一种弥漫性质的氛围。汉明在《江南词典》中就做过这样的尝试：有时候我不知道，是"八仙桌"这个词条带出了"油亮滑溚""的角四方"这些方言词语，还是方言词语带出与八仙桌有关的古老记忆。这些镶嵌在文字里面的方言，有助于保存日常经验的鲜活感，而且对行文中一些不必要的诗意化处理也起到了暗暗抑制的作用。尤为重要的是，在汉明的文章中，方言的使用，不仅仅是点染一下氛围，而且是为了更准确地描述那些地方性的事境。

汉明笔下的江南，大体上不出嘉兴，有时可能就限于他的老家塔鱼浜。使用方言时，其音调往往降到了日常生活的音调，就像是对着一小部分人说话。

因此，他写到塔鱼浜时不仅是收窄书写领域，而且是在有意缩小自己的读者范围。然而，读他的文章，你就会发现，方言拓宽了他的写作，同样，这种书写也成全了方言。

影响

"影子的确立，那的确是借了光了。"这是汉明在一本小集子《长短句》中写下的一句话。因了这一道"光"，他在纸上一点点确立自己的修辞方式、个人趣味、生活立场以及写作观念。

最初的一道光来自隔壁。隔壁是谁？石门湾丰氏。很多年前，诗人邹汉明来到石门湾，在丰子恺故居的隔壁租了一间老房子。从此，丰先生的影响就在若有似无之间。后来他即便离开石门湾，也仍然以自己做过丰先生的邻居而自得。在某篇文章中，他提到丰子恺其人，亲切地称之为"我那老邻居丰先生"。据说，当年在石门湾里姓丰的，只有丰先生一家。他的散文与漫画在中国想必也是只此一家吧。从丰先生的画里我们可以看到一种仁慈的近乎母性的力量，从丰先生的文章里我们同样可以看到他对母语所葆有的那份爱敬、护持之心。我曾见过汉明早年写丰先生的文章，文字上似乎有意效仿。但我觉得，汉明与丰先生说的尽管都是相近的方言，写出来的味道却大不相同。问题出在哪里？我也找了。我后来才明白，不仅语言会影响我们的写作，书写工具也同样会影响我们的写作。使用毛笔或钢笔写出来的东西都会是味道有别的。进而言之，我们现在使用电脑写作又会是另一番味道。这味道的区分不好说，但我们可以约略地感觉出来。汉明用电脑写作自己生于斯长于斯的南方时，其调子即便是怀旧的、偏暗的、淡静的，其实也已经不可避免地掺和了一种强劲的现代感，掺和了电脑键盘的敲打声。而丰先生手中的那根毛笔则犹如雪花落地，静而无声。因此，我读《缘缘堂随笔》一类的文章，总感觉那些文字里面有着一种白话文初试啼声时所携带的单纯的声音。而在汉明的文章里我听到的是现代文学的"杂"音。在网络时代,现代汉语写作的面貌发生了巨大的变化,汉明的写作显得更"杂"。这种杂,既是语言之杂,也是思想之杂。在这个意义上,汉明已经不能、也无必要回到丰先生那个年代的写作方式。

木心先生与汉明是同乡,因此他能从木心那里找到心气相通的地方。他有一篇长文,是谈论作为诗人的木心。如果说木心的诗对他有什么影响,我以为主要是在诗歌方式上。比如他谈到木心收录在《云雀叫了一整天》这部诗集中的一首诗《甲行日注又》,截取的是明季叶绍袁《甲行日注》卷二与卷六两段日记,诗是几无创意的,但他却偏偏在别人看来没有多大新意的地方有了新的发现。此外,他又以同诗集中《谑庵片简》为例,谈木心如何从王季重的文章里裁剪出这首诗来。类似于这样的做法,他举了数例,并将这种入诗方式命名为"木心方式"。事实上,汉明本人也曾用"木心方式"写下了《知堂最后二十二年记》《维特根斯坦决定去小学教书》,同样是"独特地践行本雅明引文写作理念"。而且,我们可以清晰地发现,木心的《知堂诗素录》,为他提供了一种先在结构。

汉明与茅盾也是同乡,但我很少听他谈茅盾,茅盾对他似乎也谈不上有什么影响;绍兴"二周"先生与汉明算不上同乡,但他谈来却如老乡一般,尤其是知堂,是他某段时间读得最多的一位作家。我想,茅盾之于他,仅仅是有一层地缘关系;而知堂之于他,却有一份文字因缘。我记得他在荐书的文字中认为知堂"对现代汉语的贡献,今人无出其右"。衡之今世,文章家也算不少,汉明独独推许知堂,自然是就其文本价值而言。从最初的文学取道来看,汉明早年并不怎么属意那类闲时写点小品文怡情的作家。据他在一篇写《菱》的文章中说,他在湖州念大学时初读知堂的《自己的园地》,觉得知堂是一个"渊博得有点毛病的老人"。及至中年,他忽然就读懂了知堂。知堂的文章带有中年的知性、圆熟和平静。人到中年，伤于哀乐，此时再读知堂，体味或会更深。我以为，汉明是读进去了，而且一定是咀嚼出几分味道了。他有几篇小品文式的短文，写人写事不作高蹈，写俗的东西不溺于俗，能教人看出知堂笔致来。尤其是写到南方传统饮食，他时常会情不自禁地引用知堂的话。比如《豆腐和豆腐干》一文，开头就写"知堂考证豆腐乃淮南王刘安遗制"。《鲈鱼鲤和螺蛳》的开头部分提到知堂一首儿童杂事诗中的自注。汉明至今还没有专文写过知堂，但他在自己的诗文中已屡道及。让我稍感意外的是，他很早就关注到知堂的白话诗。知堂的白话诗，大都作于1919至1923年之间（写得最勤的，大概是在民国十年于西山碧云寺养病期间），那时候虽是白话诗的草创时期，但他的白话诗远承寒山（一种"分明是说话，又道我吟诗"的写作方式），跟现在的口语诗倒是很接近的。汉明跟我聊到知堂的白话诗时，甚至把他称为"现代口语诗的鼻祖"。研究知堂的止庵认为中国白话散文可分两路：一路是"作文"，一路是"写话"，知堂基本上属后一路。沿着止庵的说法推求知堂的诗，其实也可以看出"写话"的路数。我想这也是汉明喜欢知堂的一个原因。"作文"与"写话"是知堂那个年代的说法，换成时下的说法就是书面语写作与口语写作。汉明的写作不是口语写作，而是借助口语的书面语写作。他所选择的方言词汇大多有对应的文字，镶嵌在一句话里，与书面语融混，既显忠直，又很雅切。这种方式，知堂在做，丰子恺在做，木心在做，汉明也在做。

梳理一个作家的文学脉承关系向来是一种自以为是的做法。但我发现，影响汉明的一些作家，大都是语言高手，往大处说他们对现代汉语写作有着不可低估的贡献。这一脉作家继承的是更为久远的一脉，汉明循流溯源，逐步形成了自己独特的修辞方式：这里面包括对修辞学传统的继承，对欧化语法的借鉴与改造，以及在共识语境与个人语境之间所作的适当因应与调试。如果将汉明的诗文喻为列车，那么，上面提到的三位作家不过是三个站点，列车经过，在那里停留或长或短的时间，然后又投入新的旅程。另一点值得注意的是，在文学创作的不同阶段恰好被他选择的三位作家都是南方作家，这是一件很有意味的事。从他们中间，他发现了别人尚未发现的，并且找到了一种"新发明的江南口音"。

江南

我对"江南"这个词一直保持着一种审慎态度。自古以来以"江南"之名所写的诗文，多风流倜傥，才子气过重。总体感觉是，文字易堕小趣味，徒具腐朽的华丽，精致的圆滑。有时候，即便是江南文化的精粹，被那些文字包围着，也不可避免地散发出陈腐的气息。因此，汉明用"江南词典"为自己这部书命名时，我关注的是诗性的文字里面究竟有多少真正属于江南的质素。

汉明对江南的书写，并非始于《江南词典》。从早期的诗文中，即可察其端倪。这类文字随着阅读与写作重心的转移，有所增益，自然而然地，他就有了一种写主题书的想法。一些名物考证起来很有意思，他就写了一本《名物小记》；一个小镇有话可说，他就写了一本《炉头三记》。写《江南词典》的初衷大概也是如此吧，屐齿所经，心念所系，民间知识潜滋暗长，他就写一本与江南（嘉兴）风土、历史、文化有关的书。他有一部诗集《沿石臼漾走了一圈》就是围绕着一个湖泊写了一本主题书。他把"石臼漾"这个地名恰如其分地放进一首诗里，就可以让我们看到一座阔大的吴语的石臼漾。"在一个圆周上的运动对一个作者来说必定存有一个圆心的诱惑。这个圆心，我叫它江南。"汉明写在《江南词典》后记中的一句话恰好为这部诗集的写作发生作了注脚。可以说，《沿石臼漾走了一圈》就是一本分行的《江南词典》。

读了汉明多部主题书，我似乎发现了这样一个共性特点：无论他写什么主题，大都与江南有关。这是一个黑白的江南，一个埋在水云深处的江南，一个被修辞的江南。它有一个关乎我们一饮一啄的物理空间，也有一个关乎我们一呼一吸的精神空间。我们都知道，很多小说家喜欢在自己的作品中虚构一座市镇、一个村庄，或是一条街巷。然后，他们就可以把这个地球上发生的事统统都安放在这样一个邮票般大的地方。但汉明显然不需要虚构这样一个地方。因为他身之所历、心之所感，就在这样一个地方。他在一个由鸳鸯湖的水草、塔鱼浜的草棚、严家浜的稻地，以及有别于普通话的方言所构成的江南找到了自己的位置，无论外面的世界如何变化，这个位置大致不变。

汉明的散文跟他的诗一样，带有杭嘉湖平原的湿润气息，我姑且称之为"江南气"。在我感觉中，"江南"是一个阴性的词，而"塞北""北方""西北"，则是阳性的词。前者带来的是润含春雨的感觉，而后者带来的则是干裂秋风的感觉。曹丕称徐干的文章"时有齐气"。齐气是什么意思？有人认为"齐气"就是"高气"；也有人认为齐气就是处在庄岳之间性近舒缓的齐地风气，引申出来的解释则为"文体舒缓"（我更倾向于后面的说法）。建安七子中有四子出生齐鲁，其中三人应属鲁地，唯有徐干一人是齐人。齐人身上带有齐气，是自然而然的事。所谓"江南气"也是如此：在汉明那些描述江南风物的词句间，我们可以感受到水纹的扩散、草木的生长、鸟兽的鸣叫、虫子的蠕动。这种文风，似乎唯有在杭嘉湖那块冲积平原方能生成，而与之俱生的特质是很难从别处移植过来的。

《江南词典》一方面得益于体例，求得稳妥、均匀，另一方面也很容易让人自囿于此。单就篇目来看，他所写的池塘、花草田、木隔子花窗、马头墙、蓝印花布等，是典型的江南风物，但这些有着某种通约性的词条，如果没有与他的个人体验发生深刻的联结，则有可能流于疏阔。有时候甚至可能会出现这样一种情况：认知主体在表达中不知不觉掺入了再造与想象的成分。汉明原计划是要完成"有关江南的一百个片段，方式是不抒情，纯粹的白描，叙述"。

后来为什么没有一以贯之？因为他"后来发觉有难度，也超出了我的掌控，不得已，退求其次"。而他"退求其次"难道不正是为了"迂回前行"？汉明是一个十分清醒的写作者。他写完《江南词典》这本书之后说了这样一句话："本书的闪光部分可能来自修辞，让读者厌恶的部分可能也是修辞。"显然，他已经意识到，在散文中刻意使用漂亮的修辞，从表面或局部看似乎不乏新意，但这些修辞如果只是用来装点句子，那么，它对整个文本就有可能造成一种适得其反的伤害。这一点，诗人最难避免，他们喜欢在散文领域逞才使气，写着写着，一个抒情主体总是要扮着探头探脑的鬼脸出现，你即便把这一头按下去，他还会从那一头冒出来。汉明在写作（包括修订）《江南词典》时自然意识到了这一点，他接着要做的，就是给自己的写作再增加一点难度。然而，单是克服这一点难度就要耗去他若干年的时间。

新版《江南词典》有一部分文章如《勒色》《防空洞》《油灯》《弄堂口》等即属"纯粹的白描，叙述"。他笔下的木楼，尽管在别处也可以看到，但作者把它放在塔鱼浜，就与别处的木楼有所区别。循此，他所写的木桥，连接的是1976年的一段历史事件，他写米酒，里面装的是农耕时代一条河流的记忆，一个马桶盛放的是70年代初的一泡童子尿，一堆运到塔鱼浜的上海勒色折射的是像马孔多小镇一样魔幻的乡村现实……正是这些原质经验撑起了众多的词条，撑起了这部不可谓不厚重的《江南词典》。

因此，我要说，这个江南不是浮泛的江南，而是沉实的江南，被一个写作者重新定义和认知的江南。一方面，汉明近于自信地宣称"一个名词的江南在我心中无比坚实"。另一方面，他也在"毫不妥协地反对另一个——也是需要警惕的形容词的江南"。

原点

汉明写完一部文史专著后，在后记中这样写道："我一直以为我的创造力要强于此类文史资料的整理能力。而手头确实有一个原创的题材——这本埋在我胸口的书，实话说早已过半，但它在某处搁住了，一搁多年，一直纠结着，而此著最后成书的机会，也从未放弃过。"我还注意到，汉明在后记中十分谨慎地标明写作日期：二〇一四年四月三日，甲午清明前二日。他所说的"这本埋在我胸口的书"就是《塔鱼浜》。在2014年之前，我就知道汉明已经着手写作一本跟塔渔浜有关的书。他对江南的历史文化有了一个整体认知之后，下笔就更慎重了。塔渔浜是一个名不见经传的小地方，较之于嘉兴，它没有多少人文历史可资书写，几乎是可以忽略的。但在汉明的文学版图里，塔渔浜的世界并不比嘉兴小。

我曾有幸读到汉明所说的那本"一搁多年"的书——《塔鱼浜》中的若干章节，其写作难度显然是要远远高于《江南词典》《炉头三记》《桐乡影记》之类的书。《江南词典》受体例的制约，不得不趋于外向，往宽处伸展，而《塔鱼浜》则更趋于内倾，有意将书写场域收窄，对自己所倚赖的那一部分民间资源与个体经验进行更深入的挖掘，藉此呈现出一种更具个人化的深度表达。"深度表达"在塔鱼浜系列的文章中一经成形，就给他带来某种无法回避的写作难度。汉明说，他为这本书"一直纠结着"，我可以隐约明白他纠结的是什么。他要写生命中最重要的一部书，他前期所写的文章，仿佛都是为这一部书而准备的。他之所以迟迟没有完成，是因为他担心自己过早完成会留下什么败笔。于是，一种完美主义者的拖延症就来了，这里面，恐怕还有一种因耽搁而延伸出来的隐秘期待。

汉明曾对自己的写作发出了这样一种质疑："整个江南的水生锈了，我如何用它来擦拭我的现代汉语？"写作者都明白，脑子里只要冒出了这样一个想法，就意味着他在以后的写作中不得不给自己设置一种难度、一个高度。诗人无力改变整个江南生锈的水，但他可以改变老一套的现代汉语写作法则。"江南"如果只是作为一个形容词从纸上飘过，对汉明来说，这样的写作是无效的。他那种趋于广阔的视野和深幽的认知激发了他的野心：通过一种更质朴、直接的方式，在纸上重铸一个"江南"。这个"江南"，延续了《江南词典》中那个"名词的江南"。我隐约感觉到，汉明在《江南词典》之后试图用"塔鱼浜"代替"江南"。当他写"塔鱼浜"时，把江南生活的现场感与个人的生命实感放了进去。如果说"江南"这个词落在一些被人们反复书写过的事物上，常常会有一种美丽的空茫（乃至会变得大而无当），那么"塔鱼浜"这个词一旦把众多的事物召至名下，我们仿佛就能看到一个汉明所说的"凝神的焦点"。这个点，我称之为"原点"。"江南"这个词唯有抵达塔鱼浜的深处才算是真正落到了实处。所谓"原点"，应归于彼。

近年来，我陆续读到的塔鱼浜系列散文有：《塔鱼浜》《岁时记》《菊花简史》《蚕与蚕事》《父亲的老屋》等。我能感受到，汉明的写作经过由诗而文、由文而史、再由史而文的蜕变，其文风变得更精细、平实、准确。

先说精细。塔渔浜系列散文不同于《江南词典》的地方在于，它不是词语的想象，而是细节的衍生。在《江南词典》这本书中，"菊花"这个词条曾不经意地出现过一回，但受体例所限，无法铺衍开来写。若干年后，汉明以一种白描的笔法写成了一篇《菊花简史》，在这篇列入塔鱼浜系列的长文中，他把偌大的江南收束成一朵菊花——他写的是桐乡独有的作物杭白菊，却带出了一部农事史：整地、种菊、育菊、赏菊、采菊、蒸菊、晒菊、卖菊，这些标题之下，他搭建了一个小小的封闭的空间，其间每一样历历可数的事物仿佛都携带着时间的重量。汉明写文史随笔时，喜欢撷取一些"历史文献中的鲜活细节"，这种癖好也在不知不觉中延伸到了他的散文写作。写作《菊花简史》时，他已经从江南文人的审美视角跳脱出来。他那手中仿佛有一台摄像机，镜头时而聚焦某一点，时而拉长。在这些选择性视点之下，他的文字是舒缓的、精细的，甚至不乏丛脞的。由小而渐大，从微小的事物中发现一个开阔的世界，这是空间上的移动；由近而渐远，让每一件近在眼前的事物与往日的场景接通，生发意义，这是时间的移动。通过《菊花简史》，汉明再造了一个纸上的塔鱼浜，时间与空间交织在一起，至微至广，粲然可观。

再说平实。一种平实的叙述方式源于对恒常事物的持久关注。在农耕时代，中国乡土社会的伦理格局变化不大，人们的生活节奏也是悠缓的。在恒常的事物中，我们看到的是一种常道。有时候，常道最是难写，因为它更需要一种平实的文风作为匹配。跟《菊花简史》一样，《蚕与蚕事》也是从清明那天写起，轻淡的文笔犹如一阵清明的风，拂过一片湖桑叶、一面蚕匾、一个贮桑缸、催青室的蚕种、进入大眠的春蚕、几个蓬头垢面的蚕娘、总是用拇指与食指反捏纸烟的妇女主任、用于切桑叶的刀口很薄的叶刀、祖母手中那根光溜溜的棉线杆、春蚕上蔟后采茧子的人们……值得玩味的是，汉明的散文中，只要出现"塔鱼浜"这个词，生活中不起眼的细节就会纷至沓来，那种细微而丰实的描述、平静而自然的叙述由此生成，渐次打开，感觉作者就像一个工笔画家，一点点地往深处走、细处走，直至你看到一种深层的真实性。他写《蚕与蚕事》，就像蚕娘在厢房里养蚕，总是小心翼翼地把所有的人与事都压缩在一个名叫塔鱼浜的小世界里。他的笔触即便没有伸展到外面的危乱世局，也会通过细微的地方作微文隐讽。在行文上，我们几乎看不到大开大合的描述，大悲大苦的渲染，有的只是寻常物事中寄寓的深意与暗旧调子里透出的新意。

准确。这个词涉及一个写作者认知与表达这个世界的能力。《父亲的老屋》第一句"严家浜隘壁路西，一埭平房的中间"，就把房屋的位置交代得清清楚楚。这篇文章巨细靡遗地记录了一个业已消失的时代场景，把每一件事物的物理位置清晰而准确地描述出来。在这里，词即是物的另一种呈现方式，词的呈现越是简单、干净，就越能够准确地触及事物的本质。在《父亲的老屋》中，作者可以像博物学家那样把地鳖虫的外形、特征、药用价值细说一番；至于门角落里的破尼龙纸、新旧套鞋、草鞋、新年里杀鸡褪下来的一堆鸡毛、取出来的几只鸡洋肝，以及临时置放的铁耙锄头之类，他都可以不厌其烦地、一件接一件地罗列出来，以致我觉得，这篇文章好比是一幅蝇头小楷，每个字都摁在一个格子里，每一笔都力求准确，甚至达到书家所说的"铢而较，寸而合"的地步。

散文与小说一样，要做到精细、平实、准确，的确是一件非常困难的手艺活。我能感觉到汉明写作塔鱼浜系列散文，倾注了平生之力，他的散文家身份，在书写的过程中混合了诗人、小说家、文学评论家、文史专家的隐秘身份。从中，我们可以看到作者"对现实、时间，或更加隐秘的内心洞察力的信任"，以及他运用语言重新构造一个世界，并且试图从中构建和发现某种新认识所做出的努力。

2018年6月

缝隙与转角

——钟求是小说论

忠于内心的真实

茶余饭后，几个青年作家在西子湖畔闲聊文学时，其中一人谈到了作者名字之于作品的重要意义。他认定，钟求是用真名发表作品，很难给人留下深刻印象。因此，他建议钟求是再取个笔名。但钟求是只是未置可否地笑了笑。那一年正是千禧年，钟求是刚刚发表了一篇题为《秦手挺瘦》的中篇小说，他借小说人物刘忠实之口，谈到《周易》中依据姓名预测命运的八卦象数法。他这样写道："姓名虽是符号，冥冥中却是有序的，携带了字形、字义、音韵、五行属性以及八字喜忌的配合等因素，所以包含着个人命运和人生特征的线索。"我无法猜测，钟求是本人是否相信姓名与某种先天所属的东西有着隐秘的联系。但有一点可以肯定，时至今日，他依旧固执地使用着"钟求是"这个名字。一个平淡无奇的名字终因小说而被人记住。的确，"求是"这名字听起来很中正，循名责实，就能发现，钟求是这人的长相也中正，说话举止也中正。我们甚至可以想象，他当年在学校里应该是一个不捣蛋的学生，在单位里是一个不歪邪的公务员，在生活中是那种没有不良嗜好或绯闻的宅男。总之，在我所有的朋友中，钟求是给人的印象是一个正派的人。而他跟我们谈论文学时，文学观就像长在脸部中央的鼻子那样确切无误。

钟求是的文学观是什么？毫无疑问，他是倾向于现实主义的。他的小说通常被人归类到"现实主义文学"的阵营。如其名字所示，他倾向于追（钟）求（求）真实（是）。这种真实，就是一点点透过历史与现实的真实，还原生命与灵魂的真实。如果现实是一间充满暧昧气息的房子，他不需要打开房门去看，也不会透过虚掩的门去看，而是像他自己说的那样"透过门缝去看"。因此，作为读者，你读他的小说，同样会感觉他的小说仿佛一间充满暧昧气息的房子，当你无法打开房门或透过虚掩的门去看的时候，却可以"透过门缝去看"——有一部分是可见的，有一部分只能藉由想象才能有所发现。钟求是在小说中掩盖了一部分生活真相的同时，也让我们看到了一种关乎内心的真实。因此，我是这样理解钟求是的名字与小说：忠于内心的真实。

钟求是的小说跟那些迈着规形矩步的现实主义小说显然不在同一个行列中。我也读过一些标榜"现实主义"的小说，人物是真实的，时间与地点也是真实的，但读完之后，却让人有一种"不够真实"的感觉。他们把小说写成了人物通讯、报告文学、民间故事、小品脚本、影视剧本等等，唯独不能称之为"小说"。在中国，"现实主义"究竟是什么东西？官方一旦需要文学为政治或经济服务，"现实主义"随后就到。没错，在我早年的印象里它就是这么一个东西。具有讽刺意义的是，我们常常可以看到一部贴上"现实主义"标签的小说可能是满纸荒唐的，一部魔幻现实主义小说却让我们看到了某种内在的真实。这就涉及文学创作的本质问题：一个小说家要贴近的不是现实，而是内在的真实。最好的小说，总能让我们看到内外一致的真实。

《两个人的电影》让我看到的，正是这样一种"内外一致的真实"。坦率地说，这是一部关于通奸的小说，但作者侧重于写两个人的电影，就让这个原本会堕入俗套的故事突然有了几分诗意，不一样了。这部小说有一个非常重要的时间节点：七月三十日（即男女主人公相约看电影的日子）。小说情节正是围绕这个固定的、意义非凡的日子有序地推进，使语言叙事的时间性也得以稳妥地展开。对男女主人公来说，这个日子意味着灾难与不幸，也寄寓了幸福与平静。小说中写到他们看了一场又一场电影，从表面上看是一种简单的重复，但每一次都会引发微妙的变化。相同的是这个日子，不同的是这个日子引发的情感事件。男主人公昆生这一辈子仿佛就是为了等待每年与女主人公若梅看一场电影。从若梅列出的一份长长的电影名单中，我们可以发现：他们看了二十六场电影（有一场，是若梅独自去看的）。至此，作者十分明智地安排若梅生一场很难熬得过去的大病，然后又安排若梅的女儿把坏消息转告昆生。换句话说，如果让他们无休无止地把电影看下去，直到白头偕老，这篇小说就变得寡淡乏味了。在这里，套用布斯关于小说修辞学的说法，钟求是的小说里除了叙述者昆生之外，还有一个"隐含作者"。这个隐含作者仍然是透过一道缝隙看世界，他的看法显然会改变叙述的向度。

如我们所知，在小说中，作者原本是退隐一边的，必要的时候，他会让一个隐含作者出场，去完成一件看起来十分棘手的事。这个隐含作者有一个明确的叙事立场，如果他要让小说中的主人公死掉，就会通过种种手段，一步步把他（她）逼上绝境，让人觉得他（或她）不得不死。因此，他必须关注小说中每一个关乎整体的细节，这个人物是不是需要系一条领带，那个人物是不是要戴一副眼镜，他都得有所考虑。如果有助于情节的推进，他还有可能把领带的颜色、眼镜的样式都写出来。《谢雨的大学》中，周北极穿军装或蓝色便装，都暗示着某种情节的变化。也就是说，小说里面的人物不能胡乱穿衣服，穿什么样式、什么颜色的衣服，都是那个作者的第二自我——隐含作者说了算，他站在哪一边，他要干什么，是非常重要的。在隐含作者的暗示下，人物的每一个动作、每一个眼神、每一种表情、每一句话的口气，都是与整体息息相关的。在《谢雨的大学》中，隐含作者在小说的中间部分弄死了周北极，接下来是否还要弄死谢雨肚子里的孩子？这就给后面的叙述带来了困境。谢雨若是把周北极的孩子打掉，不失为一种明智的选择。可是，隐含作者不忍心这么做。他要让谢雨活着，让谢雨肚子里的孩子也活着。于是，他就开始跟谢雨一起，一步步地解开生活中的连环套。钟求是在《孤独中回望》的创作谈中谈到了这一点："在此过程中，我表现出了足够的同情心。跟生活中许多女人一样，小说中的女人也不时遇到快活，但更多是遇到烦心与苦难。她们常常要花很大的气力去抵挡世俗的进攻和时间的逼迫，她们常常一个人在作战，她们常常势单力薄。在这个时候，我毫不含糊地用文字支援她们。"这个"毫不含糊地用文字支援她们"的人就是以隐含作者的身份出现在小说中。

在小说中，钟求是一直致力于语言的准确和内心的真实。他的文字逻辑严密、条理清晰，不允许自己由于怠惰而出现丝毫含混的表达。因此，他调遣文字，就像一个苛严的将军。他努力让每一个字都服从句子，每句话都服从情节，每个情节都服从自己的叙事立场。如前所述，他遵循的是现实主义的叙述规范，他很少会借用现代派那种跳宕的叙事手法，巧妙地绕开一些难点。他的虚构能力来源于他的写实能力，因此，我们从中感受到的真实比看到的真实更重要。

有一回，钟求是跟我聊写作时，称自己在写作过程中，酝酿时间很长，写作的进度很慢，他习惯于从开头写到结尾，顺流而下。如果某个部分卡住了，他不会跳过去，写另一部分。可能的话，他会让自己暂且停一下，想明白了，就接着写。他的写实能力可以帮助他迎刃而上，越过重重关卡，直至终点。我不知道，究竟是这种写作习惯影响了他的叙事方式，还是这种叙事方式影响了他的写作习惯。很显然，他已经在自己的小说里找到了一种我们称之为形式的东西。他的小说，起始是"小"的，然后一些事件便仿佛一棵树那样，慢慢大起来，生出了枝杈，长出了树叶。这些微妙的变化都与他内心某种隐秘的想法有关。

钟求是曾在一家"隐蔽单位"从事情报收集工作，后来他在一篇创作谈中这样写道："情报工作培养的开放视野、探究对手内心和绝不绕过困难点的态度，仍然能助推我在小说写作中发力。"这就回应了小说家吴玄当年的一个看法：钟求是无论是做间谍还是做小说家，他做的其实是同一件事情。只要能找到一条"缝"，他就能打开一个世界；即便没有一条缝，他也要设法撬开一条缝（如果我记得没错，后面这一句话是吴玄借用批评家李敬泽的某个观点来谈论钟求是的小说）。是的，小说家同样是秘密情报的收集者，一旦进入叙述，他就得"守住不该说的秘密"。钟求是习惯于在自己的小说中安放几个不易被人发现的秘密，这些秘密里面有一道缝隙，细心的读者若得窥见，或可引发会心一笑。

正是通过这样一道缝隙，钟求是把外在的、细节的真实与内在的、情感的真实联结在一起，在奇诡与淡静的文字间营造出个人的幽微意绪来，让一切都变得真实可感。细加打量，钟求是的小说里不仅有一道缝，还有一个转角。读他的小说，你会有这样一种感觉——

不知转入此中来

一个人进了大山深处，纡回曲折，难分东西，便是山路带着人走了；写作也是如此，写到忘我时，便是小说里面的人物带着作者走。若是逢着好景，亦是不知转入此中来——人世间的好文章，都是无意间转到了那里。

写作的魅力就在于此，每一次"转"，都会进入一种未知之境——在这里面，他得跟一些陌生人打交道，慢慢了解他们的性格、喜好；还得跟一些可能发生的事纠缠，选择一种走向。有时候写作者无法控制小说里面的人物，不知道他们最终会走向哪里，不知道他下一刻拿起刀来要削一个苹果，还是杀死一个人。读钟求是的小说，你的脑袋会不知不觉地跟着他的文字转，在上一个句子与下一个句子、上一个段落与下一个段落、上一个章节与下一个章节之间，总能看到各种变化可能。

【例一】

上一个句子与下一个句子之间有"转折"的意思。《远离天堂的日子》中有这样一段话："再后来，祖母也死了，死时把儿子叫到跟前，嘱咐儿子把寿棺保管好，等着父亲回来。但父亲不会再回来，王才成了孤儿。成了孤儿的王才勉强读完初中，便拿着扁担去了码头。"这段话从句型分析，包含了转折句与顶针句，下一句咬着上一句，有重复之嫌，读起来似乎有点啰唆，但仔细分析，每个句子之间有了转一下、深一层的意思。

【例二】

上一个段落与下一个段落之间也有"转折"的意思。在《两个人的电影》中，"转角"往往处于眼睛一闭一睁之间。第二章后面部分写到男女主人公昆生与若梅在公园的亭子里情不自禁地拥吻起来。昆生被那股特别的气味差不多弄晕了，就闭上了眼睛。紧接着就写道："突然，若梅惊叫一声，喘息声停住。我奇怪一下，睁开眼睛往上看。我瞧见若梅双臂使劲护住胸部，几团光柱同时在她的脸上晃动。我的眼睛一下子变大，猛地掉过身子，见亭子外站着三四个人，他们手里都拿着手电筒。"写到这里，戛然而止。后面的事可想而知。

三年后同一天（即七月三十日），昆生又来到出事的地方，在这亭子里抱膝坐着。"我闭上了眼睛，蝉叫声明显起来。""我脑子慢慢静下来，脑子一静，午睡的困意倒上来了。"然后写到"我弹开眼睛"的时候，发现亭子里多了一个人，这人不是别人，正是昆生朝思暮想的若梅。

昆生转成公办教师之后，与若梅又悄悄地看了一场电影，两个人还进了一家有点派头的宾馆，为了省钱，他们同住一屋。他有了前车之鉴，知道自己不能造次，不能轻易打破彼此之间建立的一种默契。因此，他不得不极力让自己平静下来。富于戏剧性的是，"也许是太累的缘故，我竟然睡着了"。

紧接着，又照例写到睁开眼睛发生的事了："不知过了多久，或许只是小睡一会儿，我醒了。灯光暗着，若梅猫着身子睡在另一张床上。我身体不动，呼吸却慢慢乱了。乱了一会儿，我突然爬起来躺到若梅旁边，若梅似乎吃惊一下，又静在那里。"

【例三】

上一个章节与下一个章节之间也有"转折"的意思。《两个人的电影》第四章的最后一句这样写道："自打跟若梅认识，这是她写给我的第二张字条。"但第五章的第一句却是这样写道："若梅的那张字条我没有收好。"在断开的上下文之间，突然的转折，让情节再生枝节，从而也让读者有了更多的阅读期待。

如果说《两个人的电影》采用的是内焦点叙事，那么，《未完成的夏天》则是采用散点叙事。这篇小说的视角有时虽嫌杂乱、没有得到适度控制，但小说中制造出来的游移不定的视角却把一件原本简单的事变得无比复杂。小说涉及四个视点人物：王红旗、五一爷、大真、小真。第一个在贴满报纸的板壁上发现一个小洞的是十岁少年王红旗。他透过那个小洞看到了孪生姊妹大真小真，起初他只是出于好奇，想在两个长得一模一样的姊妹身上寻找微小的差异，后来偷窥的性质发生了变化，他把这个小洞"让"给五一爷看，从中获取一点小惠。通过这样一个小洞，王红旗看到的是一个成人的世界，五一爷看到的是一个女人的世界。视点人物从王红旗身上转移到五一爷那儿时，故事就有了复杂的意味，而作者的巧思一下子就有了层出不穷之势。钟求是的中短篇小说中仿佛都有一个可供叙述者窥探的小洞。叙述者受到了某种视角限制之后，只能把自己知道的一部分呈现出来；而在其他地方，作为受限制的叙述者只能保持适度的缄默。由此可以看到，作者在小说人物与读者面前表现出了一种谦卑的态度，而且能够十分谨慎、克制地维护一种修辞关系。在《未完成的夏天》中，叙述者依旧是一个受限制的叙述者。叙述者透过这个小洞，不是让读者去发现真相，而是为了让小说中的人物陷入一个又一个黑洞般的迷思。

在小说中，偷窥事件被人发现之后，挨打的是五一爷，然而，痛的却是姊妹俩。小说在此"转"了一下，悬念顿生。不过，过了些日，两个人的心理就发生了微妙的变化。大真知道，出事闹将起来的时候，她正好下班回来，踏进门没一会儿。这就意味着，被偷看洗澡的人只能是小真。按照我们习惯思维来推断，小真的身体被人偷窥，她心里已落下了一道阴影，加上流言四起，她极有可能会因为窘于应对而做出一些丧失理智的事来，总之，出事的应该是小真，而不是大真。但是且慢，小说家不是杂货铺老板，你想要什么他就给什么。不是的。你要一根火腿肠的时候，他也许会恶作剧般地塞给你一把刷子。他就这样跟你拧着来。

如果我记得没错的话，五一爷偷窥过两次。第一次看到的究竟是小真还是大真的身体，谁也说不清楚了。就为这，大真的烦恼就来了。按照小说的前半部分来看，五一爷偷窥洗澡的事过去也就过去了。但大真却没完，她要替自己讨个说法。至此，那个隐含作者不得不让步，任由小说中的人物去做他（她）们可能做的事。大真变得越来越不可思议，她开始梦游，脱了衣裳在屋外的月光里洗澡；后来又跑到五一爷那里，非要五一爷证明他当时从洞眼中窥见的身体是小真，而不是自己，然后，她就十分荒唐地脱掉自己的衣服……事情越闹越大，变得不可收拾了，隐含作者不得不借用大真的男友之手，把一枚钉子交给五一爷，让他弄瞎自己的双眼。故事至此，似乎可以结束了。可是，故事里面的女主人公还要恶狠狠地折腾一番。因为真相难明，小说中的叙述者其实也变成了不可信的叙述者。除了隐含作者可能会作出某种暗示，作者一直没有出来干扰视听，说出一些见证事实的话。一说，就会破坏叙事的真实性。因此，小说家看起来就像是一个严守秘密的人。

在钟求是的小说中，《未完成的夏天》是一篇不乏叙事瑕疵的小说，但同时也是一篇最富叙事魅力的小说。所谓瑕疵就是：视点人物多了，导致叙事视角错乱；但叙事的魅力有时候偏偏就在这无意为之的"错乱"中时隐时现。一方面是隐含作者的窥私癖有增无已，一方面是叙述者对读者的推断力作出进一步的试探。因此，叙述视角一旦僭越某个特定范围，流于疏阔，隐含作者就必须作出相应的视角限制。《未完的夏天》正是置于这种受限制的视角之下，随着视点人物的变化，情节一转再转，不断地翻出新意来。

在钟求是其他几个重要的中篇小说《你的影子无处不在》《我的对手》《右岸》等里面，我们时常可以看到他在暗中布置转角、翻出新意的叙事能力。这是一种向着未知之境滑行的写作，它必须把自己逼近叙事极限，完成一次又一次转折，有时是一百八十度转弯，使得原本可能发生的事突然有了逆转（可能的话，连叙事逻辑也随之反转）；有时是九十度转弯，如同拐过一条巷子的转角，进入另一条巷子，你不知道那里会有什么；更多的时候，这种转折是平缓的，就仿佛在宽阔处划了一个弧圈。

读钟求是的小说就仿佛坐车过盘陀山路，既有平直如矢的山路，也有意想不到的转角，这个转角带来的是一种小说修辞的涉险——"转"得好，能让小说突然变轻，仿佛要飞起来；"转"得不好，就不可避免地落下败笔。这也正是我为什么会在前面谈到钟求是的小说跟那些"迈着规形矩步的现实主义小说"有着本质区别的一个原因。很多人把现实主义手法用在小说里，很容易让小说弄得跟八仙桌一样四平八稳。钟求是的小说却常常在"稳"中求"不稳。"当他很有把握地叙述一件事时，突然变得有些把握不定，让小说失去了平衡。但我们可以觉出，他那一刻心怀隐秘的冲动，让叙事失去平衡之后，又很快把它恢复平衡。在针脚绵密的叙述中，他从来不缺乏一个小说家必备的耐心，也不失打破平衡感的勇气。

然而，我们从中也可以看到一个小说家所面临的——

影响的焦虑

这个观点，自布鲁姆提出以来，至今仍然被人们津津乐道。谈到英美诗歌传统的源头人物时，布氏言必称弥尔顿与惠特曼（外加爱默生）；谈到现代短篇小说的源头人物时，则言必称契诃夫与博尔赫斯。我们相信这种说法，就会自然而然地陷入"影响的焦虑"这个怪圈。

写到这里，我忽然想起钟求是有一篇小说题为《你的影子无处不在》，借来套用便是："影响的焦虑"无处不在。如果按照布鲁姆的说法给一个作家归类，钟求是似乎应该归于契诃夫这一脉（我们甚至可以拿《带小狗的女人》与《两个人的电影》就男女之间的频繁密约作比较）。事实上，这种归类是流于粗率、牵强的。不过，有一点可以肯定：一个作家既然是某一文脉的继承者，他必然有一个属于自己的参照系统，必然不能免除"影响的焦虑"，也必然会去寻找"创造的愉悦"。

就我所知，早些年对钟求是有过影响的作家主要有以下三位：一位是写《围城》的钱锺书，一位是写"三王"的阿城，还有一位是写《活着》《许三观卖血记》的余华。这三位都曾经是不少作家疯狂迷恋的对象。我曾经做过这样的妄意猜详：阿城姓钟，钱锺书的名字里带"锺"字，这大概在无形中让钟求是有一种亲近感。而同为浙人的余华，在90年代之后的书写从先锋的姿态转变为对主流声音的认同，这一路作品恰好契合了钟求是的写作旨趣。钱氏的讽刺笔调只是在钟求是早期的小说中有所流露，后来就日见淡薄。而余华的叙述调子、阿城的语言（北方语系的特点），对他小说的影响却更深远一些。

先说钱锺书。尽管在一些挑剔的小说家看来，钱锺书算不上"写小说的人"，但他的两部小说《围城》与《人·兽·鬼》却是现代文学中不可替代的重要作品。钱锺书的小说，博喻多讽，妙语连珠，让人看了想学，却是怎么也学不会的。我早年也效仿过钱氏笔调，但终归流于肤浅。钱氏毕竟是学问家，他信手拈来，都有出处；又是位文体家，风格独特，谁要是学他，很容易被人看穿。因此，我看到钟求是早期的小说《秦手挺瘦》，读了第一段，就知道这部写知识分子的小说里面有《围城》的影子。小说主人公秦手跟方鸿渐一样，是一位大学老师，经历了一段带点苦情戏味道的恋爱，接着就是结婚生子，然后就是为孩子失聪的事奔走，为鸡毛蒜皮的事闹得夫妻不谐，为借钱买房伤透了脑筋，用作者本人的话来说：生活三要素——孩子、妻子、房子，"没有一个是抒情诗"。城里城外，诸般无奈，方鸿渐领教过，秦手也同样领教过。再看小说语言，钱氏那种揶揄笔调在钟求是笔下也时有流露："这些一开始就注定要回乡教书的师范生，走进课堂便酿造失落和懒惰的情绪，仿佛讲台上的骨瘦身影正好为自己的前途做着注解。""这种信他先前也收到过几封。开始时他颇自得，觉得是宴席末的一道水果拼盘，既免费且可口，只可惜没有同伴特别是女伴来共享，又不好拿到课堂上去宣示。"不过，钟求是最终从钱锺书那里学到的，不是那种专事讽刺的笔调，而是那种精切入微的心理描写的才能。我们一直以为《围城》所要表现的主题就是：城里的人想出去，城外的人想进来。很少有人会发现"《围城》是一部探讨人的孤立和彼此间无法沟通的小说"（夏志清语）。这一点，在钟求是后来的小说《我的对手》中约略可察。

再说阿城。阿城对后辈的影响，更多的是在文字功夫上。阿城的小说语言读起来就像诗，一种质朴的、能见性情的诗。学阿城者，也多半是约略得之。钟求是与我，都曾受过阿城这一脉作家的影响，只是深浅不同罢了。与我不同的是，钟求是似乎没怎么写过诗（至少我不曾读过这类分行文字），但这并不妨碍他用诗一般省净、清淡的语言讲述故事。他的小说里时不时地会冒出一些漂亮的句子，有些句子里甚至会冒出一些尖新的词。跟阿城一样，他喜欢用一些自己用过的词，甚至不怕重复使用。比如"硬"字，他在多处用过，但每处都不一样。"目光慢慢硬了"（《谢雨的大学》）；"父亲脸上出现一层硬硬的红色"（《远离天堂的日子》）。他对动词尤为偏好。比如"沾"字，曾在《两个人的电影》中多处使用："脸上沾着认真"，"我对样板戏沾不住兴趣"，"我已是一个沾着文化的人"。 又如"攒"字，"这酒一杯杯地攒起来"（《远离天堂的日子》）；"见梅把日子一天天地攒着，很快就攒到了春天"（《你的影子无处不在》）。这些动词嵌在不同的句子，并不会让人有单调之感。动词的反复运用，在阿城的小说中并不鲜见。在一篇千余字小说《峡谷》里，阿城频频使用一个"移"字：从一只鹰在空中移来移去，到马腿移得极密、骑手俯身移下马、阳光移出峡谷，每个"移"字都用得恰到好处。还有一些词，是名词转动词，也用得传神。比如"静着"，她的身体静着，"大真却不回应，脸静着，嘴也静着"（《未完成的夏天》）。这词在阿城的小说里比较常见（可能是北方语系里常用的），类似的用法在《遍地风流》中可说是俯拾即是："眼睛遇着了，脸一短，肉横着默默一笑"（《峡谷》）；"心里慢慢宽起来"（《雪山》）。如果追根溯源，这种用法，在古诗中，叫作"炼字"。钱锺书的《谈艺录》中有不少篇幅就是谈古代诗人如何用字。钟求是既然喜欢钱锺书的小说，想必也曾留意于此，甚或有会心之处。有时候，他为了获得一种风格化写作的效果，便在句子里撒进一两个字，让寻常的句子变得更有动感。比如把"夜深了"换成"夜慢慢往深里走"（《五月的铜像》）；把"酒量差了"换成"酒量矮了半截"（《街上的耳朵》）；把"身体肥胖"换成"携一身肥肉"（《右岸》）。这都是钟求是小说中较为常见的句式，用多了，就成了一种自觉自为的语言表述。除了炼字，炼句也是钟求是的语言特色。比如《五月的铜像》中写登锁低头看城里人那个装按钮的抽水马桶时，"心里冒起一些叹息的气泡"；《给我一个借口》中，崔小忆看到天空里撒着细密的雨丝时，"心里便飘过一阵雾"。景语与情语无间隙融合，读来十分妥帖。在阿城与钟求是的小说中少见抒情，更不见滥情，这大概与其造句简短、用字精审不无关系。

然后，再说余华。

《两个人的电影院》中的一段话也许能让人想起《活着》的叙述调子：

> 现在我攒了一大把的年龄，不需要一声不吭了，我愿意把有些话说出来。这些话不是说给儿子或者别的什么人，而是掏给自己听的。我挺乐意对自己说：老昆生呀，你知道你并不像儿子说的那样，身上找不到一点儿故事的。我还乐意对自己说：老昆生呀，你的事一截一截地接起来，得往前伸出去很远呢。

细加比较，这部小说的叙事结构与余华的《许三观卖血记》颇为相近，一次次看电影，一次次卖血，都是重复叙述，但把握得好，叙述节奏就出来了。这种节奏，正是民歌的节奏，读着读着，我们或许还会想起一首汉代民歌《江南》："江南可采莲，莲叶何田田。鱼戏莲叶间。鱼戏莲叶东，鱼戏莲叶西，鱼戏莲叶南，鱼戏莲叶北。"随着东西南北四个方位的变化，节奏也就起了变化，有一种回环复沓的音乐效果。

然而，钟求是毕竟是钟求是。他师法阿城，完成了对小说语言的自觉磨炼；他师法余华，渐渐形成了一种干净、温和、隐忍的叙述风格；他师法钱锺书，最终把冷嘲热讽转化为一种清淡的幽默。

当然，影响钟求是的作家不止上述几位。他像一个谦卑而又勤奋的手艺传承人那样，从每一个师傅那里学会并掌握小说工艺学中的每一道操作程序。钟求是显然是一个大器晚成的写作者，他真正发力的时期是在四十岁以后。从他的长篇小说《零年代》和中篇小说《两个人的电影》《右岸》等代表性作品来看，他身上具备了一个手艺人的耐心与细心。无论是写几千字的短篇，还是几万字的中篇，他都会细心收拾、耐心打磨，影响的焦虑时或有之，创造的愉悦却是始终相辅以行。

读到钟求是的近作，我便知道，他已经写出了跟自己的气质吻合的作品，从中，我也听到了——

个体的孤独声音

布鲁姆曾以一种近乎无奈的口吻宣称："你将听不到那个淹没在芸芸众生中的个体的孤独声音，而是一个被众多文学声音和先辈所纠缠的声音。"但在强者诗人和杰出的小说家那里，你可以听到这样一种"个体的孤独声音"。

钟求是毕竟是南方作家，如果说，他的小说语言带有北方腔跟他在北方读过书有关，那么小说里面散发出来的气息其实仍然是南方的。与之相反的是阿城，虽然笔触细腻如南方作家，但他小说中的气息毕竟是北方的。钟求是的明智之处在于，他知道自己无法像阿城那样剑走偏锋，他把阿城小说中并不明显的特点加以发挥，走出了一条自己的路子。我一直觉得，阿城跟鲁迅、废名、汪曾祺一样，是一位"短气"的小说家，因为短，他的气息始得圆转流动，不可方物。话说回来，他那种讲究的文字，一旦长了，自己写着心累，别人读来恐怕也会眼累。与阿城不同，钟求是一位长气的作家。从句式上看，他虽然也用短句，但他的句子是一句接一句地写，不妄不乱。他把小说写长了，自己的调子就出来了，别的作家就罩不住他了，慢慢地，他的文字里就抽生出了一种可供我们辨识的语言风格。我平常阅读小说，有两种读法：一是仔细辨识那些已经读过的小说；二是细读那些经过辨识的小说。毫无疑问，钟求是的小说有着很高的辨识度，我要做的是，细读那些辨识度高的作品。

钟求是善于写人。写的是社会边缘人、畸零人、多余的人、局外人——小说家最受人诟病的地方就是，他们仿佛都倾向于以主人公的不幸为幸，以主人公的失意为意——他曾把自己小说中的人物归总起来，列出一份长长的名单：背尸工、酒徒、聋哑人、残废卧床者、同性恋者、乳房切除女、自闭症孩子、抑郁症女人、口吃者、相貌丑陋少女、性物不举男、先天智障者、小偷、乞讨者等等。其写人多用白描手法，浓淡有致，粗细均匀，而人物形象之丰实总是与情节起讫之圆转恰成映带。

从他文字间我看到的是小说人物的神情，而不是表情。有些人把人物写得实了，人物的面目反而虚了，淡了，仅得表情；真正善于写人的，会抓住一些细节，即便是淡笔出之，也能使人物的神情跃然纸上。表情总是简单的，而神情是复杂的。用简单的句子写出复杂的神情，得益于一种精微的观察，一种细密的排布。

与之前不同的是，钟求是的小说写得越来越"轻"。这种"轻"的感觉体现在他近期的一些短篇小说中。把他早年的一个短篇《五月的铜像》与近期发表在《收获》杂志上的一个短篇《街上的耳朵》放在一起比较，即能看出：同样是采用写实的手法，前者滞重，后者轻逸。两篇小说的篇幅差不多，可我就是感觉后者比前者要短得多。后来细想，钟求是在自己的叙述中"减"去了不少东西。也就是说，他把一部分东西呈现出来的同时，把另一部分东西隐藏起来了。《街上的耳朵》是从一个梦开始。一个名叫式其的无聊男人在酒局上说出了自己的一个春梦。不承想，梦中的女子真有其人。有一天，那个梦中人的男友找了过来，跟他打了一架：

　　话未说完，暗色中猛地蹿来一道影子，小个子的身子已缠住他的身子。式其没有慌乱，一只手顺势钳住小个子的手腕，另一只手掐向他的脖子，这一招叫"封手抄喉"……式其借势搂住对方拔离地面，一发力举到头顶，这一招叫"经天落鸟"……

在这里，作者有意戏仿武侠小说的桥段，一招一式，均有说头。两个男人，为一个梦里的女人打架，这事说起来也真够荒唐的了。前面一部分，他把一个梦当作现实事件来写，到了这里，却把现实事件当作一个梦来写。当我读到式其把小个子举到头顶这一段时，我忽然觉得，钟求是的小说已经离地七尺，可能要"飞"起来了。但是没有，他还是让小说稳稳地回落地面。事情就这么咔地一下结束了。不过，故事还只是讲到一半，作者不需要过早地发力，作为读者，我也有理由在暗中期待着它能在某个重要的时刻"飞"起来。而钟求是的小说总是在没什么事可说的地方，突然间钩出一件事来：多年后，这个无聊的男人式其在无意间听说自己的梦中人因病去世了，就前去吊唁一番。在灵堂上，他又遇到了那个曾经在打斗中咬掉他半边耳朵的男人叶公路。有些话欲说还休，有些事既去仍来。他们一边为逝者烧纸钱，一边为过去的日子伤怀不已，说着说着，竟引发了"用嘴巴打架"的事。作者的描述，有点近于武林高手"拆招说手"。

> 叶公路说："我个子矮，先攻你的下盘。我突然抢前一步，双手去搂你的双腿。"……式其说："那好吧，我还是一挪脚步，一只手扣住你的手腕另一只手掐你的脖子，这一招叫封手抄喉。"……式其说："疼痛让我发力，我一抽手劈掉你握着的石头，再搂住你的身体往上一提，你到了空中再飞出去，这一招叫经天飞鸟。"

这一回，已经不是对武侠小说的戏仿，而是一种自我戏仿。看到这里，我再次感觉，钟求是的小说真的要"飞"起来了。

然而，这样的较劲还没完：

式其说:"我的力气的确没以前大,不过你的力气也变小了。"叶公路说:"可有一样东西你没算计对!"式其问:"什么东西?"叶公路说:"虽然我的力气小了,但我的肉盘大了。我现在的身子你能举得动吗?"

青春已逝,赘肉徒增,二人在那一瞬间都惊觉岁月不饶人。他们"盯了几秒钟,嘿嘿笑了"。我不知道这笑声里潜藏着多少辛酸。

在《两个人的电影》中,钟求是把一个伤感的故事置于看电影这种带有喜感的场景里面;而《街上的耳朵》则是把一个充满喜剧色彩的故事置于灵堂这样一个气氛阴郁的地方,两相映照,小说中的叙述张力一下子就显现出来了。有些人的作品能搔到别人的痒处,使人发笑;有些人的作品能搔到别人的痛处,使人落泪。还有一类作品,搔到别人的痒处时,却会让人落泪,于是就有了"含泪的微笑"这么一种说法。很显然,我说的就是钟求是的小说。

2017年6月

斯继东的酒事与文风

一

斯继东，长人。南方话里，通常把瘦高个子称为长人。斯继东就是这样一个长人。他的脸，也是周正的南方人的脸。脸上的法令纹极深，就像书法中某根强劲的线条。

除了写小说，他喜欢喝点酒，写几个字。酒不是常喝，字也不是常写——兴致来了，就动动消乏的手指。因此很容易让人想起一句诗：疑是山阴乘兴人。

山阴在绍兴。斯继东便是绍兴人。如我们所知，绍兴是书圣故里，文人不会写毛笔字好像是一件很丢脸的事。写字写得好的，也有称自己是"羲之邻居"的。斯继东的字，远绍米南宫，略掺一点张猛龙碑笔意。字被敬泽先生夸过，他有几分小小的得意。谁要是说他字不好，他就会说，李敬泽都说好的。有一回深夜，他抄录了一首杜诗《江南逢李龟年》赠友，发在朋友圈里，特意注明：酒驾。我一看，就知道，他昨夜又跑出去喝酒了，酒后回来又照例写字了。"酒驾"二字，用得极好。有酒后冒犯书家的那种冲动与兴奋，也有酒后胡乱涂抹带来的轻妙自嘲。在我看来，他酒后所写的字往往比饭后好。饭后的字，四平八稳。酒后的字，虽然不太讲究章法，却有一股淋漓酒气。

斯继东酒后有两种表现：一是写字，一是吼叫。我在鲁迅文学院学习期间，他是我邻居。隔墙有耳，他嚷几句，我能听见。我嚷几句，他也能听见。一天深夜，我被隔墙传来的鼾声惊醒，起初以为是右邻斯继东的；细听之下，又疑是左邻黄孝阳的。正疑惑间，忽又听得楼道间传来斯继东的歌声。唱的正是《父亲的草原，母亲的河》。声音时而低沉，时而激昂。每每听到这首歌，我就知道他又喝高了。因为酒气上来了，彼时不像是在唱歌，而是吼叫。声音的激流无须在喉咙间转一下就冲口而出，潺潺荡荡，没入夜空。我无法入睡，就坐起来，看了一会儿书。睡意全无，诗兴倒是来了。随手写下了这么一首略似俳句的诗：

> 三更半夜时
>
> 歌声换取呼噜声
>
> 也是极好的

二

"也是极好的"这句话显然是从胡兰成的文章里借来的。胡兰成的老家在嵊州。斯继东的老家也在嵊州。嵊州，旧称嵊县。嵊县出越剧，那种腔调用嵊州话唱出来最是婉约动人，这是嵊人阴柔（或者说温和）的一面；嵊县也出强盗，历史上杀人放火的事他们还真没少干，这是嵊人阳刚（或者说彪悍）的一面。

斯继东有一个短篇小说《打白竹》，写的便是一群嵊县强盗。小说借用第一人称的口吻道来，近于说书。主人公是个阉鸡的，本来只是想偷女人，后来突然有了成家的念头，就想讨个齐整妇人，却没能遂愿。无奈之下，他就想"抢"女人。不过此人大概只有那么一点缚鸡之力，没有多大能耐，"抢"了一回，无果而返。几个仗义的朋友见了，就帮他抢，这回是真抢，结果酿成了一桩声势不小的群体事件。这篇小说在斯继东的集子里不算最出色的，却有他的性气在里边。性气与题材对路了，他的文章就活络了，把男女之事写得像战争那样火药味十足，把一场战争倒写得像男女之事那样有声有色。这是一篇口语体小说，写的虽然是古代的故事，却不冒酸气，有一种戴维·洛奇所说的某种"现代口语中的韵律感"。

在斯继东的小说里面偶或能看到一些充满野趣的绍兴方言，确切地说，是嵊县方言。按照方志的说法，嵊县方言隶属浙北吴语区太湖片临绍小片的。我小时候听过越剧，里面的唱词与道白大都是用嵊县方言来唱念。我的家乡在浙南，与地处浙北的嵊县言语相远，风土相异，可我们这边的人居然也能听懂越剧，也能哼唱几句。在我印象中，嵊县话是糯软甜润、文质彬彬的，很难跟那些嵊县强盗的粗野作风沾上边。后来读到胡兰成的文章，觉得他有些话写得像唱出来一般，即便连评论文章里面也会来一句"凭栏处就是无限江山""驱使万物如军队，原来不如让万物解甲归田，一路有言笑"之类的话。读胡的文章，我有时候会无端地想到越剧的唱腔，以及附丽其间的手势。斯继东是不来这一套的。在他的小说里，虽然有嵊县方言的那种味道（比如他的短篇小说《赞美诗》），有越剧的那种气韵（比如他的中篇小说《梁祝》），但他的骨子里却有一股小地方的野气，有时也混入了一种嵊州强盗式的一味霸悍，将文字的中和之美毫不留情地撕开一道口子。因此，从语言形态来看，其小说有温文的一面，也有粗野的一面。从叙述的调子来看，他有时候压得很低，有时候突然反弹起来，变得很高，沉静与激烈可以互融，这使他的文风富于变化，不致单调。

斯继东与斯继东的小说只能是属于绍兴的，但又不仅仅属于绍兴的。他是一个典型的南方文人：文章是讲究气韵的，人是有情的。

三

"有情"这个词，是张新颖教授从沈从文的文章里抉发出来的。过去与未来的小说无论在形态上有多少差异，用笔感情都是大致相类的。有些小说，因为情感控制不好，便容易流入寡情而多欲的俗格；相反，把欲望这东西控制得好，便是有情。有情的小说，恰恰是逃避激情或滥情的。在斯继东那里，激情与滥情这些东西大约早已随了他的痛饮或狂歌消耗殆尽，剩下的，便是温情。

他的《西凉》有凉意，也有温情。

这篇小说用轻逸的笔调写男女间的故事，淡入淡出。女主人公饭粒是那种会弹钢琴、能背几首诗的文艺女青年，寄居北京，举目无亲，情感亦无依恃。饭粒总想找个人来倾诉，于是，长得像韩剧里某个男星的快递员马家俊就出现了。她曾多次让他帮忙换一下金鱼缸的水，并且期待彼此之间的关系也能像鱼与水一样相得。然而，他们始终没有获得深入交流的机会。有一天，饭粒从网上莫名其妙地买了一个启瓶器，有意思的是，为了让它派上用场，她又买了一瓶红酒。小说写到这里，男女之间好像会真的发生什么故事，而事实上，那一次，当她把启瓶器递给马家俊的时候，却意外地接到前男友的电话。待她挂了电话，从房间出来，发现两浅杯红酒已斟好，但马家俊却离开了。一件事刚刚要开始了，却又在突然间结束了。斯继东不动声色地写来，反倒让人更能体味其中的跌宕感。与其说，他写的是欲望，不如说是写欲望的撩拨。他把女主人公的世界慢慢地打开来，又慢慢地合上。再打开，再合上。因此，整篇小说取的是一种反欲望书写。

欲望是什么？它更多的是指向形而下的东西。但罗兰·巴特在《一个解构主义的文本》中给它以形而上的观照，称之为"醉"。很显然，这是对尼采的"醉境"与"梦境"的一种延伸阐释。罗兰·巴特发明了一种新的说法：有节制的醉。小说家的反欲望书写，我以为，就是另一种"有节制的醉"。

可以设想：饭粒如果没有接到前男友打来的电话，也许会跟马家俊把酒言欢。但饭粒的性格越是到后半节越是显得飘忽不定，连作者本人到后来都无法把握了。而恰恰是在作者无法把握的时候，突然抵达了小说的核心部分。

也许我们可以把斯继东分为两类：醉酒后的斯继东是狄奥尼索斯式的，伴随着高歌长啸，全身会像水里的章鱼一样肆意舞动，极尽狂态；而写作中的斯继东却是兼有阿波罗式与狄奥尼索斯式的。也就是说，他进入非自觉的写作状态之后，就会在"梦境"与"醉境"之间游弋。这样的人在现实生活中，通常会不计后果地滥饮，但在小说中，他却能深谙节制之道。我记得胡兰成谈到"礼乐文章"时做过这样的解释：文章的体裁是合于礼，文章的气韵是属于乐。好的文章，与民间的器物一样都是源于礼仪风景之美。这个观点的确很别致。《礼记·檀弓》中有这样的说法："人喜则斯陶，陶斯咏，咏斯犹，犹斯舞，舞斯愠，愠斯戚，戚斯叹，叹斯辟，辟斯踊矣。"这就把人的"喜"与"愠"分出了层次。在奉行礼乐制度的时代，喜怒哀乐都要合乎礼节。我以为，古典诗词文赋的乐而不淫、哀而不伤，体现的正是这样一种礼节。以彼例此，在现代小说中，控制情感也应该像谨守礼节一般重要。

斯继东的小说是有礼有节的。他知道哪些东西可以表达，哪些东西不能表达。在可以表达与不能表达之间，我看到了斯继东的一种叙述风格：迟疑。

四

迟疑。一种纠结的心理状态。从创作发生学的角度来分析，作家在创作过程中瞻顾犹疑的话，小说里面的人物也会处于一种"既不能（想）这样""又不能（想）那样"的迟疑状态。这种表达方式，是作者有意为之，还是无心而为，我不得而知。但有一点可以肯定，这种迟疑，带来的是一种叙述节奏的迟滞，让小说突然变得不那么流畅，从而转入复杂的迷局，有了更多的可能性。

斯继东的中篇小说《今夜无人入眠》就有上述这样一种特点。这篇小说跟《打白竹》一样，也是一篇口语体小说。不同的是，它有戴维·洛奇所说的"爵士乐般的摇摆感"，也不乏戴维·洛奇所说的"犹豫表达"。

《今夜无人入眠》中有这样一段情节，当马拉把赵四（如果我记得没错，这个名字也曾在斯继东的另一篇小说《逆位》中出现过）送到学校的宿舍后，就出现了这样一段对话：

"你要真陪我上去，那我就不让你下来了。"

……

"你要这么说，我可真陪你上去了。"我说。这是真心话。我挺想跟她上楼，然后上床。

但没等她回答，我的嘴立马又补了一句："不早了，你上去吧！"

我的嘴有时并不听我使唤。相比之下，它似乎更听别人的，比如我老婆。它知道什么时候该刹车，这一点很像我的脚。我的嘴不想给她回答的机会。于是，之前的话就变成了很有分寸的戏谑。

这一段暧昧的对话和潜在的迟疑不决的心理描述，一下子就拓宽了小说的意义空间。这里有必要交代一下《今夜无人入眠》这篇小说的大致内容：小说写的是几个文化人听完帕瓦罗蒂演唱会之后，喝了点酒，开车回家，用斯式的粗话来说，是"鸟事都没有"。故事很简单，斯继东却凭借细密的心思一步步写出了日常生活中的险象，安宁中的动荡。他是怎么做到这一点？以我的看法，除了在事实与表相之间设置一道又一道障碍，他还善于让叙述的节奏慢下来，进入一种"迟疑"的状态，从而制造一种悬念。

有一阵子，斯继东老是喊我打乒乓球。打着打着，他的动作会突然慢下来，好像在思考下一个球该怎么打。他的险招常常出现在短暂的迟疑之后，令人猝不及防。还有一次，我们从机场出来，经过出口大门的时候，他看到一个白色盒子堆满了打火机，就决定过去挑一个。其他人想都没想，挑一个就走。唯独他一直站在那里，有些迟疑不决。我不知道他究竟是在选择打火机的颜色，还是外形。或者，他那时候看着打火机，脑子里想的却是另外一桩事。

在《今夜无人入眠》中我注意到了一个仅仅出现过一次的词：打火机。这个词就出现在小说的结尾处。马拉跟赵四小姐挥手作别之后，在门口逗留了一会儿，然后让自己的车子"在操场上画出一条漂亮而又伤心的圆弧"才离开学校。我们本以为，小说至此，就可以无声无息地结束了（正如马拉所说：我知道你们很失望，其实我比你们更失望）。但事实上，故事还没有完。当马拉的车子准备转出校门时，一辆车子挡住了前路。于是，作者这样写道："两辆车像公牛一样对头对脑地顶在一块，估计中间最多也就够插一只打火机。"

为什么会用"打火机"来表明二者之间的间距？因为"打火机"这个意象充满了丰富的隐喻，它预示着，双方之间可能会出现一点即燃的愤怒。马拉跟对方（一个先出左拳的小个子男人）互相缠斗之后，"他突然停了下来，回身朝后车厢走"。这时候，叙述再度陷入了"迟疑"的状态。事实上，那个情敌没有拿刀也没有拿枪，而是翻出了一瓶矿泉水。他们喝完了矿泉水，终于可以把胸中的怒火一点点熄灭了。

在这篇小说中，斯继东安放了一个看不见的打火机：本可以把它点燃的，却毫不留情地让它熄灭。这也是斯继东惯于使用的一种手法：让原本顺理成章的故事在"决定性的一瞬间"，因了某个念头的轻俏转跳，带来了叙述向度的改变。

作为同行，我读斯继东的小说时就注意到，一些看似无关的词——比如《今夜无人入眠》中的打火机，比如《西凉》中的启瓶器——如果跟一些突然事件联结在一起，就会营造出一种别样的氛围。

五

氛围总是在不经意间营造的。斯继东喜欢那种私人小聚中喝酒聊天的氛围，他跟同道所办的《野草》杂志、所做的微信公众号，也是意在营造一种类似于私人小聚的氛围。在这种氛围里，他一直热衷于两件事：一是写作，一是写字。

斯继东不一定会在酒后写作，但他每每会在酒后写字。虽然前面已述及这事，但我还想补充几则跟他写字有关的逸闻。《野草》杂志社二楼有一个颇为轩敞的房间，里面陈设着一张专门用于写字的长案。据说，凡是有文人兼墨客来这里玩，斯继东都会以笔墨侍候。写得好的，他就收起来；胡乱涂抹的，他就当作废纸在反面练字。有一次笔会，我们一拨人呼啦一下涌进他的书法创作室，把桌子上的宣纸全都写掉了。笔会过后，他把写过的纸一张张理好，见到有些纸大半没写，就很惜纸，于是借着几分酒意，把空白的地方写了，连剩余的边角都不放过。平日里若是没有酒局，他晚上多半窝在家里看书，可以消遣的书也多半是碑帖，有时一看就是几个小时。太太非常不解，问他，就那么几个字，你究竟看出了什么门道？他听了总是笑而不答。后来我想，他在鲁院喜欢写字，并非酒后无聊。也许，写字之于他，也是为了营造一种让自己安静下来的氛围。

斯继东的职业就是看"字"。他看几万字小说与看几个墨字，都是一样用心。我给他推荐过一位温州文友的中篇小说，他前前后后花了两个多月的时间才看完，之后跟我谈到了自己的几点看法。听他分析，确乎是读得很细。他也喜欢看朋友写的小说，看朋友推荐的小说，而且会很认真地跟人谈论那些作品的得失。东瞧瞧，西看看，何尝不是营造一种要写点什么东西的氛围？

可斯继东偏偏又是一个产量不高的小说家（至少目前看来是如此）。他为什么会写得那么少？原因大概是他把小说当作遣兴的酒，而不是管饱的饭——他有着南方旧式文人的散淡性情，他无法忍受自己像享用一日三餐那样每天在既定的时间内坐在那里写作。换言之，他写小说，就像跑到酒馆里喝酒，乘兴而来，兴尽而返。不过，像他这样凡事都很认真的人，即便不喝酒，不写字，恐怕也不会成为一个多产的作家。这样的作家，慢慢磨，似乎总能磨出几篇若干年后还会让人谈论的作品。

斯继东的年龄跟我差不多，也是从小县城开始起步，走的路子跟我也差不多。不同的是，我生性疏懒，一直不愿意进入体制内过按部就班的生活，而他从嵊州经贸局到绍兴的《野草》杂志社，一直生活在体制内。对一个写作者来说，靠体制生存，靠造化写作，也无不可。

但愿造化不弄人。

2017年1月

一切繁华离奇尽可以付之沉默

——文珍小说论

如我们所知，神创造天地之后，就把光暗分开，称光为昼，称暗为夜；有了明暗、昼夜，自然就有了所谓的年月日。人们日出而作、日没而息，渐成规律，从伊甸园中那两个偷吃苹果的人，到今时满大街手持苹果手机的人，似乎都是这样过来的。或许有人会暗暗地发问，神造人何以不教肉身凡胎精力弥满连续工作六天且只需要在第七天睡一个晚上？或许还会有人身体力行坚持几个昼夜不眠不休试图挑战神的旨意。但这一切终归是徒劳的。睡眠，正如一位古代的圣贤所说，是神赐给人的礼物。我们生而为人有什么理由拒绝？然而，就有那么一个人，突然像是被魔鬼戏弄了一般，整整七天都未能入睡。这七天里，她脑子里有很多事颠来倒去。到了第八日，她是就此发疯，还是沉沉睡去？

这就是文珍的中篇小说《第八日》要讲的故事。如果我记得没错，这是文珍的第一部中篇小说，她也正是藉此成为"中国大陆第一位以小说获取文学硕士学位的人"。可以看得出，她当初写这篇小说是下了点苦功的。故事并不复杂，前面一部分写的是一个银行小职员顾采采不断搬家的事，后一部分写的是顾采采把"家"安定下来之后一段旋生旋灭的情感生活。搬家故事一个接一个，犹如一棵树接一棵树从车窗前掠过，写法上是枝枝覆盖，叶叶交通，故事中不同的是合租者，相同的是那种对生活所持的抱怨、容忍和无力的反抗。叙述者把生活中发生的大大小小的事件切割成很多块，通过回忆，重新排列，有些事件毫不关联，但她十分巧妙地通过对辛辛的倾诉（其实是独语）串成一个糖葫芦式的叙事结构。这篇小说虽是山重水复，但从整体到细部，体事幽微，布置深稳，分寸感拿捏得也好。

多年前，我跟一位杂志编辑谈到村上春树的《眠》时，这位编辑说，你可以读一读文珍的《第八日》。因此，我是通过这篇小说认识文珍，进而读到文珍更多的小说。作为一个起步颇早的写作者，她一出手风格即隐然成型。与生俱来的才情与庞杂的知识，使她的写作有了更多的生长性和可能性。因此，解读文珍，对我来说几乎就是一件把握不定的事。

文珍笔下的人物多属女性，其文字表述取的也是阴柔一路。读完她的几个中短篇小说，我脑子里便隐隐约约浮现出这样几个女主人公的形象：无论走到哪里都像是身在异乡，无论跟谁交往都像是跟陌生人在一起，无论住在哪里都要摆上几盆花、带上一只猫，日常生活总是一如既往地孤单，写论文压力太大时会在身上喷一点新买的巴宝莉，排队时手里拿的竟是一本米歇尔·福柯的《自我技术》，无聊时喜欢听点王菲、看点张爱玲或村上春树，以及那些可以消磨大量时间的欧美影视剧，经常失眠，敏感多思，害羞到连开玩笑都吃力，能嗅得到自己或别人身上沾染的那些复杂得令人生疑的气味……

从文珍的小说里也能读出代际写作的若干特点来。尽管有人认为文珍的小说与八〇后写作者有所区别，但她置身其中，必然是有这个时代所烙下的印记。貌似老成持重的七〇后作家大概不会用这样的句式："我神情呆滞，把之前自己烹调过的美（黑）味（暗）佳（料）肴（理）能想起来的都一一报给他听。"（《风后面是风》）；在另一篇小说中，她仍然沿用相同的句式："……结果求助于我一直以来十（bie）分（wu）信（xuan）任（ze）的度娘后我发现：是原创！"。（《一只五月的黑熊怪和他的朋友》）。这类句式带点八〇后女生的天真之气，看似俏皮，实则暗藏针砭。文珍和文珍这一代的写作者对汉语语言形态的理解、对宏大叙事的体认以及对这个世界所持的基本立场，总是在不经意间率尔呈现，比起之前的作家，少了一些禁忌与旧习，却提供了更多、更新的叙事经验。

我时常对朋友开玩笑说，我是靠嗅觉判断一个作家。事实上，这种嗅觉就是一种基于常年阅读所形成的直觉。这个作家是哪一路的，那个作家又是哪一路的，大致看几段就能判别。显然，文珍的小说里有一种文气。我所说的"文气"，应该解释为：文珍自己的气味。文珍用文字构成了一个属于自己的"气味之城"。

情

文珍有一种自觉掌控个人文体的能力与倾向。她在每一篇小说中几乎都会设法确立一个"自我"。这个"自我"在小说里面不是显在的，而是隐藏在文字背后无处不在的。因此，小说中的叙述者更倾向于一种疏离于宏大话语的独自言说——有时只对二三知己说，有时仿佛只对一个人说，有时不对任何人说，只对着自己说。从她的小说里面我发现了一种很可珍贵的抒情声音。

记得陈世骧先生曾在一本书里谈过这样一个至今看来犹未过时的观点：中国的文学从整体而言是一个抒情的传统。这个话题后来就有很多学者接着谈，高友工在谈，王德威在谈，李欧梵在谈，谢有顺在谈，谈得最多的，要数王德威。他在一部厚厚的文学讲稿《抒情传统与中国现代性》中延续了陈世骧的抒情论述，并作了现代性阐释，他认为"抒情"或"抒情性"不见得必须局限在一个文类里面，也就是不见得必须以（西方文学定义的）诗歌的形式来作为唯一的依据。进言之，抒情也可以扩展为叙事以及话语言说模式的一种。

正如现代诗中可以加入叙事元素，小说中也可以加入抒情声音。这一点，在文珍的小说中尤为明显。她那种生气远出的自我抒情叙事在无意间接续了中国文学的抒情传统，使之激变，终而出新，且多有尝试之作。批评家张定浩解读文珍小说时有个说法十分独到。他认为："《我们夜里在美术馆谈恋爱》通篇有汉赋的气势，其材料和情感均为公众性的，却胜在剪裁和铺陈，一击三叹，跌宕反复，刚毅果决而有余音"。以赋来比拟小说，是张定浩的一个发现。

《我们夜里在美术馆谈恋爱》这篇小说写的是女主人公在动身去美国定居之前，与男友在美术馆作别。整整一个夜晚，他们没有话可说，但通过记忆与想象，把过去和未来放在此时此地煌煌然展开。大开大合的视野与流动的思绪婉转相接，显得十分自然，以至于让我想起了《三都赋》里面的一句话：八极可围于寸眸，万物可齐于一朝。作者的叙述能力总能在关键的地方突然显露：把一个庞大的世界不断地缩小，放进一个盒子般大的狭小空间；把一段漫长的历史截取，凝于一个固定的时间节点。小说中有一连串地名：天安门、前门、中国美术馆、红楼、北京大学、798、宋庄、新中关村；还有一些更具体的建筑物名称：海淀剧院、长安大戏院、人艺小剧场、朝阳剧院、保利剧院、人民大会堂、国家大剧院；与这座城市有关的则是一连串发生重大事件的时间点：1900、1919、1970、1985、"那一年"、1999、2008。时间与空间、历史与情史交错于一点，这一点可以至小，也可以至大。"乾坤千里眼，时序百年心"，转昳之间，人世的代谢、风物的枯荣，均作呈现。翻译家鹤西谈到自己听废名讲解中国诗词时，提到了一首词中的句子："惊塞雁，起城乌，画屏金鹧鸪。"让他感叹的是那种"由室外突然转眼到室内，由听觉转到视觉"的蒙太奇式构成手段。这一"转"在文珍笔下则是时空的置换，是以时间打开空间，以心象接通物象，展现内心的风云变幻、桑海迁湮。从整体来看，这篇被张定浩称为有"汉赋气势"的小说，在语调上是偏于抒情的。

在我印象中，赋多写景抒情，辞藻华丽，然而我读了《骷髅赋》之类的赋之后，才知道，赋也可以采取叙事、对话的形式。反过来说，现代小说也可以采取赋的形式，注入一种别致的抒情声音。循此读文珍的小说，确有一种"抒下情而通讽喻"的意味。《我们夜里在美术馆谈恋爱》如此，《银河》亦是如此。

如果《我们夜里在美术馆谈恋爱》是室内小说，《银河》算得上是一篇公路小说。后者从表面上看，写的是这一路的种种游历，实则是写心路历程。从小说的开头部分就可以隐约看到两条线。一条是明线：小说中的男女主人公不断地向他们心目中的"世界尽头"行进；另一条则是暗线：女主人公回忆自己与老黄如何引发情事、如何东窗事发以及老黄如何被银行还款的事所困。也就是说小说中出现了一种矛盾叙事：物理空间中她是向前，在心理空间则是向后，她被两股相反的力量拉扯着。《银河》与天上的银河有什么关系？好像没有。但仔细想想好像又有关。小说中的男女主人公都生活在一个逼仄的空间里，他们向往一个辽远的地方，对他们来说，银河就是那样一个地方的象征。快到"世界尽头"的时候，老黄向"我"摊牌：自从提出分居以来，他已经五个月没法还款了，因为还款的工资卡就落在妻子张梅手里。而"我"在一路上也收到了三条银行催收按揭欠费的信息。城市生活带来的不仅是物质方面的压力，还有一股说不清的精神隐痛。这一路上的漫游并没有帮助他们纾解压力、治愈隐痛。

在《银河》的末结部分，作者写到了塔什库尔干塔吉克族自治县和赛马场景，然而作者突然对热闹场做了冷处理："天蓝得要命。十分钟后，我们就将走在回去的路上。"于是，那种单调重复的生活场景又如同倒带般地出现了，也就是说，未来的生活跟过去的生活没有什么区分，它如同一条灰白的道路，笔直地通往老（死）之将至的那一天。小说中的女主人公显然是一个悲观主义者，她面对一个就将到来的热闹场景，脑子里想到的却是回程："我们正在紧急掉头往旧日的生活里跑，倒带键一路狂按，一直往南，往东，用最快的速度回归正轨。"这就像布罗斯基在一篇文章中说到的"精神现实"与"身体现实"之间的关系。后一种现实还在某地，前一种现实已经飞越关山万重。此时此地，过去已经发生的事和未来就将发生的事突然联结，有了呼应、碰撞，而终归于渐行渐远的一曲微茫。结尾那一段，深情款款，读来也像是一篇有质有韵的赋，用王德威先生的话来说，这就是"外在的物与有情的主体相触碰"而引发的一种抒情声音。

但我们也可以看到，文珍小说中的抒情声音，显然有别于传统小说。她的抒情是一种冷抒情。

诗

这种抒情声音究竟是从哪里来？

很显然，源于诗。无论是从文珍最早的小说集《十一味爱》，或是最新的小说集《柒》，都能看到一个隐藏其中的内核，那就是诗——如果你把她的某篇小说拆开来，抽出其中一段文字单独来看，它很可能像一篇散文的片段；然后，你再把这段文字的某一句抽出来，它可能就是一句诗。由此即可断定，她的文学取道，肇基于诗。

文珍是作为小说家被人熟知的，但她的另一个隐秘身份是诗人。她的诗极少拿出去发表，只是偶尔发给几位同道，作为一种见面礼式的交流。她的诗决不是那种薄荷味的小清新诗歌，而是带点苦涩味道的。我读过她近些年写的若干短诗，看起来像是一些小说片段，缘事而发，循情而行。诗歌语言的训练使她在小说中找到了一种更独特的表达方式。比如，她可能在讲述一个故事的过程中突然放慢叙述节奏，把目光集中到一些细节，关注的是翅膀被水汽濡湿的小飞虫、已经干死的小叶罗勒、一种像雀斑或蛋糕上的糖粉那样洒在脸上的细小疹子、那种第五大道香水味混杂红双喜香烟的"她"味……对一个关注汉语语言形态的小说家来说，这种写作方式有助于将日常经验转换为诗性经验。

自文珍《十一味爱》之后，文珍的小说语言变得越来越纯熟。从语法的破坏、词性的改变、句式的设计、章法的排布，到节奏的控制、气韵的生成，都是要经过一番诗人的妙手裁剪的。如果读者抱着看故事的心态来读文珍的小说，他们的阅读期待或许会落空；因为她的着力点常常在故事之外，比如细节，比如语言，比如让一句诗的凉意突然渗透到一段散发着苦热气息的文字中。文珍写过一首题为《开端与终结》的诗，也写过一篇题为《开端与终结》的小说，从同题异构中可以看得出，作者有意要在诗的叙事性与小说的诗性之间找到一个平衡点。我们稍加注意就能发现，诗人的调性时常出现在她的小说中，小说的调性也同样出现在诗中。她对这个世界的个性理解，可以从几个词、几个意象、一段文字里面看得出来。这些词夹杂在一个句子里，会让这个句子闪闪发光；一些句子放在一段话里，会让这段话闪闪发光；一段文字放在一篇小说里，会让整篇小说闪闪发光。《银河》第一句就是诗：银河泻地如水（如果我记得没错，这个句式在她多年前的一篇小说《第八日》中就曾用过："年岁如水银泻地"）。这样的句子充满了古典、幽冷的气息。一开始，就为小说定下了调子。

跟很多诗人一样，文珍喜欢用自己积攒起来的词，那些词的细长蛛丝会不知不觉地伸展到一些不经意的段落。比如，她喜欢在小说中有意或无意地使用"流沙"这个词。《第八日》中有一段话这样写道："她害怕人群制造的一切声音、光线和气味。在人群里她只觉得自己年复一年地被湮没，缓慢沉没入万事万物造成的流沙之中，乃至一天天被吞噬得尸骨无存，消失无踪。"在《银河》中，流沙这个词再次出现："那一瞬间我就把彼此黯淡无光的前路看了个清楚透亮，得一辈子往前跑，跑下去。停下来，庸碌生活就会追上来，就会把我们拖入流沙底部……"《觑红尘》则是一声叹息："世事如流沙，抓得越紧，走得越快。"

如果说《我们夜里在美术馆谈恋爱》是一篇汉赋，那么《气味之城》则是一首晚唐诗，散发着一股颓废、衰败的气息。在小说的结尾，男主人公挂掉手机，回望整个客厅，各种气味的源泉向他一点点汇拢，这里面当然也包括"垃圾桶里的百合花，不甘不驯断然离去之香"，那一刻，他或能体味到，她内心的痛苦不亚于那个在暴风雨中从王宫里跑出来冲进荒野的李尔王。李尔王是被自己的两个女儿赶出家门，而她呢？是被一个看不见的巨大的冰箱驱逐出去。在整个叙述过程中，作者仿佛是把过去的时间平摊开来，变成一个平面空间，这个空间里充满了各种琐碎的事物、物质性的东西，其描述之繁密达到无以复加的地步。有时候，作者试图以一种充满独特气息的文字保存生活中的各种气味，以致让人觉得，这种气味是可以转换成形象与意念的。

兴

文珍的小说大都是诗的变奏。反言之，如果把她小说中的某段文字经过压缩，打回原形，也许就是一首完整的诗。大概是长期写诗的缘故，她喜欢用第一人称讲故事。叙述者的视角时而向外，时而向内，物的触引带来心的感发，有时候文字不相联属，心意却可暗通，这就近似于《诗经》以降的抒情传统中一种很重要的文学表现手法——兴。

《第八日》的开头部分作者这样写道："失去形状的太阳在灰白云层后静静发出冰冷的微光，如结冰凝住了的一滩鸡蛋黄，又像一团正在融化的冰淇淋。"

如果我们稍加注意，就会发现作者在结尾部分也做了类似的描述："太阳还是和昨天一样，在云层后微微发亮，像凝固了的鸡蛋冻，又像正在融化的冰淇淋。"在这里，太阳是本体，而鸡蛋冻则是一个喻体。我特意查询了一下"鸡蛋冻"的做法，其步骤是先是将冻精用冷水化开，再将鸡蛋打入烧开的水，搅匀之后倒入冻精，等待慢慢冷凝。这里面，有一个一冷一热再冷却的过程。我们再看后面一个喻体"冰淇淋"，用这种冰冷的、遇热即化的物体来比喻冬天的太阳，就是一种故意造成反差效果的表现手法。这两个喻体除了对本体构成一种极为形象的修饰之外，还有一种与情节之间相互渗透而呈现的更为内在的隐喻性联系。这种冷与热的对比会让人想起作者所描述的失眠情状：躺在床上但觉浑身热烫到可以灼伤自己，到下半夜身体才渐渐凉了下来，冷了便盖被子，热了便蹬掉。如果把两句原话从小说中裁剪出来，或许可以构成这样一首诗：

失去形状的太阳在灰白云层后

静静发出冰冷的微光

如结冰凝住了的一滩鸡蛋黄

又像一团正在融化的冰淇淋

躺在床上但觉浑身热烫到

可以灼伤自己

到下半夜身体才渐渐凉了下来

冷了便盖被子，热了便蹬掉

这两句话变成分行文字之后，只是抹掉标点符号，其余一字不易。从中我们或许能看到中国古诗中比兴的手法。这也是抒情传统中最为重要的一种手法。如果说把冬天的太阳喻为鸡蛋冻或冰淇淋，是"写物以附意"，那么把现实生活中冷热的知觉写出来，就是"触物以起情"。很显然，第一节如果是描述自然情境的兴句，那么下一节就是描述人事情境的应句。由此可知，古典文学中的"兴"，进入现代文学（包括小说），同样可以找到一种创造性的联系。

如前所述，文珍的小说中通常有两个视角，一个是内倾的，一个是外向的。外向的视角，呈现的是物，内倾的视角则直指本心。内外移换，带来的是感官经验与情感体验的秘密交会。正如在宋词中一段栏杆连着一段波澜暗藏的往事，在文珍小说中一朵衰败的百合花可以引出一个两情相戾的桥段。《气味之城》对一个冰箱的描述可谓不惜笔墨，如果把那些句子组合在一起，不用分行，也有起兴之意：

> 冰箱里她不知何时放了三包活性炭，所有食物的气息都依附其上，大小物什如同失掉灵魂的躯壳，丧命的同时丧失知觉，冷冻柜里的一条鱼冻得硬梆梆的，干瞪着眼冷冰冰地搁浅。

> 呵他终于明白了那种奇怪的气息是什么：是一种冷冰冰的冰箱气。大小房间渐渐变成一个看不见的冰箱，通电后持续动作。他和她渐渐被冻僵在里面，然而彼此身体内部仍在缓慢运转，只是互不干涉。

两段文字放在一起，也许就是一首较完整的兴体诗。作者在写作过程中大概不会想到现代叙事中的古典传统有哪一部分可资利用，但我们可以肯定，她即便是写小说，也会让自己保持一种诗意想象。心与物接，带来的是诗意想象的触发。不知"兴"之为"兴"，"兴"就起了。这既是自发的，也是偶发的。在文珍的小说中还能找到类似的句子，有兴、有应，值得我们从修辞意义上去玩味。

怨

有此一说：养猫的女人通常十分敏感。文珍养猫，她的感觉像猫须一样纤细，在她的文字里面，一根蛛丝可以放大成绳索，一间大厅就是一座城，两个人就是一个国。因此，读文珍的小说，我不得不承认，她是一个心思缜密的心理分析师。有些小说家在写作中总是尽量不做分析，多用直接呈现的方式，有如明月照临，无心可猜；有些小说家总是强行闯入人物的内心世界，展开深度的心理拆解。文珍显然属于后者。对心理时间的巧施妙用，使她可以让小说中的时间完全脱离物理时间的控制，给小说中的人物带来一种更复杂、隐秘的情感——伴随着时间的立体穿梭，他们于过去，有悔，有抱怨；于今有争，有话要说；于未来有猜，有焦虑。

文珍善写那种苦闷、嫉妒、悔恨、穷愁之类的精神状态，主体情绪的流露是明显的。《第八日》中这样写道："假如悔恨也有形状，那必然是些微的、朦胧的、无以名状的一小团，与日俱增，越来越大。"这就让人想到钱锺书在《诗可以怨》中提到的诗人歌德的一个比喻：快乐是圆形的，愁苦是多角物体形的。在文珍的小说里，各种因激荡而纷繁的意象都有意绪牵惹。因此，她笔下的女人，像是从某首满带愁怨的唐诗或宋词中走出来的：孤独是她的随身行李，寂寞是她唇上永不褪色的香奈儿口红。读完一篇，扔在一边，幽怨的气息还是萦绕不散的。

即以《气味之城》《第八日》《银河》《风后面是风》等小说为例，那些女主人公大都受过高等教育，肤白貌美，酷爱文艺，举止得体，可命运总是喜欢跟她们开玩笑，以致恋爱注定要失败，婚姻总是支离破碎。因此，作者写到她们无聊赖时会来一句"蛛丝儿结满雕梁，绿纱又在蓬窗上。说什么脂正浓，粉正香，如何两鬓又成霜？"（《风后面是风》），"往事已酸辛。谁记得当年翠黛颦？"（《气味之城》）。有时作者忍不住要替小说里面的人物伤怀，忽来一句"一别两宽，各生欢喜""此后余生，此后余生"什么的……细细一想，这文珍莫非是易安转世。古意盎然的句子镶嵌在现代汉语表述中，好比是在罗马柱上镌刻梅兰竹菊，有一种混搭效果，且能让人无端地想起某一首宋词中所散发着的淡淡的幽怨。当然，文珍之"怨"，有别于古典的媚闺式的幽怨。她的"怨"是带刺的，也就是钱锺书所说的那种"转弯抹角的刺"。

有时候，我感觉作为写作者的文珍，就像她笔下那个来自安达卢西亚的弗拉门戈（Flamenco）舞者萨拉，她在舞台上只会跳一种叫作"怨曲"的独舞。什么是"怨曲"？从小说里那种博学家式的叙述我们可以了解到：怨曲是弗拉门戈音乐和舞蹈中的一种，它是深沉的、严肃的，格调忧郁的，讲述的是死亡、痛苦、绝望或宗教信仰的题材。而文珍就是用她的文字，在纸上跳一支又一支怨曲。

生活并非总是鲜衣怒马流光溢彩，繁华表象之下的寥落，喧嚣深处的孤独，正是她笔触伸展的领域。文珍的大部分作品是写都市，写都市里的各色男女，尤其是职场女性，她们有过种种伤痛和清欢，也有过种种追寻和迷失，她们对世界是不满的，对自己是不满的，因不满而搬家、而逃离、而孤注一掷——这一切正是她们在滚滚红尘的挟裹中不甘屈就总想改变点什么而做出的无奈选择。作者写都市的繁华，是为了写出内心的枯索；写远方的世界，是为了写物理存在的诸般束缚。《银河》中多少美景，《风后面是风》中多少佳肴，《气味之城》中多少香风鬓影，最终都变成了过眼云烟。繁华之极，也便是苍凉到底。

在文珍的小说《夜车》《我们夜里在美术馆谈恋爱》《银河》《气味之城》里面，有几个值得关注的高频词：闷，离开，远方。她在一首《猜想》的诗中表达了这样一种倾向：猜想离开此处，也许更好，或者更坏。但无论如何有变化，就是好的。因此，我感觉文珍小说中的女主人公就像风筝，虽然有时也能凭借好风飘然远引，但总是被一根线紧紧地牵住，终究不能像一只鸟那样自由自在地飞翔；而有时候，她们就像断线的风筝，在风中断然飘离，不知所之。与其说她们向往远方，不如说是对自身那种一眼就能看到头的庸碌生活的反抗。

在台版小说集中，文珍把《银河》与《我们夜里在美术馆谈恋爱》放在一起，自然有其个人的偏爱。偏爱什么？偏爱那种大而无望的爱所布设的幽怨氛围？不得而知。这两篇小说均是采用第一人称叙事。叙述者均为公司职员。她们是安静的，又是动荡不安的。具体地说，她们都有一种要被什么东西吞噬的恐惧。前者来得更明确而迫切："房子吃我们，银行吃房子"（那两名银行职员最终被银行吃掉也是不无可能的事）；后者在城里买不起房子，但她也不能免除恐惧，她的恐惧主要来自那个理想泯灭、日益世故的男友，"你所甘心陷落的平凡生活正一点一点把我也吞掉"。这两篇小说的主人公都有一种试图改变现实生活，从禁锢身心的日常秩序中走出去的欲望。但这种反抗既是决绝的，也是微弱的。

《银河》在就将结束的地方这样写道：

老黄像梦游一样对我说：喏。这就是塔什库尔干塔吉克族自治县。这就是帕米尔高原。这就是世界的尽头。

我说，嗯。

看完了咱就回去吧，他说，回北京。

在博尔赫斯眼中，冰岛就是世界尽头。在村上春树眼中，那个与冷酷仙境相对应的不存在的世界就是世界尽头。而在老黄与"我"的眼中，塔什库尔干塔吉克族自治县就是世界尽头。小说中的女主人公走出去，也不过是走一圈，看一眼，然后又要回归原来的生活，她仍然要面对一波又一波银行客户，而同行的老黄要面对名存实亡的婚姻。就此分开，他们心中都有万般不舍；但他们如果结为夫妇，则意味着他们在婚后要面临双重的债务。他们心里都明白，彼此间的关系其实已经走到了尽头，只能各活各的。

《我们夜里在美术馆谈恋爱》也是这样一首充满幽怨的骊歌。从题目中的"谈恋爱"三个字来看,她写的好像是一场关于风花雪月的事。而事实上,正如作者所言,这是"准风月谈"。于是就有了窄题宽作,有了很多"题"外话。一室之内的恣意游思,写来流宕如此却是不妄不乱。小说里除了谈到个人的生活秘辛,也谈到了一些看似与"我"无关、实则休戚相关的大事件,更使小说蒙上了一层刺目的政治寓言色彩。宣统皇帝下台、冯玉祥逼宫、牛鬼蛇神被游行,还有切·格瓦拉的眼神、唐家湾的蚁族、悲情枪手埃蒙斯、独自一人登临长城的奥巴马等等,这一切不相统摄的人与事通过意识流的手法,折叠在一起,复又延伸开来,在在彰显一座大都市的多重面向,也反过来让人感受到大都市的现代化与人际关系的物化给个体生存带来的挤压。小说中或能看到一些感时忧国的"宏大话语",但叙述者却巧妙地通过一种"避重就轻""大事化小"的方式讲述出来。那些历史上的重大事件跟两个人的肉体与精神事件相比,究竟孰重?宣统下台与"我"离开究竟哪个更触人愁绪?读这样一类描述朝代兴衰交替与个人恩怨缠绕的文字,好比是在古战场遗址看一朵聚散无定的云,在化为灰土的宫殿前看一株依旧活着的树,最后总是让人顿生喟叹:历史的结局无非是这样罢了,"你"与"我"的结局无非是这样罢了,一切繁华离奇尽可以付之沉默。这篇小说的结局就是在沉默中结束一切:"我"所面临的情感危机与道德难题终将无法索解,"我"如果要保存一个完整的内在的自我,只能选择悄然地离开。那么,离开之后又怎样?但去莫问,白云无尽。

数

文珍毕竟是读金融专业出身的,对数字天生敏感。在一篇创作谈中她就从数字的神秘意味来谈论自己的几本书:迄今为止,她的每一本小说集的篇目几乎都是单数。她的第一本小说集《十一味爱》是"十一个与爱之况味相关的故事";第二本《我们夜里在美术馆谈恋爱》是九篇故事(以至让小说家阿乙联想到塞林格的《九故事集》）；新近出版的小说集，则是径以数字"柒"作为书名，看得出，作者对奇数七是情有独钟的。

我曾在一篇文章谈论过文字与数字的微妙关系。昆德拉说，他曾为四件乐器——钢琴、中提琴、单簧管、打击乐器创作了一首乐曲，结果竟惊讶地发现：这首为四种乐器所作的乐曲居然是由七个部分组成的。而他的小说（包括那本薄薄的《小说的艺术》）居然也逃脱不了七这个数字所暗示的标准长度。文珍称自己曾打算在《柒》的后记中谈一下与"柒"这个数字有关的话题，发稿前却删去了这段文字——不做解释，反倒给这本书增添了一丝神秘感。

读《柒》，我想到的是张爱玲的传人朱天文。颇为巧合的是，《柒》是由七篇小说构成的，而朱天文的《世纪末的华丽》也是由七篇小说构成的。我以为，文珍的《风后面是风》，写美食之精细，似与朱天文的代表作《世纪末的华丽》中写服装之华丽，差可比拟。二文并读，可以让人对"吃穿"二字又有了一番新解。小说里有这样一些也算得上是原创的金句："不爱吃的人，无趣的概率通常更大一倍"，"唯有饭菜香可以穿堂过户而其他化学香氛则不能"。《风后面是风》跟其他六篇小说放在一起，可以用作者在封底所标示的七个词来概括：契阔。起念。相悦。绝境。坐误。时间。他者。这七个词正是开启这部小说集的七把钥匙，它们打开小说之门的同时也赋予文本以更多的神秘感。《肺鱼》《牧者》《夜车》中的男女，就像她之前的一些小说那样，既有隔膜之感，亦有切肤之痛。依然可以看到的是，她对现实具有猫一般敏捷的感应能力，那些外界事象只要经过内心的孤立演化就能变成属于她的素材，而素材经过巧妙归置、调度，又会散发出一种属于她的个人气息。读完《柒》，你会觉得，这七篇小说犹如七颗珍珠串成一串，是作者匠心独具，刻意为自己打造的。

除了在形式上讲究数字构成的神秘感，文珍还喜欢在小说中用数字代替文字说话。《第八日》题目本身即与数字有关。作者开篇就罗列出一连串数字：二〇〇六年十二月二十七日。早上七点五十五分。非但具明年月日，还精确到几点几分（需要注意的是，小说结尾也呼应了这个时间）。无独有偶，《觑红尘》中有一段文字也是精确到"几点几分"。说的是一个偷拍者把一对男女的一组照片晒到校园BBS上，附以声情并茂的解说，一件"不可描述"之事通过一连串与时间有关的数字描述出来，并非为了增强叙事可信度，而是顺势而为制造一种反讽效果，让那些新时代的看客们与流言家们也都露出各自的猥琐面目来。

《第八日》中明明白白地交代了人物之间的年龄关系，比如说：北京某财税公务员刘小明比顾采采大两岁，银行同事许德生比她大八岁。刘小明虽然跟顾采采相差不大，但顾采采对刘小明却无丝毫好感；相反，顾采采所属意的有妇之夫许德生，却发出了委婉的拒绝："我们年纪大了，而你的时间还多——"作者不失时机做了补充："这是他第二次和她提到年纪了，年纪这东西看上去简单，却包含了岁月、阅历和一场真实存在的婚姻。"在《觑红尘》中，作者也是明明白白地交代了三个人的年龄："这一年她二十八，丈夫三十二。他二十九。比她大一岁零一个月。"两个"他"，一个是丈夫，一个是大学时期的男友，提到后者的年龄时，特意加了一句"比她大一岁零一个月"，这数字便显得饶有深意了。时隔十年，当女主人公跟当初离她而去的男友在一所学校相遇，再一次明明白白地算了一笔欠了十年尚未两讫的陈账："暑假五十六天，你没有联系我。放暑假前的两周，你也没有。总共加起来七十天，整整十个礼拜。"若是深心没有一团化不开的痴念，怎能说出这样一番话来？当时间和时间所囊括的一切变成一个又一个抽象的数字，它带来的是"此情可待成追忆"，是"语罢暮天钟"；而这些精细数字所传递的幽微情绪，亦与文字本身融为一体了。

脉

文珍的小说集《气味之城》（台湾人间出版社2016年）的腰封推荐，竟有两位作家不约而同地提到了"张爱玲"这个名字。因此，我们大致可以把文珍归为张爱玲这一脉作家。

文珍毫不掩饰地喜欢张爱玲，她写过一篇长文《临水照花人的尤利西斯》，是谈论张爱玲的，我觉得它比胡兰成那篇大肆吹捧张爱玲的文章写得更中肯，比傅雷那篇刻意贬损张爱玲的文章来得要温和。文珍在小说中对张爱玲也是念兹在兹的，在《第八日》《银河》等小说中，她都时不时地提到了张爱玲。她对《觑红尘》这个题目的喜爱大概不亚于张爱玲早年对《借红灯》这个越剧名称的喜爱。而这篇小说中，男女主人公时隔八年在阶梯教室里重逢的情节与氛围，让人不禁想到《红玫瑰与白玫瑰》中佟振保与娇蕊在电车上的一番偶遇，那场景予人以既视感，仿佛新旧两个时代的惘然重合——也许这就是文珍所认定的有情众生中最美好的时刻——之后在《风后面是风》中，她更是大段大段地引用张爱玲《红玫瑰与白玫瑰》中的句子。

因为喜欢张爱玲，文珍也会喜欢或留意那一脉作家，比如朱天文、朱天心、王安忆、黄碧云等。她们有一部分小说没有那种跌宕起伏、云谲波诡的故事情节，而是漫不经心地表现人的本质，呈现生活的原相。事实上，我们也可以察觉，她们时常有意回避那种以情节为叙述张本的做法；推进其叙述的，不仅仅是情节，还有丰富的细节。故事成分的缩减和话语成分的增加，使她们的小说与现实的同构作用更趋强烈。从这一脉顺下来，我们也许就可以找到文珍作为一个小说家的独特位置。

张爱玲撕掉了那些不够好的小说之后，写出了"张爱玲式"的好小说。当代小说就整体水平而言，比起张爱玲那个年代自然要好得多。甚至可以说，就单篇而言，当代女作家的某篇小说比张爱玲某篇小说写得好也不在少数，但我们为何独独记住了张爱玲，对后来者却印象模糊？我想，其中一个原因是，她们当中有不少人写了面目相似的好小说，以致我们分不清这个"好"与那个"好"之间有什么区分。只有少数几个女作家，写出了有个人气息的好小说，于是就像张爱玲那样被人记住了（要知道，即便像张爱玲这样为世人所称道的文体家，其小说风格偶尔也会如傅雷所说的那样在《连环套》中自贬得很厉害。但我们也可以看到，张的主体风格其实是鲜明而稳定的）。文珍的确写出了几个好小说，但文珍的面目是否会在众多女作家中浮现出来？我想，她的作品已经做出了有力的回答：在黑暗与明亮、绵密与简洁、华丽与苍凉的文字间，她一直在交替穿行，寻找自己的语言，确立自己的风格。当文珍完成自己的一部重要作品集《柒》之后，她曾不无审慎地问身边的朋友：能否从这部作品中看到她的变化？如果回答说是，她会很欣慰。而我对此稍稍保留了自己的一点看法：在作者自身设立的叙述模式之下，书写风格有什么细微变化也许只有她本人最能体味，我作为旁观者倒是觉得《柒》与之前两部作品集相比，在风格上没有滑出多远，甚至可以说，某一部分与之前小说中的某一部分有着重叠、暗合、互为印证的地方。因此，从总体来看，她的变化不是从此处到彼处的变化，而是从此处到此处的变化，从彼处到彼处的变化。作为一种"文珍式的书写"，她已经走到纯熟的境地，这种纯熟带来的结果一方面使她难以与故我做断然的割舍，另一方面也使她隐隐担忧风格化书写的强化易致固化。文珍期待自己的小说有一种新的变化，也许并不一定意味着她必然会比以前写得更好，却能证明这样一个事实：她的变化哪怕是微小的，也可以使她在持续的写作中看到新的生长点。

在此文结末，我打算援引王德威先生在《抒情传统与中国现代性》中所谈到的一则掌故。20世纪30年代，张中行在北大听俞平伯讲宋词，讲到"帘卷西风，人比黄花瘦"时，俞先生忽然讲不下去了，只是一味地感叹着：真好，真好。但愿有一天，当我读到一篇没有署名的小说，读着读着就从字里行间读出"文珍"这个名字来，那么，我大概也会像俞先生那样，只是一味地感叹：真好，真好。事实上，我说这"但愿"二字已经显得多余了。

2018年2月

一个人的假面舞会
——朱个小说论

　　谈朱个的小说之前，我想谈谈朱个与狗。有一回，我与一群文友在宁波奉化的一座古村落散漫游走，沿途时常可见悠然踱步的村狗。朱个逢狗都要多看一眼，有时还会上去打个招呼。其间有一条狗，挡在路中央，注视着我们这群陌生的游客，面相有点恶。不少人见了，都避而远之，但朱个非但没绕道，还迎上前去，伸出一只手来，主动示好。狗也立马探出鼻子，仿佛要向她行吻手礼；继而摇尾，目露善意，好像见到了久违的老友。同行者，有怕狗的，趁机快步走过去。我后来问朱个，你为什么不怕狗？她说，养过狗的人，只要伸出手背来，狗就能闻到熟悉的气味。她之于狗是不设防的，狗之于她想必也是如此。因此，见了陌生的狗，哪怕是一脸恶相的，她也不怕。一点气味、一个眼神，也许就能与之迅速达成默契。当然，我无须去问狗，也能知道为什么有些人是可亲近的，有些人是不可亲近的。这大概就像我们看一篇小说或一首诗，气味对路，就有一种遇到老友的亲切感。读朱个的作品，也能闻到一股可以辨识的熟悉的气味：这一方面有赖于一个人凭藉阅读经验所获得的灵敏嗅觉；另一方面也有赖于作品本身散发出来的强烈的个人气味。

从我对朱个小说的整体体察，大致知道她喜欢哪路作家，其中就包括法国极简主义小说代表人物菲利普·图森。她曾在微信上发过一本书的图片，没有显露书名和作者的名字，但我瞥上一眼，就知道是图森的小说集《逃跑》，因为我有一回出差坐火车，也曾带过这本书。我把自己的猜测告诉朱个之后很快就得到了她的确认，她说，有一阵子，她出差途中都会带上图森的某一本书。我曾经跟她聊过共同喜欢的作家，但很奇怪，我很少谈她的小说，她也很少谈我的小说。在我，不是无话可谈，而是生怕谈不好。多年前，曾经有过写一篇评论文章的想法，但还是觉得自己没有把握。

朱个出版第一本小说集《南方公园》后，曾给我寄了一本。这本书是一套毫不起眼的丛书中的一本。迄今为止，她也就写过十几个短篇，不可谓勤奋。但我读了她的小说之后，不得不承认，她是一个生性疏懒却怀有可怕才华的小说写作者。

一直以来，人们都持这样一种看法：小说就是真实的谎言，而小说家就是谎言专家。这就让我有了这样一种可以类比的想象：一个小说家，就是一个戴上面具表演的艺人。我曾在无意间翻看到一部研究原型文学的著作（书名早忘了），从中大致了解了一下假面舞会的起源。据说，假面舞会源自闹鬼的不祥之夜。那一夜，凯尔特人为了辟邪驱鬼往往会戴上各种面具，起舞弄影。之后由巫到礼，衍化成一个狂欢节，也就是我们现在所知道的万圣节。直到今天，我们仍然可以看到在万圣节的狂欢晚会上人们一如既往地放下沉重的担子，戴上了各种诡异的面具，与陌生人共舞——如果说点燃篝火是崇拜太阳，那么戴上面具就是敬畏鬼神——他们往往会在面具的掩饰下，在音乐的魅惑下，在光与影的交互作用下，被一股原始的激情所驱策，坦露出自己最真实的一面。这真的是一种很有意思的现象。现在我们还可以在一些电视访谈节目中发现：有些被采访者戴上面具讲述自己的隐私时，显得比平常更从容、坦诚一些。不能不说，这种谈话方式与假面舞会有着一丝隐秘的关联。从宗教仪式发生学到文学创作发生学，也同样有着值得探究的相似性：一个小说家戴上隐形的面具，就能变成一个叙述者，可以如鱼得水地进入叙事的狂欢舞会。因为小说是一种虚构文体，小说家可以凭藉"虚构"这张面具，把自己的真实境遇或想法放进文字里。

我曾在某处见过一张朱个手持面具的照片：摘下面具之后的隐秘一瞥和绿裙子的清雅色调，以及微微上扬的下巴所流露的那一点孤冷，仿佛正对应着文字里面隐藏着的叙述气质。跟大多数小说家一样，朱个喜欢戴上"面具"进入小说中的人物。她戴着赵青的面具跟一个叫杨淮的公务员约会（《夜奔》）；戴着钱喜趣与何逢吉的面具跟另外两个男人玩了一场洗牌重组的情感游戏（《一切是怎么发生的》）；甚至戴着一个无名男子的面具爬上屋顶跟一个养鸽子的男人聊天（《屋顶上的男人》）。她把自己最真实的一面不自觉地打成碎片呈现在小说中，小说就有了各式各样的面相。

朱个显然属于那种慢热型的作家，情节的推动相对来说比较缓慢。在某些地方，她或许受法国新小说的影响，在本该推进叙述的地方，却突然把绷紧的神经故意松掉，重新摆置话语里面的轻和内心的重。因此，朱个小说呈现出这样一个特点：情节简单，情感丰富、内容复杂。小说大致可以分为情节小说与无情节小说。无情节小说并非完全拒斥情节，而是在纯粹讲故事之外采用另外一种叙述方法。最难把握的地方就是在缓慢、冗长的叙述中突然抓住一个情节节点。这一类小说淡化故事的同时，强化了叙述的方式。

若是单看情节，朱个的小说较少波澜；若是从意蕴来看，则是波澜暗藏。因此，她的某一部分小说大致可以归类为无情节小说。就我多年阅读经验来判断：情节推动力强的小说，其叙述节奏相对来说更快些；如果突然一转，转向内心，那么叙述节奏必然会放慢。在这个意义上，小说有情节或没有情节，好读或不好读，已经无关宏旨。好的小说只要真正从内心出发，就一定会走进读者的内心。

我有一次跟朱个聊天时说，读她的小说我会想起蒙克的画。蒙克的画是关注日常生活的，尽管他没画过男人看书或女人打毛线之类带有闲情逸致的室内画，但日常生活中的某些细节会突然触动他的内心。他常常喜欢通过对现实的扭曲，来传达内心的某种无以名之的感觉与情绪。如果再仔细观察，在蒙克的画中，还常常可以看到穿黑衣的男人或女人，这种浓重的黑色给人一种压抑感。在朱个小说中，人物大都是低微的、略带些灰色的。文字里面夹杂着一些交替的明亮与晦暗，一些细小的温暖和冷意，从中可以看出一个敏感的写作者对现实的内心回应。有人把蒙克称为"心灵的现实主义者"。我觉得"心灵的现实主义"这种说法同样适用于朱个的小说。她曾毫不讳言地承认，她很喜欢蒙克的画风，早年还曾临摹过蒙克的《呐喊》。那么，什么叫作"心灵的现实主义"？我不知道蒙克是否就此做过阐释，也没有跟朱个讨论过这个问题——在这里略显牵强地使用某个与主义有关的专业名词，似乎显得有点贸然，那么不妨换一个与之相近的名词：心理写实。这就是说，写实的文字经过"心理"这一站，就得转站；这一转，恰恰是抵达现实的另一种方式。因此，现实如果是一条直线，在朱个的小说里就表现为一条曲线。我们都知道光的折射原理，光从一种介质进入另一种介质，其传播方向必然会发生变化。小说从外在的真实进入内在的真实，也会带来叙事向度的改变。

霍金在《大设计》第三章中谈到"何为真实"，他的认识论和方法论也许可以帮助我们更好地理解外部世界的真实性问题进入小说之后所引发的内在的真实性问题。霍金举例说明，金鱼透过鱼缸的弧状玻璃所观察到的世界与人类所观察到的世界是不同的，也就是说，我们看到的直线在金鱼看来则表现为曲线。对物理学家来说，二者不能等而视之。但对小说家来说，人可以变成金鱼，用金鱼的眼睛看世界。有一种"现实"可以穿过事物的外在表象进入内心，从而呈现出一种变形的真实。

小说不是现实的再现，而是去掉那一道横亘在经验世界与想象世界之间的现实障碍物之后所呈现的那些东西。现实主义转换到内心，文本的内部空间就有了更深的精神层次；从中翻转出来的文字也就有了更为沉静的力量。所以，我以为，朱个这一类小说大概可以称为"心理写实小说"。

《万有引力》就是这方面的代表之作。这篇小说一开始就以第一人称营造了一个虚拟化、个人化的封闭空间。"我"与父亲分隔两地，平常除了通过电话聊网购与养生之类的话题，几乎没有别的话可说。"我"在网上不停购买所能购买的一切，也帮助父亲买所能购买的一切（包括骨灰盒）。然而，"我"和父亲在各种物品的包围之下却依旧"感觉不舒服"，人被物化的同时，似乎也被什么一点点抽空了。"我"仅仅是作为一个老处女活着，在现实生活中除了例行的自慰，每天都在百无聊赖地刷朋友圈，"大拇指往下拉，放，拉，放，机械，疲惫，疏远"。"我"的身体宛如姹紫嫣红开遍却依旧荒凉的花园，耽玩世事带来的是一种虚空，"我"的虚空，就是"什么都有"的虚空，已经无法用任何物质性的东西来填补了。换句话说，物质越富足，肉体生命就越苍白，以致人心也仿佛长出了一层膜。说到底，"我"与父亲是隔膜的，"我"与那位"公务员先生"也是隔膜的。带有讽刺意义的是，"我"曾主动要求"公务员先生"破处，他却屡试屡败，以致"我"一直保持着一层多余的处女膜，而它的存在在小说中有了另一层隐喻的意义——"我"跟这个世界的关系是冷漠的，"我"跟自己的关系也是冷漠的。至此，故事的表层意义像潮水那样渐渐退去，而小说的深层意义则像石头那样显露出来。

在微信朋友圈或非正式的聚会里，朱个喜欢跟别人分享她所喜欢的某部电影或美剧（也包括英剧）。我由此发现，她那几部内省式的小说有点近似于伯格曼的室内心理剧。苏珊·桑塔格谈到伯格曼的一部室内心理剧《假面》时，对伯格曼处理时间的方式赞叹有加，她认为《假面》体现了心理体验上的不确定性，从而获得更多的发挥空间而不必拘泥于叙述故事。《万有引力》《一切是怎么发生的》等小说就是采用这样一种叙述策略，借用苏珊·桑塔格论述《假面》的话来说："故事中的某些事件虽然没有被（完全地）直接呈现，却可能发生或已经发生，它们有可能构筑故事的扩展情节。"朱个藉由现实生活之"面"探究心理生活之"里"，与那些室内心理剧有着异曲同工之妙。

有些作家在写作中只做叙述，不加分析，因此写着写着，人物就脱离他们的控制，进入另一条轨道；有些作家不然，他们喜欢牢牢地控制叙述的向度与心灵的向度，必要的话，他们会走进人物内心，随着情节的推进，跟小说中的人物一道琢磨一些问题。朱个显然属于后者。

她那些小说中的人物可能会跟生活中的"大问题"过不去，但作者事先总是把"大问题"捂住，以致给人感觉是一些小问题一点点变大，变得不可理喻。当然，这些问题到最后可能也不得解决。这就是朱个小说"向内转"之后经常玩的一种"自我消解"的手法。

因为"向内转"，朱个的小说通常会触及死亡这个主题。《不倒翁》《死者》《万有引力》《奇异恩典》等小说都是死亡主题的变奏，而且其中有几篇小说有意采用音乐的对位法则。如果展开谈论，也会是一个很有意思的话题。

《不倒翁》这个充满诙谐色彩的题目与故事里面略显压抑的氛围恰成对比。这篇小说把人物视角落在一个小镇的中学物理老师身上，她姓牟，叫什么名字看来不太重要。牟老师并没有指望在这个小镇上能过上一种更好的生活，但这并不妨碍她偶尔去美发店找个专业技师洗个头。某个礼拜五下午两点（这个时间点在小说里有着非同寻常的意义），她走进一家美发店的二楼雅座，认识了十二号技师，一个酷似女孩的短卷发男孩。在一些看似漫不经心的聊天中，一些事件慢慢地渗透进来。然而，到了礼拜六下班后，这位牟老师好像着了魔似的又走进那家美发店，指定要找那名十二号技师，如果说上一次是无意的，那么这一次无疑就是有意寻上门来的。落空之后，牟老师心犹不甘，第三次去美发店找那位十二号技师。这种循环往复的写法，按理说会流于单调。但作者每次都会添些与之看似有关的日常生活场景，由此带出了两个人物：电话那头老是声称"有应酬"的丈夫和一直没有回家的儿子，他们好像存在，好像又不存在。牟老师的生活一直被一种"气体状的压力"笼罩着。这时候，作者以近乎悚栗的笔触写道："她摇晃着跑过客厅，跑过儿子紧闭的房门，跑到窗口，对着天空张开嘴用力喘气，想象着那些块状的有形压力，一个一个地随风而逝……"这个细节很有画面感，也许还会让人联想到蒙克笔下那个极度扭曲的呐喊者。牟老师的生活中到底出现了什么变故？是丈夫有了外遇、儿子离家出走？带着这些疑问往下看，直至儿子房间里那个黑色相框出现时，我们才隐约明白：她儿子死于一场意外事故，丈夫经常在外借酒浇愁。循此可以判断：牟老师之所以三番两次上美发店找十二号技师，大概是想从他脸上辨识儿子远去的面影。这原本是一件令人悲伤却秘而不宣的事，但那个十二号技师是局外人，显然不明白一个中年女人内心怀藏的巨大悲伤，在他看来，这个女人找他洗头，无非是跟大多数"老板娘"一样，想揩一点油。小说的结尾带有某种令人心酸的喜剧效果：一个笨手笨脚的小偷追赶着一辆自行车，试图拉开车后座上夹着的皮包的拉链，而骑车人竟对此一无所知。"那两人的衣衫都被空气涨得胀鼓鼓的，远远望去，全乎是朝气蓬勃的样子。在此时这个危机四伏的小镇，牟老师暂时忘记了打车，她看着这无比喜感的一幕，情不自禁地大笑起来。"这是一个充满辛酸的隐喻，也许我们可以做这样的延伸理解：时间就像那个小偷，盗去了牟老师的青春和曾经的幸福生活，等她一激灵醒来之际，发现自己的身体已经被掏空了，但她仍有余力发笑，以此对抗命运的终究可哀。

　　《不倒翁》和《死者》有某种暗合之处。《死者》这篇小说也有一明一暗两条线索。如果把它比喻成一幅画，就好像黑白两色在绘画中所构成的光与影的关系。先说那条明线：女主人公（一名通信公司话务员）随同丈夫及其家人参加了一位素未谋面的老人的葬礼。灵堂中那个躺在玻璃盒子里的老人对她而言，是一个陌生的、毫不相干的人，但作者写到女主人公把目光落在死者的双脚时做了这样的细节描述："在另一头，他们用一个夹子夹住老头的裤管，让老头双脚并拢，使脚尖以九十度笔直地竖立着，看上去十分整洁干净。"注意，死者"以九十度笔直地竖立着"的脚尖正是叙述出现转换点的一个重要意象。女主人公由此及彼，联想到自己在性事中所看到的丈夫那双插进她小腿的脚尖。二者叠印在一起，就把性与死亡一下子联结到一起，制造出一种荒诞而又阴冷的氛围。这里面，有一条隐伏已久的暗线就此出现了，与明线交替，推动着情节的发展。从婆婆与亲戚的聊天中我们隐约可以猜想到，女主人公曾因"肚皮盛不住"而打过胎。一顿饭后，她站在窗下，"强烈地感应到他们的悲伤其实深深地隐没在背后"。那个玻璃盒子里的死者让她突然想起肚子里那块带血的肉。也就是说，她的体内也曾举办过一次无声的葬礼。她一直隐忍着，她以为自己可以将这段悲情岁月掩埋了，往事与忧伤的破土而出却是她始料未及的。因此"她相信时间的魔法，她相信所有的陌生人都最终将学会真正的隐身术。雾化遁形，仿佛水蒸气升起，从各个角落飘往不远的海，直至消失在空气里。那些从她身体里出来、已经消失了的血块，也一样"。这条暗线所串缀的一个又一个细节如同水滴，一点点滚动，最终凝集成一颗巨大的水滴，从那个女人的眼眶里面溢出。于是，我们就在末后的情节中看到了女主人公瘫倒在玻璃盒子边上，脸埋入手掌，发出了莫名的痛哭。那一刻，我们仿佛还可以听到一滴眼泪"啪"的一声落在地上。是的，小说的结尾就落在这"啪"的一声上。

在《不倒翁》的结尾：牟老师"情不自禁地大笑起来"。在本该哭的时候，她突然发出了笑声——笑就是另一种哭，作者把一种内心撕裂的感觉通过笑声传递给了读者。而在《死者》的结尾却是一场突如其来的痛哭，这听起来，好像是女主人公对自己发出的恶狠狠的嘲笑。从手法来看，作者这样处理与前者似有暗合，抑扬之间，让读者变成了倾听哭声的人。这种突如其来的大笑或痛哭，也让我想起了蒙克的《呐喊》。

因为"向内转"，朱个才会那么注重小说中的一个又一个细节。我们知道，一个敏于观察的写作者，只有关注人性的幽微时，他（她）才会对生活中的某些细节感兴趣。而这些细节可以决定一部小说的成败。朱个的小说正是通过细节，发现"事实的诗意"（这是她本人经常提到的一个词）。同样，一个洞烛幽微的写作者总能知道从什么角度、以怎样的叙事手法切入现实，知道怎样借助内在的中转站，让语言突破现实的重重包围呈现出一种更自由、轻盈的表达方式。朱个好像并不十分注重对现实的复杂性的把握，因此她对现实经验的介入也就没有那么急迫。她有足够的耐性在一个细节上游走、盘旋。她试图用精确的细节在小说中还原一个真实的世界。细节，是通往人物内心世界的一条幽径。因此，她书写日常生活庸常事物的细微之处总是那么平铺细抹小心翼翼。写人的时候，她能把一个眼神、一抹微笑捕捉到手，以致我感觉，她手头有一面显微镜，可以通过它，让一些渺小的、容易被人忽略的事物突然放大了。《一切是怎么发生的》时常会写到人物的不同眼神。其中有这样一句："有一些不合年龄的雾霭渐渐升起在她眼眶。"她没有直接道出人物内心的迷茫，却用"雾霭"这个词间接而准确地表述出来。写物亦然。《死者》里面有这样一个看起来无关紧要的细节："作为贡品的水果在塑料薄膜下泛出蜡质的哑光。"塑料薄膜，容易让人联想到那口盛放尸体的玻璃盒子；而水果泛出"蜡质的哑光"，则容易让人联想到死者遗容被过度化妆后呈现的那一抹虚假的红光。

相对来说，女性作家比男性作家的笔触更细腻，有时候会让人想起日本女摄影家石内都。如果看过石内都那一组以高中时代五十个同龄同校的女同学作为拍摄对象的系列作品《1947》，就会发现，那些年过四十的女人的手与脚竟巨细无遗地暴露在她的微距镜头下，经络、伤疤、黄茧、疣子、裂纹、肉刺、老年斑，让人看了触目惊心。朱个也是如此，从不回避现实生活中灰暗、丑陋、刺眼的一面。她能让那些粗粝的、没有任何诗意的事物，通过细节在小说中获得一种感性体现。有时候，她像一个工匠那样喜欢在细部不厌其烦地描绘。但过多的细节容易像细沙淤积在那里，阻滞叙述的流动。朱个意识到了这一点的时候，她会十分巧妙地运用一个短句，跳脱开来。于是，原本凝定的文字又开始流动起来了。

一个"向内转"的写作者通常喜欢采用焦点叙事。朱个也不例外。但她最为人所称道的两篇小说《一切是怎么发生的》与《秘密》采用的都是散点叙事。《一切是怎么发生的》一开头就借用"甲小贩"的视点展开叙述。"甲小贩"如同中药里面的药引，看似无关紧要，但他的出现，却引出了后面几个视点人物，而人物的转换与视点的变化也使小说变得更灵动。小说中的每一个人既是"窥视者"，也是"被窥视者"，这就应了小说里面的一句话："门外的女人，门内的男人，好像螳螂捕蝉，黄雀在后，可那只蝉，到底是什么呢？"作者以"不知不觉""后知后觉""先知先觉"为标题，把几个原本不太相关的人物勾连起来，淡进淡出，不着痕迹。读着读着，你会感觉小说里的人物就像自己身边的朋友，他们跟你保持着松散的关系，偶尔走到一起，聊了几句家长里短，然后走开，你以为他们会就此消失了，忽然有一天，他们又冷不丁地出现了。尤其是"后知后觉"这一节，人物的出场方式井然有序：先是何逢吉，次是金城，再次是钱喜趣，然后是顾维汉。作者采用散点叙事把这一个人物不可叙述的，通过那一个人物叙述出来；而那一个人按下不表的地方，突然在这一个人身上表现出来。这些无关的人走到一起之后，无关的情节突然有了上下文的关系，我觉得，这里面有一个十分重要的情节节点。小说中四个人坐到一起打牌，从表面看他们之间的关系都好像是按牌理出牌的，但节点一旦出现，这牌就乱了。在结尾处，四人之间的关系显然是经过重新洗牌了，但他们还是坐在一起打打牌，和美得就像一家人。一切发生过的好像什么也没发生，一切没发生的好像都发生过了。

走笔至此，细心的读者也许可以发现：我论述朱个的小说时曾先后提及四位置身文学领域之外的人物：画家蒙克、电影导演伯格曼、物理学家霍金、摄影家石内都。如果不予解释的话，或许会有人以为我要借助一篇评论炫耀知识。因此，在这里有必要补充说明的是，朱个是一位兴趣十分广泛的写作者，除了写作，她还喜欢绘画、电影、摄影，偶尔还涉猎天文物理学的书（她的两个短篇小说以《万有引力》《暗物质》为名就是一个证明）。可想而知，上述这些人物，以及与这些人物相关的专业知识自然也在她的涉猎范围之内——看起来，她好像并不满足于做一件只会雕琢文字的事情——各种艺术资源的汇合，打开了她的文学面相。从她的作品里，我们不仅可以看到她的叙事才能，还可以看到她对生活的态度，对这个世界的认知。

朱个是深谙世味的，她的小说里有一种可亲的烟火气。生活中的朱个还喜欢种花、养狗、养蛇、烧菜、弹琴（如果兴致不错，她也会在朋友圈里晒晒自家的黑狗或白色牡丹栀子）；她是无意于优雅却冷不丁给你一点优雅看的那种人（我曾在多处见她抽烟，小拇指微微翘起，这就使她的抽烟姿势跟那些骨节粗大的男性烟民有了区分）；不过，我也听她说过一些优雅的粗话。

照理说，这样的女人应该是大大咧咧的，但她却说，她其实有着小女人式的"交际恐惧症"。有一阵子，我看到她随意发在朋友圈里的几张照片。一组由动车、旅途、陌生人这些元素构成的画面，显示了一种距离感，一种不安。

看得出来，朱个在骨子里是内向的、不太喜欢与陌生人打交道的（无法忍受孤独总想把陌生人迅速变成熟人在这个自媒体勃兴的时代也许是个不太好的习惯），正是这种性格，使她在文字面前表现出一种审慎克制、含而不露的态度。其典型表现就是喜欢在文字里藏点什么让人不易察觉的东西，就像她把真实藏到虚假里面，把天真藏到伤感里，把善意藏到下流话里，把一个家庭主妇的哀怨藏在钢琴的黑键白键里，把一个股民对未来的隐忧藏到一碟小菜里。

好的小说，不会暴露作者的真实目的和个人观点；好的作者，会让人物自己说话。写作是一个人的假面舞会，毫无疑问，作者是这场舞会的幕后策划者，他（她）可以带着"写作的躯体的身份"退到黑暗中，让叙述者代替她出场，在每一个人物之间进行周旋、较劲或是达成默契；她甚至还可以戴上"面具"成为另外一个人，过着另一种虚拟的生活；一曲终了，作者也没有出来谢幕，但他（她）最终还是以隐秘的方式在小说中部分地呈现了自己。

从这个意义上说，写作跟戴着面具跳舞一样，都是一种堪称古老的宗教仪式。一个人的假面舞会，终将面对的是"过于喧嚣的孤独"。写作这种事，说到底还是一项必须面对孤独的个体劳作。凭藉朱个的才华，她可以去弄摄影、绘画或别的什么。那样的艺术天地，或许充满了更为绚丽的色彩。然而，究竟是什么，让她如此着迷于小说艺术？眼前繁花似锦，她何以置之不顾，单是为了一个执念，转过身去，拥抱如此热烈的孤独、如此嘹亮的沉默？！

2016年新正初稿，谷雨改讫。

我们与物互为过客

——读卢德坤《逛超市学》

　　一位小说家跟我讲过这么一个故事：有个大学生喜欢打篮球，每到一座城市就会先找篮球场。后来他去了纽约一所大学读书，课余大部分时间用来打球。过年回家，父母问他：美国如何，纽约如何。答：篮球场真的很棒。我也有位朋友，是书痴，喜欢逛书店或泡图书馆。有一回他随太太去亲戚家做客，发现那户人家非但没有一本书，连一张带字的纸都没有。他感觉无聊透顶，从此再也没有去那位亲戚家做客。又有一回，他从山中回来，问他好玩否。他说，好玩。好玩的原因是山中居然会有一座私人图书馆。我所说的这位朋友并非卢德坤，但他也确乎算得上书痴。卢曾邀请我去他家的书房小坐。他家没有真正意义上的客厅或卧室，所有的房间都是用来藏书，甚至连洗手间的浴缸里也堆满了书。我很好奇，他每天是怎么洗澡的？《逛超市学》中的主人公，大概也属于此一类型：杂物堆满各个房间，到处散发着一股"油气"。他算不上购物狂，迷恋的，也不是物本身。他之逛超市，恐怕是一个现代迷思。

　　卢德坤似乎特别钟情于那种室内小说：一切都在一个幽闭的空间里静静地发生，然后没来由地结束。这使他的小说散发出一种幽闭的气息。《逛超市学》

也不例外，场景无非是从家延伸到街区附近乃至另外一座城市的超市，即便在路上，他写的也是车厢里面的情景。最后，我们会发现，小说中那位主人公所至之处，仿佛都是超市的延伸地带。写超市的小说，我读过卡尔维诺的《马科瓦尔多超级市场》与李洱的《奥斯卡超级市场》。倘若不嫌我饶舌，我想先谈谈这两篇许多年前读过的小说。前者写的是一个名叫马科瓦尔多的男人，一个"不抱希望的人"。某天傍晚，他带着家人去逛超市，到处转悠，左右采集，总算是把货物塞满了购物篮。超市打烊那一刻，一家人推着车上上下下，寻找可能的出口，但每一个出口都有一名售货员把守着。最后，他们总算是找到了一个施工的墙洞，把货物悉数倾倒在铁铲斗里，这一招是否奏效，作者最终也没交代。李洱的小说《奥斯卡超级市场》如果不是受卡尔维诺的影响，那么用他自己的话来解释也可算是"经验同化"了。李洱写的是两个青年男女相约进超市。男人囊中羞涩，但他还是非常豪爽地帮女人挑选货物，小说设置的困境越大，越是能吊足读者的胃口。这是李洱讲故事的一贯手法。除了题目，李洱讲述这个故事时至少有三点跟卡尔维诺是相似的：第一点是男主人公都很穷，第二点是他们在超市的表现都像一个购物狂，第三点是都有一个开放式的结尾。

　　卢德坤的《逛超市学》显然与前面两篇小说大相径庭。在这篇小说中他消解了故事性。如果说，卡尔维诺与李洱的叙述充满了引而不发的紧张感，那么，卢德坤写《逛超市学》就有点像小说中的主人公逛超市，路线不知其所始，亦不知其所终。因此，小说的叙述节奏显得十分悠缓。但悠缓之下，又仿佛有一种焦虑之波在隐隐晃荡。"如他所愿，灯光明亮。四周镶嵌了不少玻璃、镜子、金属壁面。事物展现了在超市里应该有的样子。他穿过占据一楼两旁过道的连锁品牌服饰店以及中心区的金饰店，置身与大门相对立的光线黯淡的底部，搭上一架速度缓慢的斜面扶手梯，没什么人挡在前头，他走上去，给缓速再加一点缓速。"读着这样的文字，我甚至会想到王维那句"人闲桂花落"的诗。但那个逛超市的人并没有试图超拔于世俗。他陷身于物，而又不免物外之想。他常常会走神，甚至会睹物思人。因此，每件物品都带有一种人的气息，或者说，一种油气——进入中年之后无法消除的，连自己都觉着嫌憎的油气。就文本而言，那种强烈的"物质性"不言而喻。逛超市的人，穿行在物与物的夹缝间，忽而迷失，乃至与物同化。这个人，仿佛就是下架之后开始走动的一件肉身货物。他带着菲利普·图森小说中那位先生的步伐节奏走了过来。他所置身的超市，可能在杭州某条街区，也可能在上海，甚至可能在巴黎。在某个时刻，一座井然有序的超市与另一座井然有序的超市的非理性连接，突然把那个逛超市的人推向一个空茫之境：物为重，人为轻；物变得无比具体，无比庞大，而人被缩小了，抽象了。

　　一个逛超市的人，把逛超市这种行为本身变成了一种"逛超市学"，显然是一种近乎夸张的说法，这正如时下有人把美容护肤做成一门皮肤管理学。既然要创建一门伪学问，作者就要煞有介事地在小说中安放一个词语购物筐。在这个筐里，最常见的词是：结界、硬来、油气（油臭）。"硬来"这个词往往伴随着粗暴的动作，但它在小说中已经内化。"硬来"，当主人公说出这个词时，它仿佛伴随着一种固执、低钝的声音。小说藉由这些词呈现了现代都市人的异化景观：人与人之间日益疏冷，见了面常常是点头即止，即使说上几句也是浮于表面；而人与物之间，貌似有情，实则无亲。超市有序的物质世界与主人公失序的内心世界之间就存在着这么一个"硬来"的东西。它不可触及，但又不容忽视。我还注意到词语购物筐里的另一个词：盲逛。在小说中，它作为一种肢体语言取代了日常生活中最基本的言语活动。"盲逛"与"硬来"都来源于方言，它们跟那些典雅的书面语组合在一起时，有一种混搭、突兀的效果。作者十分准确地抓住这些方言词语的灵魂，把一种形而上的焦虑转变为一种具体可感的物质状态。

　　一个人的生活状态和气质会影响其作品的调子。卢德坤是有调子的。他笔下的人物各不相同，但都有他的调子在里面。这些调子会从一些漫不经心的细节、词与词的交错间跳荡出来。尽管他已经把小说的叙述距离控制得非常好，但我读他的小说时还是会会心一笑，感觉某个人物的某句话或某个动作里面或许有作者本人的调子与影子。我还记得这么一件事。某年正月，时任杭州某家报社记者的卢德坤突然从省城跑过来找我，说是要采访一位电器行业的老板。我那时供职于电器行业协会的编辑部，很快就帮他联系到了当地一位经营有道的老板，并约定午后一点见面。到了那个点，老板已驱车来到公司沏茶等候，但卢德坤迟迟未至。我打他电话，他说自己正独自一人坐在某处喝咖啡，已打算取消这次约见。我那时放下电话，确实感觉有些不解。现在，我在卢德坤的小说《逛超市学》中读到了这样一段似乎可作解释的文字："他从街道的这一头走到那一头，然后从那一头回到靠近起先下车点的地方。街道不长，来回走一趟最多只需二十分钟。他只走了一遍。等下一辆相同的观光巴士到来，他再坐上去，延续起先中断的路程，坐到了终点站。如果不算他中途下车晃荡的时间，从起点站到终点站，一共费时一个半钟头，似乎算不上漫长。到最后，他都有点不想赴朋友约了。"读到这里，我甚至可以想象，那天下午，卢德坤跟小说中的主人公一样，从咖啡馆里走出来，来到一条到处充斥着电器商品的大街。他站在某个站牌下，等待着一辆车缓缓驶来……"另一天，正在公交车站等候。出神之际，有人突然用力抓了他肩膀一把。转头盯看，是一个不相识的小老头。老头指着某路车的站牌问他，到某某地去，是不是坐这路车？他摇头，对小老头说，的确要坐这路车，只不过不是在这边坐，而是要过马路，到对面坐。整个方向反了。小老头连'噢'了几声，忙不迭走了。某一瞬间，他疑心自己指错路。到那地方去，在这边坐才是。而他则要到对面马路去坐，才能到他的目的地。他又定睛看站牌，小老头刚才所指的某地，在框着红框的此站地名左侧，代表行车路线的绿箭标则往右。他安了心。"

在结尾这段文字里，主人公眼前又出现了一种短暂性的空间幻觉。这是一种微妙的反讽。但我也发现，这个细节带有一种轻盈的想象力，它越是往实处写，背后的虚无感就越强大。

小说中的主人公可能是卢德坤，也可能是我们当中的某个人。我们居住的城市就是一座放大的超市，而我们所逛的超市难道不是一座缩小的城市？今世何世，我们从一座超市到另一座超市，我们与物互为过客。

2019年10月11日

和天使较劲的雅各

——池上小说论

十几个男女围成一圈，略嫌松散地坐在满觉陇的一块草坪上。他们时而闭目，时而挥手，时而发出一声叹息或尖叫。这些人的身份是作家，也就是玩文字游戏的那种人，但现在，他们正在午后的阳光下十分认真地玩着一种早已过时了的"杀人游戏"。彼时我也作为一名游戏者参与其间，我身边坐着的，就是池上。看样子，她是第一回玩这种游戏，难免有一种故作镇定的紧张。每回"法官"说"天亮请睁眼"且宣布被杀者不是她时，她就会长长地吁一口气。我始终认为，玩这种游戏的人要具备一种演技和直觉力。这方面，女人天生就优于男人，她们可以在挥手之间很温柔地"杀"死一个人，然后还可以面无表情地坐在那里，或是若无其事地发表一些"嫁祸于人"的观点。有一回，我抓到了"杀手"的扑克牌，扫视一圈，觉得坐在身边的池上是个新手，可以拿她"试刀"。主持人宣布池上被"杀"之后，她突然尖叫了一声，毫不犹豫地指着我说：这就是"凶手"。那种笃定的口气把我吓了一跳。一轮游戏过后，我问池上，你怎么会觉出凶手就潜伏在身边？池上说，我闭着眼睛的时候感觉到有一股杀气就是从你这边透过来的。我想，这就是女人的直觉力。读完池上的几篇小说，我就有这样一种感觉：她是一个直觉力很强的女作家。有时候，从几个词里面，就可以看出男作家与女作家在直觉力方面的细微差异。

读池上的小说始于一次《西湖》笔会。一位编辑这样对我说，池上的文字感觉非常好。我知道这句话意味着什么。对于一个生活经历非常简单、内心世界波谲云诡的作家来说，她的文字自然而然地就倾向于一种意多于形的叙事形态。小说过多地从现实生活中汲取素材和资源，很可能会带来一种想象力的萎缩。因此，必须有一种过滤器，把有限的具象事物在感觉经验中沉淀、过滤之后，变成一种内心化的东西，以粘附到文字的内壁。池上的小说就有这样一种特质。这些年，她一口气写出了一系列她想要写的小说，她那种天生的语感和直觉力帮助她在文字构成的乌托邦完成了一次又一次谨慎的冒险。因此，她的生活可能是一成不变的，但她的写作充满了各种可能性。

再读池上，也是一件偶然的事。某回，吃罢晚饭，随手拿起一本刚寄来的《江南》杂志，其中就有我熟悉的朋友张楚和池上的短篇小说。先读张楚，然后又读池上。读到一半，我就忍不住要笑出声来。家里人问我为什么发笑。我笑而不答。张楚写的是一段虐恋，池上写的是婚外恋。如果说，他们的小说有什么相同之处，那就是：性描写都很干净。在张楚那篇题为《略知她一二》的短篇小说里有这样一个情节：那个大三学生跟四十多岁的宿管阿姨吃完了火锅，又喝了点酒，就在黑暗中推着自行车散步，走着走着就想到去宾馆"休息"了。而在池上的《灰雪》里，女主人公与男主人公在渔家饭店吃了一顿"很落胃口"的饭菜、又"咪"完了满杯的红酒之后，也就自然而然地转移到宾馆里去了。因为是饭后读小说，故而也就格外留意这两个相似的细节。二人写的都是饮食男女。男作家写得直接、有力，甚至带有一股北方男人的狠劲；女作家则写得委婉、细腻，声籁华美。《灰雪》的结尾，女主人公躺在雪地里，写得那么抑扬感伤。在那一刻，欲望已经化成了繁声杂色点染的世界里的一捧灰。那样的结局与之前的缱绻情致相映照，是怎样的一种苍凉？！池上的另一篇小说《桃花渡》写的也是三人之间的恩怨，后面部分写到男欢女爱，写到抽象的欲望与具体的肉身，不再有她之前作品里那种狂热的阴冷，而是递出一种"淡淡的温度"——把文字写到肉里面去，仿佛也能触摸到灵魂了。记得周作人曾说过这么一句话：作家好不好，只须看他对女人的态度是否够得上健全（大意）。如果说周作人提出的标准是针对男作家的，那么，下面这句话就没有男女之分了。我忘了这话是谁提出来的，大意是说：看一个作家写得好不好，只须看他（她）写性的文字是否干净。我对此是认同的。

在小说中，池上把快乐写到极致，就是为了把痛苦写到极致；写出了肉体的喧哗与骚动，就是为了写出灵魂的贫薄与荒寒。池上写作《在长乐镇》就像是在创作一组系列油画，她赋人物以各种色彩，但通篇读完，我竟发现这个小说的底子其实是灰色的。在小说的开头部分，唐小糖先是以披着蓝黑格呢子大衣的形象出现在供销社的木窗框旁（"供销社"这个词也给小说本身抹上了一层旧色）。唐小糖做了供销社的模特之后，她的近乎单调的生活似乎出现了一抹亮色。在陈经理眼中，穿着一条亮黄色碎花连衣裙的唐小糖一定是"一只有着碎花纹的亮黄色蝴蝶"。但陈经理并非她的意中人，作者有意避开了这种以非正常领属关系作为故事发展线索的老式套路（小说嘛，总是需要节外生枝的）。唐小糖嫁给妇科医生郭一鸣之后，她的内心世界究竟发生了什么变化？作者没有交代，但从她对长乐镇漫天飞扬的尘土的喜欢与厌恶可以约略做出判断。在日复一日的单调中，唐小糖的内心滋生了这样一种灰色的念头："灰尘有什么不好的，想飞的时候就飞，想落的时候就落，了无牵挂，做人有时候还不如灰尘。"然而，灰色的生活并非一成不变。写到一个仲夏夜时，作者突然宕开一笔，从人物黯淡、逼仄的内心转移到外面广阔的世界："天变得澄蓝而宽阔，透过窗户，唐小糖能望见长乐桥下浅浅的溪水。"虽然是闲闲一笔，但很重要，那时候，唐小糖的内心世界了无纤尘，跟澄蓝而宽阔的天空一样。浅浅的溪水缓慢地流淌着,唐小糖从窗口就能一眼望到桥那头的店铺,她的目光伸展过去,最后定格在一间修理行的门口。接着,作者通过这个叙述视角,水到渠成般地写到唐小糖与修理行阿凯之间的偷欢一幕:在唐小糖的眼里,阿凯就像一只雄壮的动物。这时候,作者的笔触变得像油画家一样纤细:"汗渍使得阿凯的皮肤看上去泛了层光,是那种很健康的小麦色的光。"阿凯是唐小糖在流产之后认识的,而且几乎是一见钟情的。某个冬日,唐小糖坐在木制窗口看到了这样一番场景:"摩托车上的男人弓着腰,下半身立起,风吹乱了他及肩长的火红色头发,那些火红色的发丝就在他脸旁胡乱地飞舞,以至于除了昏黄的灯光映照下的他那古铜色的侧脸,她什么也没看清。摩托车开了很远以后,唐小糖还呆呆地杵在那里,她想,那是个多么跃动的颜色啊,跃动得仿佛是在燃烧他的生命。"在这段铺陈开来的文字里,作者像印象派画家那样大肆挥霍色彩,灰尘不见了,代之以"火红色头发""昏黄的灯光""古铜色侧脸",这些"跃动的颜色"堆积在一起,既浓重又飘忽。印象派画家莫奈称自己作画时通常会忘掉眼前是哪一种物体,想到的只是一小方蓝色、一小块长方形的粉红色、一丝黄色。画家可以通过空气变幻发现色彩变化之道,作家也可以通过对色彩的捕捉发现人物内心世界的细微变化。需要注意的是,在之后的叙述中作者对色彩的关注一如既往:那个冬日,唐小糖便是身穿蓝黑格呢子大衣、推着亮黄色自行车去桥的最那头的修车行会见阿凯。读到这里,我便想,池上如果学画画,色彩感一定非常强。如果再稍加注意,就会发现这篇小说中即便连一些次要角色也是以色彩特征来凸显人物形象的,比如,帮陈经理打理服装店的那个女人"指甲油猩红猩红"的;阿凯的前女友阿丽去医院堕胎时"看上去精神还不错,身上还是穿着上次那件墨绿色风衣"。在小说的结尾:"一辆黑色桑塔纳从她身后绝尘而过。车是陈经理的,车的副驾驶上坐着个女人,就是那个涂猩红色指甲油的女人。唐小糖凝视着那辆车,一直看了很久很久。终于,她把目光收了回来，落到了桥底下的那片溪水上。溪水好像冻结了，夕阳照在上面呈现出一种明晃晃的色调。"在光与色的作用下，唐小糖的心境映衬得愈发黯淡。可以想象，那一刻，长乐镇的灰尘正在唐小糖的内心四处飘扬，直至将她一点点覆盖。就我阅读所及，《在长乐镇》是池上目前为止写得最出彩、也是最灰暗的一篇小说。相对于《桃花渡》的淡墨轻痕，《在长乐镇》就仿佛是让浓重油彩在画布上恣意流淌，但把它们放在一起作一比较，就会发现结局是一样的：未了之情忽焉成灰，苍凉之气布满全篇。

在池上的笔下，雪是灰的，长乐镇是灰的，红男绿女也是灰的，因此，我便忖度，池上的文字是否也是灰的。我后来找到了她的另外几个短篇小说做延伸阅读。事实上，那种对色彩的别样的感觉在池上早期一篇诗化的小说《夜》里面就已经初露端倪。她大概喜欢借用色彩的绚丽来烘托人物内心的枯寂，如果说这种反衬手法在《夜》里面略显生硬的话，那么移之于《在长乐镇》就显得很自然、妥帖。有时候，池上会故意让明丽的叙述与那种带有弥漫性质的灰色情绪交互渗透，一点点化到文字深处；那里面也许还卷裹着几点猩红色的欲望，但也终归成灰。看完池上几个小说，我就有了这样一种感觉：她先是用女性特有的细腻文字一点点搭建自己的叙事空间，然后又从中把什么一点点抽离出来。于是，七宝楼台在一夜之间崩塌，风帘翠幕在顷刻之间撕裂。繁华落尽，所有的亮丽颜色逐一褪去，唯剩一个灰色的世界。这种灰，混合了白与黑，就是池上小说的底色了。因此，读她的小说让我不由得想起张爱玲的小说，"再好的月亮也不免带些凄凉"。

池上说，她是个悲观主义者。她曾在一篇创作谈中这样描述自己："对面的那家店铺，一面长长的玻璃橱窗内，摆放着各式精致的展示品。这个时候，我总是会停下来，看橱窗里的展示品，也看橱窗里的自己。橱窗里的自己，一样的漠然、麻木，一样的不带任何色彩。"池上所说的"不带任何色彩"在这里仅仅是一个隐喻,因为她看到的是自己的内心。一个人内心枯淡的时候,也许更需要响亮的色彩;反过来说,在目迷五色的生活里,他(她)终将会看到自己灰色的一面。正是在这个意义上,池上把一部分色彩分给了小说中的女人,也把一部分灰色情绪分给了她们。这就不难理解,她在另一篇文章中何以宣称自己就是"《犄角》里那个歇斯底里、近乎发狂的女人,也是《在长乐镇》中敢爱敢恨、同周围格格不入的唐小糖;是《胎记》里渴望爱情、拒绝平庸的卢心慈,也是《桃花渡》里纠结的、无处逃遁的阮依琴"。这是写作伦理中一种颇为有趣的悖论:对于一个自称"不带任何色彩"的作家来说,小说中的人物却可以着"我"之色彩。

女作家们总是那么现实:在"不带任何色彩"的生活里,也要极力活出自己的色彩来。伍尔芙说:女人必须有钱,有一间属于自己的房间。张爱玲说:出名要趁早呀,来得太晚,快乐也不那么痛快。照这两点标准来看,池上虽然谈不上有钱,但她有一间属于自己的房间(独立的写作空间);出名不算早,但也不算晚(《收获》杂志把她作为"八零后"重要作家推出来就是一个证明)。池上原名徐萍,在现实生活中,她是一个被柴米油盐围困的贤妻良母(她曾借用汉语的"困"字描述自己的生活状态)。小说家池上之于现实中的徐萍,有时就像与天使较劲的雅各,她通过文字反抗着现实加诸自身的种种负累。面对坚硬的现实、平淡的生活,她常常无所适从。唯有进入一个虚构世界的时候,她才会变成了"另一种女人"。一部分徐萍放进小说里,也就变成了无比恣肆的池上。徐萍教书,她是众多语文教师中普普通通的一位;池上写小说,她注定要在众多女作家中找到一个属于自己的位置。她不满足于自己仅仅是做一个叫徐萍的女人,她试图改变命运,于是就从署名"池上"的每一篇小说开始。

2015年8月

小说的颜色

——林漱砚小说论

　　一首诗有颜色？一篇小说有颜色？

　　在有关西班牙诗人希梅内斯的《诗人小传》中作者这样写道："希梅内斯早期诗有德国浪漫主义和法国象征主义的影子，以黄色和绿色为主。而后期的诗有苦行主义风格，以白色为主。"所谓黄色、绿色和白色，是一首诗给人引发的一种大体上的感觉。诗如此，散文与小说想必也不例外。胡兰成论张爱玲时说，张的散文与小说，如果拿颜色来比方，明亮的一面是银紫色的，阴暗的一面是月下的青灰色。张爱玲也曾在一篇《谈音乐》的文章中谈到自己对颜色的敏感与偏好。她说："颜色与气味常常使我快乐"，"总之，颜色这样东西，没颜落色的时候是凄惨的；但凡让人注意到，总是可喜的，使这个世界显得更真实"。的确，张爱玲在小说中时常把视觉经验发挥到极致，写出一些描述色彩的句子，看似不着悲欢，却带出了人世间的无限苍凉。我读张爱玲的小说与散文不多，但我感觉她写文章如画画，她不会告诉我们这里为什么会用银紫色，那里为什么会用青灰色。她的手是被她的心性与感觉带着走的，恐怕连她自己也说不清所以然。因此，我们有理由相信，张爱玲并没有刻意去表现这方面的才能，而是当读者（包括胡兰成）把那些诸如"紫晕""灰寒"之类的词放进小说的整体氛围时，才会有那样一种偏重银紫色或青灰色的画面感。

　　读过林漱砚的小说集，我无法用一两种颜色描述自己的直观感受。在我看来，她的语言风格尚未定型，因此，每篇小说几乎都会呈现出不同的颜色来。她在《天青色等烟雨》的创作谈中这样写道："不知道为什么，我写一篇小说之前，总想在文字间寻找一抹可以确立基调的颜色，这就像有些诗人写诗之前要给自己的诗定一下调。当我在开头部分写下'一层淡青色的云雾正若隐若现地笼罩下来'这样的句子，我还不能确定它就是我所期待的那种'颜色'。写这篇小说，最难的不是设置故事的悬念，而是布置一种烟雨将至、仿佛有什么事就要发生而一切尚在朦胧惝恍中的氛围。我写第一稿的时候，只有情节的推动，只一味强调所谓的"故事性"，自己读了一遍，不满意，总想添点什么，却又怕画蛇添足。于是，停下来，放了一阵子。那时候，一位朋友向我推荐了奥康纳的小说。我读了几篇，发现奥康纳那些被归类到'哥特式小说'的作品里面，氤氲着一种无以名之的神秘感，它像一阵烟雨那样在我脑子弥漫开来。有一天，我走到自己的电脑前，打开自己的小说草稿，给它抹上了一层'天青色'。"

　　汉字也真是奇妙。一个"青"字，可以指很多种颜色。青，既可以指黑色，也可以指绿色或蓝色。读者只有把这个字放在具体可感的场景才能明白它究何所指。由"青"带出的一些词汇：靛青、群青、青烟、青花、青漆、青出于蓝而胜于蓝等，大致上有一个清晰的指向。因此，我有这样一种感觉：《天青色等烟雨》是蓝色的，准确地说，是深蓝色的。"天青色"的"青"，本身就指蓝色；女主人公周青瓷这个名字中的"青瓷"二字，也让人想到一种宁静幽深的"青花蓝"。"天青色等烟雨"这个题目来自流行歌曲《青花瓷》。我不太喜欢这种伪古典的歌词，但"天青色等烟雨"这六字倒是让我认真琢磨了一下。按字面理解，"天青色"在"等烟雨"之前，这里的"青"可指黑色。但如果把它读作倒装句，那就可以解作：等待烟雨过后的蓝色天空。这个句子的微妙之处正是解读这篇小说的关键所在。《天青色等烟雨》几乎具备了哥特式小说的所有元素:一栋小洋房、一个神经兮兮的女人、一个傻子、一只栗子猫、一种治疗雌激素低下症的药物。这篇小说讲的是,富家太太周青瓷病了一场,倍感人世无常,忽然做出了一个荒诞的决定:要在自己生前举办一场葬礼。为此,她还做了精心擘画,特意请来一个专业摄制组把葬礼现场拍成一部微电影。然而,在对葬礼的畸形消费中却隐藏着一个鲜为人知的秘密。叙述者的视角随着摄影师李莽的摄像机镜头游移至细微之处,一点点开掘"葬礼"背后的真相,一些蔽而未明的事件也随着各种人物的出场渐渐显露,畸人畸事畸情由此纷纷演绎。这篇小说的叙述基调偏于阴郁,如果说"天青色"指的是深蓝色,那么,这种颜色给人带来的正是一种阴郁的感受。尤其是读到那个寂静的夜晚女主人公的一番倾诉,让我不由想到了张爱玲在一篇文章写到的一个句子:地板上的蓝色的月光,那静静的杀机。

《黑塔》固然是黑色的。这篇小说的氛围跟《天青色等烟雨》有点相似。如果说前者是深蓝色的,那么,这篇小说就仿佛是深蓝色的天空进入黑夜之后渐变的颜色。叙述者"我"是一名医生,也是精神分裂症患者孟老师的学生。"我"把孟老师从精神病院带回家,安置妥当,正准备陪她入睡时,文字间突然有了黑夜到来之后的安宁,白天时分大海般动荡的生活至此归于平静,但这样的平静只是一种假象,在它底下,仍然是动荡不息的暗流。《逐花的格霓》中也写到了类似的场景。姨妈格霓负气出门,在林雨曼家过夜时,林雨曼的内心出现了一个让人纠结也需要究诘的问题,但她异常平静地接受了与姨妈同宿的安排。经历了小说的幽暗之境,叙述节奏也就慢了下来,文字由此开始贴着人物游走。《黑塔》中的"我"与孟老师,《逐花的格霓》中的林雨曼与姨妈格霓,在黑暗中惘然相对,既有一种亲近感,又有一种疏离感。这种复杂而微妙的感受很难说清道明,但叙述者借助黑暗,可以掩饰表情,也可以隐藏感情。

如果说林漱砚早期那些小说（比如《一个人的柏拉图》《心之牢》）少了一些精神氛围的烘托，多了一些物质化的描述，那么，在《黑塔》与《逐花的格霓》中，她开始有意识地营造一种小说特有的氛围，甚至给人一种"心物相契"的感觉。所谓"心物相契"，换成时下的说法就是：情感经验与视觉经验的交融。视觉所及的颜色可以内化为一种情绪，而情绪也会染上视觉带来的颜色。在《黑塔》与《逐花的格霓》这两篇小说中，这些人物都像是生活在黑夜，她们的世界是黑色的，她们的内心也是黑色的。但作者没有展开奥康纳式的黑暗想象，她尽其所能地用文字向黑暗寻找亮光，向冰冷索要温暖。

与《黑塔》相反，《梦是静静燃烧的雪》是白色的。白色，是伤逝之色，也是内心洗去铅华的基色。从表面看，这是一篇职场小说。我们读职场小说可以发现这样一种职场景貌：那里面，总会有一两个白白胖胖且不太令人讨厌的男同事、一群七嘴八舌但有口无心的女同事，当然还会有一两个神情怪异、人格暗黑的小男人。小说中的女主人公甘雅静就是在这样一个群体里从一名小职员进而擢升为备受同事关注和嫉妒的秘书长。看到这样的描述，我们脑子里也许会浮现出那种猫步鹤颈、高冷练达的职场女性形象。而事实上，甘雅静不属于这样一类人：她出身低微，拜的亲爷（干爹）只是个皮鞋匠，故而无爹可拼；她跟公司里的高层领导只有纯粹的领属关系，故而也谈不上有山可靠。她有的是颜值和才华，然而这恰恰是她的职场人生遭遇挫折的原因之一。从中我们也可以窥见职场政治与个人能力之间展开博弈的普遍性社会现象。值得注意的是，这篇小说的开头是从"最后一滴雨"开始的。这一滴秋雨给小说带来了无尽的凉意和纯净的气息，因此，通篇文字也便混合了属于秋天的落花寂寂的氛围。小说里有闲笔，它的出现正如落花无意。比如第一节写到金爸金妈金世浦一家人之后，情节的链条突然断掉了，作者有意放慢了叙述节奏，转而写甘雅静的烘焙手艺。甘雅静躲进自己的小世界里，是因为不能承受生活之重。做蛋糕，是她对职场人生产生厌倦之后聊且自娱的一种生活方式。这样一个细节，使得前一段文字与后一段文字之间的气息变得悠缓了，给人一种闲花落草的感觉。随后的"开房门"事件，给小说带来了必要的情节推动力。甘雅静面对这种来自公司内部的造谣中伤，先是愤怒，继而无奈，然后就是萌生退意。具有讽刺意义的是，当造谣者的面目显露之后，调查真相对她来说反而显得不再重要了。不是她穷于应付，而是她相信一位大学导师说过的一句话：谣言传多了，也可能变成妄言。甘雅静并不像同事们想象的那样坚强，也并不像他们想象的那样脆弱，这一切都在她的承受范围之内。如果我们稍加注意的话，就会发现小说开头部分写到了甘雅静左脚的一大片瘀青，对她来说，这只是可以忽略不计的皮外伤；而谣诼纷至、暗箭中伤给她带来的伤害也可以暂且放在一边或抛诸脑后；真正让她伤怀的，是金爸的去世。在骨子里，金爸与她虽然不是血脉相连，却是心气相通的：他们都热衷于一门手艺活，心怀平和，不为世俗所动。说到底，无论是金爸做鞋，还是甘雅静做蛋糕，在本质上都是为了求得内心的安宁和自足。甘雅静也正是在做蛋糕的过程中对人生有所体味，就像小说中所写的：没有做过蛋糕的人，永远无法理解一摊透明的蛋清，怎么能变成一堆雪白丰满、弹性十足的蛋白霜。在小说的结尾，鞋店柜台上摆放的是一个巨型奶油蛋糕，作者这样描述道："层层叠叠的奶油就仿佛用瑞雪堆成的，在蜡烛的映照下，静静地燃烧着，发出耀眼的光芒。"雪作为一个重要意象，在整篇小说中有着不言而喻的"提纯"的意义。我们再回过头看前文，不难发现甘雅静在潜意识中对白色情有独钟：十三岁那年，她参加学校里的一个舞蹈节目《茉莉花》，就一直梦想着拥有一双白色袜子、白色皮鞋，是金爸给她连夜赶制了一双带蝴蝶结襻扣的白色皮鞋。在这里，情节有了解释性联结，生发了另一层意味……

与前面几篇小说相比，《另一面》在谋篇布局上最为讲究。如果我说这篇

　　小说是由蓝与紫的交替构成的，实非出于牵强附会。小说的叙述者是一位化妆师（他从事的就是造型敷色的工作），他向我们讲述了三位女性人物，一隐二显。隐的那位暂且按下不表，显在的两位，一名严紫粉，一名蓝妙芝，看名字，作者仿佛是故意要把两种颜色派定在两位身份截然不同的女孩身上。小说叙述也有讲究，一蓝一紫，相辅而行，明昧参半，及至末尾，也有相交之处，但都是淡然着墨。叙述者没有去深究严紫粉的内心世界，但他给她化妆的时候，一个女孩的内心阴影已然投到脸上，让我们隐约看到了灵魂的颜色、欲望的颜色。脸上那薄薄的一层，隔开的是表象与现实，化妆师却能透过表象看到一个真实的严紫粉，正如他在无意间发现了助手蓝妙芝的真实状况。我们知道，紫色是由红色与蓝色调和而成的，由此及彼，蓝妙芝也可说是严紫粉的另一面。

　　《没有终点的绿皮火车》是绿色的，是绿皮火车的颜色，携带着旧时光里一抹暗暗淡淡恍恍惚惚的记忆。《一个人的柏拉图》是玫瑰色的，或者说是凋零的玫瑰的颜色，略有些哀怨的气息。《九九消寒图》是红色的，而且是梅花那种阵阵生寒的红。《心之牢》《日光之下》《捕风者》，三篇小说都带一点宗教色彩，里面的人物有黑有白，也有黑白混合而成的灰色。

　　叙利亚诗人阿多尼斯曾引用莎翁的一句话说：只有语言能够"把绿色变成红色"。诗人把月亮写成绿色，画家把竹子画成红色，都是与内心的某种微妙变化有关。那么，为什么说小说会有颜色？我想，这大概跟小说语言所传递的那种情绪有关，而这种情绪一旦在读者内心激荡开来，也能促成相应的视觉想象。

　　读完林漱砚的一本小说集，我还注意到，小说中的叙述者大都是医生或病人，这大概跟她从事的职业不无关系。医生与病人每天出入医院，在他们眼中，所有的人都是有病的，就像在猫眼里，所有的东西都是灰色的。但林漱砚作为小说写作者，她首先把自己当作一个病人，推己及人，她托身为叙述者可以在《逐花的格霓》中陪伴格霓体味丧女之痛，在《黑塔》中陪伴孟老师承受精神分裂之苦，在《假如大水漫过红杉林》中陪伴医生紫欣体验死之将至的悲哀。如果说，她的小说有一种基色，那么这种基色就是白色。厥心纯白，故而可以在自己的小说中随意着色。不管她的小说在表面呈现怎样的五颜六色，我们依然能感受到她在小说内核深藏着的基色。因了这种基色，她对自己笔下的人物总是温柔以待，甚至对一道光的挽留，对一阵风的依恋也都是那么真切。

林漱砚从事小说创作的时间并不算长。可以看得出，她会写故事，也会在叙述中糅入日常生活的原质经验。这一点使她可以更快地进入一种平实的、没有夸饰的叙述话语。我发现，在她早期的一些小说中，她作为一个叙述者总是试图分身进去感受，以致出现了不必要的干扰。但到了《黑塔》《另一面》《九九消寒图》，她有意无意地拉开了作者、叙述者、人物之间的距离。作者退到一边后，叙述者便有效地与小说中的人物发生某种隐秘的联系。她不但有效地控制自己的叙述视角，还恰如其分地控制了自己的情绪，这就使她后来的小说有了一种冷色调。

读林漱砚的文字，感觉她是那种心地明亮干净的小说家。她在写小说之前，主要是写散文。她的小说，时见散文的笔致，语言不乏纯净，用情总是那么深婉。读完一篇小说，再读一篇小而温暖的散文，适足以怡情。小说未必非要锥心，怡情亦是一途。再说，小说若是篇篇锥心，也是一件很可怕的事。作为一个自由的写作人，林漱砚没有写出一部大作品的野心，她只是把写作当成一件怡情悦性的事，能写就写一点，只是出于内心的需要，也谈不上什么文债的催迫。伊秉绶曾在砚台上作一铭：惟砚作田，咸歌乐岁。墨稼有秋，笔耕无税。将这一段话移来赠给林漱砚，想必也是应景的吧。

2020年2月

躲在窗帘后面的女人
——苏羊小说论

一

　　我曾不无偏激地想，肺结核患者可能会比常人更喜欢卡夫卡，就像卡夫卡喜欢患有肺结核的斯蒂文森一样。卡夫卡的文章中时常会提到那些虚弱的肺结核患者，而他的文字间总是充满了肺结核患者的疑虑、冷漠和不安。我不知道残雪女士有没有患过肺结核，但卡夫卡先生显然已经把自己咳嗽的方式也传给这位女士了。在这里，我无意于诅咒残雪。因为她喜欢的两位作家居然都是肺结核患者：一位是卡夫卡，另一位就是鲁迅。我不知道这是一种出于巧合的兴会，还是残雪与生俱来的气质中早已混入了一种肺结核患者的气息。很多人都认定，在卡夫卡的徒子徒孙中，残雪是走得最远的一位，亦是越走越孤独、越走越无奈的一位。因此之故，残雪在很多年前就停在那里，这之后，没有人追赶上来，她就关上了门，状极悲壮———一种"微斯人，吾谁与归"的悲壮。而苏羊告诉我，残雪并没有真正了解卡夫卡，卡夫卡也不是她所了解的那个样子。那口气，仿佛是出自卡夫卡的生前密友密伦娜女士之口。读苏羊的某一部分小说，我就会想到卡夫卡。在我看来，她眼中的卡夫卡与残雪眼中的卡夫卡有何种区别，哪一个卡夫卡更接近本质意义上的卡夫卡并不重要。重要的是，她们都把卡夫卡中国化了——她们在中国这块土地上发明了各自的"卡夫卡"。因此，我曾开玩笑说，卡夫卡减去残雪，就等于苏羊了。事实上，在中国，不知道有多少写作者的文字里都能或多或少地找到卡夫卡的影子（我不知道这只伟大的乌鸦究竟造就了多少只小乌鸦，这里面，又有多少人原本可以成为优秀的小天鹅，却不幸沦为折翅的乌鸦。成亦卡夫卡，败亦卡夫卡，学卡夫卡学坏了的人向来不乏其例）。苏羊之效卡夫卡，我以为，并非时趋使然，而是源于内心的暗合，这种暗合给她日后的创作带来了广阔而又绵长的激情。她因为接近卡夫卡，而让自己渐行渐远；相反，如果有一天，她离卡夫卡越来越远，也许就能在某种程度上更接近卡夫卡了。

我用"对应"这个词谈论苏羊早期的小说与卡夫卡之间的关系，也许显得过于武断，但我还是发现，她的《通往香巴拉的秘密通道》在《城堡》中可以找到"对应"的关系，此外，《王子之死》之于《一条狗的研究》，《瓶中叹息》之于《地洞》都可以或多或少地找到某种对应关系。从她那些早年的文字间，时常浮现出一张卡夫卡的面孔，充满了优雅的感伤和华美的绝望。但苏羊就是苏羊，她的叙述声音在多年之后就慢慢出来了。

每个人都是用自己的方式说自己的话，也有可能，说着说着就变成自说自话。不是说给别人听，而是说给自己听。说完了，心里只有一种踏实的想法：舒服。不错，一个写作者如果完成一部作品之后感觉不舒服，那么他（她）就会对自己所写的东西产生怀疑，进而丧失了继续写下去的勇气。读苏羊的小说，我有这么一种感觉：她是一个近乎固执的女人，她的叙述如同梦呓，不管你接受不接受，她都极富耐心地讲下去，如果你具备同样的耐心，则可以留下来，任由自己被她的梦呓牵引着，进入一个由她营造的、光怪陆离的梦境。当然，你也可以拒绝梦呓所带来的催眠作用。总之，她压根就没有打算跟读者沟通好关系。她的小说保持着一贯的低沉与阴郁，偶尔有几处出现喜悦的亮色，也迅即被一种巨大的虚无笼罩，变成半明半暗的样子。我曾猜度，如果她坐在一个房间里，是否喜欢把窗帘拉严实，拒绝外面浩大的阳光源源不断地注入，侵扰她内心那一团幽暗的、无以名之的东西；或者说，当她需要一点光亮时，她是否只是稍稍拉开一点窗帘，借助这一点光亮，她便可以洞察外面的世界？

在《瓶中叹息》中我读到这样一段描写窗帘的文字："风从窗户缝里吹进来，使绘有花卉图案的灰白色窗帘有节奏地向前涌动着，仿佛后头躲着一对正在交欢的男女。"这段极具暗示性的文字后面隐藏着不安和动荡。窗帘是某种隐私的客观对应物，甚至，它跟女人微露的领口一样，带有一种不言而喻的挑逗性。透过窗帘，一些零敲碎打的场景忽然聚合起来，变成一个荒诞而又奇妙的故事。而窗帘似乎跟我们玩弄了一种障眼法，它有效地混淆了现实与梦幻之间的界限。我在福克纳的《喧哗与骚动》中也看到了一段同样描绘窗帘的精彩句子："我站在窗前，窗帘在黑暗中缓慢地吹拂过来，触摸着我的脸，仿佛有人在睡梦之中呼出一口气，接着徐徐地吸进一口气，窗帘就回到黑暗之中，不再触摸我了。"窗帘在这部内省式的小说中起到了一种微妙的作用，它是一种遮蔽的敞开，它虚化物质世界的同时，也让内心世界逐渐变得明晰起来。

在苏羊的小说里，薄膜是窗帘的另一种形态，可以看出其间隐含的象征意义。在一篇题为《鸟人》的小说里，她曾经把一座城市喻为胎盘，被包在一层灰蒙蒙、雾茫茫的薄膜里。而在另一篇小说《偷孩子的女人》里，她再次频繁使用"薄膜"这个词，通过一种身体叙事把男女之间难以描述的感觉写出来："他们俩分别被裹进了巨大的人形避孕套里"，"他觉得自己碰到的是一层薄膜"；"妻子的乳房在薄膜下涌动"，这篇小说读完之后，我脑子里居然还有上述这些细节勾留着，拂之不去，于是就莫名其妙地感觉苏羊的小说里也有一层薄膜，它有效地保存了那份处子的纯净、敏感和天真。

正是在这个意义上，我把苏羊的小说称为"半自闭的小说"。她把自己的一部分打开的同时，另一部分却闭合起来。如果把小说比喻成一座房子，那么，苏羊想必是不会打开这扇房门的，但她很可能会在闷热的时候打开其中一扇窗，或者索性让窗子虚掩着。其小说里面的叙述者通常是活在自己的内心世界里，就像地洞里的老鼠，就像斗室间的影子。而且，我做了进一步的猜度：在写作中，她的神经可能是绷紧的，耳朵是竖起来的，始终对这个世界保持诗人般的警觉，这种警觉使她更趋于内省。有时，出于女性天生的直觉力，情不知所起，一往而深，沉溺于自我的感觉中，甚至欣悦于沉溺，无意于自拔，由此带来情绪的胶着状态和词语之间的紧张关系。她紧紧地抓住一种在她看来至为重要的东西，生怕松一口气，就会泄露内心的隐秘。

苏羊并不是一个讲故事的能手，她的小说并不是以情节独擅胜场。反过来说，她也没有打算在这方面显示自己的才能。她可以从中间或结尾部分开始写，而我们同样可以从中间或结尾部分开始阅读。她的小说中，对话并不多。她关注的是那些人的内心世界，以及某个瞬间，他们的动作和表情所流露出来的内心变化。所以，小说中的主人公通常显得沉默寡言，即便是说了什么话，也像是没说过。她的语调是冰冷的、含混的、迟疑的，她不喜欢明着来，喜欢一些幽暗的、潮湿的、发霉的、甚至血腥或腌脏的东西。这些东西在一些冰冷的词语中散发出一种幽独而又怪异的气味。在这里，我可以罗列出一些她惯于使用的词语：黑夜、梦境、阴影、血、眼泪、灵魂、小鬼、故乡、欲望、疯狂、绝望、恐惧、叹息、梦呓、沉默、孤寂、疲倦、疼痛等。这些词语为她所用，并且能让她兴奋起来，获得一种浑然忘我的沉溺。

因封闭而敞开，因偏激而深刻，因狭窄而奇崛。正是这种"半自闭小说"的文体特征。

二

苏羊的小说大致可以分为两类：一类是在路上发生的故事，一类是在房间里发生的故事。不过，那些小说大多没有具体的时间或空间指涉，里面的人物无论是囿于房间，还是游荡在马路上，都像是同一个人：他们的存在让我们看到了生命的虚无与生活的悖谬。

有一段时间，苏羊常常处于一种"在路上"的状态。即便在家里，她也会有灵魂出窍、四处游荡的感觉。于是，在小说中，就不自觉地出现一种"在路上"的人。这些人要寻找什么？不知道。在《沿着铁路回故乡》这篇小说中，三个人同时沿着铁路寻找故乡，但故乡即是乌有乡。我们知道，《福音书》中三博士寻找新生的基督时，有星辰指引，他们知道目标在哪里。而在苏羊笔下，三个寻找故乡的人是没有目标的。他们唯独知道自己在路上。正如作者对"灵魂"的描述："这些年，不管他是作为一个人还是灵魂，他始终觉得自己处于一种漂泊和不安之中，也正是这种漂泊和不安致使他的周围和身体深处有一股看不见、触不到的躁动，这躁动常常迫使他发疯。"具有讽刺意义的是，那个卖地图的老人并没有在地图上找到自己的故乡，也许，在他内心有一张隐秘的地图，但他无法在现实世界中寻找。三个人："灵魂"（如果他也可称之为人）、抢劫犯、卖地图的老人，其实就是同一个人，或者说，他们只不过是同一个人扮演不同的角色而已。我们可以称之为"在路上的人"。"在路上的人"后来又出现在苏羊的另一篇小说《寻找香巴拉的秘密通道》中，他们变成了猪肉贩子和医生。这里面，有一个游荡的幽灵，在命令他们从安静的房间里走出来，在路上，领受疯狂。他们依然在走，依然在寻找一个可望而不可即的乌有乡。而小说到了结局，总是指向绝望。那些人没有笔直地走向绝望，而是在磕磕碰碰中满怀希望地走向绝望。一切关于幸福的、华而不实的言辞都被作者

——粉碎，消解于虚无之中。

因此，读苏羊的小说，感觉是在看一部来自欧洲的黑色电影：阴冷的叙事风格、诡异的对话、低光照明的画面，会让人无端端觉得心里沉重起来。相比之下，我以为《虚构的男人》是苏羊所有小说中写得最为轻逸的一篇，"轻逸"是卡尔维诺在《千年文学备忘录》中拈出并且反复谈论的一个词。以我之见，这种"轻逸"是另一种沉重。换言之，是沉重插上了轻逸的翅膀。在这篇小说中，一向滞重的苏羊突然放轻了手脚，从容进入状态，变成了一个自觉的叙述者。故事也很有意思，说是一个独守空房的文学女青年忽生瑰丽的幽怨，拟从纸上虚构出一个近乎完美的男人。有一天，她从前所写的一篇小说中的男主人公突然跑出来，跟她聊了起来，他们之间还试着展开一场不动声色的柏拉图式恋爱。写到这里，文字间依然呈现出温情的、甚至带有几分逸乐的色彩。但这一切是一个可怕的陷阱。事实上，男人早已知道女人就是自己的作者，而且一度在一篇小说把他和妻子写得十分不堪。在一个适当的时机，他突然出现在女人身后，把她的小说撕毁，而且还要杀死作者。在寓言的意义上，作者死了。这篇小说如同荒诞的境遇剧，从虚空中划出一片尖锐的伤逝之音。不能说，这里面没有苏羊本人的生活投影。这个躲在窗帘后面的女人，也许还在寻找下一个"虚构的男人"。而这个"男人"，与她所谈论的"故乡"和"香巴拉"一样，是否还要归于虚无？

《虚构的男人》之后，苏羊又写了一篇同样极尽荒诞之能事的小说《镜中的妻子》。笔法亦是取轻逸一路：小说中的叙述者穷于应对世俗生活时，镜子里面突然跑了一个跟她一模一样的女人，起初她可以陪同叙述者聊天、做家务活，但后来她就迅速变成了叙述者的替代品，她可以在夫妻性事中曲尽其妙，可以跟邻里和睦相处，可以与单位同事打成一片，她的欲望日甚一日，还在外面找了一个情人。总之，叙述者终将面临的，不是被取代，而是"被消失"。这篇小说同样是把卡夫卡的"重"转换成卡尔维诺的"轻",写起来轻重缓急,转换自如。

在常人的逻辑思维里面,甲就是甲,乙就是乙,甲不能既是乙又不是乙。但在苏羊的小说中,这一切都成了可能:日常生活的合理性与逻辑性进入她的小说里面,就有可能变成不合理的、反逻辑的,因为她可以凭仗自己的意念在小说中建立另一套逻辑与反逻辑。

在反逻辑的作用下,苏羊的小说中便时常出现一些悖谬的情节:一个卖猪肉的,天天面对鲜血淋漓的猪肉,但他看见人血就犯晕;一个旅店老板,时常玩弄女人(自称为"施爱者"),最后他并没有死于性病,而是死于对性病的恐惧;一个女人,全身动不动就痛,即便伸出食指轻轻地滑过自己的肌肤,疼痛也会"像一只沉睡的蜜蜂一样,快速地苏醒过来",她四处求医,几乎要疯掉,但她到底还是没疯掉,疯掉的是那个医生;还有一个女人,独独迷恋自己的手,为了让双手常葆青春,为了维护一种不败的美,她不惜使用一种近乎变态的残忍手段,把一只又一只活生生的小鸡放进一种防腐油中做试验……

把生命的虚无感化入文字,把生活的种种悖谬融进情节,使苏羊那种"半自闭的小说"发出了一种宁可给人违和感也不愿媚俗的叙述声音。

近些年,苏羊的小说有了些微变化。如果说,她之前的小说是靠某种主题来推动,那么在后来的小说中她开始尝试以情节来推动。但苏羊自有她的"变"与"不变"。变的是外在的叙事形式,而不变的是那种内在的东西,包括她所选择的小说伦理、她所坚持的批判精神,以及现实困境给她带来的各种问题意识。

在骨子里,她一直坚持黑暗的书写。因此,读她的小说更像是在某个县城的小酒馆里,突然听到有人在夜雨中弹唱,你不知道那人是谁,也不知道那人在弹唱些什么,但可以肯定,歌者是为自己而唱,为内心深处的那个"我"而唱。听着听着，你的情绪就会被雨水与歌声浸润，在黑暗中缓慢地流动。总之，苏羊的小说鲜有好天气里的抒怀，所多者，是雨夜的低语，夹带着一个人发自内心的嗔痴爱恨、烙在身体里的耻辱印记以及绵里藏针的诅咒。这样的写作不仅仅需要一种才情，更需要一种独立人格从文本内部像骨头撑起肉身那样撑起自己的文字。作为一个黑暗的书写者，她没有做出思想者的姿态，但她思想里面的黑色质素已然沉淀到文字里面，透过这些文字，你也许会看到一种黑暗的亮光或明亮的黑暗。

2016年5月

在珠穆朗玛峰顶种一朵花

——祁媛小说论

祁媛的专业是画画，写小说只是她的业余爱好。毕加索说，假如我能用言语把事物描述出来，那我还是不画为妙。他这话也许可以反过来说，假如我能把那些事物用画描绘出来，那我还是不写为妙。这种拟于吊诡的说法，有道理，也没道理。有些事物，只能以画面呈现，有些事物，却能以文字呈现。库尔贝说：画你眼睛所看见的。这句话其实也可以换一种说法：写你眼睛所看见的。

我见过祁媛的线描画，线条纤细而爽利，可以想见，她画画时手指就是一根放大的神经，而线条就是她的神经的延伸和分化，在纸上蜿蜒、缠绕，仿佛只要你的手指碰到其中任何一根神经，它就会发出琴弦般的声音。这些密布的神经进入她的小说时，就变成了一种个人化的、神经质的语言。她没有那种以文学为志业的专业作家所表现出来的雄心，但"无意于佳乃佳"这句话却在她的作品中得到了印证。在《我准备不发疯》这篇小说中，祁媛颇为本色当行地谈起绘画："陈杰从旁边的抽屉拿出几幅画给我看，那是些彩铅和蜡笔素描，下笔狠，落色毒，想象野。"证之于祁媛某一部分小说，也不乏"下笔狠，落色毒，想象野"的特质。

一、从《奔丧》到《约会》

《奔丧》写的是"我"坐绿皮火车回老家为叔叔奔丧。绿皮火车的特点是"慢"和"脏"，在高铁时代，它要么与"怀旧"这个词有关，要么与"偏僻"这个词有关。在火车奔跑或停靠的过程中，"我"的思绪也在时断时续地延展。显然，这不是简单的回乡偶书。"我"的回乡，既是一场诀别，也是一次情感的溯洄。这一切看起来是那么空茫、无所依恃。故乡，在"我"看来，大概跟那辆又慢又脏的绿皮火车没有什么区别。"我"对故乡没有投注多大的情感，亦无所期待，甚至在半途中差点想下车踅返。当"我"置身故乡，故乡之于"我"的距离感才真正出现，这种距离感亦即"我"与亲属之间的日渐疏远。"我"所见到的堂妹已长到十五岁了，"肥胖而早熟，臃肿的身材就像她吃的鸡翅膀一样仿佛被注射过某种激素，被迅猛地催肥了"，而在"我"的记忆中，九岁的堂妹有着"少女的漂亮与妩媚"，甚至连邻家老太太都夸她比"我"漂亮。然而，她的成长如此"畸形而快速"还是让我大感意外。读到这里，我的脑子里莫名其妙地跳出前面一段看似不太经意的文字："火车在一个不知名的小站临时停车了。这里大概是个工业城市，我看到一些烟囱矗立在楼房之间，在这样一个朦胧的雨天中，静静地向天空冒着白烟。"从"大概"这个词，可以感觉得到这个曾经熟悉的城市如今于我是陌生的，它的发展跟我那个堂妹一样，也是"畸形而快速"的。从城市的变化写到堂妹的变化，再连带而及写到婶婶的变化，最终就是为了凸显叔叔的变化。叔叔曾经是个翩翩少年，吊儿郎当混到三十多岁后就跟一个剽悍女人结了婚，从此陷入不堪的生活，变成一个庸俗而猥琐的中年男人。他在世的时候，因为相貌发生剧变，"从此好像更没底气了，每次出门都站在黑胖妇人身后，心虚地微笑着"；死后呢？更不堪入目，"由于生前疾病留下的腹水，他的肚子像孕妇一样肿胀着，脸则像冻过的酱紫色猪肝，嘴唇和眉毛都结上了薄薄的冰霜，五官依稀还可以辨认生前的模样，身上穿的白色丧服（笔者注：应为寿衣），做工简陋而粗糙，很明显是小裁缝铺里低价定制的……"写到这里，作者笔锋一转，"他也曾年轻过、鲜活过，不过这一切都像淡淡的水彩颜料在洗漱池里被水彻底地冲刷到污秽的下水道里去了"。这篇小说在漫不经心的叙述中时常会使用恶狠狠的比喻。比如："焚尸炉的窗口合上了，他们要像烧一块破布一样焚烧我的叔叔了"；"开采过的山，地表的岩石丑陋地暴露着，像一个在活着的时候就被剥开了皮肤，露出了血淋淋恶心的皮下脂肪"。这些比喻，似乎隐含着内心的冷漠。

《奔丧》中的"我"有点类似于《局外人》中的默尔索。在《局外人》的开头部分，加缪写道："今天，妈妈死了。也许是在昨天，我搞不清楚。"而《奔丧》的开头部分写到"我"获悉叔叔去世的消息，语调也是低沉而冷漠的："对于他的肝硬化，我并不奇怪，倒奇怪他得的不是肝癌。""我"对叔叔没有抱有那种至亲的情感，相反，他有一次酒醉时还掐过"我"脖子。这个人，曾经坐上火车想来城里看"我"，但因为车厢太热就在中途下车，然后回家。而"我"呢？居然也没有把这事放在心上。"我"与叔叔虽然形同陌路，但细究起来却有一份隐然的追诉。祁媛毕竟不是加缪，当我们以为她要冷酷到底的时候，她还是多爱不忍，在小说的结尾部分，她让女主人公心底深埋着的温情明白无误地流露出来。因此，当我看到她写到"不知为什么我的眼泪自己夺眶而出了"，我丝毫不觉得这一句因为过多流露温情而打破之前那种冷漠的叙述氛围。真正的悲哀是在没有哭声的那一刻出现的。"我"坐在车上，捧着叔叔的照片时，忽然想到一年前爷爷去世时，"我"同样是捧着爷爷的照片，而叔叔就坐在我对面，手中捧着的是爷爷的骨灰盒。"我"是通过爷爷，突然对叔叔有了那么一点"了解"。在这里，作者找到了一个点，一个可以引发内爆的点。

读完《奔丧》，掩卷遐想。我脑子里竟无缘无故地蹦出了两句诗。一句诗是中国早期象征主义诗人李金发写的：生命是死神唇边的笑；另一句诗是自白派诗人普拉斯写的：未来是一只灰色的海鸥。

《约会》中的女主人公照例是那种懒洋洋的人，她喜欢"慵懒地陷在柔软的被子里，体温在一整夜里与被子脉脉相融，难分彼此"。她睡在床上，也像是在游荡；而她外出游荡时，却像是在梦里。她去做什么？没错，去约会。她坐的是开往城西的公交车，虽然西区与约会地点相距不远，但标明的终点站是她所不熟悉的。反正时间还多，她就上了车。她在车上胡思乱想，恍恍惚惚，竟睡过了头。天色已黑，她从末班车下来时，不知何去何从。错过约会，枨触于某段姻缘的无由抵达，索性就放弃了。约会，应该是一件欣快之事，但在祁媛写来，跟奔赴一场无聊的饭局几乎没有什么区别。读到最后，我甚至觉得作者是带着《奔丧》的笔调写《约会》的。两个女主人公几乎有着相同的特点：她们看不清这个世界，也看不清自我，她们甚至也没打算把这个世界与自我放在一起打量。对她们来说，生活就是梦的一部分，白昼就是夜晚的一部分。

从文本角度来看，《约会》跟《奔丧》一样，从头到尾似乎看不到混沌生活里的一缕清明，字里行间弥散着一种不想一条胡同走到黑但又不得不走的沮丧。但是，一种幽暗力量的凸显，使祁媛的小说呈现出另一种可能性的方向。

从祁媛的小说里我重新发现了加缪，这倒不是说加缪给她带来多大的影响，而是（隐隐约约）觉得，她的某一段文字抵达了加缪曾经抵达过的地方。一个作家如果不能跟另一个作家并肩同行，也有可能在某个相交的点上与之擦肩而过。若干年后，祁媛倘若回忆起自己的文学起步，大约也会提到她与加缪的不期而遇吧。作为一名写作者，我早年也曾把加缪视作领路人。然而，展现在我眼前的路无疑是幽深而修远的。我跟随他走了一段路，就被他远远地甩开了。加缪的文学声音是独特的、不可模仿的。他的文字里交织着哲学家的冷与小说家的热：作为小说家的加缪喜欢描写诸如阳光、大海之类的浩大而沉默的事物；而作为哲学家的加缪，会冷不丁地说出一些让人想一想都会吸口凉气的话。我所知道的"中国的加缪"实在不少，但祁媛显然无意于做一个"女性化的加缪"，她只不过是在文学的十字路口向加缪先生借个火，然后向他请教后面的路该怎么个走法。一种精神层面的接近，带来的是语言内部的激活。这一点，祁媛做到了。

祁媛写小说满打满算才两年，她的语言感觉非常好，手触文字，语感即生——像是天生的，不像是后天习得的。因此，凭藉她的天分，她可以比常人更快速地找到自己要走的路子，剩下的事，就是为自己的脚找到一双合适的鞋子。

二、《我准备不发疯》：开出一朵呓语之花

祁媛写出了《我准备不发疯》之后，她就与身边那些作家区分开来了。私意以为，这可能是她迄今为止写得最出色的一篇小说，而她本人也认同此说，但又表明自己"仍在掂量"。

《我准备不发疯》，写的是"母亲"，而不是像加缪那样，称之为"妈妈"。这意味着，"我"与母亲之间的关系是十分冷漠的。也就是说，"母亲"这个词奠定了作者的叙述语调。母亲那些听起来类似于超现实主义诗歌的疯话，就像幽灵一样，一直在"我"身边游荡。小说中经常出现这样一种场景："我"听到母亲说疯话就会掉过头去或神思游离，事实上，"我"不是没有感受到蕴含其中的哀意，而是害怕被母亲的疯话带进另一个世界。因此，作者故意在不同章节穿插母亲的疯话，并非为了找个引人发笑的噱头，而是出于一种叙述策略的考虑——它从另一方面影响了整体性的叙述语调，不知不觉就建立了一种可以随意切换时空的非线性叙述模式。就像一条林中小径会让月光有一种往复曲折的情致，她的非线性叙事模式也让文字散发出一种迷离、游移的气息。循此

走进去，她的文字愈发幽暗。

《我准备不发疯》不仅有疯子说的疯话，还有正常人说的疯话：

> 如果一个城市的人全疯了，一个国家的人全疯了，会是什么样儿？一定是很好玩的。最有意思的是：在这个疯人国里是没有疯的概念的，大家都疯，又相安无事，亲密合作，和谐无间。如果有外面的人来旅游探亲，在旁听在旁看，很快就会发现这里的人全是疯子，怎么办？注意，这时绝不能把实情说出来，你得装着什么也没发现，觉得这里一切都好极了，要让疯子感到你们彼此一样，这样你就安全了，否则你很快就会被疯子弄死。

> 国家应考虑建立这样的军队，全是美女，当快要打败的时候，美女大队在前沿阵地一亮，怎么样？停火了！永久性停火协议顺利签订，谁说的"不以兵屈人者，上"？以女退兵者，上上！

上面一段是陈杰说的，下面一段是"我"说的。从中可以看出，"我"与陈杰相处日久，也会用近乎阴郁的口吻说出一些疯话。不过，这些疯话落到艺术家身上，就有了另外一种说法，通常被称为"酒神精神"。"我"与陈杰身上都带有点艺术家的神经质，与其说是两情相悦，倒不如说是欣赏彼此身上的疯魔之气。无聊而说说疯话也是好的。

小说里不仅疯话连篇，还有一连串疯狂的想法（因为生活太沉重，脑子里自然就会冒出飘飞的东西）：

> 从窗子向下望去，人群不显得那么拥挤了，人与人之间有着不大不小的空档，容纳一个我的尸体应是够了。我要挑一块好位置，瞄准，不能落在楼外贴墙的广告台上，那样的话我更可能被电死，或者被什么铁杆戳死，脑袋则可能会完整留存，但我的痛苦的表情会暴露无遗，死相就不好

看了，所以，最好还是直接落地，头颅摔它个落花流水的好，由此我便可以面目全非，真正"隐形"了……

这些想象性的文字通过虚拟、夸张的语调表现出来，忧伤里带点俏皮，绝望中夹杂反讽。母亲的胡言乱语和"我"的胡思乱想之间是一个冰冷的理性世界。如果说"我"的胡言乱语里面有一种起讫自如的狂想和可以自洽的逻辑，那么，母亲的胡言乱语就是在非理性世界开出一朵呓语之花。

有些疯狂的想法居然还会付诸行动。其表现是："我"跟自己选择的每一份工作赌气，"我"跟这个世界翻白眼，"我"可以肆意挥霍青春，"我"没钱也要任性。小说里面有这样一个情节：有一天，"我"来到婚纱店，挑了一件白色婚纱（为什么挑白色婚纱？）。当摄影师问"那位呢"，"我"却这样回答：我自己同自己结婚。"拍完照，脱掉婚纱的时候，我觉得我确实经历了婚姻。我结了婚，又离了婚，前后不到一个小时"。"我"就这么干，就这么莫名其妙。读到这里，我甚至觉得连作者也已经无法掌控这个人物了。

看得出来，写这篇小说的时候，祁媛已经无法顾及为自己的脚找一只合适的鞋子了，索性光着脚飞奔起来了。在一种颠三倒四的话语氛围中，她可以东拉西扯，任意所之，其文字相较于其他诸篇似更有生气，呈现的是一种杂花生树、群莺乱飞的景象，一种美丽的疯狂、清晰的混乱。

当海子说"明天我要做一个幸福的人"，这一句话意味着"我"昨天、今天、此时、此刻是不幸福的；当"我"说"我准备不发疯"时，则意味着，明天、下一刻、下一秒，我可能会发疯。

祁媛好像写疯了，在小说中准备了那么多相干或不相干的人物：母亲、陈杰、疯老五、胡医生、小雅和"小雅的男友"……一个接一个人物从你眼前走过。是的，他们看上去毫不相干，但又好像有什么相似的地方。这一路读下来，你就仿佛看到有一些人从不同的地方出发，穿过不同的巷道或隐秘小径，然后莫名其妙地走到了一起，坐到了同一条船上。如果你问他们为什么要来到这条船上，他们会一脸茫然地看着你；如果你再问，他们要坐船去哪里，他们则会摇摇头，仍旧是茫然不知。这条船就叫作"疯人船"，一些人已经疯掉了，另一些人正准备发疯。小说中还提到了另一时空的人物，他们是列宁、斯大林、希特勒、一个因病切除了脑部部分"海马回"之后只能保留20秒记忆的英国人亨利·摩莱森、死后大脑被泡在实验室玻璃瓶里的爱因斯坦，以及那些濒临疯狂边缘的绘画大师毕加索、马蒂斯、梵高、塞尚、培根、弗里达、小弗洛伊德等等。这些历史人物跟"我"身边的小人物没有半毛钱的关系，但他们"混搭"在一起的时候，就有了一种奇妙的反讽效果。一些词语也是如此，高低错落、雅俗共存、正邪相生、庄谐并置，使人物与情节与语言以及隐藏在语言背后的幽思微情浑然一体，营造出跌宕起伏的律动感。

祁媛喜欢正话反说，用冰冷的语调叙说温暖的场景。比如《我准备不发疯》里面就有这样一段文字：

> 有一次，母亲和男人吵完架，突然跑到我那时就读的大学找我，事先连电话也没打，就忽然像天兵天将似地直接杵在了我宿舍门口。我已有半年多没见母亲了，猛一见，没认出来。她已变得苍老憔悴，完全像个村妇了，一只手还拎着一袋米。我觉得她丢人，突然就生气了，向她吼道："来也不打个招呼，还带米，什么年代了，学校有食堂，还用我们生火做饭嘛！"母亲低着头，嗫嚅着，看了看我，又低下了头。

从《奔丧》里面，我们可以找到与之相似的一个场景：自从爷爷去世，"我"与叔叔很少联系。有一天，"我"突然接到叔叔的电话，说是要来杭州看"我"。"我"问他为什么来杭州，叔叔也说不出，只是支吾着说想来看看"我"。"我"的第一个反应不是惊喜，而是"纳闷和意外"。事实上，祁媛小说里的人物大都有上述这种"外冷内热、表贱里贵"的特点。

母亲是怎样发疯的，小说里并没有明确交代。但可以看到，"我"面对生活的压力、男友的玩弄、女友的背叛，精神一点点接近崩溃的边缘，当理性变得软弱无力时，发疯也就变得顺理成章了，于是，生活的荒诞感也就出来了。

如果回过头来读小说的开头部分，我们也许会注意到：起初"我"听到母亲的胡言乱语就会感觉困倦与烦躁。后来，在某种悲伤的境遇中，"我"不再烦母亲的电话了，"我在听，在倾听，在倾听一个真正的独白，渐渐地我已分不清是谁的独白了"。"我"的艰难苦恨、"我"的寂寞寡情、"我"准备不发疯但又不得不发疯的纷乱情绪，从母亲那里找到了根源。于是，母亲之于"我"，从最初的不可理喻转变为最终的感同身受，这是一种痛苦而又荒诞的体验："我"把一种活着的耻辱留在了耳朵与内心深处，打上了印记；母亲之耻，即"我"之耻；"我"耻于苟活，却又不得不忍辱偷生。

三、也谈祁媛小说的叙事特点

揆诸祁媛小说的叙事特点，大致可以罗列出几条。

病态叙事带来的颓废之美与疯癫叙事带来的荒诞感。祁媛的小说里最常见的一类人是病人。阅读过程中我有一种奇怪的感觉：那些小说人物的形象与她那种带有恹恹病气的语言风格相遇时，人物立马就有了可感的病态。因此，她的小说里如果没有一个病态的人物，似乎就少了点什么。我不知道这在叙事学上是否有个恰当的称谓，我姑且称之为"病态叙事"。《脉》写的是一个失眠者与中医之间的一番推心置腹的交谈；《美丽的高楼》开头第一句就写到女主人公的丈夫患了癌症；《奔丧》写的是"我"叔叔怎样从一个生龙活虎的青年变成病歪歪的中年人，最终死于死相难看的肝腹水。疾病作为一种隐喻，在小说中是显而易见的，由病人而引申出荒诞的人生和病态的社会，也折射出穷人与富人、平民与官僚、城市与乡村，以及自由与专制、孤独与喧嚣的对立、冲突。事实上，祁媛还写到了另一种病人，亦即精神病人。把他们作为叙事对象的结果是，这种病态叙事变得更夸张、极致，由此衍变为一种疯癫叙事。如果把《我准备不发疯》归类于英国评论家詹姆斯·伍德所说的那种"歇斯底里主义"也许失之武断，但这篇小说所展示的叙述风格每每让我想起"歇斯底里"这个词。可以看得出来，祁媛在写作过程中，有意让自己进入一种神经质（也许是一种谈不上神经质的神经质）的状态，甚至还有可能迷恋这种状态。这就不难理解，她的两部中篇小说《美丽的高楼》《我准备不发疯》都或多或少地写到了精神病人。前者是"我"通过丈夫拍摄的那些精神病人来了解这一群体，侧重于"看"；后者通过母亲电话里的胡言乱语打开一个非理性世界，侧重于"听"。在"看"与"听"之间，也可以看出作者在写作这两篇小说之前对病理学意义上的精神病做过一番深入的研究。祁媛借助疯癫叙事的技法，写出了个体命运的悖谬和这个时代的荒诞感。加缪谈论荒诞感时，曾做了开宗明义的阐述，他的荒诞推理只对一种精神病态做纯粹的描述，暂不让任何形而上、任何信仰混杂其间。而另一位法国作家齐奥朗说过这样一句话：作家是一个精神失常的生物，通过言语治疗自己。两个人的话合在一起，大概可以解释祁媛何以对疯癫叙事情有独钟。

"高光理论"的妙用。祁媛跟我聊小说时，曾谈到一个词：高光。这个词是绘画中的一个专业名词。高光不是光，而是物体表面最亮的那一部分。有高光，就有暗影。因此，所谓"高光理论"其实就是处理明暗的一种技法。祁媛是画家，把绘画中的技法有效地嫁接到小说叙事中似乎是题中应有之义。我注意到，"高光"这个词曾在《我准备不发疯》中出现过："我似乎可以看到那里面苍蝇眼睛上翠绿的、闪烁的高光"。这个词可能是在不经意间出现的，但我们可以据此发现作者观察事物的某种独特方式。在素描中，"高光"处理得当，往往会让一幅作品更出彩。《我准备不发疯》里面有那么多阴暗面，但阴暗不是"一片漆黑",它像素描画中的阴影部分一样,是有层次的。中国画有"墨分五色"之说,西洋画也有"明暗五调子"一说。如果把祁媛这部作品比喻成素描画里面的一个球体,那么,她那些或明或暗的文字就是这个球体所呈现的不同明度——它有亮面的亮调子,灰面的灰调子和暗面的暗调子。由许多面构成的"明暗交界"作为全画面中最暗的一部分,恰恰是为了凸显高光。她以阴郁的笔调给女主人公的周身涂抹了许多阴影,也因此给她带来了意想不到的"高光"。与绘画不同的是,文学作品的"高光"并非源自外部,而是内部。这篇小说从外部赋予的暗影越深,从内部透出的"高光"就越明亮。"野径云俱黑,江船火独明",是视觉里面出现的"高光";"蝉噪林逾静,鸟鸣山更幽",是听觉里出现的"高光"。叙事中对"高光"的处理,使祁媛那种黑暗的小说散发着黝亮的品质。

祁媛的小说大部分采用第一人称叙事。我无意于打听这里面是否有着自叙状的成分,也无须去考证那些个一根筋的女主人公是否有其本人的影子。然而,我可以隐约感觉到,作者在写作过程中有意无意地通过叙述者,把自己的某一部分现实境遇与精神状态投放到小说这个容器里。祁媛采用第一人称叙事,可以借助对个人体验的开掘填补生活经验的匮乏,从而顺理成章地把外部事件转换为内在的事件。因此,她笔下的女主人公都像是祁媛本人的化身。从《我准备不发疯》到《约会》,我发现里面的女主人公大都是一副永远没睡醒的样子,有时候还会把梦话带到现实世界。因此,我读祁媛小说,就会看到这样一种单一的表情。这种表情是漠然的,它意味着主人公与这个世界是扞格难入的、有距离的(这大概也是作者与现实之间所保持的心理距离)。八大山人的画里面,鱼与鸟大都是白眼的,一种远离世俗的漠然。意大利画家莫迪利阿尼的画里面,人物通常是没有眼珠的,即便有之,也是漠然的。他们关注的好像不是外面的世界,而是自己的内心。观看这些人物,我有一种奇怪的感觉:他们好像无视别人的存在，别人注视着他们，他们不会以目光做出回应。相反，他们的目光是向内的，我们若是顺着他们的目光看下去，也许能看到自己。如果说，祈媛的小说里面有一双眼睛（很显然，这是第一人称所采用的视角），那么这双眼睛也是向内的。她通过小说看见了一部分自己。

祁媛之所以跟别的写作者有所区分，是因为她一直以一种拒绝的姿态写作。她拒绝与现实生活打成一片。如果躺在床上就可以抵达剑南，她是不会骑着毛驴冒雨前往的。她知道如何把握自己与现实生活之间的距离，而好的文字往往就产生于二者之间的紧张关系。她有时甚至有意无意地拒绝阅读人们所津津乐道的经典文学作品，一方面是为了尽可能避免影响的焦虑，另一方面则是害怕自己固有的灵性受到磨损。那么，她的写作倚仗的究竟是什么？是一种艺术家与生俱来的灵性？也许是这样的。对于一个感觉纤细、想象力强劲的写作者来说，她总会有办法找到一种可靠的方式，源源不断地给自己提供隐秘的文学资源。作为一名老到的新手，祁媛的个人体验显然要多于生活经验。然而，个人体验很有可能会在写作过程中被自己慢慢耗掉，变得稀薄。她的一部分资源优势在《我准备不发疯》中获得了充分展示，之后所写的几个小说，就明显很难与之一争高低了。这好比一个人憋足了浑身的劲、吸了一口气跳出一定高度之后，便很难在短时期内再度发挥同样的高水平。

祁媛在《我准备不发疯》之后，也许把自己的疯魔之气消磨了一些，也许还会在其他作品里继续撒一次野，发一次疯。她能走多远，我不敢预言。但可以肯定，她的领路人不止加缪，她的"远方"也不限于巴黎。她曾经像超现实主义诗人那样在小说中这样写道："我在珠穆朗玛峰峰顶上种了一朵花，一朵在零下四十多度才会开的花。"就凭这一句，我相信她还会写出一部让我们大吃一惊的作品。

2016年新正初稿，谷雨改讫。

胡竹峰的腔调

与胡竹峰认识，是在绍兴快园。那里曾是张岱故居，但现在早已变成一座园林式高档酒店。匆匆辞别时，他赠我一册新著。书里面的插图都是车前子先生画的。因此，我们自然而然地谈到了车前子。车是我们共同的老朋友，而我们谈车的时候，也像是认识多年的老朋友了。有时我想，两个喜欢陶诗的人，即便相隔几百年、上千年，也有可能变成朋友。

胡竹峰早年的文字在气质上跟车前子有几分相近，作为晚辈，心底里大概也有几分追慕之意吧。

车前子没到"从心所欲，不逾矩"的年龄就已经过着"从心所欲，不逾矩"的生活，在这种状态里，他画着"从心所欲"的画，写着"从心所欲"的诗与文章。人到了"从心所欲"的境界会是怎样？就是把一个摆好的世界打翻，按照自己的意思摆一遍。这些年，车前子一直做着自己喜欢做的事。他不好好写文章，不好好写诗，不好好写字，不好好画画，酒喝了之后，就是不好好说话。可是你读了他的作品之后就会发现，他的味道就在"不好好"这三个字里面。

打住，打住，我写的是胡竹峰，文字的辘轳怎么转到车身上了？难道是因为他身上有车的倒影？再读胡竹峰，就发现胡竹峰毕竟是胡竹峰。

与车前子不同，胡竹峰似乎不太热衷于读外国文学。他对中国传统文化——用他自己的话来说——有一份"亲近之心"。他的文章里面有汉骨，鲜有欧风。那些十年或廿年前的事经他一写，都像是一百年前发生的；至于谈到百年兴废，更是一副常怀千岁忧的样子。读那样的文字，你会感觉他有点像老县城里面那种穿着蓝袍、戴着玳瑁眼镜的老先生：肚子里装着一些稀奇古怪的学问，会讲掌故，能吃一斤以上的老酒。可事实上，他还是位年轻的老先生。看履历，你便可知道，他生于20世纪80年代初。是的，你没看错，他的确不是生于19世纪80年代，他也压根没受过旧式私塾的教育。他可能吃过肯德基，喝过可口可乐，看过卡通片，玩过俄罗斯方块游戏，可这一切几乎都没有在他文字间留下印记；共和国文体、欧化文体对他也没有多少影响，然而不可思议的是，他的文章经过一番精心摆弄之后，竟又生出一种古今融会、异味相杂的文字效果。在他这个年龄，他算是一个异数。你可以称他为散文家、批评家、生活家、藏书家，但骨子里，他就是个文人，有着旧气的文人。

他若是早生一百年，也许会与周作人、俞平伯、废名他们玩到一块。苦雨斋门生中多添一个名叫胡竹峰的人也不无可能。他有些文章，如果不署名字，我还真以为是民国文人写的。陈丹青曾送过他一册《木心画集》，扉页上写着：惜先生生前未得见。我读胡竹峰的文章，就会想起周作人，想起俞平伯，也有一种"惜先生生前未得见"的感觉。还有一些小品文章，是他在会场里面即兴写就的（而且是写在会议用笺上的），就像是明人小品，玲珑可爱。我来绍兴少说也有五六回，但从来没有留下只言片语，而他只是在那里划了一会儿乌篷船，当晚就写了一篇文章，在自己的微信上贴出来。像这样的才华，我只有羡慕的份。

他善于写人，尤其善于写那些已经死掉、但仍然被人称说的人。他写过一本书，叫《民国的腔调》，我以为，这是他目下写得最好的一本书。他用民国的腔调写民国的文人，自然是本色当行。谈到民国的腔调，他说，不单指腔调，更指民国文人的风格气度，文章姿容。胡适有胡适的腔调，鲁迅有鲁迅的腔调。单说鲁迅，就有很多种腔调，套用鲁迅的书名就是：南腔北调。民国的腔调一旦变成我们所熟知的那种腔调，就不免做作了。阿城曾在《闲话闲说》引用过木心先生的一句话："先是有文艺，后来有了文艺腔，后来文艺没有了，只剩下腔，再后来腔也没有了文艺早就没有了。"阿城本人也作这样的感叹：一个写家的"风格"，仿家一拥而仿，将之化解为"腔"，拉倒。阿城后来不写小说，不知是否与此有关。这话有点扯远了。不过，我只是想借此阐明自己的一点看法：民国的腔调恰恰是没有腔调的。

在这本书里面，他的确是用了点心思，除了"民国的腔调"，还有一个人的"非常道"。一些老掌故经他之手，总能翻出新意来。比如谈到鲁迅与茅盾，他就一点也不客气："茅盾文学奖的作品大多比茅盾写得好，鲁迅文学奖的作品一律比鲁迅写得差。"不怕得罪人？不怕。他想怎么说，就怎么说，不会把人情世故那一套东西放进自己的文章里。

他说自己"到底是读旧民国的旧文字长大的"，我就觉得他已经很老很老了。他谈到现代文学，口吻就有些"倚老卖老"了，有时候，他也会像胡兰成那样，说一些对西洋文学不敬的话来。不过，他的一些观点穿着布衣长袍出来，好像也不失特色的。

他有一个观点，我觉得很重要，那就是：看文章但看格局。有些人的"格"上来了，"局"却没有打开。有些人反之。照我看来，南方人多是"格"高而"局"小，所作诗文，虽然流于局促，却是美得很。相对于南方人，北方人"局"大一些而格"低"一些，诗文里面有时不免泥沙俱下，却有一股真气，一股力量。总觉得，"格"是纵向的，"局"是横向的。一个人的精神海拔有多高，"格"就有多高；一个人的文化视野有多宽，"局"就有多大。胡竹峰的文章，既有"格"，也有"局"。但他究竟是南人，从整体来看，还是以"格"胜。

好的文字，是内心的外溢。他写文章总是带有一种旧式文人的趣味。他是一个懂得玩味的人。他玩味美食，玩味茶酒，玩味字画，玩味古籍，玩味器物，玩味女人，玩味一切可以玩味的物事。这就应了很多人的看法：从前的文人，大多是杂家。他也是。他好像什么领域都要去探究一番，什么题材都想触及。不过，他始终持一种非常清醒的自觉意识。跟我聊天时常常这样叹道：书读得太杂了，文章写得太多了。而我对他说，他其实已经把底子打好了，如果再把学问做得深透一点，把写作节奏放慢一点，也许能写出真正有分量的作品来。

他是一个敬惜字纸的人，而敬惜字纸的人知道自己写多了，就会有一种罪过的感觉。写多了，废话也就多了，腔调也就多了。

如果有一天，我从胡竹峰的文章里看不到那种"民国的腔调"了，我们也许可以坐下来，谈谈什么是胡竹峰的腔调。

2017年1月

环绕那山，或围绕这石头

钱锺书先生谈到"永嘉四灵"时，引用了杜甫的一句诗"白小群分命，天然二寸鱼"。这"永嘉四灵"就是南宋时期温州的四位诗人：徐照（灵晖）、徐玑（灵渊）、赵师秀（灵秀）、翁卷（灵舒）。诗中所说的"白小"有个学名，叫银鱼，生活在长江中下游一带，而且大部分时间喜欢生活在水流的中下层，也常常悠游于水草间。钱氏以这种"合起来才能凑成一条性命"的小鱼比喻四位诗人，的确很形象。把他们放在中国诗歌史上看，虽说只是"白小"，却不能忽略。衡之今世，也有一些类似于"永嘉四灵"的诗群，他们既能在一个群体里抱得住气，又能在群体之外葆有个人的自由度与可能性。我所知道的"檀林"就是这样一个诗群。20世纪80年代，高校诗社相逐出来，也出油印本或铅印本诗刊。1988年，我读到了一份温州诗歌报——我现在依然记得自己在落日的余晖里迎着夏日清风展读每一首诗的新异感觉——由此萌生了写诗的冲动。那时候，温州师范学院已有"九山"诗社，还办了一份《九山》诗刊，我只是听说，但不曾读过他们的诗作。有一次与昨非、谢觉晓聊天，才得知"九山"便是"檀林"的前身。《九山》诗刊曾数易其名，1991秋，易名为《诗言志》，次年再易名为《檀林》。我们知道，"檀林"原指旃檀之林，也就是寺庙的尊称，带点佛气的。但据谢觉晓说，以"檀林"为诗刊拟名，起初并无深意，纯为一同人灵机一动想到的，大家觉得这刊名有雅意，就定下了。名正了，言就顺了。"诗"就是语言的寺庙。这庙中人即便离了庙，也被它无形的气息罩着。90年代以还，"檀林"同人相继毕业，各奔东西，但他们依然与"檀林"保持着若断若续的关系，有些人接续前缘，办起了民间诗刊《公社》《对话》。其间最让人称道的，是《檀林》先后两次发起全国大学生诗歌联展，并以特刊方式推出。近三十年来，"檀林"诗人不改初志，仍以诗互勉或自勖。

《江南诗》推出"檀林专辑"之前，我读到了一部分初选的诗作。据说编选这一专辑是没有论次首从的，因此，我也愿意以一种散漫的方式谈谈我的一些浅见：认识的，谈谈其人；不认识的，谈谈其诗。

时隔这么多年，"檀林"之所以能重新发力，昨非有首倡之功。昨非姓林，"檀林"之"林"仿佛跟她有那么一点暗合的因缘。昨非对"檀林"是心存执念的，她给我的感觉就像那种大山深处不离不弃的守林员。在某些公众场合她并不怎么活跃，时见谈笑之余的静默、伸展之后的退缩；私下里聊天，她也总是带有那么一种老到的天真、大胆的腼腆，偶尔也能开一些深沉的玩笑。这种性格在她的诗中时有发露。她对每一个词、每一个词所包含的意蕴，以及这个词放在一句诗中所带来的音韵之美都是那么在意，那么较真。这些年，她除了做"檀林"同人诗歌公众号，还要打理从诗人何也手中接过来的"外国诗歌精选"公众号：教书、写作之余不仅要组稿、制作版面，有时还化名翻译一些外国文学作品。我时常浏览这个诗歌公众号，每每看到她的译作，总是惊叹于她的精妙译笔。我有时甚至不免感叹：这么好的文笔为什么不多写点原创作品？但我这种感叹对她来说也许是多余的。

事实上，"檀林"诗人中，我早年只读过谢觉晓的诗，那时他好像以"长安雪"的笔名发表过一些作品。不久之后，他就沉寂下去。再后来，我才知道他已经转力于文史研究。写诗就是这样，你喜欢它是无可名言的，你放弃它同样是无可名言的。但诗这东西就在你转身忘掉它之后，有一天忽然来到你身边，就像一个人在林间迷路的时候一条被你抛弃的狗突然又跑到你脚跟前。一年前，谢觉晓也不知道出于什么原因突然又开始写诗了。凭借多年积累的功底，他在诗歌写作与文史写作之间找到了一条隐秘的通道，且以分行文字屡作尝试。我读过他的一首不算太长的叙事诗《小镇工厂》（那是一首献给大时代里小人物的哀歌）。读完之后，我的手指告诉我，必须转发。深夜时分，我在微信朋友圈中发出不到半小时，三千里外的云南诗人雷平阳就给我发来短信，向我打听谢觉晓其人。

孙良好是学人，写过不少文学批评文章，但他从来不以诗示人。这次读到他的诗，我就明白，他的批评文章在语言上何以润而不燥。我听说画画（中国画）好的人，靠的就是书法功底——把水墨线条拆散了，每一根都是书法。孙良好早年写过诗，因此，他的文字功底在那时就打好了。设若把他文论中的句子拆散，也能见出诗的质素来。

与徐芳仅见过一面，在西湖，保俶塔下。他谈诗，语调低缓，犹如湖风。之后读到他的一组诗，有一种诗如其人的感觉。那几首诗，或许可以称为现代山水诗。其观物感物的方式，以及在流连与泛览之间的恣意游思跟谢灵运以降的古典山水诗不无暗合之处。读他的诗我会想到宋代的"永嘉四灵"，同时还会想到像勃莱、斯奈德那样受中国古典诗歌影响的外国诗人。徐芳的诗初读很淡，但能渐渐觉出这"淡"里面的本真之味。在温州方言中有一个词，叫淡闷，是描述天气的。我读他的诗也有这种感觉：心里头微微闷了一下，然后就了然于世味。也许是巧合，这次"檀林"发来的诗作竟有大半是与自然山水有关的。我很奇怪，"檀林"诗人只要写山水诗，都会有心灵手活的表现。除了徐芳这一组诗，像谢觉晓的《西溪》《在乌镇近眺南浔》《岷冈的春天》；夏鼎铭的《春天》《晚霞》；陈允东的《月牙泉》；李哲峰的《赤壁图》《白路》等，

222

也都算得上是模山范水之作。我想，诗人们倾心于这类题材大概跟他们出生在农耕时代的乡村不无关联。在我的感觉中，生长山里的人大多像石头一样沉默，而生长水边的人大多像水一样灵动。我所认识的几位诗人朋友几乎都出生在偏僻的山村或傍河傍海的地方，至今好像没听说哪一位优秀的诗人诞生于喧嚣的大马路边。

　　需要说明的是，"檀林"诗人我大部分不认识，但这并不妨碍我怀着"檀林"之友的热忱阅读他们的作品。比如陈允东，我之前没读过他的任何作品。但我在"檀林"公众号上读到了他的一组诗《我在我能说出的所有言语之中》之后就开始关注他了。如果说，昨非的诗是高蹈的，不乏形而上的思考，那么陈允东的诗则是在低处徘徊的。他的诗融合了口语和书面语，带有一点油腻中年的自嘲味道。与父亲的对话（包括对饮）、对疾病的看法、儿时在山顶洞中的所见所闻、空房间里的静坐、多年前的一场车祸都以散文化的语言、戏剧化的处理方式进入他的诗。细细体味，他的诗有一种谦卑、隐忍、但又不甘于就此沉没的力量。方坚铭治唐宋文学与地方志有年，已出过多部论著。他喜欢像古人那样在诗中用典，读他的《"三乐"哀歌》，非得五步一疏、十步一注才能竟其全篇。其古意也是新意，是他着力要与轻薄时风区分开来的一点用意。若是在宋代，他或许会追随黄山谷走"江西诗派"那一路。李哲峰的诗也有几分古典诗歌的遗风，他把造化与心源带来的隐秘激荡化入现代山水诗中，以简淡笔法表而出之，就仿佛一幅元气淋漓的水墨画。夏鼎铭留给我印象最深的一首诗是《卖艺人或作为来源的梦》，这首诗如同刀锋般介入存在，语涉现实与精神的疑难，切近而致远。如果说，跟一个诗人见过一次面但没有聊过诗就不算真正认识，那么，阮成城与施世潮大约也可以归入此类。然而，我读了他们的诗，又觉得自己已经在许多年前就认识他们了。"檀林"中还有一些低调到几乎没有调子的诗人，我没有在这里提到他们，只是因为未及细读他们的作品。

按理说，诗人们在同一个诗群里很容易让自己的写作趋于同质化（比如"永嘉四灵"），但"檀林"同人似乎不存在这样一个问题。他们的诗虽然冠以"檀林"之名，却是面目各异，不相融混。不过，"檀林"同人也有一个共同的特点：他们都是学院派诗人。我倒不是说他们是师范学院出身就可以理所当然地贴上这个标签，而是说，他们身上都具备了厚实的学养，与其说他们的诗是"写"出来的，不如说是"养"出来的。就我所知，"檀林"诗人除了写诗，还写点诗论。我在公众号上读过徐芳、昨非、阮成城的诗论。有意思的是，他们还互写评论。比如阮成城论徐芳、徐芳论昨非、昨非论谢觉晓。这些评论用心平和，持论公允，鲜见诗歌江湖的互吹或互砍之风。可以肯定的是，他们无论是写评论还是别的什么文体，在本质上仍然是诗人。在非理性的诗歌创作与对诗的理性认知之间，他们知道怎样求得微妙的平衡。

除此之外，他们还有一个共同的特点，那就是，他们的写作秉承了中国诗歌的抒情传统。这种抒情方式不是激烈的、急迫的，而是进入中年之后的慢板、柔板。由此我想到《檀林》之前曾取名《诗言志》。套用一种权威的说法：诗言志包括记诵（志）、纪事（事）、抒情（情）。其中有些诗人虽然在诗中也"记诵"、也"纪事"，但更多的时候他们是偏重抒情的。他们像前辈诗人一样，试图通过"个体的努力，重建一种与传统的联系"（阮成城），这种传统，也包括中国诗歌的抒情传统。

在静夜里，我读着他们的诗。窗外的风声仿佛就是冬日的尾声了。我如此默念他们的名字：谢觉晓、昨非、徐芳、方坚铭、夏鼎铭、孙良好、阮成城、施世潮、陈允东、李哲峰……

这些名字环绕着"檀林"，一座不存在的诗之庙……

斯蒂文斯在《坛子轶事》中这样写道：

我在田纳西放了一个坛子。

它浑圆，在一座山上。

它使零乱的荒野

环绕那山。

（陈东飚 译）

而博纳富瓦在《反柏拉图》中这样写道："围绕这块石头，时间沸腾。触到这块石头：世界的灯盏转动，隐秘的灯光环行。"（树才 译）

我想说的是，"檀林"之于"檀林们"就是斯蒂文斯所说的"那山"，也是博纳富瓦所说的"这块石头"。

2019年2月21日

第三辑

　　我倾向于在离小说较远的地方写小说，在离诗较远的地方写诗。因此，我有一些小说看起来不太像小说。不太像小说的小说接近诗，但又不是诗；接近散文，但又不是散文。有一阵子，我感觉自己开始在文体的边界游荡。

短篇小说的能量

——《某年某月某先生》序

一

就我所知，写过长篇小说之前没写过几个短篇小说的作家，几乎很少。但写过短篇小说之后没有写过长篇小说的作家却为数不少。在他们看来，短篇小说也许能更充分地表明自己的诗学立场。契诃夫、芥川龙之介、鲁迅、博尔赫斯、卡佛、汪曾祺等作家，一辈子都没有写过长篇小说，却以短篇小说名世。也有一些大作家，尽管花了大力气写了长篇，但留下的，还是几个短篇。于是我们就有理由带着顶礼膜拜的口吻说，在短篇小说领域，短即是长，少即是多，留白即文字。

鲁迅为什么不写作长篇小说，颇费猜测。有人认为他惜字如金，无法大手大脚地挥洒文字；有人认为他没有大的思想体系（鲁迅本人也曾十分谦逊地表示自己没有写长篇的"伟大的才能"）；还有人认为他老人家"长期作战在与反动文人斗争的第一线"，什么事看不惯就以文章为投枪匕首，以致徒夺文力，无暇他顾。而我一度认为，写作长篇小说不只是脑力活，还是一桩体力活——正如那些优秀的足球运动员所言，踢一场九十多分钟的足球不只是体力活，还是一桩脑力活——鲁迅先生块头小，晚年又多病，自然无法承受长篇小说写作所带来的体能消耗。这意味着，写长篇不仅需要一种内在的能量，还需要一种外在的能量。所谓外在的能量，就涉及作家的体质问题了。芥川龙之介在三十五岁时，就因为不堪忍受神经衰弱所引发的幻觉症和身心疲乏，最终服药自尽，卡佛五十岁时就死于肺癌，鲁迅五十六岁时就死于肺结核，而博尔赫斯五十六岁后双目渐渐失明……从这一点来看，作家的体质在某种程度上可以决定作品的体量。

卡佛终其一生，只写短篇小说与诗。他喜欢的作家，也多属短篇圣手，譬如契诃夫、奥康纳、海明威等。卡佛只写短篇、不写长篇的创作企图就十分明确：因为他要写那种坐下来就可以一气呵成的东西，他一直担心有人随时会抽走自己屁股底下的凳子。当然，这只是一个略带心酸的幽默说法。卡佛找到一张安稳的椅子之后又怎样？他照样没有产生那种写作长篇的野心，而是一如既往地醉心于短篇，把这门手艺活干得无可挑剔。卡佛一辈子写了五十六个短篇，在村上春树看来，至少有六个会被后人奉为经典。这六个小说加起来，也达不到一个长篇小说的长度。但美学质量，岂是以文本体量来计？

相比之下，博尔赫斯算是收入稳定、生活优裕的，但他也给自己只写短篇小说找到了一个不能称其为理由的理由：他声称自己是一个极其懒散的人。另一方面，他对长篇小说写作抱有偏见，认为"长篇小说往往是纯粹的堆积"。事实上，博尔赫斯很早就发现自己更适合写短篇，原因是能从中更好地找到一种"美学的统一"。的确，通过短篇小说，博尔赫斯找到了一种独特的叙述形态。我们若是细细寻绎，就会发现他的小说里面盘着一条蛇，首尾衔接，构成了一个把有限时空推向无限时空的小宇宙。那个小宇宙，才是博尔赫斯独有的。作为一名出色的文体家，博氏既没有逸出固有的范式，也无意于写出鸿篇巨制。

二

长篇小说与短篇小说作为文体，没有孰优孰劣之别，作家不过是通过各自擅长的文体完成一次自我确认。一个作家倾向于短篇小说创作，并非出于犯懒，正如写长篇并不意味着一个作家有多勤奋。长和短，拿捏得好，都是一门技艺。有此一说：写长篇小说之前必须经过短篇小说的训练。事实上，从短篇到长篇，没有一个文体意义上的循序渐进的过程。你让一名打三个回合的拳击手打满十个回合，他一时间会无法适应。因为十个回合的拳击比赛对节奏的控制、呼吸的调整、速度与力量的要求，都是不一样的。因此，擅长打三个回合的优秀拳手完全有理由不参加十个回合的比赛；进一步说，他即便具备打十个回合的能力，也会因为个人倾向，拒绝从自己独擅胜场的拳台转移到另一个规则不同的拳台。"扬长避短"，或"避长就短"是否真的就是一个作家在写作过程中的权宜之计，这里姑且存而不论。

尽管有些长篇小说是由一系列风格一致的短篇小说连缀而成，但长篇小说决不是短篇小说的延伸，反过来说，后者亦非前者的浓缩。我常常听一些作家朋友说，他们写长篇小说的时候，有些素材用不上，变成竹头木樀，弃之可惜，因此就写进短篇小说里面。但写作短篇小说的过程中也会出现这样一种状况：写着写着，思绪便如抽丝般越抽越长，于是就有了以此为框架延展成长篇小说的可能性。

优秀的作家，能把自己最夺目的那一部分才华放进短篇小说里面，而短篇小说的能量也由此得到最大程度的释放。把短篇小说玩熟了之后，也有的小说家试图从中找到一个切口，更进一步拓展自己的经验领域。受契诃夫的启发，卡佛在晚期作品里就曾尝试着，让自己的小说可以突破原有的写作经验的约束，尽可能把小说的篇幅抻长一点。小说篇幅的长短往往与作家内心的尺度有关。很多作家在写作之前就隐约知道，这部作品的篇幅到底抻拉多长才会让自己最舒服。在既定的篇幅里面，文字所营造的氛围可以罩住全篇。长了，有时难免会罩不住。

就我阅读所及，芥川龙之介写过的最长的一篇小说是《水虎》，鲁迅最长的一篇小说是《阿Q正传》，汪曾祺是《大淖纪事》，而博尔赫斯最长的一篇小说恐怕没超过一万字。短篇小说作家把小说写长，把气息拉长，很有可能是为写作长篇小说热身吧。但遗憾的是，他们往往是在热身之后并没有打算投身长跑运动。

在长篇小说与短篇小说之间，还有一种我们称为"中篇小说"的文体。中篇抻长一点，就是"小长篇"，短篇抻长一点就是"小中篇"。这种称法尽管在业内早已叫开了，但我至今对中篇与短篇的中间地带仍然存有模糊的认识。早些年，我所写的短篇小说的篇幅大约在一万五千字左右。我甚至怀疑自己是否存在某种强迫症。事实上，我在写作过程中无须刻意深求，写完了，一个短篇通常能掌控在自己认定的某个尺度之内，不多也不少。我与几位小说界的同道有过交流，他们对小说篇幅没有一定之规，有些人的短篇小说以五千至一万字居多，有些人则以一万至一万五千字居多，但短篇小说在两万字左右的，似乎不多见。如果说，毕达哥拉斯的观点"数在物之先"是不刊之论，那么大至天体，小至一个短篇小说，都无一例外地受到数的支配。后来，我曾试着改变一下路数，写了几个两万字左右的小说，如《风月谈》《苏静安教授晚年谈话录》《苏教授的腰》等，原本是准备当作中篇小说来发表，但编辑还是将它们归入短篇小说名下。《在肉上》的字数统计是两万五千余字，算得上中篇了，但翻译成韩文之后，韩国一家出版社把它当作短篇选进《中韩杰作短篇选》，这大概是因为韩国没有中篇小说这种称法吧。这些年，我写了一些貌似短篇的中篇小说或貌似中篇的短篇小说。相对而言，我创作短篇小说的数量要多于中篇，有意无意间就形成了一种自律，哪些是可以写的，哪些是不可以写的，怎样的长度是可以把握的，怎样的长度是不可把握的，似乎也能了然于胸。也就是说，一种潜意识里就有的形式尺度在无形中影响了我的写作。近两年，我的短篇小说越写越短，篇幅从一万五千字左右减至万字以内，带来的结果是，布局的疏密、句式的长短、造境的虚实、节奏的快慢等，都有了些微变化。由此我意识到，改变写作路数，不妨从篇幅的长短上着手。

清人郑板桥画论中一段关于画竹的经验之谈，也许可以帮助我们阐明小说创作中"多"与"少"的辩证关系。他说，他刚开始画竹时，能少而不能多。渐渐地，手熟了，竹竿、竹叶可以在顷刻间画成密密一片。但问题来了，画多了，又不能少。少，是为了获取更多，操作起来不是一件容易的事。及至后来，他下了很多笨功夫，才慢慢悟得减枝减叶的笔法。短篇小说由丰而俭的写作过程也是如此。至少我个人感觉是如此。尽管我们说，文体本身的艺术难度与文本长度成正比，但有时候，把短篇小说往"短"里写，并且从"短"里求"长"，其艺术难度一点都不亚于写一个中篇。

我去年所写的短篇小说《谈谈这些年我们都干了些什么》《在一条河流般寂静的大街上》都在万字以内，《夜宴杂谈》《长生》也就万余字。但我发现，我写一篇万字小说跟写一篇两万字以上的小说所耗费的精力与时间并没有相差太多。同样地，如果有一天，我把小说写进五千字以内，大约不比写一篇万字小说更省时省力。

三

从契诃夫、鲁迅、博尔赫斯等短篇名手的文风来看，他们都有一个特点，那就是：简洁。读他们的小说，我们能够感觉出他们是一个好木匠。他们知道哪些木头可用，哪些不可用；有些木头再好，如不适用，宁可舍弃；有些木头此时用不上，也不着急，放上一阵子或许还可以派上用场。他们还知道怎样节省木料，用最少的木料干最漂亮的活，该雕花的地方，就精雕细琢，该因陋就简的地方，就不事雕琢。在用词上，他们总是做到恰到好处。除了简洁，他们能保持一贯的准确。准确，是主体意识明晰的一种表现。因为有了这种准确性，我们在情节与情节之间、句子与句子、词语与词语之间，仿佛能听到榫头与卯之间发出的咔的一声。卡佛曾多次引用庞德的一个观点，认为"准确"是小说家唯一的道德标准。如果说，奥康纳能准确地抓住一种给小说带来某种决定性变化的"天惠时刻"，那么，卡佛也总能在"眼角瞥见"的那一瞬间，故作轻松地抓住某种稍纵即逝的东西。眼明手快，这是卡佛的厉害之处。

上述一些作家，之所以把短篇小说写得那么简洁、准确，很大程度上跟他们在本质上是诗人有关。他们当中有些人尽管不以诗名，但至少写过诗。我倾向于认为，写过诗的作家与未曾写过诗的作家有着明显的不同。进言之，写过诗的作家，更注重意蕴空间的拓展、语言的锤炼。至少，他们可以借助诗歌清除小说语言中芜杂的成分。说短篇小说写得像一首诗，是就其文本内部的精神性而言。一部隽永的短篇小说与一首美妙的短诗，尽管有着不同的表述方式，但二者给我们所带来的享受却是一样的。中国作家中，像鲁迅、师陀、废名、汪曾祺的小说，仰承旧诗或新诗的美学荫护，一出手就呈现出不同凡响的文学质地。鲁迅研究过西方现代派诗歌，诗人张枣解读《野草》时认为鲁迅是第一个在新诗中确立现代主体的诗人，因此，他的小说里就有一种诗意现代性；废名也算得上现代派诗人中的代表人物，读他的短篇小说能读出唐人绝句的气味来。国外擅长写短篇的作家中，卡佛在未出小说集之前出过好几部诗集，博尔赫斯本身就是一个了不起的诗人，芥川龙之介写过俳句（之后出道的小说家川端康成甚至认为松尾芭蕉的俳句在某种意义上代表了"日本的心灵"）。

短篇小说与诗更接近。这是我一贯的看法。也许是写作习惯使然，我每每动笔写小说之前都要读几首诗，直到我读到一首诗恰好与我小说中某种需要表达的东西对应上了，我就会感觉自己像在黑暗的房间里突然摸索到开关，刷地一下，眼前被照亮了。写作《谈谈这些年我们都干了些什么》这个短篇期间，我一直在阅读两本书，一本是南海出版公司于2001年出版的《特朗斯特罗姆诗歌全集》，另一本是四川文艺出版社于2012年出版的《特朗斯特罗姆诗歌全集》。译者是同一个人，但相隔十多年，他把自己早期的译作做了精细的修改，而我为了体味其中的妙处，整整花了一个多月时间根据新版把旧版逐字逐句地改过来。从比较阅读中，我意外地找到了一条离那个小说的主题最为接近的路径。为此我还特地在小说的题记中抄录了特朗斯特罗姆的一句诗，借以表达自己的一种想法。之前，我在另一个短篇《苏静安教授晚年谈话录》的题记中抄录叶芝的一首诗作，也是出于同样的理由。那阵子，我阅读了好几个版本的叶芝诗集，而且尤其倾向于他晚年的诗作，我不清楚自己要从中寻找什么，但叶芝的诗的确给我的小说提供了一个隐喻、一种气息。写完之后，我原本想移用叶芝的《为什么老人就不能发疯》作为小说的题目，但后来觉得这太"卡佛"了，也就一仍其旧。有意思的是，我的短篇小说《夜宴杂谈》，不曾提到李商隐，也不曾化用李商隐的诗句，但两位作家朋友读完它之后，竟然都不约而同地念出了李商隐《无题》中的一句诗：隔座送钩春酒暖，分曹射覆蜡灯红。与上述这种创作方式恰成对照的是，我也常常在诗歌创作中掺入小说的叙事成分。这意味着，文学创作本身就是一个互相递受的过程：我们既可以把抒情文学的元素糅入小说里面，也可以把叙事文学的元素糅入诗歌里面，从而构成一个外在空间与内在空间层层相叠的堡垒。打开小说这座古堡的累积层，我们或许就会发现，诗歌正是深藏其中的内核。

四

　　写作长篇小说，从谋篇布局来看，当然需要一种结构能力，但这种能力更有赖于一股既能向内收缩又能往外舒展的长气，章节之间，一吐一纳，一切均以合于自然为度。文字长了，那口气若是没跟得上，终究给人一种英雄气短的感觉。而短篇小说，是小说中的小说，外在结构固然要简单得多，但内在的经营却更讲究。长篇小说中所碰到的因为着力于局部而导致整体感丧失的技术性难题，在短篇小说中大概不会碰到。通常情况下，短篇小说是根据一个或两个视点人物展开叙述，尽量舍弃一些复杂因素。因此，短篇小说总是在有限的时间与空间里，尽量采用精微、内敛的叙述方式。有些短篇小说读完之后，从外在结构看，让人感觉它有一个封闭的文本空间；但从深层结构看，它已经从某个微小的切口打开了另一个可能性空间。

　　写作短篇《夜宴杂谈》之初，我就提醒自己：杂谈不能游离主题，必须找到一条情节主线贯穿始终。因此，我写下第一段时，就决定把人与事全部锁定在特定的时间与空间里。小说中的赴宴者一一落座之后，我的叙述意图就顺着某个向度牢牢地控制着他们，不让任何一个擅自离开筵席。一桌人里面，没有谁是主角，真正的主角一直没有出场，他是由每个人近乎散碎的谈话一点点拼凑而成的，这时候，叙事者就是一个有闻必录的记录者。因为要保持客观视角，叙事者露脸的机会并不多，但他每次露脸都意味着故事的主线会从可能失序的格局中浮现，而那个不在现场却被席间一众屡屡提及的人随着叙述的推进，其形象变得越来越清晰。于是，叙事者可以退居其次，让主角以另一种方式"登场"，围绕他的谈话构成了小说的核心部分，使之前作为铺垫的种种杂谈汇入其中，与整体的叙述指向有了吻合。他们的谈话接近尾声之际，我就在小说中安排了一场大雨，让每个人在一种略带忧伤的氛围中离开，至此，小说戛然而止，即通常所谓的开放结尾。开端凝于一点，是张，结尾释于一点，是弛。在一张一弛之间，我始终小心翼翼地维护着小说的自足性空间。在短篇小说中设置一个封闭的空间，可能会进入叙述的死胡同，但有时，突然会有一道灵光从缝隙间照进来，打开另一个天地。

由此我想到之前读过的一些西方现代小说。初时我觉得这些作品在写法上极为自由，可以无视结构和章法。后来读多了才发现，我看到的只是表象。真正的小说，叙述方式越自由，越需要一种严谨的结构加以控制。一个明显的例子是，意识流小说大行其道的时候，不乏一些作家引入古典戏剧"三一律"的结构原则，普鲁斯特、乔伊斯、伍尔芙等作家就是在与传统的对接中瓦解传统的叙述方式，把情节限定于一时一地，在相对恒定的空间完成对时间递嬗的技术性处理：于是，时空腾挪，起止自在，人随机而变，事随境而迁，但我们再回过头来看，它始终保持着一种"流动与恒定"的状态。乔伊斯的《尤利西斯》写的是广告推销员布鲁姆一昼夜之内（客观时间）在都柏林的一段漫长而隐晦的心路历程（心理时间）；普鲁斯特的《追忆逝水年华》则以近两百页的篇幅描述一场三小时的聚会。从他们的小说里面多多少少可以感受到"三一律"的流风余韵。从外在结构来看，《尤利西斯》被一个来自于荷马史诗的框架支撑着，而《追忆逝水年华》的结构就仿佛一座大教堂的圆拱（我甚至以为这与普鲁斯特喜欢罗斯金的建筑学散文、无意间受其影响有关）。这种大开大合不离法度的结构运用于长篇小说，显然需要非同寻常的才智。相对来说，封闭的结构更适用于短篇小说，其叙事空间与时间愈受限制，表现力也就愈强。

拉美作家科塔萨尔在谈论短篇小说时把一种封闭形式称为"球体状"。当故事情节在球体内衍生时，一种球体感就出来了。科塔萨尔接着说："球体感应该在写作短篇小说之始即以某种形式存在，仿佛讲述者受其形式的牵引而在球体内活动，并使球体的张力达到极端，从而使球体的形式臻于完美。"我不知道"球体感"这个名词起源于何时，它起初可能来源于科学领域，后来被各个领域广泛引用，并且被赋予另外一种隐喻色彩。说实话，我初读科塔萨尔的文章，对这种附体于小说的所谓"球体感"理论还是不甚了然，"球"是传过来了，"感"却没有入心。问题就在于如何"体"之。西方的文学理论，有时候需要一种本土的对应物转接一下。那么，延伸出来的问题就是，我要找的对应物是什么？直到我看到太极拳领域有人提出"球体感"的说法，也就由此及彼引发了深入探究的兴趣。有一阵子，我专注于太极拳这种弧线运动时，似乎能隐约够感受到"球体感"是怎么一回事了（太极拳的转动轨迹是非圆弧的，它无形、多变，但有一种滚动的力量从暗中膨胀开来。书上说，这就是充溢周身的"球体感"。）就小说而言，我所理解的"球体感"就是这样的：它是一种外在形式的闭合（能量聚集）与内在精神的敞开（能量释放）。

五

有一种短篇小说可以让人站着一口气读完；有一种短篇小说非要我们坐下来慢慢读（必要的话，可以斜躺着，采取卧读的姿势，以便让身心进入一种放松的状态）；还有一种短篇小说，当我们坐着阅读时，突然会产生一种站起来的冲动。很多年前，我阅读海明威的几个重要短篇小说时就有过这样一种阅读体验。

我至今仍然记得，当我读罢海明威的《杀人者》，突然感觉这篇小说仿佛释放出一种巨大的能量。我一下子像是被这股能量激荡起来。整整一天，我就没有再读别的小说了。第二天，我想读一点别的什么，但我还是情不自禁地读起那篇《杀人者》，因为我觉得这篇小说中有一种悄然释放的能量正在吸引我。

那个拳击手究竟跑到哪里去？跑到博尔赫斯的《等待》里去了。我把《杀人者》读了一遍之后又去读《等待》。《杀人者》里面一种类似于量子讯息的东

第三辑

西就源源不断地出现了。《杀人者》中的重量级拳击手奥利·安德烈森和《等待》中的维拉里为什么要静静地等待着一颗子弹的来临？海明威和博尔赫斯都没有直接说明，但在细节中却透露了一些信息：从《杀人者》两个伙计的对话中我们可以大略知道那个安德烈森很可能"在芝加哥搅上了什么事"，而且据说是"出卖了什么人"；而在《等待》中，作者什么都没有说明，只是提到了一本书——但丁的《神曲》，还提到了书中的一个并不光彩的人物乌戈利诺，如果不读《神曲·地狱篇》，我们也许并不知道这个中世纪意大利比萨伯爵曾经在一场战争中出卖过自己人。也就是说，这两篇小说讲述的都是一个人因为出卖了别人而遭到追杀的故事。我原本以为，只有我发现了《杀人者》与《等待》之间那种似乎源于经验同化所呈现的相似特点。后来我才注意到，马原在一次文学课中谈论奥康纳的短篇小说时，也顺带提到过这两篇小说。遗憾的是他只是一句带过，没有再作深谈。

在《杀人者》的结尾部分，尼克找到了那个正和衣躺在床上的重量级拳击手安德烈森，向他报告，有两个人要置他于死地。但安德烈森的反应出乎他的意料。作者在多处描述了一个相同的细节："奥利·安德烈森望着墙壁，什么也不说""'我不想知道他们是啥个样子，'奥利·安德烈森说。他望着墙壁。'谢谢你来告诉我这番情况。'""奥利·安德烈森翻过身去，面对着墙壁。""他望着墙壁。'现在没有什么法子了。'""尼克出去了。他关门时，看到奥利·安德烈森和衣躺在床上，面对着墙壁。"

在博尔赫斯的《等待》里面，我们也可以看到类似的细节。当仇人终于找上门来，博尔赫斯这样写道："他做了个手势，让他们稍候，然后朝墙壁翻过身，仿佛想重新入睡。"

博尔赫斯对这个翻身的动作发出了一连串疑问，而海明威却没有片言只语解释安德烈森为何总是面对墙壁。

　　我父亲曾给我讲述过一个真实的故事。多年前，他去看望一位卧病在床的老拳师，很奇怪，老人家听到外头有人来了，也不管是谁，就转过身去，面朝墙壁。我父亲与他家人聊天时，那位老拳师一直背对大家，偶或应答一声。出来后，病人家属向我父亲解释说，老人家这一阵子情绪波动很大，懒言少气，谁都不愿意见。只要有人来看望，他就采取背对的睡姿。我父亲后来对同行者说，老人家恐怕时日不多了。事实证明，我父亲的判断是没错的，没过几天，老拳师就撒手西归了。父亲说，老拳师面对的，不是墙壁，而是死亡。

　　因此，在我看来，那位重量级拳击手奥利·安德烈森和维拉里所面对的，不也正是死亡？

　　是的，死亡的阴影一直潜伏在冰冷的文字间。《杀人者》里面收起的那支"锯掉了枪筒的散弹枪"，终于在《等待》中发出了声音。但博尔赫斯没有动用血腥的词汇描述这个场景，他只是淡然地写道：枪声抹掉了他。

　　尽管两部小说看起来就像一枚硬币的两个面，但我们不能就此妄下论断认为：《杀人者》可以归入博尔赫斯名下，而《等待》也可以视为海明威的作品。不是这样的。它们除了叙述风格不一样，结构也截然不同。就像《一篇有关死者的博物学论著》从开头部分看更像是出自博尔赫斯的手笔，但我们只要耐着性子读上一部分，海明威的浓烈气息就出来了。而《玫瑰色街角的汉子》虽然有着海明威式的硬汉风格，但它仍然是以博尔赫斯的方式呈现。把《杀人者》与《等待》放在一起，我们也会有这样的感觉。《杀人者》的结构是开放型的，里面隐藏着各种不确定的因素，读完结局，我们不知道它的尽头在哪里。而《等待》就像一个封闭的圆，这个"圆"是完整而自足的，但里面同样有着可供想象的"隐匿的材料"。与海明威不同的是，博尔赫斯喜欢在捉摸不定的叙述中一步步逼近一个完整而又耐人寻味的结局：如果不能用匕首来解决问题，他就毫不手软地动用枪。他有不少短篇小说的结局跟《等待》类似。《釜底游鱼》："苏亚雷斯带着几近轻蔑的神情开了枪"；《死亡与罗盘》："他倒退几步。接着，非常小心地瞄准，扣下扳机"；《秘密奇迹》则是以一个不确定的数字和一连串确定无疑的数字构成了结局："……他发出一声疯狂的呐喊，转动着脸；行刑队用四倍的子弹，将他击倒。哈罗米尔·拉迪死于三月二十九日九点零三分"。我这样不厌其烦地对博尔赫斯与海明威的作品进行比较阅读，说到底不是为了"求同"，而是从"大同"中发现"小异"。如果以我们所熟知的中国书法作喻，那么《杀人者》与《等待》的不同之处就在于：前者就像那种锐角造型、张力外倾的字，而后者就像那种钝角造型、张力内倾的字。这只是我在对读过程中所获致的一种大体的感受。

很显然，海明威与博尔赫斯都不属于那种"物质主义"作家，他们不会在文本空间里放进太多已知的东西，因为他们知道如何有效地把"物质"转换成"能量"。一部好的短篇小说所产生的能量，也许连作者本人都无法预料——事实上，作者与读者之间的关系就是创作与再创作的关系——这种能量会在不同的时间与空间持续地释放，一部分来自作品的内部，一部分来自读者的内心。读者会把自身储备的能量放进作品里面，而作品的能量也可以进入读者的内心。

海明威的《杀人者》和博尔赫斯的《等待》后来就这样构成了我写作《群蝇乱舞》的灵感源头。那一年是1999年，我完成了几个中篇之后，想操练一下短篇，因为没有文体自觉意识，我写作《群蝇乱舞》时依旧带着一种近乎盲目的惯性，想怎么写就怎么写，想写到哪里就写到哪里。写到三分之二处，我就开始犯难，接下来我不知道该以怎样一种有悖常理的方式打破情节的逻辑发展。因此，我就把《杀人者》和《等待》重读一遍，但我还是没能把那一套从海明威或博尔赫斯身上学来的手法直接塞进自己的作品——"物质"与"能量"的转换并非如我所想的那样简单。结果，这篇小说就像是带着自身的意志脱离了我的掌控，自行抻长了。成稿后一看，篇幅已接近于一个中篇。之后，我写了几个大致可以称为"短篇小说"的东西，渐渐地，也就被一部分人承认了。话说回来，把短篇小说写得越来越像短篇小说，未必是一件好事。这活儿难弄，我一开始就明白，但我也明白一点：短篇小说之美，不在于把一个故事完整地讲出来，而是如何恰如其分地呈现它的"不完整"。

2015年7月

在文体的边界游荡

——《面孔》创作谈

我倾向于在离小说较远的地方写小说，在离诗较远的地方写诗。因此，我有一些小说看起来不太像小说。不太像小说的小说接近诗，但又不是诗；接近散文，但又不是散文。有一阵子，我感觉自己开始在文体的边界游荡。

我以为，唐传奇以前的小说还不算严格意义上的小说，但彼时已有小说的雏形。它短小、随意，近于街谈巷议，有人称之为笔记文。《面孔》这本集子里的一些短章倒是跟笔记文有相似之处，但又有所不同。我称之为小说之前的小说。这种称法有点模糊，它指向的是一种文体的不确定性。的确，我在写作过程中，曾有意识地把一种文体推到了一个边界，在这个边界我能感受到写作的敞开与自由。

动念写《面孔》是在六年前。起初，我只是想把平日里的所见所闻记在本子上——试图通过文字，把一些面孔一点点地拼凑出来，就像几万个像素拼凑出一个清晰的电视画面。有一回，我把自己随手写下的一些片段发到一个九人微信群里，大家看了，都说有点意思，可以试着写下去。五年来，我就这样在小说创作之余有会即录，写了一些碎片式的叙事文字，长则数百字，短则数十字，都是写人，有点像人物速写，寥寥几笔，不求完成度有多高，言语有中，风神能见，就足够了。我把这些碎片，跟百衲衣似的缀成一篇，冠以"面孔"这个题目。

有人说读了我的《面孔》，感觉有点像摄影家玩的那种街拍。我不懂摄影，但我喜欢拎着一种想法在人群中晃荡，我要捕捉的是每一张面孔，每一个瞬间发生的事件。我相信，这些在一瞬间呈现的物质面貌与某种永恒的事物有着暗在的联系。夏尔说，诗人是无数活人的面容的收藏者。小说写作者何尝不是如此？描述一张面孔，就是描述一种世相。吾国吾民热衷于饮食，恋慕锦衣，看到种种谣言艳闻喜欢到处传播，碰到种种天灾人祸也喜欢伸脖子观望。诸如此类的事体，过去有之，别国有之，或许已经不算新鲜事了。我是他们当中的一个，在世俗力量的挟裹之下，有时会持一种清醒的判断，有时则需要一种懵懂的想法与模糊的快乐微微麻醉一下自己，在瞬息万变的时代让自己的脑回路也低回不已。这就是我和身边为数众多的人的现状。作为一名写作者，我喜欢用世俗的眼光打量别人与自己：从一个人的表情发现周遭世界的变化，从每一个杯子里动荡的水纹感受内心的悸动。

《面孔》写了四卷，计三百四十余则，先后在三家刊物刊发过。有人问我，这算是小说还是散文，我无以回答。它不像小说，也不像散文，更不像诗，但又兼有上述几种文体的某些特征。如前所述，我大致可以将这些文字归入笔记文。很多人由此联想到了《世说新语》这一脉传统。那么，我不妨在这里提一下这本书。在中国古代，除了志怪小说，还有一种志人小说，其中最为人称道的一部要算《世说新语》。后来尽管也出现过一些仿《世说新语》叙写故实、杂录琐言的书，但都不如这本书耐读。为什么？因为《世说新语》除了记事，还特别注重文字之美，三言两语，就透出一种玄远、优雅、诙谐的晋人气韵。晋以后，不少笔记文都或多或少受过《世说新语》的影响，写得好的，人们大都会以《世说新语》作标准，评定甲乙。有人说我的《面孔》中有一部分施用了"《世说新语》的笔法"，我是供认不讳的。我就是想用这种既古老又现代的方式记录众生相。不过，需要申明的是：《世说新语》中记载的多属历史人物，与之相关的事件、地点大都是于史有征。而我所做的，是去历史化处理。也就是说，我要书写的面孔，是无名者的面孔，他们没有置身于历史大事件里，而更多的是浮现在我们的现实中，他们中的某一张面孔也许就曾出没于我们身边。当然，其中也有一些超现实的、荒诞的乃至无厘头的情节，这也是它有别于《世说新语》的一个地方。在写法上，我故意给自己设置了种种限制。使之受限，或许也能使之出新。一段文字，常常是由一个词、一个意象或一句话生发开来的。记事之外，我也下了点功夫，寻求一种内在的气韵；每则文字之间也约略做了排布，求的是外在的整一性。把它们单独拉出来，不见得精彩，但放在一个整体框架内，它们就会因为内在的勾连、呼应而变得浑然一体。

国外也有一些书在写法上近于《世说新语》的。比如契诃夫的《手记》、伯恩·哈德的《声音模仿者》与《事件》等。此外，也许还可以提一下卡夫卡那些速记式的短故事。《卡夫卡全集》中译本的编者从卡夫卡的随笔集即《乡村婚事》一书中撷取了二十四篇、然后又从遗作中撷取二十四篇，凑成了四十八篇，归为一辑，少则数十字，多则五六百字，其叙事风格据说是"延续了德国文学史上有过的轶事风格"（见《卡夫卡全集》第三辑）。我以为，卡夫卡的四十八篇短故事近于中国古代的志怪小说《搜神记》，而契诃夫的《手记》则近于中国古代的杂录《世说新语》。据我所知，《世说新语》传到西方，是20世纪70年代的事。契诃夫应当没看过这部书，但无论从形式或文字来看，二者都不无暗合之处。这就让我想起《世说新语》里面的一句话："周公不师孔子，孔子亦不师周公。"然而，周公与孔子"异世而出，周旋动静，万里如一"。据说契诃夫曾声称自己"很想写出容纳在自己手掌上的漂亮的小说"，这句话后来被日本作家引用，于是就有了"掌小说"这种称法。川端康成堪称"掌小说"的集大成者。有人统计，他一生写了一百二十七篇掌小说，收入掌小说集子里的小说，长则四千余字，短则数百字。国外称之为超短篇小说，而我们国内则多称之为微型小说或小小说。短至盈盈一掌，就等同于诗了。事实上，川端康成是把它当作诗来写的。就篇幅而言，我的《异人小传》近于那种"掌小说"，而且我也是像写诗般写作这些篇什。这是对放情长言的刻意收束，也是假小说之名传达诗之情味。说到底，我要突破的，不是文体的边界，而是感知的边界。

《拾梦录》的写法说是杂花生树，或许近之，有很多地方，我是信笔写来，点到即止，有些句子像是突然从风中飘过来的，而我只是伸手接住而已。因此，写这类小说，我感觉自己似乎进入心理学家所说的"心流状态"。因为随意，难免会有意隔文疏之处，当时没有注意及此，发表之前，自己再校一遍，就做了大幅度的调整。因此，《拾梦录》如同乱梦，初看不讲究什么章法，仔细读还能看出我在章法排布上的用心之处。画山水画，有些人喜欢用点，每个点都有其讲究之处。如果说《拾梦录》是一幅画，那么，我以为，它是由众多个点连缀而成的。

《卡夫卡家的访客》其实也难归类。就篇幅而言，它是一个中篇，但从内在来看，它则是由一系列环环相扣的短篇构成的。形式突破对我来说不是最重要的。但找到了一种独特的形式之后，我就知道怎样调整叙述者与人物之间的修辞关系了。我想写的是某一类人物。这一类人物在每个时代都有可能存在过，只是因为种种原因不被众人所知，或是一时间声名不彰，或是永世隐没。我曾经在某个场合发表过这样一种有趣（也可能很无聊）的想法：两百年后，或许会有一帮家伙在一次笔会中谈论我们这个三流时代的文学状况，还会提到几个重要的诗人或小说家，其中有一位，被他们推许为一流诗人。我们还可以想象，此人个子不高，头发稀疏，嗓音低微，青年时期总是失恋，中年发胖、离婚、晚境凄凉，生前没有头衔，死后亦无哀荣，总之一句话，他是一个穷屌丝，一辈子从未有过逆袭的传奇经历。他的一些作品大都是在博客、微信公众号里发表，很少在官方刊物露脸，也没获过鲁迅文学奖什么的，在堪称壮观的21世纪文学谱系中，他由于跟某个文学流派发生过若有似无的联系而被人提及，但更多的时候他的名字仅仅是列入"某某某某等著名诗人"的"等"里面。两百年后，他的一部分诗作被后世的另一位大诗人发现之后，人们相继读到了他的几本诗集，读到了他那些尚未公开发表的小说、日记、随笔、书信（包括情书），于是，人们近乎疯狂地爱上了他的文字，把他奉为大师，他的诗广为传诵，其貌不扬的头像也常常挂在一些咖啡馆的墙壁上作为装饰……其实，我要说的，是我小说里面那些籍籍无名的诗人。他们迎头撞上了一个三流的时代，写下了一流的诗篇，却没料到自己会同那些二三流或不入流的诗人们一道归于湮没。另一方面，他们在世之时也确乎有意识地游离于以儒家文化为本的道统、学统与政统之外，自绝于仕途，并由此归入一个沉默、孤绝的群体，你在任何一部中国文学史里面，在三四百年间的任何一部诗歌选本中，都不可能找到他们当中任何一个人的名字。我是从卡夫卡的文字里读到了他们的面影，把他们一一召唤出来。正如诗人邹汉明所说，他们与卡夫卡其实是同属一脉的。他们，在我的小说中就是嘉兴沈渔，仁和许问樵、李寒，乐清陆饭菊，山阴杜若、司徒照、德清曹菽，桐庐何田田，明州徐青衫。也许，他们并没有消失，至今依旧在我们中间，苦苦觅寻知音。值得一提的是，在这篇小说发表之前，我曾发给几位老朋友看，他们读了之后就问我，这是小说，还是长篇叙事散文？当我告诉一些人，这些人物都是虚构的，他们感到有些疑惑；反过来，当我跟另一些人开玩笑说，这些人物都是真实的，他们同样心存疑惑。这篇小说是以卡夫卡的一篇小文章作为引子，引出了一系列人物。可以说，除了卡夫卡，小说中所有的人物都是虚构的，正如卡夫卡的《变形记》里面，除了格列高变成甲虫，其他人物都没变形。在叙述的推进中，我故意使用了一些迷惑读者的手法。我之所以这样写，当然不是拿读者寻开心，而是希望读者可以像读一本史传那样去阅读它——我甚至希望他们读到其中某个人物时，就像碰到一个老朋友，可以交换一个默契的眼神。

说来也巧，这四篇小说与中国小说发展脉络倒是暗合的：从街谈巷语、杂录、丛谈到志怪、传奇。明人胡应麟把小说分为六类：志怪、传奇、杂录、丛谈、辩订、箴规。除了后面两类我不曾涉及，其他四类在我这本集子里都有迹可寻。《面孔》算是杂录、丛谈一路；《拾梦录》《异人小传》算是志怪一路；《卡夫卡家的访客》算是传奇一路。我所做的，就是以一种现代的叙事方式向中国古典小说致敬，也可以说是以古老的形式激活现代的文本。《面孔》是向《世说新语》致敬，《拾梦录》与《异人小传》（续）沿袭了我早前写作的那篇《异人小传》（见拙著《东瓯小史》）的风格，意在向志怪小说致敬；而《卡夫卡家的访客》则是向《史记·刺客列传》与唐传奇致敬。如果说我的《面孔》有《世说新语》之谐，那么，《卡夫卡家的访客》则有《史记》之庄。整本书里，我最为看重的，就是这两篇。

我一直想写一种既小且美的小说，于是就有了这样一本由诸多短章构成的集子。至于它是否可以因小而美，以小见大，要看手下文字的功夫了。我常常担心自己对文字的苛求会变成一种妄求，这恐怕也是我心有余而力不足的一种表现吧。

2021年3月

《浮世三记》序

人的一生中，少年顽劣，青春狂放，晚年疏懒，而中间这一节既不乏劳累、跌宕，也充满劳绩，通常，我们称之为"中年"。对我来说，介于青年与中年之间的短暂时光，犹如春夏之交，冷暖相融。也有人向往这样一种人生境界：青年做侠士，中年做名士，晚年做居士。总以为，做侠士太悲壮，做居士太清苦，唯有名士，最适意逍遥。四十之后，有钱有闲之人把繁花看了，浮云也看了，肚腩渐大，脸部轮廓渐趋丰圆，为人处事也渐渐变得清峻与通脱，于是，名士派头就出来了。但我听说，做名士是一定要喝酒的。我四十不到就开始戒酒了。不喝酒，形神不复相亲。诗文少了酒气，不好玩了。后来在酒桌上连侑酒人的资格都没有了，也就死心了。从前我喜欢晋人那种"常得无事，痛饮酒，熟读离骚"的状态，现在则不得不转入那种"饭蔬食饮水，曲肱而枕之"的状态。从酒的状态到水的状态，有过长叹苦笑深呼吸，但很快就平复如初了。在朋友眼里，我的中年时期似乎是提前到来的。

有些人到了四十，还不能称为不惑。因为他们的思想里还有一种迷离的飘荡，不知道怎样让自己在浮世的狂澜或微波中安稳下来。但一个人到了这个岁数，若是经历一桩值得深味或伤怀的世事，也许会在一夜之间跨入不惑之年。我的一位朋友，家境颇富，平日做什么事都不上心，四十二岁那年，父亲去世，一直玩世不恭的他突然变得深沉起来。父亲尚在的时候，不知有死；父亲不在了，死亡好像就在眼前，没有什么可以为他挡着了。想到自己有一天如果走了，儿子也会像他一样直面死亡，他禁不住放声大哭。他跟我说，哭过长夜的人，才算是真正体味到了人世的忧患。我的朋友也许不算是孝子，但做七之后，他一直把父亲的遗像和灵牌放在孩子无法触及的高台上——仿佛死亡是一种必须小心轻放的器皿——每日瞻拜。敬畏先人，就是敬己。这时候，我以为，他算是真正到了不惑之年。

再说说另一桩事。有一回，我陪同一位朋友去医院看望他早年的一位工友。那人聊起自己的身世时慨叹说，他没有童年，因为他幼时就跟着父亲外出打工；也没有青春期，因为这个时期他几乎天天在玩具厂工作，转眼间十几年就过去了；他甚至不无悲观地预言自己也没有晚年，因为他前阵子得知自己的脑袋瓜里长出了一块肿瘤——那么一大块，不知是良性还是恶性，总之是给地球添了那么一点重量——日后即便手术成功，他也不能得享晚年了。如他所言，他真正拥有的，大概只有中年了。中年这段时间应该如何界定？照常理，可以从四十岁算起吧。他今年四十有八，这八年间，他觉得自己过得像个中年人的样子。

人到中年，经历了命运的激变，究竟可哀；但由此而对无常的事象有了更深的体念，这又未尝不是一件好事。时间的迷雾缓缓消散之后的廓然荡豁，不正可以视作"对生命的重新召唤"？因此，我宁愿相信，一个人从青年过渡到中年，或是从中年过渡到老年，乃是转入另一次生命。它保留着该保留的东西，也舍弃了本该舍弃的东西。在我，告别过去的一年，就是告别过去的三十九年（包括三十九年之"是"与三十九年之"非"），但生命里注定出现的那一部分不可知的东西还会带入未来的日子里。所谓"不惑"，就是对可为与不可为之事，有所趋避。这就是时间的馈赠。

我不能说自己对日光之下的新事物无动于衷。但我向来对新事物的接受速度要比常人慢得多。我买来的新书，通常要在架上放上一阵子才会拿起来读；新作也要在抽屉里放上一阵子才会拿出去发表。另一方面，我确乎觉着自己身上带有几分难以摆脱的老气。我在日常生活中喜欢旧物的温情、旧闻的逸趣。闲来无事，居然会翻一些旧书，临一些魏晋碑帖，莫名其妙地醉心于宣纸的古意。也不免怀点旧，写点童年往事。纸上一堆废话，不过是出自穿衣与吃饭间寄寓的一片闲情，淡然出之，没有大喜或深悲。这类文字，近两年竟有点多起来了。至于这本题为《浮世三记》的小书，虽则是多年以前写成的，但彼时心境与现在相仿佛。

《浮世三记》酝思已久，写作进度偏于缓慢，有点像打太极拳，看似不出力，实则下了点暗劲。第一卷是八年前写的，第二卷是五年前写的，第三卷则写于三年前，我写了一部分，舍不得过早写完，放在那里，就去写一些别的东西。这种散漫无序的写作状态也很合我的性情。这三卷，可分可合，贯穿其间的，不是一条故事线索，而是一种气息。编者嘱我校阅，我又重读了一遍，觉得它越来越不像一部小说——我向来不太喜欢读那种太像小说的小说，正如我不喜欢那种太像诗歌的诗歌、太像散文的散文。在我感觉中，好的小说必须有一股气息。这股气息来自繁杂人世，没有火气，自然是好，但不能没有烟火气。那一点人间烟火，与地气相接，成就了小说的世俗气味。入世愈深，出世的味道才会愈浓。我要的，就是这种味道和它带出的气息。在我所有的小说中，《浮世三记》庶几近之，我以为。

很显然，我的写作进度会越来越舒缓，正如河床浚宽之后，流水的速度必然减缓。我常常告诫自己，要敬惜笔墨，不要再由着性子写了。因此，我有意给自己的写作设置了一点难度，让文字里尽可能地出现一种凝滞的流动。有时候，明明一段话可以一气呵成，我却故意延宕着，不致下笔潦草。让思想沉下去，沉下去，等待水静心清那一刻的到来。是的，早些年我很喜欢那种略带飘忽的文字，而现在更倾向于沉静的文字。我认为，好的文字背后必须有一种撑得住、留得下的东西，比如独立思想、个体经验、生命能量。一个作家做到了这一点，其文字无论是直撼血性，还是托诸隐喻，都能让我们看到生命的丰盛与荒凉。

我说过，我是一个性情迟缓的人。想写出大部头作品的夙愿也因了自己的懒散和无所用心而迟迟未能实现，这反倒让我可以退求其次，有更多的空闲时间坐下来打磨眼下那些或许不太成熟的作品（包括已发表过的作品）。总觉得，一些词语经过时间的淘洗，为我所用，必然带有我的气息。这就像长时间揣在口袋里的硬币，掏出来之后必然会带有个人的体温，只有那种刚刚揣进口袋就立马掏出来的硬币才会散发出一股冰冷、陌生的气息。因此，风格求变，文字求新，对我来说并不是一件一蹴而就的事。一般来说，我每隔四五年左右，就会在写作风格上做些细微的调整。十年之后，十五年之后，我会写出怎样的作品自己恐怕也不得而知。这就是写作给我带来某种隐秘快乐的原因之一。

四十初度，如同经历长途跋涉之后突然置身异乡，徒手徒步，难免不惑之惑。如果文字可以对抗时间漠然的消逝，那么我仍将藉写作一途穷尽一生。我相信文字的水滴可以穿透石头般坚硬的现实，深入人心，给我们的生活带来一点点温润。就是为了这一点信念，我愿意用一生的时间来慢慢打磨我的作品。

一切皆可以静静地期待：思想在脑袋渐趋成熟，明月在庭院汇聚清光。万物各得其所，风骨自然生成。

2014年3月

《树巢》序

　　总以为，一天之中有几个时辰我们必须是无所事事的，一年之中有一些时日必须是用来读几本无聊之书的。有一段时间，我常常是吃饱了饭之后没事可干，睡醒了之后不知道该干什么。于是我就想写一个长篇。我写作《树巢》的时间是2002年，于2004年初完稿，历时两年有余。写作这部长篇小说时，我的活动范围变得越来越狭小，我的话语也越来越少了，甚至连我的动作幅度也变得越来越小了。我每天看上去都是一副心事重重的样子。

　　早在十多年前，我就想写一部家族小说。家族小说与流浪汉小说一直是小说的两大传统。相对于欧洲人，中国人写家族小说似乎更适合一些。中国人是讲血缘关系的。这种关系由姓氏来决定。先秦时期，血缘贵族才拥有姓氏，而庶民则只有名字，没有姓氏。一般来说，姓氏更倾向于男性血统，离垂直男性血统较近的族丁相对于较远族丁，其地位显然要高一些。这种血缘关系发展到后来，就更错综复杂了。有位经济学家在电子版二十五史中，用"连坐"来检索，结果他惊讶地发现：这两个字反复出现竟达190多次，而与此相关的词语还有"族诛""族坐"等。所谓九族，所谓五服之内，都有着剪不断理还乱的关系。我翻过本家的五服支图，从我的"良"字辈祖先在250年前迁居这个村庄以来，我们的家族经历了"永瑞奇昌、景集嘉祥"（行第）八世，轮到我，便是"源"字辈。我很小的时候见过"景"字辈的老人，他是我们的族长。那一年，村子里举行圆谱仪式，我亲见他与比他小五辈的长辈孙一起封谱。他物故之后，便有一本破损的族谱传到我的一位叔公手里。从那本支图上，我看到了一株枝繁叶茂、盘根错节的家族之树。我的"集"字辈的曾祖父有五个儿子，五个义子，一个女儿。每个儿女又生了一大堆儿女，少则四五个，多则七八个。我的祖父原本有五个儿女，其中有两个犯了"七日疯"不幸夭折。到了我父亲和叔父这里，族丁就开始递减；到了我和哥哥这里，整个家族结构就呈倒金字塔形了。在我刚刚完成这部书的时候，我的女儿也诞生了。但她并没有被修谱先生列入标有红脉的同辈人中间，只能附在我的名下。我翻阅了那本族谱之后才明白，我的祖先早在六七百年前就给自己的后世排定了六十四个行第。这些行第都是为男性成员而设的，他们渴望自己的姓氏与守护的土地一样传之久远。他们拥有了我的昨天，而我则拥有了他们的明天，仿佛我与他们之间有着一种互为映照的镜像关系；我的一声咳嗽来自于自己的喉咙，也来自于更久远的年代里一个守土为业的男人。因此，我一直以为，我之外还有一个非物质的我："他"在我之前就已存在，"他"在我之后也仍然存在；我祖先的某种感觉也会通过"他"传递给我，而我的某种感觉也会通过"他"传递给我的子孙。

但我要强调的是，我所写的不是自己的家族。自然，这本书也不是什么自传体作品。我只不过是借家族小说这个幌子，把近几年一些也许是不太成熟的想法告诉别人。这部书的原名叫《根》，是为了对称于我的另一部小说《枝》，二者的结构形同一株树：根是相连的，枝是分叉的。具有讽刺意义的是，这两部所谓的家族小说写出来之后，我才发现自己居然都是采用流浪汉体的结构体式来写的。前者是写父子之情，后者是写兄弟之情。我个人偏爱前者多一些。书中有父子、兄弟之间的对话，有对小国寡民式的理想社会的描述，有对古希腊神话的戏仿（同时也创造了一种新的神话体系），有对儒、释、道、基督教的阐明，有对神、人、鬼、兽共同构成的世界的大胆设想（这里面也出现了四种话语：神话、鬼话、人话、兽话）。小说中的人物似乎可以在我们所熟知的神谱中找到对应的神灵。因此，我写作这部书时，感觉自己就是一个制造象征的神话诗人。一位美国作家说过这样一句话：梦是个人私有的神话，神话是众人分享的梦。我创造这样一个属于个人的神话，难道不正是创造一个让众人分享的梦？小说里面出现的人都是梦中人。做梦的人不点醒他们，他只能看着他们在梦中扮演各自的角色；当做梦的人继续另一个梦时，他们或许已偷偷溜到了人间。

我们知道，一个缺乏理性这块基石支撑的社会是可怕的，但一个滥用理性的社会同样是可怕的。这部小说中的主人公马老爷试图在马家堡建立一种秩序，这种秩序以他为起点，也以他为终点。用我们现在的话来说，这是一个父权社会。父与权力、土地结成三位一体，这是悬在所有人头上或心中的等腰三角形。它看上去是稳固的。于是，马老爷作为人，一方面被神化，另一方面又被不可避免地物化：有时他就是一把尺、一杆秤、一把折扇上的治家格言，说得粗俗一点，是一根充满占有欲的阳具。他在一群女人身上所行的，与他在自己所控制的那块土地上所行的，并没有多大区分。因此，我们可以从小小的马家堡看到一个帝国模式的微缩，一个没有王位却以王者自居的权力挥霍者，一种萎缩的膨胀，崩散的聚合，一种向上的堕落和向下的生长。马家堡一度出现权力真空，但马大力很快就填补进去了，对权力的渴慕在他身上如梦初醒时，四姨太（也就是他的母亲）首先察觉到了这一点，由于她的推波助澜，马大力开始成为权力的复制者。他的手中集结了一股浩大而又虚弱的力量。如果说，马老爷的便秘意味着一个庞大家族繁盛时期的终结，那么马大力的睾丸的丧失则意味着家族之树的根部已趋于腐烂。最后，马仙姑和马大可以拯救者的身份出现，却无法挽回颓势，正如一株根部彻底烂掉的大树，谁也无力让它起死回生。"树巢"作为一个家族的隐喻的同时，也预示着一种必然的倾覆。

上面说了这么一大通废话，似乎是在有意向读者宣告：这是一本有思想深度的书。其实不然，我一直害怕谈论"思想"这个词。思想这东西常常会在笔头缠死人，宕开去了，就是另一种情趣。这本书是一个吃饱了饭没事可干的人写的，也是写给那些吃饱了饭没事可干的人看的。

2005年2月

敬畏乡土
——《西乡旧事》后记

多年前，我写小说之余，写过一本名为《西乡旧事》的志书。这是一本闲书，自然是给闲人看的。闲话闲说，少了客套。自以为，这样的书，日长人静，可以随手拿来翻翻，也可以在破闷之后释手。古代有位名士，雪夜无聊，忽然披衣坐起，买舟去拜访老友，到了他家门口，忽然没了兴头，就转身回去睡觉。这大约也可以看作是读书人的一种性情吧。我们读书，有时是图个率性，并非都是要学以致用。无聊才读书，很好，于无聊中见有趣，也好。

这本书缘于一次闲谈。那时正是冬日，几个朋友坐在农家小院里，说些地方掌故，一直聊到日暮时分。看四周，黄叶铺地，阳光与枯藤画满粉墙，使我们的谈话似乎也添了些许古意。那一瞬间，我忽然冒出了一个念头，要写一本地方小志。几个朋友听了我的想法便嘱我将它写出来。初时我不敢贸然下笔，毕竟，笔墨之外还没什么主张，心里更是没个底。那阵子，我抱了一大摞地方史料，摊放在书桌四周，随时取用。从故纸堆里钻出来，感觉身上都有些枯藤老树的气味了。积累日多，便觉得可以写点什么了。于是乎书。

这本书所取范围不过是乐清西乡。实在是小得很。我没有像写志书那样，肇造自西北，包括尽东南。时间上，也不是从开辟以来起笔。但志书的一些写法于我确有助益。我读过几本地方小志，文字功夫真是了得。人家把一个小地方写得那么有声有色，看的人自然也是有滋有味。我每回逛书店，对这方面的书偶有顾盼，便有事没事地翻一下。这已经成了一种习惯。我不知道有多少志书，至今仍然躺在阴冷的角落里，不见天日，也不为人所知。蒙尘的卷帙总让人想到野地里那些含泥带土的野生植物。但我相信，那是一种民间的、勃勃有生气的东西。好的志书，甚至可以当作《圣经》来读。古时一些富人家的子弟除了读圣贤书，常常会被长者告知：要多读一些乡土文献。正如圣人告诉我们：写诗的人要多识草木虫鱼。我们写文章，是从"我"开始，从"我"身边的事物开始。对身边的事物不甚了了，又怎么谈得上"认识你自己"？我以为，敬畏乡土，必有收获。

书里写人物、写风物、写器物，是闲闲写来，或抱偏见，或存私心，嬉笑有时，怒骂有时，全无章法。实在不必当作什么"公好公恶之具"，也谈不上有什么"励志砥行之效"。

人物最难写。写着写着，容易上老套路。若是都写生卒年月、生平事略，读来如同讣告，于文字趣味略显寡淡，故而加些野史、逸闻之类，就有看头了。文人墨客好写，生平但凡说过什么可圈可点的话、做过什么可称可颂的事，都有记述。至于那些研究化工、地理、物理、生物、医药的学者，他们在著作中谈的大都是地质矿藏、动物化石、动物细胞等等，却很少谈到他们自身。你想把他们写得好看一些都没法子。然而，他们的一生都是一撇一捺，工工整整写来，没有一点龙飞凤舞。还有一些先人，道德文章名重一时，却没有留下文字，过了千百年，也就身与名俱灭了。我甚至觉得"身败名裂"这个词并非贬义词。它不过是昭明一种残酷的历史事实。算得上才子高僧的芝峰法师也只是在杭州、乐清的志书里约略记载，除此之外，有关他的详细史料我未曾获读。芝峰去世还不到半个世纪，其人其文，却已过早地遭人遗忘。曾有人想搜集他的零篇散墨，但苦于手头资料有限，无从做起。芝峰若此，我们今时写下的文字，谁能保证会长流不废？然而，文字因缘，兴许会让隔代的人相遇相知。清代施元孚先生的书散落民间，却偏偏让他的后人半溪先生搜获，得以重刊。这里面也有冥冥中早已安排的机缘吧。

写风土比人物更有意思一些。我写的是西乡的风土。有时为记事完整，则逾其所规，亦是在所难免的。县西县东，一脉相连；东乡西乡，风俗相亲。说差别，也无多大。无非是西乡人说"名堂"，东乡人说"堂名"而已。类如三尺三寸长的木板，末庄人唤作"长凳"，绍兴城里的人唤作"条凳"。书中罗列的器物名称很多，若是拉杂写来，则免不了老中医开药方的毛病。有时为惜墨计，也只好割舍了。写到风土人情，必然涉及老行当。行行出状元，人人皆可为尧舜，我以为，说的都是同一个意思。平头百姓里也有尧舜，寻常行当里也会出状元。一个砍柴的人一辈子把木头砍得有条有理，最终也会赢得人们的尊敬。出现在这本书里的，他们之中有的也许无名无姓，但无名者的不俗表现仍然会令人肃然起敬。传薪者是不会忘记他们的。

编写志书不同于小说创作，不能大胆假设，须得小心求证。求诸乡野，也证之于民间的通人。譬如歌谣，传唱之间难免变调走样，我收集了之后拿捏不准，就向方家求教。听说象阳镇上有个老人，早年唱过田歌，手头还有一部手抄本田歌，我便与村上一个相熟的人同往访求。但老人已久卧病床，他的儿子坐在门槛上，愣是不让进门，说是他爹别无长物，只有这么一部古旧的田歌本子作为传家之物了。既然他视若珍宝，我们也没法子去要，只好空手而返。隔了几日，镇上有位不知名的老人竟给我送来了田歌复印本。那本子上只有寥寥几十首田歌，但它毕竟是老本子，对我来说还是有纠偏之用。再譬如姓氏考证，就更显琐细了。我带着《姓氏探源》的初稿去双庙村拜见高益登老先生时，他说自己年事已高患有眼疾，已是"目不识丁"了。我正想起身告别，老先生喊住了我。他让我坐下来，把书稿念给他听。整整一个下午，老先生一边慢条斯理地喝茶，一边帮我订正书中的纰漏。此外还有像人物生卒年月及生平事略的考证，也是颇费周折的。老画家王思雨给我们讲了许多民国年间的故人和旧事，但讲得最多的，还是他的老师、木刻版画家野夫先生。王老先生还在身体欠佳的情况下，花了一个礼拜的时间翻找出大量散落各处的野夫木刻作品。那段时间，他每每找到一些相关资料，就给我来一个电话，其欣喜之状可以想见。收录在这本书里的木刻作品尽管不多，但我还是尽可能地把那些已收集整理的野夫作品保存起来，以待后用。此书编讫，摄影家尚云发现书中选登的门台图片，大多还有待重新去证实旧家主人。这一次重访，让我们大吃一惊，在短短一年内，有三座门台与旧宅居然都已被大火烧掉了，巧合的是，都是在他拍摄后不久烧掉的。摄影家感叹说，这些旧家门台以后还是不要再拍了，拍一个烧一个，仿佛是我们的罪过了。这话让我忽然想起了那位唱田歌的老人，就开玩笑说，那部手抄本田歌幸而未被翻拍，否则也会迟早被火烧掉。

写完这本书，我忽然发现，自己这些年来其实一直倾向于民间底层的东西。我喜欢民间的俗人、俗事、俗物、俗语。生活中求的是一派俗态。我以为，把雅的东西玩熟了，便是俗，把俗的东西玩熟了，便是雅。读书是雅，养猪是俗，但养猪与读书都是同等重要的。更重要的是我们能否从中得趣。就像写这本书，写的人若是不得趣，读的人自然也就无由得趣。沈从文先生说，他有一回看见一个大肚子的胖女人迎面走来，忽然感觉很难受。我希望读者看到这本闲书时，不会引发类似的感受。

2006年12月

《听洪素手弹琴》后记

对于一个多年来习惯于竖排、正体字书写的写作者来说，能在台湾出一本正体版小说集诚然是合我心意的。因此，即便是编一本薄薄的集子，我也做了反复取舍。我从各个时期，撷取了几篇代表性作品，个中或有稚拙之作，但与后来渐趋圆熟的作品相比却有某种不可替代的真气。这股真气，现在是越发稀薄了。发表第一部中篇小说至今，已有十六年（中间有几年搁笔）。我的中短篇小说总共也就五十来篇，不可谓勤奋，却也不算疏懒。每隔四五年，我的小说总会有些许变化。但，屡变者体貌，不变者精神。这"精神"具体何指，我也说不上。只是觉得，它跟我的心性应该是对应的。

写作，对我而言，就是不断地否定自我。如果它没有给自己或别人带来新的惊喜，这样的写作就是徒然的。

三十而立的东西，到了四十岁，也许要破一下了，有破有立，方不致"止步于此"；四十不惑的东西，到了五十岁，也许又要在不疑处有疑了；写诗写了大半辈子的人，六十听来未必耳顺；七十以后的写作果真能从心所欲吗？仍然存疑。因此，在小说创作上求变，在变动不居的探索过程中寻找一种新的可能性，是我写下去的一个动力。

写作中亦不免出现这样一种悖论：在一种盲目的激情的驱策之下极有可能

写出好小说，写出来之后也许会有这样或那样的毛病，但它就是与众不同；等你写得得心应手，没什么瑕疵可以挑剔了，却发现自己的作品跟别人的相似度越来越高。也就是说，在你还没弄明白怎么写的时候，你一不小心就把自己的独异性写出来了；等你把什么都弄明白了，创新的欲望、写作的激情也许就在不知不觉中慢慢消失了。而这种欲望与激情，便接近于我前面所说的真气。

集子编讫，我慎之又慎地检视了一遍，看看自己的作品里面还保存着几分真气。感谢李敬泽先生对我的信任，也感谢人间出版社的厚爱。

2016年7月

第
四
辑

　　我是一个慢性的写作者，我喜欢慢一些的活儿。写作是慢的，慢一些就好。

　　湿版火棉胶摄影的工艺流程的确比我们想象的要复杂，它也是慢的，光是拍摄前期准备工作就有取景、定位、相机的架设、曝光时间的估算、感光版的制作等等。

　　我写一篇小说也是如此，哪怕是写一个短篇，我也要把一些可供采用的材料尽可能地归置到一起。因此，我的写作进度比常人要慢一些也就可想而知。我相信匠人常说的那句老话：慢工出细活。

食无肉乎？居有竹乎？

　　这阵子，吾国吾民都在大谈猪肉涨价的事。我也想写篇文章谈论肉价问题，但我不懂经济学，只怕招来"肉食者鄙"的讥讽。因此，我在这里要谈的不是肉，而是竹。东坡先生说，可使食无肉，不可居无竹。又说，无肉使人瘦，无竹使人俗。东坡好啖肉，但他把竹与肉放在一起时，却站在竹这一边。要知道，东坡先生当年是与僧人游绿筠轩的，写诗赠人当然是要夸竹好；若是写诗赠屠夫，他也会夸猪肉好。往深里说，东坡看似谈肉与竹，其实是谈物质与精神层面的问题。有肉可吃，物质生活固然好；但在物质生活满足之后，又有竹可赏，那是好上加好。话说回来，倘若一个人物质生活匮乏，家徒四壁，只有几根竹子长在庭院里，还能把日子过下去，这算不算是一种很高的境界？我看未必。肉与竹，未必就代表一种俗与不俗的境界。东坡先生有竹的清相，吃再多的肉，也是不俗。反过来说，人若是俗的，即便食无肉居有竹，也还是俗人一枚。

　　东坡所说的"不可居无竹"的竹，与王献之所说的"何可一日无此君"的"此君"，都是士大夫们用作清赏的竹，而我这里要说的"居有竹"的"竹"，则是指家居生活中的竹制品。从前，它们跟人间烟火打成一片，堂室之间，簟席之上，随处可见，俯拾即是。对寻常百姓来说，"此君"指的就是这些东西了。在农耕时代的南方，我们一出生就有可能跟竹器打交道。孩子出生，大都是放在竹制摇篮里。到了"七坐八爬"时节，就有了一种叫作"坐蒲（念b^{h}u）"的坐具或"徛车儿"的竹笼子。美国传教士夏时若的女儿伊迪丝·蕾切尔（中文名美福）曾经用第三人称写了一部自传《美福：来自中国的回忆》。这本自传的第一部分就写到了自己的出生地温州，一座种满了竹子与花草的庭院，还描述了自己出生后置身的那个小竹笼——徛车儿。"徛车儿是竹竿做的，有圆形的底板与护栏。竹竿彼此紧挨着，这样她的头就钻不出去。而且因为竹竿很滑，所以她可以在上面滑来滑去。美福抓着竹竿，学会了站立和围着小圆圈行走。有时候，她踮起脚尖走，就像一个舞者。美福的一生，都很喜欢竹子的感觉。"我这个年纪的人对这种"徛车儿"还是很有印象的。在乐清话里，"徛"念g^{h}ae，"车"念qi。乡间一种分离谷物与杂物的风车的"车"也念qi。

提到风车，也颇可一说。风车是木制的，但风车上有一个用来遮挡砻糠的挂件却是竹制的。那物事叫"大猫头"。大猫，在乐清方言中指老虎。"大猫头"状似老虎，因此，大人把它卸下之后，小孩子们喜欢骑在上面，作打虎状，而大人见了，每每呵斥。

农忙时节，用到的竹器可就更多了：箩筐、稻桶篷、篾簟、糠筛、米筛、畚箕等。还有一些可以用乐清方音念出来，但汉语字典与电脑字库里愣是找不到相应的字。竹制农具以实用为主，故而就显得有些粗笨，就像一个乡下人，穿着粗布衣裳，虽然不够鲜丽，但很耐穿，穿在身上也很伏贴，偶尔沾些泥巴什么的，也不以为意；汗水湿透了，洗洗就是。

旧时寻常百姓居家过日子，竹篮是少不了的。出门买菜，无论男女，一律带篮子。篮子上有提梁，可以手掣。那时候，每家每户差不多都有一个吊篮，悬挂在梁下或屋檐下，除了怕灰尘沾惹，主要是怕猫狗偷吃。有些地方管它叫"气死猫"，倒是跟"狗气杀"一样充满谐趣。我在一本画册中看到有人把一个女乞丐提着篮子讨饭，画得跟家庭主妇买菜归来一样，就去问长者。长者说，那位画家画的是旧俗，可惜他不晓得个中的区分。严格地说，篮子可以分很多种，它们的用处都有一定之规。乞丐盛放施物的篮子，在乐清话里叫"箩箕"。我后来在民俗学家南伟然先生的一本书中看到有关"箩箕"的描述文字："这种篾器口圆底方，似箩而小。"更早些时候，还有一种进考场时用于盛放文具与食物的考篮，工艺方面比菜篮、吊篮等自然要考究得多。我问一位竹编艺人，为什么古代的考生都要提一个竹制的考篮？他说，这大概是跟竹子节节高、寓意吉祥有点关系吧。

那年头竹器多，我想是跟物资匮乏有关。竹子生长周期短，充作材质也便宜。老派的南方人住在乡间，总喜欢种几根竹子，若是种在自家后院或后山，几乎跟清风明月一样，不用钱买。在很大程度上，它可以代替那些木头，适用于农具、玩具、家具、渔具、食具等。单是竹制的渔具就有很多种。有一回，我跟几位朋友就一个圆筒状的竹制品是鱼篓还是鱼筌争了大半天，结果有人出来说，这可能是一个花器。由此可见，一种竹制品可以有各种功用，同样是竹篓，俗人可以拿来盛鱼，雅人可以拿来插花。古人有很多消夏的方式：那时候没有冰箱，瓜果就放在竹篮里，沉浸在井水或溪流中冰镇；也没有空调、电风扇，人们就坐南窗下，摇着竹扇，讲究点的，还有竹夫人，男人抱着，说是"凉德之助"。我没见过竹夫人，只是听说。有些人把写字时枕在腕底的竹臂搁也称作竹夫人，我不知道是否妥当。竹臂搁作用有二：一是枕在腕底，写字不累（在这个意义上，把竹臂搁称作"腕枕"似乎更妥贴一些）；二是炎夏时节，汗水淋漓，有了竹臂搁，汗水就不易淌到纸面。竹子性凉，于是就有人说，手触竹臂搁，其凉性可以通过掌心的劳宫穴直沁肺腑。这种说法，跟青奴、竹姬、竹妃、竹夫人之类的称法一样，想必也是无聊的文人幻想出来的。不过，竹子性凉倒是真的。小时候，每逢夏夜，各家各户都会把竹椅、躺椅、篾席、竹床板搬到道坦里来，闲话纳凉。待夜露暗结时，人们就在迷离惝恍间把这些坐卧器具——掇拾回家。延伸式躺椅合拢的声音、竹器相碰的声音、人们互道晚安的声音，回想起来，还是那么悠远、空旷，教人惘然。

乐清的竹丝画帘、竹丝绣帘、竹壳雕、竹刻、竹编，均取材于竹。这些竹子大都生在南方山间，有着隐士的风度，君子的品德。它们那种修洁的仪态、青翠的颜色、圆融而光润的表皮，总是让人想到雨后的晚空、暗涌的山泉、孩子的眼睛、冬夜的星星、黎明时分寂静的河流、随同月光一道掠过海面的清风。匠人把它们从山间带到了人间，也带来了竹子本身的安宁与清凉。山野之间，两百五十多种竹子里面，匠人何以独独觅取其中一种？这里面定然藏着一种民间手艺的独得之秘，或者也可说是某位匠人的心性接通了某种竹子的心性使然。每回我看到那些竹制品，内心就会被竹子的心性所浸润，生出一种莫名的喜悦。我的书桌上有一个笔筒，它来自于某棵无名的竹子，去掉青皮之后呈淡黄的肉色，因为没有雕饰，反倒显得更拙朴可爱。看着它，我常常会想，那棵竹子的另一部分也许变成了竹篮或竹椅什么的，正安放在另一个我所不知道的地方。竹制器物不同，选取的品类也就不尽相同。竹丝绣帘所用的竹子是慈竹（本地人称牡丹竹），它的一个特点就是韧性好，纤维长（竹节间距比毛竹要长），因此适合做竹丝帘。竹子是挺直的，劈剥之后，剖成竹丝，却可以随曲就弯，随物赋形。手触密致、清润的竹丝，或能感觉，那只巧手把一天的好风月与竹子的自然属性也都织入其中了。竹壳雕所用的材质是楠竹（毛竹）三五米处半脱不脱的竹壳，但这种竹壳并非随手可取。首先，它必须是长在南坡，这样不仅有足够的日照量，且能充分获取雨露的滋润。此外，采摘竹壳的时间必须是在清明前后。这个时节的竹壳正面基色是深棕色的（带黑色斑点），背面则呈乳黄色。竹壳雕作品完成之后，匠人通常不会上色，而是让它保持本色。阳光一照，那种凝滞的深棕色就有了一种自然的流动感。竹雕（也称竹刻）选用的材质也是楠竹（毛竹中最为名贵的一种，也有人笼统地称之为毛竹）。

匠人通常是在冬至过后半月去山上采伐。竹子斫了，剖开，取其中段（大约是一根竹子的第五或第六节），然后支起铁镬，把一片片长不盈尺的竹子放在加盐或矾的清水里煮。煮熟之后，须晾晒半月，待水分挥发干净，再存放三年左右。雕刻这种楠竹，通常是要削去竹青（也有留青）。刻毕，越三年，竹子淡黄的肉色会变成一种沉着的琥珀色。做传统竹编器物也用毛竹，但若是做工艺品，就得采用小青竹（俗称青皮竹），这种笋材两用的竹子当地鲜见，大都是从外地引入（20世纪60年代中期以后多是从广东引种栽培），匠人要把它剖成四层，一二层易裂，不取，三四层坚韧细腻，故可取用。这种竹子的竹节间距较长，抽出来的竹丝也长。在熟极而流的工艺操作流程中埋伏着的似水柔情，与竹子的介直心性交织在一起，亦刚亦柔，或隐或显，让人不免感叹，这竹丝编就的故事，也是柔情万种，说有多长就多长。

从前，在我们南方乡间，大部分竹器被归类为家居用品，人们的脑子里还没有"工艺品"这个概念。事实上，竹器做得漂亮就是一件值得赏玩的工艺品。在那个年代，人们大都是从实用功能方面了解它，很少从造型艺术方面感受它，当时只道寻常，也就有意无意地忽略了一个器物作为审美对象的那一部分。恕我孤陋寡闻，我是读了张志杰编著的一本乐清工艺美术口述史《器局方概》，才知道乐清有一种竹制工艺品叫作竹编。乐清竹编大致可分为平面竹编与立体竹编。立体竹编如书簏、考篮、针线盒（乐清话叫鞋佬）等，一百年前是日用品——从中你仿佛可以闻得到纸张的霉味、闺中少女的衣香、插在鬓角的栀子花香与头油混合的气味——这些搁在身边的寻常物事，随着时代的变迁，其实用功能渐趋弱化，观赏性却日益凸显。今人恐怕是不会提着一个竹篮去买菜，或是带着两百年前的书簏乘坐北上的高铁去赶考。但它们放在那里，就是不一样：竹子颜色变深后形成的包浆、过去的生活留下的印痕（包括它的磨损度），以及旧年代的氛围，都会平添它的美感。如果把竹编工艺也分为实用派与工艺派的话，书簏、考篮、鞋侉当属前者，而那些当作摆设的动物竹编当属后者。从实用功能来看，动物竹编（比如竹编大象、乌龟、鸳鸯等）跟别的日常生活用品并无区别，打开盖子，里面亦可存放茶叶或糖果之属；从造型来看，它有别于传统工艺，质地还是竹子，造型却变了，好比是将短衣打扮换成了长衫或洋装，究竟是多了几分雅气。这样的竹制工艺品有一种可以触摸的平实，而且还能给人一种"不觉鸟兽禽鱼自来亲人"的既视感。竹子之于工艺美术，与木相类。竹子离开泥土，经过工匠之手，再度根植于一个同条共贯的平面或立体世界，它就有了呼吸，有了生命，有了可以与我们的目光交流的隐秘语言——死的竹子变成活的竹制品，大概就可以称之为工艺品了。

正是在这个意义上，我以为竹丝帘本身就是一种工艺品。画家在竹丝帘上作画，等于是把工艺品变成了艺术品，这个转换过程并不像我们想象的那样容易。首先得解决的是材质问题。竹丝帘有点像熟宣，不太吃墨，也不晕化，因此画家作画之前得喷上一种掺和了石膏粉（或贝粉）的白漆，有些地方难上墨，还得再用上豆腐水或肥皂水，以减少油性。画竹丝画帘一般是采用兼工带写的画法：工笔部分通常是用硬毫笔来完成，写意的部分则偶或用棉花涂搽颜料。竹的质地限定了画家的作画工具，反过来说，画家也顺应了竹子的自然属性发挥自己的创作才能。竹子与人，经线与纬线，剖开竹丝的那只手与拿着画笔的那只手，这些东西是一个整体，而贯穿其间的，正是竹子的心性。说到底，画帘这门手艺活实属工艺标准之上的自由创作，甚至可以说，它带有一种异乎寻常的文人趣味。及至竹丝绣帘出现之后，画家就把这种文人趣味收敛了一点，他们的身份由画家变成了设计师。所谓设计就是在一种书写纸或描图纸上打好画稿，然后交给学徒们，以一种拷贝的方式描到竹丝帘上。我以为，这同时也是一种以"破"为"立"的创作方法。破的是传统国画的"雅"，立的是民间工艺的"俗"。至此环节，艺术创作变成了一种工艺流程操作。下一道流程就是交给女工们刺绣，水墨的异质性进入被彩色丝线取代。其绣法与针法跟瓯绣一般无二，丝是蚕丝，针也是绣花针（只不过多了一种套在指头上的顶针）。如果说，竹丝画帘倾向于艺术创作，带有一种文人的高雅趣味，那么竹丝绣帘则是介于雅与俗之间，甚至是有意把那种文人趣味往"俗"里面调和了一下。工匠的心性与竹子的心性达到高度一致时，做出来的东西就会有一种超越工艺品本身的气息。正如竹子在文人笔下可以内化为一种士的精神，它在工匠手下也可以内化为一种日常生活的平和气息。

一般来说，竹壳雕、竹刻、竹编、竹丝画帘、绣帘等，都归属于民间工艺。民间工艺品做得好，就是一件艺术品。那些匠人，没有把自己当作艺术家，事实上，他们就是生活的艺术家。有些竹制日用品或工艺品或许只是寻常之物，但在一个不同寻常的时刻，不同寻常的地方——比如像可楼这样的百年老宅——我们与之相遇，却能发现其中的不同寻常之处。那一刻，某种心思或观念投射其上，它们就会生发出别样的灵性。

对大部分老百姓来说，吃肉（包括东坡肉）比赏竹这种风雅之事更受用。尤其是在猪肉狂涨之际，谁还会去关心"居有竹"这种无关痛痒的事？而我在这里谈竹，谈民间的竹制品，似乎显得有些不合时宜了。

2019年仲秋

一峰还写宋山河

20世纪90年代中期，在雁荡山一次诗会上就曾听诗人邹汉明谈到杨键的诗；十年后，又听他说起杨键的水墨画。杨键笃信佛教，长年吃素，亦诗亦画。在我印象里，他极像一位古代的诗僧（也许是"前世出家今在家"吧）。外面的世界无论有多热闹，好像跟他都没什么关系；他专注于用文字与水墨构筑一个属于自己的、可以安放心灵的庙宇，因此，他的创作，说到底就是一种修行。多年前，我在上海策划作家诗人书画摄影作品展时，跟杨键通过几回电话。因为要照顾母亲，他只能以画参展，不能亲自到场参加诗歌朗诵会。聊天中他曾问我，这次展览的主题是什么？我答，是山水。杨键说，很巧合，我画的差不多都是山水。杨键的画跟他的诗一样，常常会在不经意间凸显一种自然主题，从苦山水、冷山水到蓝山水系列，都能见出其画风的细微变化与内心的悲喜转换。在我眼中，杨键是一位真正"与古为徒"的现代隐者，他一直居住在马鞍山一个称为郊区的小地方，很少外出，却能淡然自处；或许他需要的就是那样一个不大的地方，缓慢地展示他在绘画与诗歌方面的才能。

如果说诗人是神的代言人，那么，很多画家可以称得上是山水的代言人。而作为诗人的画家，既是神的代言人，又是山水的代言人，他们身上的灵性乃是拜神、自然或是万物中的隐秘事物之所赐。杨键也是如此。他的山水画虽说是脱胎于八大山人、渐江、戴本孝、龚贤等，但他的调性仍然是现代的，这大概跟他有意与传统水墨语言拉开距离有关。因为人与天近，他离古法便远；也因为离古法愈远，他离古人便愈近。他的山水画中融入了自己的新意，而这新意之中又透露出那么一点国故之暮气。杨键寄给我的一幅山水画题为：一峰还写宋山河。我认为，这幅作品跟他的"苦山水系列"无论在画风上还是内在精神上都更接近。杨键借用八大山人的诗句作题目固然是有其深意的。我从八大山人的作品集里找到了这句诗的出处，原诗题在一幅山水册页上：

> 郭家皴法云头小，董老麻皮树上多。

> 想见时人解图画，一峰还写宋山河。

从中我看到的不是"墨点"，而是"泪点"。八大山人哭的是被异族侵吞的山河，而杨键哭的是现代工业侵吞后的残山剩水。把他的画跟他的诗放在一起读，也许更能体味到那种深切的悲哀。

在邹汉明编的《嘉兴日报》文学副刊上，我也曾拜读过杨键借吴道子谈山水的文章。他说："山水不再是今日画家的对象，山水在今天只是一种能源，而非古人所认为的归宿。"我很认同他的看法。人这东西，向来是以"地球生物之首"自居的，因此人们喜欢把山水置于"人的目光"之下来打量，而不是以物观物，以山水观山水。山水的存在不是为了给人"看"的，山水一旦被改造成人们"想看"的那种样子，山水就不复是山水了。在这个人心浮华、物质至上的时代，千山万水统统被人们称为风景区，而它对应的时间则是黄金周。在我们这个以混凝土浇筑的庞大国家，已经很难再觅见几片没有被"开发"过的真山真水。至于杨键所说的"归宿"？我不知道现在还有多少人会以山水为"归宿"。一个冷酷的事实是：我们来自混凝土，仍要归于混凝土。

无论是在诗中或画里，杨键都将山水视为一条"回家之路"，因此，他所有的努力就是在纸上"重建我们的山水，重建我们山水的永恒性"。他的鞋子系列，就是山水系列的延伸。他为什么要反复画那些鞋子？杨键的回答出乎我的意料，他说：是枯竭和匮乏画下了这些鞋子，是贫乏和缺陷画下了这些鞋子。这跟他画山水的初衷几乎是一样的。他在一首诗中这样写道：

> 山水越枯竭
>
> 越是证明
>
> 源泉，乃在人的心中。

　　杨键画山水多用枯笔蘸焦墨皴擦出来的，画鞋子亦是如此——以致让人感觉他是将一座山收束为一双鞋子。反过来说，从这些鞋子上，似乎又能看到一座庞大的山，看到松影、水纹、草叶的筋脉、石头的纹理、枯木之姿，甚至能让人想到暮晚的钟声和自由自在的山野之风。多好的鞋子啊，因为没有像西洋画里的素描那样画得精确，反得自然——这已经不是应物写形的简单描摹，而是惜护故物的心念与水墨之间的一种交融与迸发——于是就有了一团墨气的吐露，天机的畅发，借用一位古代画家的话来说，这是"绝似又绝不似物象"。在杨键笔下，每一双作为"静止之物"的鞋子，都仿佛是附着灵魂的。它既踩踏过闹市，又跋涉过山水。它与山与水与作者的本心都是契合的。它在那里，是诉说，也是无言；是放达，也是困惑；是舍弃之后的获致，也是抓紧之后的突然松开。我记得杨键写过这样一句诗："松树在山顶，把街道的喧嚣平息。"在喧嚣的年代，我们同样需要那样一双鞋子，把躯体里面的浮华平息。

　　因了杨键的画，我更能深味他的诗；也因了他的诗，我更能深味他的画。杨键来温州大罗山参加笔会，我特地跑过去见了一面。隔着几排椅子，我向他打了一声招呼。他站了起来，向我微微点头，然后穿过人群走来。他长得像山顶上的一棵松，而树枝伸向了我……

2015年2月

胡铁铮画石

刚念初中时，父亲有一回见我用毛笔在写字本上涂抹，就问，这是什么？我说，是一块石头，两棵树。父亲沉着脸说，你在写字本上乱画什么？！过了半晌，父亲又问我，你想学画？我点了点头，父亲说，明天我带你去见一位画画的先生。父亲习惯于把那些受人敬重的老师称为"先生"。大一点的，称先生伯；再大一点的，称先生公。次日，父亲带我去拜访那位"画画的先生"时，我才知道"先生"原来就是我的美术老师胡铁铮。父亲把我的涂鸦之作递给胡老师，不知道说了几句什么。胡老师瞥了一眼说，山水画。然后就在构图上指点二三。后来，我想，父亲那天带我去拜访胡老师好歹也该带点伴手礼的。父亲舍不得花这个钱，我自然也不好意思登门学画。学画的念头，就此搁下了。现在想来真是有些后悔，当年有这么好的老师在眼前，居然没有把握机会追随他学画。

胡老师有大雅的一面，也有大俗的一面。他的酒量是惊人的，好啖猪蹄也是出了名的。有一回，有位书法家朋友做东请客，其中一个盘子里满当当盛着从乐清西门一家老字号店带回的猪蹄。座中有人动箸，书法家突然伸手说，先别动这一盘。那人问，为什么？书法家说，这一盘猪蹄是特意为胡老师准备的。胡老师未动筷子之前，大家照例不动。胡老师来了，也不客气，豪饮之间，把一盘猪蹄吃了个精光，连连称善。

一个热衷于喝酒吃肉的人应该是热爱生活的。苏东坡虽说不善饮酒，却爱吃肉。他的《禅戏颂》有这样一段话："已熟之肉，无复活理，投在东坡无碍羹釜中，有何不可！问天下禅和子，且道是肉、是素？吃得，是吃不得？是大奇大奇。一碗羹，勘破天下禅和子。"吃肉吃出禅意来，东坡一人而已。换成胡老师，他大概会说，吃肉便是吃肉，有什么大道理好讲的？人家都说"肉食者鄙"，胡老师却是一个例外。胡老师自有他的一套说法：为什么古人常说大碗喝酒，大口吃肉？酒喝进去，伤胃，此时若有肉垫底，定然可以把酒的劲道吸走一些。吃了这么多年的肉，不会腻么？有人不禁这样问。"很多人吃不住，我却吃得住。"胡老师曾这样说道。吃肉、喝酒，画画，是胡老师这辈子最热衷的三件事。凡事"吃得住"便好。

有关胡老师啖肉吃酒的事，就此打住，这里要谈的，是作为画家的胡铁铮。

胡铁铮是南方人，但他的画格局阔大，是近于北方人的。这样的格局，是大碗喝酒喝出来的，是从十万真山真水里养出来的。有些人，住到山里面，天天与山水相亲，画出来的画照旧很俗；有些人身在闹市，卧游一番，画出来的画却没半点尘土气。其中的原因大概就是，有些人本质上就是"俗"人一个，有些人本质上是一个乐山爱水的人。胡铁铮即属后者。

胡早年师承戴学正、林曦明两位同乡前辈。20世纪60年代，他在温州师范学院读书时期，追随戴学正先生习画，除了临摹戴先生的画稿，还临摹了宋画、元画以及明清时期董其昌、石涛、石溪、龚贤、蒲华等人的作品，三日一石，五日一水，做的是"取法"。之后，他又带着自己的临摹作品向林曦明先生移樽就教，林先生对他说："如临摹，临摹一家已不容易，再跳出来更不容易，这叫死学，好多老画家就死在这点上。要学会一边临摹，一边在写生中消化，适我者生存，不合吾意者去之……"循着林先生所指明的路径，他渐渐悟到了"取法"与"舍法"是一件同等重要的事。他佩服林曦明先生的地方是：学黄宾虹不像黄宾虹，学林风眠不像林风眠，学关良不像关良，学李可染不像李可染，最后让人看到的，就是林曦明自己的面目。

胡成名成家之后，又做了贾又福先生的"编外学生"。贾先生对他影响最大的，恐怕不是画风，而是那种不守成法、不留恋古人一笔一墨的创造精神。贾先生从宋人范宽、李唐那里悟得皴法，从龚贤那里悟得积墨法，变而又变，就有了自己的画风。胡初学贾先生，笔下雁荡山的石头跟太行山的石头确有几分像，但贾先生看了就给了他当头棒喝。胡铁铮在《学画问岳楼》一文中谈到了自己追随贾先生学画的一段经历。师徒间的一问一答，颇见机锋。

一天下午雷雨过后，西北角的天空忽现瞬息万变的云彩。师徒二人一边观云，一边散步。于是就有了下面的一段对话。

问：这不是老师的巨幅画？

答：我画云彩，许多人不理解，说这是油彩、粉画。殊不知这正是我长期观察云彩的感受……我尊重自己的感受，尊重自己的技法，别人不理解，因为别人没有这样的感受。

问：画云是否先铺色？

答：方法很多，可以先铺色，亦可先泼墨，还可以多次擦染，这要自己去试验的。当然，还要注意运动的方向和空黑的处理。

问：空黑是老师创造出来的吧。

答：古人没画过空黑，我是第一个这么画的。空白不能理解为一张白纸，同样空黑亦不可理解为一张黑纸，而应该理解为通向无穷无尽的空间，这个空间包含着万千变化，微妙无穷啊。

有一回，有学生带画给贾先生看，贾先生连声称赞"画得好"。好在哪里？好在"这里能用手摸进去"。"用手摸进去"是什么意思？胡在旁细细琢磨，便悟到了"山石之间能转进去"的法门。如何转进去？他看到贾先生在用笔略显杂乱的地方加了数笔淡墨，两个面之间忽然就有了微妙的变化。原来，心腕之间，前人的笔墨、自己的主张，该来或去，都是不必刻意深求的。心念一转，手就转进去了。那一刻，眼中的山水不是心中的山水，心中的山水又不是手中的山水，山姿水态，随手万变。

真山真水在举步间可以到，但山水入画后的境界却不是说到就能到的。胡铁铮观看了贾先生现场作画之后，反观自己之前所作之画，总觉得画来画去，还是被古人的笔墨技法所拘牵。山水画画得太像山水画，终究还是执着于相。如何"破执"？问道归来，他有一阵子闭门苦苦思索"取法""舍法""变法"之间的一条路子，还零零星星地写了些画论。我们都知道，无论中国画还是西洋画都有它的常道，也有它的非常道。取法，就是常道；变法就是非常道。没有"取法"，就谈不上"变法"。

在山水之外画山水，在笔墨之外思考笔墨。有一天，胡铁铮突然像悟道一般，对自己早前所作之画，只用五个字打发过去：统统去你的。"去你的"，换一种文雅的说法，就是"舍法"。慢慢地，他从笔墨中"舍"掉了一些"共适"的东西，找到了一些"特有"的东西。这就有了胡氏独创的绿墨山水。这种绿，是放旷山水之后的一种冷凝，与山石攒聚内敛的造型是融为一体的。胡氏绿墨山水与青绿山水的不同之处在于，青绿山水用石青、石绿，而他用的是纯绿；青绿山水重着色，少皴笔，而胡氏绿墨山水则是在皴笔之间的空白处施以纯绿。这一用色技法，据说是他在雁荡山中写生时琢磨出来的，其时正值春夏之交的清晨，阳光洒在露水滋润过的草木上，浑厚而不乏滋润。那时他就认定，这就是他要寻找的那种色彩语言。为此，他在纸上做了多次调试，先用石绿中的二绿、三绿着色，然后在边上掺以花青加藤黄调成的汁绿，确保纯绿不为墨色所掩。绿墨山水虽已初见成色，但他还是觉得画中的绿墨有点艳，压不住，因此就采用龚贤的积墨法，以淡墨皴擦，层层晕开，在秀润之外，渐见厚重，这样一来，色的表现力与山石的体积感便相得益彰。纯绿的妙用，对他来说，等于是给山水"发明"了一种色彩。这种画法与古人拉开了距离，与今人也不相近，因此难免受到同道的质疑。但他的回答是：我要的是真山真水，这山是我心中的山，这水是我心中的水。绿墨山水既出，胡铁铮的个人面目由兹而彰显，而清晰——它不同于蓝瑛的没骨重彩山水、张大千的青绿泼彩山水，也不同于贾又福那种以黄、红为主色调的大山大水。它已经在那里，不容忽视。

如果说，问学于贾又福那个时期，胡所画的石头还分不清哪块是自己的哪块是贾先生的，那么，这些石头后来就从他笔下慢慢分离出来了。一块有思想的石头，是贾先生所独有的。胡也有自己的想法，他要画出自己的石头。有很长一段时日，他"满眼满心都投在没有古人山石处"。像一个石匠那样，他精心打磨着自己的石头——把一块石头当作一座大山来画，把它的气势一点点画出来，把自己的气息一点点融进去。于是，他把别人的石头画成自己的，把死的石头画得活起来了。一块好石头，便好似得之自天，而非手中。那时候，他脑子里已经没有了太行山的石头或雁荡山的石头。他要画的，是自己心中的石头：这是一块沉默的石头，也是一块呐喊的石头；是一块静止的石头，也是一块运动的石头；它是万物，也是"一"。他要的就是这样的石头。当不同的石头组合在一起，它们就以诡异的造型、苍辣厚重的色彩，直扑人面而来。这些年来，我不知道他已经画过多少块石头。这些石头构成了一座山，也构成了一种精神的向度。我以为，胡所画的石头正好阐释了他的老师贾又福的艺术观："画中一块贴近真实的石头表现的是物质景观，经过适当的艺术处理，融入思想与感悟，物质景观就变成了精神景观。当把一块石头变成精神景观时，就不再侧重它是什么特质、什么地区的石头了……"是的，你看不出它是什么特质、什么地区的石头。可它的的确确是一块中国的石头。它跟所有的石头放在一起，你都可以辨识出来。它不是巴黎的石头，也不是东京的石头。你把它放在塞纳河畔或富士山上，仍然可以发现它的属性，掂量出它的分量。

　　外行人吃茶，便说茶还是热的好喝；外行人看字，便说毛笔字还是黑的好看。我于中国画，也算外行，便说这石头还是大的见气势。

2018年惊蛰

读他的画，宛宛如见故人

明心先生面目高古——脸上的"古径苔文"，头上的"遥峰雪色"，都是可以入画的。我二十年前在文化馆见到他就是这样子，二十年后还是这样子。因为少白头，他看起来好像没有年轻过，但也因此显得经老。这是一个近于吊诡的现象：未老之前他已不年轻，年老之后他又年轻如故。说他"年轻"，似乎还嫌不够——跟他交谈，或是读他的画，你就会发现，他已"返老还童"，白发遮掩之下跃动着一颗灼然童心。

许多年前，在一位病故艺术家的灵堂前，我瞥见一位白发苍然的长者正俯身于一块黑布之上，我就一眼认出他是明心先生——在本城艺术家中头发白到近乎有洁癖的，似乎也只此一人。白发。黑布。显得那么醒目。其时，他用排笔在黑色挽幛上写下了"吾门守素，天地皆春"八个黑体美术字，几乎是一挥而就，不加修饰。这种手头功夫，他在年轻时就已经练就。他写完了字，把挽幛钉在木架上，然后自己找来折叠梯子，架在外面的简易棚上，略显滞重地爬上去，把这副字分别悬挂两端。下来，反复端详，又上去摆弄一番，直至满意为止。那天，明心先生从早上一直忙到晚上，灵堂内外，举凡用什么布，挂什么联，他都一一张罗。明心先生说，那位故去的艺术家是他的老朋友，虽然他们之间很少来往，但二人年轻时就已订交。一生知交，不需要常见面，偶尔看到彼此的作品，也仿佛推窗望月。有人说，明心先生之心，正如明月之心。你与他接触久了，从一些日常细节里应当是可以窥见的。

我喜欢苏东坡的诗，竹屑木头，牛溲马勃，什么玩意儿都可以入诗；我喜欢郑板桥的书法，秦篆汉隶魏碑唐楷都可以入字；喜欢林语堂的嬉笑，鲁迅的怒骂，他们可以把世间万象随手拈来，揉搓成文。因此，喜欢明心先生的画，也有这个意思在里面。读他的画感觉就像读文章。从丰富的水墨语言里，你可以找到文言文的古雅、白话文的质直。再细细品味，又能找到小品文的逸趣、杂文的辛辣。因此，我常常觉得，明心先生画画就像写文章，每一笔里面都有可说或不可说的话。因为他的画是"写"出来的，没有匠气、呆气。前阵子，读到一本书《画可以怨》，觉得这个题目起得真是好极了，用在明心先生的画上，也十分妥帖。

现实生活的困扰，让明心先生有时不能泛若不系之舟。心里有话要说，不能形诸文字，就只能从画里面流露。他是一个用线条写文章的画家，而且，如果你留意观察，他的每一根线条都是变形的。从变形的线条里面分裂出一个变形的世界。这个世界反倒更接近我们这个世界的本质。他画一个怀抱宠物的妇人，既画正面，又画侧面，线条近乎夸张，但从整体来看，质实而趣灵。我问他，你画这幅画时是否有意使用了毕加索的某些笔意？他说，我画的时候没有想那么多。

早年间，明心先生画过一些有诗意的画，比如传统意义上的山水画和人物画（其代表作为《历代先贤图谱》）。也许你会觉得看那些山水画如读山水诗，看《历代先贤图谱》如读咏史诗。这些年，明心先生却在笔墨上做了减法。他把文人画的雅气减掉了一些，玩起了与俗打成一片的水墨漫画；把书法的老辣气减掉了一些，写起了充满稚气的儿童体字。他把一幅画变得不像画，把书法变得不像书法之后，自家面目就出来了。这就是周氏独创一格的"漫象国画"

了。单是就这类画而论，他仍旧在做减法：从空间减掉了几分气，从水墨减掉了几分韵，从线条里减掉了多余的线条。有时他还会十分大胆地把那些所谓诗意的东西挤压掉，留下一些反诗意的东西。世象物态，在寥寥几笔画里都有所呈现。我记得他曾画过某君的嘴脸，共四幅，与传统国画中的梅兰竹菊四条屏恰成对比，有着微妙的反讽意味。人的嘴脸，真是说变就变，而且可以在倏忽之间呈现。作者凭借妙笔，在那一瞬间捕捉成像，所用的线条趋于至简，意味却如此丰富，不能不让人惊叹他那份细微的观察能力。

观赏明心先生的画，我还注意到：早些年他画中的题记文字似乎不多，现在不同了，有话要说，忍不住，满溢出来，就索性让字与画平分了画面。他的儿童体字看似无意，其实有心，甚至连涂改之处都有他的一番用心。有时一个字突然欹斜，也是像一棵树随风倒向一边，纯任自然，看不出什么做作的痕迹。认识明心先生的人都知道，他的书法功底其实非常好，但他常常是故意把字变形，变得很稚拙，与画风相映成趣，让人感觉这些文字就是画的一部分。他的《武大郎发迹图》，写了题记之后，意犹未尽，又补记一笔。更好玩的是，他还在"武大郎发迹图"六个字上画了一连串烧饼状的圈圈。从题款处的"明心戏笔""明心并题凑趣""明心一玩"等字句，可见其游戏笔墨的心态。

我说明心先生的水墨画好玩，是因为他不是为变形而求变形——他能从生活的常态发现非常态，从常道发现非常道，以笔墨表而出之，没有刻意的痕迹。细细寻绎，不难发现，那变形的书法与变形的画里面仍然葆有一个不变的人：这个人，天真、介直、又略带伤感。

东海西海，其理攸同。读完明心先生的画，我会想去读一读法国作家拉布吕耶尔的文章。为什么如此？我也说不清楚。当年金圣叹说看野烧、读《虬髯客传》都有一种不亦快哉的感觉，想必也是如此吧。

2015年1月

你好，鸵鸟！你好，陌生人！

打开门的时候，一只鸵鸟突然朝我走来。眼前一道阴影迫使我不得不侧身闪开，鸵鸟低头迈出一扇窄门，穿过走廊，向开阔的草地走去。我紧随其后，不敢声张。鸵鸟旋即张开翅膀，扑扇数下，平地上陡然刮起了一股小小的旋风。尘埃还没落地，只见鸵鸟已走到大街上，高视阔步，目中无人（很奇怪，街头居然阒无一人）。这只鸵鸟从哪里来？又要到哪里去？它的脖子在空气中弯成一个奇怪的问号。我仍然紧跟在它身后，仿佛在等待着阳光揭开什么谜团。当它正要跨过斑马线时，对面骤然亮起了红灯，鸵鸟没再举步。等绿灯启动后，它又迈开了脚步，继续前行。身后是一排商铺，显得有几分清冷，就将黯淡下去的阳光照着灰色的广告牌，上面写着几个醒目的英文字母：LI YAO YAO。

当我看到画家李瑶瑶刚刚完成的动物系列作品时，脑子里就闪现出上面这一幕卡夫卡式的魔幻场景。在李瑶瑶的动物系列作品中，我最早看到的，便是鸵鸟。先是一只。然后是一群。它们跟斑马线组合在一起时，就构成了一个带有荒诞意味的象征世界。

在李瑶瑶的画室里，我可以静静地注视这些体形庞大的鸟。它们跟我相隔一米，但这一米对我来说是遥远的。

一位军事专家说，狙击手与狙击目标之间一般相隔半英里（约805米）；一位水墨画家说，中国文人与砚台之间一般相隔40厘米；而李瑶瑶的朋友、画家厉靖告诉我：一幅画与观赏者的距离应该在一米左右。

那天，我与厉靖坐在李瑶瑶的画室里聊天时，与李瑶瑶的画始终保持着一米开外的距离。仿佛我们靠得再近一点那些动物就会受到惊吓，纷纷从画框中挣脱，朝窗外飞奔而去。在我印象中，李瑶瑶曾受维亚尔的影响，画过一些带有新现实主义风格的人物画，突然间画起动物来，还是让我颇感意外。

不管李瑶瑶的画风如何改变，她对光与色的处理总是那么得体。这一组画也不例外，画面是以黄色为主色调，即便在阴暗的地方，也有散碎的黄光溢出。画里面呈现的光显然是从印象派那里借来的——画家的内心仿佛是先有了这种光，才有了与光相融的事物。从李瑶瑶的动物叙事中，我可以感受到斑马线的冷峻意味与霞光的温暖气息所形成的强烈反差。

斑马线。鸵鸟。这两个意象隐隐约约在我脑子里构成了一首诗的核心部分或一个故事的开头部分。我有这样一种奇怪的感觉：当那些长着鸟羽和骆驼体型的野生动物穿过斑马线的那一刻，它们就迅速变成了一种跟鸡鸭没有什么区别的家禽。遵循斑马线的鸵鸟甚至让我莫名其妙地想到了那些小心翼翼地活在体制内的人。因此，借助绘画中的"他者语言"，我看到的不是鸵鸟，而是鸵鸟化的人，一群试图采取"鸵鸟态度"的人——他们貌似安于现实，实则屈从于（或回避）现实。

当我把这一层意思说给李瑶瑶听时，她说自己只是凭直觉画画，压根没有往深里想。除了鸵鸟，李瑶瑶还画了长颈鹿、大象，那些动物，都是些寻常动物，她没有给它们一片草原，也没有给它们一个精致的笼子，而是几根冷峻的斑马线。人类发明斑马线，当然不是为了斑马，而是为了人类自身。斑马线看上去就像是栅栏的倒影，其几何学形态意味着现代文明与理性。因此，从隐喻的意义上说，斑马线也可能是条文，是训谕，是游戏规则，是迫使我们不得不妥协的某种东西。

　　李瑶瑶完成斑马线系列作品之后，又画了一系列从火车上下来的犀牛、电梯里出来的犀牛、在隧道中奔跑的犀牛。电梯、车厢、隧道，这些物象给人带来的是一种压抑感。因此，囿于其中的犀牛看起来既像是要挣脱什么，又像是要追寻什么。这些带有原始气息的动物跟现代城市的某些元素组合在一起时，就使画面看似不协调却又充满了某种内在的张力。鸵鸟是轻逸的，犀牛是沉重的，画家仿佛要通过这两种对比强烈的物象告诉我们：每个人的内心或许都有一只顺从的鸵鸟和一头反抗的犀牛。

　　正是在这个意义上，我觉得李瑶瑶画的不是动物，而是我们这一代人的脸谱：在全球化浪潮的冲击之下，更多的人从"自然的人"变成"现代文明的人"。随之而来的是现代文明的危机：人与自然之间的和谐关系被撕裂了，人自身也不可避免地"被异化"与"被同化"。布雷顿森林体系、马克曼命令、格林尼治时间，这一切都是"人所造的东西"，然而，在某些时候却又把人囿于其中，给人自身制造出新的现代性困境。在我们身上，"自然所造的东西"已经越来越少了，而"加快城市化建设步伐"正是一个去自然化的过程。

　　高更跑到一座岛上，做一个天真而又粗鲁的野蛮人，我们可以称之为"回归自然"。相反，如果野生动物来到城市，跟我们生活在一起，我不知道能不能称之为"亲近文明"。很难想象，它们有一天也能走斑马线，也能用抽水马桶，也能举蹄挥爪互致问候。在李瑶瑶的画中，那些鸵鸟已经忘掉了自己的鸵鸟身份，忘掉了曾经瞩望过的草原或沙漠，它们已经习惯于过斑马线，习惯于城市空间与时间的错乱，总之，它们已经无法回到自然中去了。

　　《创世纪》里面说：神造出野兽，各从其类；牲畜，各从其类；地上一切昆虫，各从其类。显然，上帝造人，要晚于其他物种。但人在地上掌管海里的鱼、空中的鸟、地上的牲畜和地上爬行的一切昆虫之后，一种自以为是的"人类文明"就诞生了。人，从此自许为万物的尺度。现代人有了所谓的"现代文明"，其实就是让一部分人在不知不觉间变成了动物，一种被物质包围着、被体制驯化了的动物。只不过，他们是一种生活在另一个笼子里的动物：脚下没有泥土，头顶没有星空，身体没有灵魂。更多的时候，失其所在，宅于虚空，以及虚空的虚空。

高更在最痛苦的时期所作的一幅画有一个很长的题目：我们从何处来？我们是何许人？我们到何处去？我们很多人曾这样向自己发问。站在李瑶瑶的画前，我们同样可以这样发问：鸵鸟从何处来？鸵鸟是什么？鸵鸟又往何处去？鸵鸟也许压根没思考过这些问题，我们也无法代替一只鸵鸟思考这些问题。人有人的去处，鸵鸟有鸵鸟的去处。

李瑶瑶在画这些动物的时候，脑子里会有这些想法？我想不会。画家不需要思考一幅画，她脑子里有的只是一种主观性体验，而她笔下呈现的是一种主观化色彩。但我们不能否认，李瑶瑶的绘画语言里面带有自己一套隐约形成的观念。现代艺术，说穿了就是一种观念。李瑶瑶找到一种观念的同时，也找到了一种可以表达这种观念的技法。这一组动物系列作品，让我们看到了现代人匿名的面孔，也看到了现代人内心隐藏着的鸵鸟和犀牛。

从李瑶瑶的画室出来，我走到大街上，走到楼影交错、阳光斑驳的闹市区，一群人正穿过斑马线朝我这边走来，接着是一股陌生的气息荡荡而至。从那些陌生人身上，我仿佛看到了鸵鸟的影子。

因此，我仍然可以用卡夫卡式的句子继续描述那样一个魔幻场景：

一个公务员在下班的途中与一只鸵鸟相遇。彼此间相隔着斑马线。公务员举手向鸵鸟问候：你好，鸵鸟！而鸵鸟也发出一种奇怪的声音：你好，陌生人！他们看起来就像是跟另一个自己打了一个照面。然后，擦肩而过……

2016年12月

快与慢

　　雨夜。微凉。叶朝晖家正对阳台的玻璃门蒙着一层雾气，宛如湿版摄影中所见到的那种银盐颗粒。我坐在客厅里，慢慢地翻看着一本阿勃丝的摄影作品集：流浪汉、畸零人、精神病人、变性人、低能儿、残障、异装癖、同性恋……当我看到一张盲人的图片时，手指便停留在那里。我对叶朝晖说，这人怎么会出现在这里？叶朝晖瞥了一眼说，哦，一个盲人。我说，这不是一个普通的盲人，他可是被称作"作家中的作家"的博尔赫斯。但摄影家叶朝晖不认识这个厉害的老头儿。在他眼里，这个老头儿就是个盲人，跟这本集子里别的残障者没有什么区别。因此，当我说出博尔赫斯这个名字时，我就有些后悔。我感觉阿勃丝要拍的不是博尔赫斯，而是一个普通的盲人。我应该让他回到盲人的行列中去。但叶朝晖显然已经意识到，这个名叫博尔赫斯的老头儿不是一般的人物。我甚至可以想象，他之后看这张照片的目光会变得不一样。直到有一天，当他读到博尔赫斯的小说或诗，他也许会在自己的目光中注入别样的敬重。话说回来，我如果不知道这个盲人就是博尔赫斯，那么，这张照片在阿勃丝的作品中就不会显得那么突兀了。那时，我会跟叶朝晖一样，看到的仅仅是一个盲人。去掉了他的身份和那些符号化的东西，那种观感会是怎样？也许我会忽略他，也许我会注视良久，直到盲人看到了我，直到我透过盲人的眼睛看到自己……

我不懂摄影，但闲时喜欢翻看摄影作品集。很多老照片，我看着看着就有一种似曾相识或身临其境的感觉。那时，我会对自己说，我见过这个人，我来过这个地方，我触摸过这些器物。照片与电影不同，它是静态的、无声的、二维（电影可含三维）的，但那些真正触动我的照片即便离开我的视线，也会在某个时刻潜入我的脑海，慢慢地活动起来，以致我仿佛可以听到一种声音，闻到一股气味，感受到一种熟悉的氛围。

我曾在多处见过布列松拍摄的一个男人跃过水洼的图片，就我所知，类似的图片共三张，里面的人物与构图都不一样。那三个男人仅仅是路人，他们并不知道，自己这一跃竟跨入了世界摄影史的经典瞬间，但谁（包括摄影家本人）又知道他们是何许人？布列松用他手中那个徕卡M3相机拍下了雨天某一瞬间的一个跨跃动作，使我们忽然感到那个引人愁闷的雨中的世界仿佛发生了某种变化。每次我翻看到这三张照片，就会想到卡尔维诺谈到"庄重的轻与轻佻的轻"时所援引的《十日谈》中的一个故事：佛罗伦萨城一个名叫纪度的哲学家，有一天散步至教堂边上的墓地。那时，恰好有几位本城的绅士骑马经过这里，他们见纪度在墓地的云斑石柱间徘徊，就走过去，有意要拉拢他加入自己的社团，但言谈之间还是以一种挖苦的口吻奉劝他不要怀疑天主的存在，这对他并无益处。接下来，薄伽丘是这样写的：

> 纪度看见被他们被包围了，立即回答道："你们在自己的老家里，爱怎么跟我说话就怎么说吧。"
>
> 他这么说着，就一手按坟墓上，施展出他那矫健的身手，一下子跳了过去，摆脱他们的包围。

读到这里，我想，布列松如果在场，他也许会按下快门拍下这一瞬间的场景，使之变成一个永恒的经典画面。而卡尔维诺作为一名小说家，他的目光就像布列松手中的徕卡相机,他捕捉到了那一跃,且郑重其事地写道:"如果我要为自己走向二○○○年选择一个吉祥物的话,我便选择哲学家兼诗人纪度从沉重的大地上轻巧而突然跃起这个形象。"

是的,好的作家能让一个沉重的世界突然变得无比轻逸,也能让一个轻逸的世界突然变得异常沉重。这一点,好的摄影家也能做到。因此,我说的"突然"也可以转换成布列松时常谈到的一个专业术语:决定性瞬间。布列松、阿勃丝,用一个瞬间阻挡阔步向前的时间是一桩多么愚妄而美好的举动。

抓住那个瞬间,且超越那个瞬间,瞬间就能变成永恒。我想,这大概就是摄影与拍照之间的区别吧。叶朝晖做过电视台记者,对某个瞬间的把握、对身边某些事件的判断,他都表现出异乎寻常的敏感。他高大壮硕的身躯、敏锐的眼睛、粗犷的嗓门和短兵相接式的近距离抓拍中所表现出来的那种近乎粗暴的动作,的确可以使他抢拍到一些瞬间发生的场景。但这一举动也时常伴随着种种风险,因此,明智的做法就是出手要果断、收手之后要若无其事地走掉。如果一时间未及走脱,就有可能招来被拍摄对象的指责;如果那人非要上来讨个说法或抡起拳头准备揍人,他就得直挺挺地站在那里,用他的大块头说话。

有一天,摄影家叶朝晖突然向我们宣称:他要开始玩湿版火棉胶摄影了。大画幅相机、湿版片夹、三脚架、火棉胶、玻璃、量杯、量筒、蒸馏水等等,这些玩意儿,搁在摄影工艺数字化的今天,多少有点像一种罩着灵光的怪物。显然,他要退回去,从19世纪50年代发明的老手艺中寻求一种切合自己的新的表述方式。如果说抓住"决定性瞬间"是一种"快摄影",那么,我们不妨把这种古老的湿版火棉胶摄影称为"慢摄影"。

19世纪的火车是慢的,19世纪的邮路是慢的。现在,我们的摄影家要在21世纪的快进状态中添加19世纪的慢。当他把脑袋伸进冠布,他会看到什么?一束光,是的,一束光会带着一种动荡的安宁,向他发出邀请。时间和光穿过一个孔洞，变成一条缓慢流动的河。河面出现了一个点，一个可见的点，与之对应的是另一个不可见的点。那个不可见的点在不可知的地方游移，他在静静地等待着两个点的重合。我们知道，湿版摄影需要长时间的曝光，需要耐心。放慢曝光的速度，就意味着他可以放慢自己的呼吸，放慢自己的想法。此间，拍摄者能感受到光线的变化、视觉元素的取舍、感光材料的组合、情绪的波动等等对影像的细节所产生的影响。拍摄停当，我看到他戴上一双蓝色的手套，走向暗房，把玻璃上的银盐颗粒转换成视觉图像，就感觉他不是一个摄影师，而是一个谨小慎微的化学药剂师。好了，通过传统影像工艺，显影定影出来了，我们可以看到一张幽灵般的面孔浮现在涂满感光材料的玻璃上，大概是那种湿润的感光层起了微妙的作用，相片里的人看起来就像是从时间深处，冒着细雨归来的。每一张湿版照片，从诞生那一刻起就老掉了，同我们在一座老房子的墙上或办公桌玻璃板下所看到的那种老照片一样，它是历史的碎片，枯死的时间之蝶制成的标本。

我偶尔会在叶朝晖的朋友圈看到一些随手拍的数码照片与摆拍的湿版照片，它们让我感受到两种不同的速度：一种是快的，一种是慢的。摄影过程的快与慢，都包含着一种艺术冒险：因为快，它可以抓取"决定性瞬间"；因为慢，它可以让时间与光在其中从容玩索。

我是一个慢性的写作者，我喜欢慢一些的活儿。写作是慢的，慢一些就好。湿版火棉胶摄影的工艺流程的确比我们想象的要复杂，它也是慢的，光是拍摄前期准备工作就有取景、定位、相机的架设、曝光时间的估算、感光版的制作等等。我写一篇小说也是如此，哪怕是写一个短篇，我也要把一些可供采用的材料尽可能地归置到一起。因此，我的写作进度比常人要慢一些也就可想而知。我相信匠人常说的那句老话：慢工出细活。

此外，我喜欢湿版火棉胶摄影，很可能是因为它跟我的小说叙述风格有点相似：它的慢、它的暗旧、它的幽微。湿版照片里面会自然而然地透出一种旧时光的气息，让人感觉，照片上的人物不是在空间上，而是在时间上跟我们拉开了距离。这一点我深有同感。我大部分时间都生活在自己出生的地方，因此在小说写作中，我如果无法在空间上把人物推远了写，那么，我至少可以在时间上推远他们。我与小说中的人物保持适当的距离，也就能在一个熟悉的地方发现一种陌生的新意。

叶朝晖曾给我讲述过两件跟湿版摄影有关的事。有一回，他给同事拍了一张湿版，曝光时间大概有几十秒（判断合适的曝光值是这种古法摄影中最见匠心的一项技艺）。当他从暗房里出来，举着那张刚刚定影的玻璃相片，与眼前的同事进行比对时，忽然发觉，现实中那张原本熟悉的脸变得陌生起来，而相片上那张陌生的脸却变得熟悉起来。于是，他对同事说，我看到了你父亲的影子。另一件事是，他让一位同行给自己拍了一张湿版，定影之后，他看着玻璃相片中的自己，也是大感诧异：目光、面色、头发、胡子、皱纹，都清晰地呈现出来，但整个组合在一起，却是那么陌生。

这是为什么？摄影家没有给出答案。

一张湿版照片让一个摄影家发现另一个自我，这是一件非常值得玩味的事。至于哪一个自我更真实，则是另一回事。有时我想，摄影作为一种虚拟现实技术，是否也可以像小说那样对现实中的人物进行重构？小说中的某个人物，有时候何尝不是小说家身上那个"自我"的投影？

一个人与另一个自我相逢，可以在照片里，也可以在文字里。

我这么说，仿佛是代替一个摄影家回答了一个问题。

2021年5月

器与局

　　读到书名《器局方概》，我就觉着这四个字有讲究。作者张志杰也是个有讲究的人。他是个读书人。读书人知道什么叫名不正则言不顺。这是一本民间工艺美术口述史，书名带那么多"口"字，正是本书"有讲究"的地方。翻看字典，便可以知道，"器"是由五个独体汉字构成的一个会意字，从犬，仿佛是表明器物之多非得用狗来看守。"局"字也是一个会意字，从尺，也带"口"字。单从"口"字来看，"局"与"器"一样，大约是跟吃饭、说话之类的民生有关；尺是什么?就是法度，"局"就是给"口"设立一个法度。如果说，器代表个体，那么局就代表一个整体，即使这个整体偶尔被打破，也只是一种有法度的造次，它仍然会给我们带来"破"后之"立"。器是一个点，局是一个面。有器而无局，器就立不起来；有局而无器，局就打不开。"器局"者，是实指。而"方概"二字的原意"方正有节"，就有点虚指的意思了。由此可知，"方概"是无形的，而"器局"是有形的。

　　"形而下谓之器"。我就谈谈那些形而下的器物吧。

　　早年间，没有"工艺美术大师"一说，乐清民间艺人通常被人称为手艺人，手艺过硬的，或称老司，或称先生（也有把"先生"二字连读，称作"仙"的，据我所知，黄杨木雕塑艺人中就有伦仙、顺寿仙）。我的曾叔公是个木工老司，年轻时就外出讨生活，他一辈子只做椅凳两种坐具。宁波有位乡绅听说他做的琴凳榫卯严丝合缝，就故意发难，当着他的面把琴凳放进水里，沉浸有顷，然后拔出榫头，结果发现卯眼里面竟滴水不透。我的曾叔公作为一名手艺人的口碑就此在圈子里传了开来。他做的琴凳也许至今仍然存放于某个地方，但可以肯定没有人知道制造者是谁。民间很多精美器物，就像诗三百、古诗十九首一样，没有作者名字，却能得以流传。民间手艺人就是用手说话的人。他们手把手地教，且以心传心，每一件器物在法度中确立一种趋于完美的形态之后，被一代又一代艺人传承下去。一般来说，人们会把这种技术活十分笼统地称为传统手工艺。但我以为，手艺与工艺还是有所区别的。有些技术活在农耕时代称为"手艺"，工业时代就称为"工艺"。"手艺"这个词贯注了手的灵气，而工艺则更多地倚仗于机械的操作、工序的完善。手艺倾向于个人，而工艺则倾向于某个群体。也就是说，手艺决定器，工艺决定局。

在过去的"局"里面，一些木器、竹器、银器、铁器、锡器、瓷器、陶器、石器、漆器等作为日常器物，大都为寻常百姓所持有。它们在民间，就仿佛草木在山中，有一股野气与鲜活之气。最初，它们是通过手的触摸跟人们的生活发生联系，以致在很多人眼中它们仅仅是家居陈设的一部分，其工艺之美往往会被人忽略。但有一天，它们突然从一个狭小、庸常的空间跳出来，进入展厅，其性质就发生了变化。我所说的变化不是指它们的外形有了裂变，表面有了包浆，或是颜色更趋沉静柔和，而是指器物与人之间的关系在另一个时空中已然发生了变化。现在，我们主要是通过"看"，让过去的日常器物变成一种审美对象：有些人把它们放在记忆的某个点上进行观照，有些人则是把自己投进它们所给予的一个想象的容器里反观自我。这时候，道与器之间就出现了所谓的"时空、能量的转化"。

"形而上谓之道。"我一直怕谈论"道"。因为我觉着自己是一个不知"道"

的人。因此我在这里愿意把"气"字替换"道"来谈谈我对器与局的理解。

器在局中，如果相融，会制造出一个让人惬意的气场。某日下午，我进可楼，院子里面坐着七八个喝下午茶的陌生人。鱼在水缸里游，花木欣然，他们低声交谈，庭院间是一种有生气的安静。我不知道这份安静来自何方，也许来自于一只卧在阶前的小猫（它睡得那么沉酣，谁也不想惊扰它）；也许来自于这座古老的房屋，以及它所生发的那种气息。大至一座房屋，小至一只猫，都可以纯化周围的环境。在那种环境里，一个人能生出安静的感觉，是因为人与物之间是相融的。这时候，我发现，这里的每一个微细的器物与房屋的整体格局也都是相融的。

器与局不相融，气就不会归拢到一处。有一回，我进了一家电器公司，老板的办公桌上摆着一尊黄杨木雕。这尊木雕出自名家之手，不可谓不高雅，但我总感觉它放错了地方。后来环顾四周，发觉办公室的摆设略显杂乱，各种物什（包括电器样品）充塞其间，以至于让这件艺术品单摆浮搁着，无法与之相融于同一个空间。同样，我在一些大众场合也见过这样一种现象：有些人登台演讲，谈吐不凡，风度也好，可就是没有带出属于他的气场。因此，他与台下的观众也就无法相融于同一个空间。器与局，人与环境，何以不相融，有时也难说得清。譬如这顶帽子跟这一颗脑袋不相融，那双手跟那一床琴不相融，有时关乎器，有时则关乎局。

时代更迭，世局屡变，很多民间器物跟今天的生活其实是越来越不相融的。也就是说，"器"已经不在一个"局"里了。张志杰调进乐清二轻工业联社之后，就着意于民间工艺美术的"大局"。经他估摸：在鼎盛时期，乐清一地，就有四五十万人直接或间接地从事工艺美术生产活动。这意味着，如果可能，每个人都可以就此写一部属于自己的民间工艺美术史。五年前，张志杰在杭州与摄影家张侯权老先生吃茶闲谈时忽然动念要做口述史。他先后走访了25

位乐清民间艺人，涉及黄杨木雕、细纹刻纸、竹丝绣帘、龙档、首饰龙、石雕、竹刻等21个种类，他对话题的取舍、声调的控制、口语的使用、资料的检索等都有自己的讲究，因此，每个人的口述资料都是分多次完成的。虽说是公余做这件事，但他兴之所至，就不知不觉地把时间搭了进去，把心力耗了下去。当事人慢慢地讲述，他慢慢地整理，整个过程就像打磨一件器物。五年后，"成品"也总算出来了：一本大书，296千字，596页。在这本书中，张志杰充当的是一位善于聆听的访谈者，而那些原本沉默的民间艺人藉此发出了各自的声音。可以讲的部分，他们已经"动口"讲述出来了；无法讲述的那一部分，他们则会一如既往地通过"动手"来告诉我们。这部书保存了几代人的社会文化记忆，哪怕以后实物无存，这些文字也能让后人得其仿佛。陆游为《岁时杂记》一书作跋时说："承平无事之日，故都节物及中州风俗，人人知之，若不必记。自丧乱来七十年，遗老凋落无在者，然后知此书之不可阙。"张岱也说过一句类似的话："乃知繁华宝贵，过去便堪入画，当年正不足观。"张志杰把"若不必记"或"当年正不足观"的民间手艺忠实地记录下来，其意义与价值恐怕会在机械与人工智能产品日益普及的当下或将来有所彰显。

我也曾为民间艺人做过口述史，但遗憾的是没有坚持下来。曾有一位民间艺人跟我说，现在有些艺人"动口"太多，"动手"太少。因此，他不太喜欢"动口"过多地谈论自己的作品，而是更喜欢"动手"——用自己的作品说话。他跟我说这话时，就随手操起身边的工具敲打起来。我一直觉得，好的器物会反过来塑造出艺人之手的好相。一件工具只有放在他们手中，那双手只有放在某件器物中，某件器物只有放在合适的空间里，"器局"这个词才会跟"方概"如同卯榫一般相契，而我们说的"道"与"器"的关系就是这样生发出来的。

2020年4月

技与道

——写在"雁云堂师生书画作品展"前面的话

"雁云堂"是半溪先生的斋号。雁是动态，云是静态，动静之间，求得自然，这大概是他取"雁云"这个斋号的缘由吧。先生喜欢"云（雲）"字，每每挥笔写来，总有一股郁勃云气从纸上氤氲开来。我记得他曾在一张纸片上随手写下"过眼云烟"四字，右上角钤一引首章：雁云。后附题识：余二十岁癖于此艺，至今已近三十载，云烟过眼耳。这些字错落有致，都是不经意间的性情流露。现在想来，雁云堂往事，也如同烟云一般，早已消散，我们只能凭借零星文字抚今追昔，但文字也是烟云之一种，倘使能得时间眷顾，或许可以驻留更长久一些。

二十年前，半溪先生在柳市办了一个书法艺术进修班。学生有李鸣、彭云峰、包澄宇、李妙华、郑于中、郑松银、金友乐、叶志超、周献洲等十余人。结业后，先生将他们的书法习作结成《砚边点滴》一册，一一作点评，并作序文《正其道而悟其变》。他在文中谈到了书法的正道与变道：择帖、入帖、出帖，是学书正道；如何"悟其变"，如何修炼书外功夫，则是变道。他谈书法，没有那么多高深理论，都是说自家的话，句句平实，却能入得心来。

先生在世时，我时常在茶余饭后与他闲聊，但我们居然很少谈书法。他对书法的一些见解多半已形诸文字，尤其是那篇用文言写成的《临池偶记》，包含了他的毕生心得。他谈用笔得失时，引用了米南宫的一句话："得笔，则虽细如髭发亦圆；不得笔，则粗如椽亦扁。"所谓得笔，就是在书写中求得外在的笔法与内在的笔意。有些人不得笔，写一辈子字，心手相忤，字还是字，人还是人，人与字似乎没什么关系。书家得笔，便是心手双畅，既可以把字写得合于二王、合于二爨，也可以写得不像二王、不像二爨。得不得笔，端在一个"悟"字。把这个字参透了，离"道"也就不远了。

书法向来重"法"，正如小说看重怎么"说"。毫无疑问，这都是技术活。就众多书法从业者来说，他们在技术操作层面上并不逊色于古人，但我看来看去总感觉少了点什么。不错，少的就是字里面的神采。少了这一点，字写得漂亮也不过是漂亮而已。我跟一些书家聊天，他们谈的更多的是技法问题。"技"关乎形质，"道"关乎神采；"技"有一定之规，道却是无章可循的。难就难在这里。一支笔在他们手中运转自如，这是"技"；转到更深一层的地方，就能与"道"相通。由此可知，笔是与书写者的手相连的，而手是与书写者的心相连的。

"吾道一以贯之"对书写者来说就是"技"与"道"从手到心的贯穿。一个人的技法到家了，如果没有以文托底，终究行之不远；进一步说，技法与学问备赅一身，如果心性黏滞，也属枉然。握笔的手固然会受制于毛笔的物性，但这只手只要与活泛的心性相通，书写者即可摆脱这种物性，进而可以顺应其物性，使书写变成一种技进乎道的过程，这是技法、学问、心性的高度合一。这一点，很多书家都明白，但要做到，非倾尽一生心力不可。

先生弥留之际，倒是跟我天天聊书法，口讲指画，仿佛要把一生所学，都传授给我。讲到书写中的逆意时，他忽然说不下去了，只听得他叹了一口气：

可惜……你不是写字的……

　　先生还曾跟我谈到齐白石的一桩逸事：白石老人在七十岁时曾认为自己刻印第一，诗词第二，书法第三，绘画第四。到了耄耋之年，他对自己的门生说，自己的成就当推诗词第一，刻印第二，书法第三，绘画第四。两次排序，可以见出白石老人很看重自己的诗词功夫。半溪先生谈到这个话题时又补充了一句：书家不应该只是一个用毛笔写字的人。

　　在他看来，写字的人不妨读点书、写点文章。写文章的人呢？则不妨写点字。大致是这意思。

　　曾问先生，你这一辈子最快乐的事是什么？他毫不犹豫地回答：写字。他还说，他这一辈子唯独能做好的一件事就是把字写好。

　　时间说长也长，说短也短。长到一天总有忙不完的琐事，短到一辈子只能做好一件事。对我来说，一辈子能写出几个让人记住的漂亮句子就不错了。对有些人来说，一辈子的事就是把琴弹好，把花种好，把菜烧好，把小日子过好。像写字画画这样一件事，做得好了，便是一次逸出日常生活的纸上花开。

2019年正月

翰墨因缘
——"半溪泰顺书画展"侧记

去年冬末，应李平先生之邀，我与家人来到泰顺。车过泗溪，便下来，沿着碇步，绕过一株千年古樟，拾级登上一座木拱廊桥。透过廊桥的窗口，那一片黄绿不匀的草木仿佛诉说着人世的悠悠兴废。从这一头缓步走向那一头，感觉穿过了两百年。沿着村道走几步，就看到四个路牌，每个路牌都指向不同的地名，其中一个地名写着：半溪3.5公里。这里的人都知道半溪是泗溪镇一条溪流的名字，但这地名之于我们，却有着别样的意义，它跟一个人有关，而这个人曾经跟我们朝夕相处，常常在书画作品的落款处写上"半溪"这个名字。他走了，名字却留了下来，时常听人说起他的书法如何，他的画如何。因此，当我们来到他早年生活过的地方忽而看到"半溪"二字时，就像是看到了故人。如果再前行3.5公里，就能看到"半溪"了。而我觉得，3.5公里，已经不是空间的距离，而是时间的距离，它是遥不可及的。

以前饭后茶余，也时常听先生说起泰顺的山水处处、人事种种。少年时代，他曾追随父亲，在泰顺读过几年书；青年时代，他的老家遭遇火灾，后来便拖着一条断腿来到泰顺，是泰顺的山水让他慢慢沉静下来，有了"归定"之感；中年时期，半溪先生回到柳市，却每每念及泰顺故旧，尤其是，每逢清明前，他就会托那边的朋友带些泰顺的茶叶，便中也给那边的人寄去几幅字画。先生晚年病笃，躺在床上，极少说话，但泰顺的老友过来看望时，他却强撑着坐起来，跟他们说了很多。他也曾多次跟我说过，他这一生最快乐的时光是在泰顺度过的。那个年代，日子虽然过得清贫，但内心是安详的、与世无争的。

来到泰顺县城，李平先生就免不了要跟我们叙说一些老掌故。20世纪50年代末，他们因为书画而订交。某日，李先生得到一本郑板桥书画集，示于半溪。见其爱不释手，李先生就提议说，不如这样，我们把书分成对半，书法归我，画归你。李先生携归，开始临郑板桥的六分半书。而半溪则开始临郑板桥的兰竹。然而，多年之后，半溪的书法里面却有了郑板桥那种恣肆古质的书姿。李先生见了十分惊讶，问他，你学的是郑板桥的画，为何连字都学得那么有模有样？半溪说，我学郑板桥，学的不是板桥本人，而是他所师法的那些古代碑帖。

席间谈往，李先生似乎触动了什么，几度抹泪。李先生已年过八旬，眼看老朋友一个个走掉，他时常有一种"西出阳关无故人"的感慨。说的是有一天，李先生忽然想起故人半溪，觉得他的书画不应该在泰顺这个地方就此影沉响绝，于是就有了替老友办个书画展的想法。这一想法很快就得到了周咸俊、潘家敏、王际昕等几位有心人的一致赞同。从大处说，这是为泰顺书画艺术做点力所能及的事；从小处说，这也是李先生与幽明相隔的故人通过一次展览再度握手。

从李先生口中我还得知，泰顺有不少人藏有半溪先生早年的书画作品。那天晚上，我见到了一位与半溪先生算得上有几分笔墨因缘的吴用佐先生，他手头所藏的半溪书画完残不一，俱无钤印。问原因，才知道吴的岳母与半溪先生曾是邻居，20世纪80年代，半溪先生离开罗阳镇迁居柳市后，一些废弃的书画作品就扔在房间里，还有一部分则堆在楼道间。吴的岳母觉得这些字纸弃了可惜，就打包了交给吴来保管。老吴每天静对这些字，心里突然有了书写的冲动。写着写着，他后来也就成了一位书法老师，这些年在县城里开起了一家书法学馆，名气居然不薄。另一位收藏者是装修工吴以雄。90年代初，他在半溪先生居住过的房间里无意间发现几幅废弃的字画。有一天，他得知半溪与李平二先生交情不浅，便登门拜访了李先生，自此两人成了忘年交。每回举办什么老年大学书画展，吴以雄便会跑过去做义工，帮李先生他们一道布展。看得多了，他后来对书画也渐渐有了兴味，闲时也练几个字。尽管他的工作与书画之类的高雅艺术不大相属，但他的人生被水墨浸润过之后就有了另一种不同的质地。

泰顺地僻，但民间颇有些高人，既不显于时，也不彰于史，却能留下几件让后人称道的东西。许笃仁先生就是如此。于字，李先生与半溪先生均推许许先生，早年间二人曾寻访过许笃仁遗墨，却只见得寥寥几幅。半溪先生藏有许笃仁的两幅字，后来见到李平先生，就交付他说，你是泰顺人，泰顺先贤的墨迹理应交你保存。许的逸事，半溪先生曾跟我说过，这次见到李先生，他也跟我谈起。可见，一个真正有分量的人，是不会轻易被人忘却的。许先生与半溪先生一样，是一个"往后退的人"。民国初年，许笃仁从北平图书馆退回温州中学，教了十几年书；再退，就退到泰顺县城，还是教书；之后又退到泰顺乡下，仍然教书。教了一辈子的书，写了几部跟周易、楚辞以及文字学有关的书，却落了个穷愁潦倒的晚境。此人偶然在某处题了几个字，被名家所见，咨嗟称善，一打听，才晓得他已出家（许笃仁晚年即以做火笺为生，有时送到寺庙里，换些饭粥。在山旮旯里，退无可退，也就索性出了家）。许笃仁一生，诗好，文好，字也好。只可惜，经过世乱，字纸飘零，所剩不多。相比之下，半溪先生就幸运得多了。时下的书画名家不知凡几，但像许笃仁与半溪那样的人是越发少了。一个"往后退的人"，在世的时候，很可能会被人目为落伍者，当那个时代像潮水般退去之后，我们就会发现，他们已然站到同代人的前头；而另一些人瞻之在前，忽焉在后，也是一件不无讽刺的事。

因此我想，一个艺术家在世之时，他的作品就是他生命的一部分；他离开我们之后，他的作品就是他生命的延续，如果它还能长留人间，且一直留在人们心中，那就是一件了不起的事。半溪先生离开我们已有五年之久，但我们觉得，只要他的作品一直跟我们在一起，他就能从水墨中获得永生。今天我们所看到的半溪书画和文章，乃是一位艺术家从死亡中获取的另一种生命形式。

半溪先生去世后，由西泠印社出版社出版的《半溪翰墨》问世了，他生命的一部分从无声的水墨中复活了；一年后，《雁云堂文存》面世，他生命的一部分又从无声的文字中复活了。半溪先生还有一些生前鲜少公诸于世的信札、镜画、壁画、肖像画、篆刻、木偶造型等艺术作品，我们目前还无法完全搜集或整理出来。日后，我们的经济能力倘能承受，还可以为他出版一本能全面展示其艺术成就的书。从这个意义上说，半溪先生作为一名艺术家，他的生命也将由此而复活一部分，直至我们看到另一种完整而丰赡的艺术家的形象。

2017年3月

从哪里来，到哪里去

——《柳川书画集》跋

　　大概是因为我也会写几个字，胡万良院长在柳川书画院同仁晋京书画展举办之前嘱我写一篇谈书论画的文章。于书画，我真的是门外汉。这些年，我养成了一个习惯：睡前读点碑帖。读得多了，就手痒，想写几个字。我的字不能算书法，因此就算到"文人字"里头了，其中几幅，也曾在作家诗人的书画摄影作品展上露过脸——原本是放在手头玩玩的东西，突然要拿出去展览，就感觉有点玩大了，心里也虚虚的，挂在大厅里自己见了也难免有一种"破帽遮颜过闹市"之感。柳川书画院的书画家们就不同了，他们的作品各具面目，挂在大厅里自然也是"出得客"。他们大都是我师友，其中几位还曾就书法技巧对我指点过一二，所以，反过来对他们的书画作品加以点评，似乎有点狂妄了。

　　古人品画，分为四品：逸品、神品、妙品、能品。

　　后来包世臣又把书法分为五品：神、妙、能、逸、佳。标准不同，说法有别。

　　张彦远说得尤细：失于自然而后神，失于神而后妙，失于妙而后精品。精之为病也，而成谨细。于是就把画分为"五等"：自然者为上品之上，神品为上品之中，妙者为上品之下，精者为中品之上，谨而细者为中品之中。

一个书画家，一辈子写的字，画的画，大多属于中品之中，偶尔在中品之上，即属精品。至于妙品、神品、逸品，简直就是可遇而不可求的。金农的画，如果从技法来看，有些作品也许连精品都算不上，但从格调来看，又可入神品、妙品。他的画，要跟他的诗与字放在一起看。所谓格调，就在这里面。

格调之高低，与取法有关。古人有这样一种说法：取法乎上，仅得其中；取法乎中，仅得其下。书画、诗文，也如此。严羽的《沧浪诗话》中说：学其上者，仅得其中；学其中者，斯为下矣。同理。但才高之人，不必汲汲于取法。苏东坡说："我书意造本无法"；傅山的诗与书也是以"无法为法"，他在一篇论诗的文章中说："我亦不曾作诗，亦不知古法，即使知之亦不用。"这世上，像苏东坡、傅山这样的人物又有几个？所以，"法"还是要的，看你如何取。

有些人的作品确有取法，但与别的放在一起，看不出自家面目，等同于路人甲乙，飘过也就飘过了。"取法"而又有"变法"，一幅字或画才有自己的独立存在价值。马公愚的字有古厚之气，从表面上看取法钟王，实则是以篆籀打的底。因此，他无论是写篆隶，还是真草，都透着个人的气息。马孟容的画也不例外。

柳川书画院，虽称作"院"，有点洋气，其实跟古代的诗社、印社之类并无二致。柳川是地名，顾名思义，柳川书画院的同仁都是跟这一块水土有关的。他们结社，没有形成什么流派，大家各玩各的。把他们的作品偶尔放到一起，眉毛是眉毛，眼睛是眼睛，各具面目，各有特点。这样的书画家群体，格局不可谓小，格调不可谓低。

赵挽澜师承俞龙孙先生，受俞指点，学书之初即从龙门造像入手，每隔半年换一碑帖，继而临"张猛龙""张黑女"，以楷书称；其间也曾临过黄道周的行草，但他自觉婢学夫人，终究不像，于是改变路子，在行书中糅入篆籀与汉简的笔意，风力危峭，格调自然大与人殊。

雨石之书，从魏碑中来。但魏碑的猛气，到了雨石笔下，全是一派萧散古淡之气。我看过弘一法师出家前临的《张猛龙碑》，把方笔直折写得很舒展，全然没有原碑那种剑拔弩张的感觉。雨石的字里面有静气，是我所喜欢的。

沈道松、包粹华、郑润声、刘顺平等均是出碑入帖，临池功深。从他们的作品里拎出任何一个字，我都可以认出这是谁的笔，那是谁的笔。揆诸笔墨，各有特点，不是三言两语可以打发过去的。

李鸣、彭云峰、李妙华、包澄宇、金友乐、郑松银、叶志超、郑于中等，都曾师承半溪先生，但他们的书法也能自成意态。李鸣书学秦汉以上，故而每个字都暗藏金石气。从彭云峰的书法里可以感受到王蘧常、沈曾植的气息，更重要的是，从中还可以看到他对传统文化的精深体识。金友乐的汉简书风，有一种风吹兰叶的摇曳之姿，自从书笔化入画笔之后，字与画也渐渐融为一体了。李妙华的书法学的是颜真卿，其行书，有何绍基的笔意。在书法史上，我见过这样一种很有意思的现象：颜真卿以正楷名世，但他却是得笔法于写狂草的张旭；反过来，草书恣肆如傅山，却是得笔于颜真卿的楷书。举凡大书家，于取法之外，又有变法，这一变，就有了自己的去处。因此，我以为，以李妙华那种清朗凝重的书风，再参以众妙，或可直追古人了。

画理通书理。有"取法"，也有"变法"。因此，"变法"是一个漫长而又纠结的探索过程。陈子庄当年师法黄宾虹，但师法归师法，主张还是自己的。为黄宾虹所不取的路子，他也要走一走，于是就有了新去处。黄"浑厚华滋"，陈"平淡天真"。至于他在山水画中所用的"破墨卧笔皴"，正如他本人所说的，是"为古人所无"的"自创之法"。

胡铁铮师承的是戴学正、林曦明、贾又福三位大画家。贾先生对他影响最大的，恐怕不是画风，而是那种不守成法、不留恋古人一笔一墨的创造精神。此后，胡铁铮问学于贾先生之后，一直在寻找自己的画法，他敢破敢立，以绿墨画山水，就是不愿同能，而求独诣。

胡万良曾师承金家骥、姜宝林二先生，后来又转益多师。他是商人，然而很奇怪，人为物役，心却脱俗，他的山水画里面寄寓了内心的另一种精神。他在自家公司的办公室里另辟一个画室，关门即是深山，他就是那个躲在深山中悟道的人。他跟胡铁铮一样，善作大幅山水，金家骥先生曾用八字评价：似无常法，乃有常理。寥寥八字，道出了"取法"与"变法"的要义。

尚文光幼承施公敏先生熏陶，后受林曦明、姜宝林、孙永指点，用笔能见其形，用墨能见其韵，用水能见其神，在在见出他自己独特的水墨语言，其作品辨识度也很高。葛品哲、陈景燕都是师承尚文光，她们虽然还没有完全找到自己的独特风格，但水墨功夫已不容忽视。戴晓球之学戴成夫先生，葛微拉之学郑中才先生，说到底还是为了长出自己的面目——毕竟，老师之须眉，不能长学生之面目。如果说，"初学者还从规矩"，那么，她们已到了该打破一下"规矩"的时候了。

倪集和师承的是上海的石禅先生，取法对象以八大与虚谷为主。有一回，我看到倪集和画的鹰，将欲飞而未翔，一看就像长着鹰钩鼻的作者本人。不觉一乐。我有一个朋友，写现代诗的，画画也是取八大、虚谷那一路，他画的一幅鱼鸟图很有意味，鸟踞石上，水墨写成；鱼翔浅底，敷以色彩。两相对照，仿佛两个世界：一个是黑白的世界，一个是彩色的世界。鱼是鸟的倒影？彩色是黑白的倒影？是鸟作鱼之梦，或是鱼作鸟之想？他的画里面有现代诗人的想法，于是画出来的东西就跟古代的八大、虚谷有所区别了。我举此例的意思是，画家若是在画外下点功夫，也许跟诗人"功夫在诗外"有着同样的效果。

中国书画家很讲究"来路"。书学"二王"，画学"四王"者甚众，很多人陷入此中，通常是唯恐这一笔或那一笔与古法不合。其实，古法这东西，有些人取了，笔墨落在纸上就立马死了；有些人取了，笔墨落到纸上就立马活了。杂取种种，有所变化，才是取法之道。因此，重要的是，一个书画家不仅要知道自己"从哪里来"，还要知道自己"到哪里去"。

是为跋。

2016年9月